Ulli Olvedi

Das tibetische Zimmer

Ulli Olvedi

Das tibetische Zimmer

Roman

Pendo München Zürich

Mehr über unsere Autoren und Bücher: www.pendo.de

Von Ulli Olvedi liegt außerdem vor:
Über den Rand der Welt

 Mix
Produktgruppe aus vorbildlich bewirtschafteten
Wäldern und anderen kontrollierten Herkünften
www.fsc.org Zert.-Nr. GFA-COC-001262
© 1996 Forest Stewardship Council

ISBN 978-3-86612-238-3
3. Auflage 2011
© Ulli Olvedi und Pendo Verlag
in der Piper Verlag GmbH, München 2010
Lektorat: Susanne Härtel, München
Satz: Fotosatz Amann, Aichstetten
Druck und Bindung: Pustet, Regensburg
Printed in Germany

Willst du wissen, wer du warst,
schau, wer du bist.
Willst du wissen, wer du sein wirst,
schau, was du tust.

Padmasambhava

1

Irgendwo unterhalb des offenen Fensters kreischte ein Papagei. Ein durchdringend lauter Ton. Hungrig? Wütend? Gelangweilt? Der Schrei verriet nichts. Er war einfach nur laut.

Erster Gedanke: Papagei. Achte beim Aufwachen auf den ersten Gedanken, hatte Yongdu gesagt. So viel guter Rat. Während der langen, holperigen Fahrt aus dem Kathmandutal hinaus und durch die Vorberge des Himalaya zum Kloster hatte er vom klösterlichen Leben berichtet. Nicht zu viel schlafen, sechs Stunden sind genug. Morgens und abends Texte rezitieren, dazu Niederwerfungen, mindestens einundzwanzig. Alles langsam und achtsam tun.

Er hatte gut reden, so ein Mönch kannte seit seiner Kindheit nichts anderes.

Der Papagei kreischte in unregelmäßigen Abständen. Sehr unordentlich. Nicht klosterfest.

Charlie war bereit, sich Mühe zu geben. Auf dem Weg des Buddha muss man seinen Geist kennenlernen, hatte Yongdu erklärt. Das ist sehr wichtig. Man muss neugierig sein, Forscher sein, muss sich selbst auf die Schliche kommen. Ohne diese Grundlage entwickelt man sich nicht weiter. Oh ja, hatte Charlie gesagt, neugierig bin ich. Bis jetzt fand das niemand gut.

Dass sie irgendwann nicht mehr gewagt hatte, ihre Neugier zu zeigen, war ihr nie in den Sinn gekommen.

Morgens bewusst aufwachen, war Yongdus Anweisung. Nicht einfach so in den Tag hineinstolpern.

Was war vor dem ersten Gedanken gewesen? Ein Wissen von Wachheit. Aber kein Wissen von Ich, kein Wissen von Inhalt. Ein anderes Wissen als das jetzige, nachträgliche Wissen. Darüber würde sie noch nachdenken müssen, später. Auch darüber, dass es vor dem Papageigedanken noch einen anderen gegeben hatte, einen ganz feinen, zarten, feiner und zarter als alle Gedanken, die sie kannte. Nur ein Flackern. Sie hatte ihn nicht rechtzeitig einfangen können. Vielleicht würde sie ihn wiederfinden.

Der offene Rucksack stand mitten im Zimmer, die Kleider lagen verstreut, hingeworfen im Taumel der Müdigkeit. Nie wieder reisen. Warum hatte sie sich darauf eingelassen? Sie mochte keine Abenteuer. Die Bilder der vergangenen Wochen fielen durcheinander. Die Suche nach ihrem Vater. Der Ashram in Goa. Das unberührbare Gesicht des Mannes, der ihr Vater war, vierundzwanzig vaterlose Jahre lang.

Morgenland. Abgrundfremd hatte sie sich gefühlt zwischen den feingliedrigen Frauen und Männern Indiens, archaisch und würdevoll in ihren bunten Tüchern. Erschreckt war sie gewesen von den Bettlern und zu Tränen gerührt von den knochigen heiligen Kühen, die so fragil und abwesend waren dank der Gewohnheit des Hungerns.

Die kleine, dicke Frau neben ihr im wild geschüttelten Flugzeug von Delhi nach Kathmandu hatte sich angstvoll an ihre Hand geklammert. Charlie wunderte sich über sich selbst. Sie kannte Angst so gut. Doch Indien schien alle Ängste erstickt zu haben. Unter dem Ansturm von Farben,

Gerüchen, Klängen und der Schärfe der Masalas, im Sog unverhüllter, gefräßiger Blicke war ihre allgegenwärtige Panik zu einem Grundton geworden, den sie kaum mehr wahrnahm.

Draußen vor dem Fenster fiel die Klosterwand ab in die Tiefe und ging nahtlos in einen dicht bewachsenen Steilhang über. Baumspitzen ragten durch den kühlen Morgendunst herauf. Dort unten, schemenhaft, lag das Dorf mit der Bushaltestelle, am Fuß des langen Schotterwegs und grob gemauerter Treppenstufen, dem einzigen Zugang zum Kloster. Jeder Schritt ein Angriff auf Charlies reisemüde Beine. Nur noch ein kleines Stückchen, hatte Yongdu sie am vorigen Abend angefeuert, gleich haben wir es geschafft. Wie selbstverständlich hatte er ihren Rucksack auf den seinen geladen. Und jede einzelne Stufe hatte er mit der Taschenlampe für sie angeleuchtet.

Der Papagei kreischte durchdringend. Vom Tempelbereich des Klosters wehten die wohlklingenden Stimmen der Mönche herüber. Ein Gesang mit seltsamen Tonfolgen, nicht unmelodisch, doch überraschend und ein wenig bodenlos, als kämen Freude und Schmerz ganz nah zusammen, hob die Schwere des Morgens auf. Denn die Morgenstunden waren immer schwer für sie. Nur früher, als sie noch ein Kind war, in der heiligen Zeit vor dem Absturz, war es manchmal schön gewesen, den Tag zu beginnen. Den Tag ohne Ende. Freier Raum. Auf dem kleinen Fahrrad in den Anlagen am Kanal. Gelbe Löwenzahnmorgen, tiefgrüne Kastanientage, blauweiße Schneeabende.

Die Gegenwart war dicht vom satten Geruch des morgendlichen Holzfeuerrauchs. Ob man hier über Holzfeuer kochte? Die Küche war im ersten Stockwerk, hatte Ani Yeshe erklärt, die junge Nonne, die sie in Empfang genommen hatte. Ihr Pidgin-Englisch klang wie der Gesang eines exotischen Vogels. Was hatte sie ins Kloster getrieben? Ihr

9

eigener Wille? Das Diktat der Familie? Ein Mann, den sie sich nicht aufzwingen lassen wollte? Sie war hübsch mit ihren lang gezogenen Augen und dem verhaltenen Lächeln, der porzellanglatten Haut und einem langen, zierlichen Hals. Charlie fühlte sich hässlich neben ihr.

Das Bad lag direkt neben der Tür zum Gästezimmer, ein unverhofftes Glück. Daneben befanden sich mehrere Türen, unbewohnte Räume, Lager für alle möglichen Dinge, und ein Zimmer, das einem Lama gehörte, doch der war in Tibet, sagte Ani Yeshe. Sie sei also ganz allein da oben und hoffentlich sei ihr das nicht unangenehm. Charlie wedelte eifrig mit den Händen, nein, es sei ihr gar nicht unangenehm, im Gegenteil, sie finde es gut. Ani Yeshe hatte matt gelächelt, als könne sie es nicht glauben.

Die leichte Morgenkühle war köstlich nach der Monsunhitze Indiens. Charlie wühlte ihren kleinen Toilettenbeutel aus dem Rucksack. Seife, Zahnbürste, Zahnpasta, Haarbürste, Hautcreme, Lippenpomade. Sie war stolz auf ihre spartanische Ausrüstung. So wenig zu besitzen war ein Quell der Leichtigkeit.

Das Badezimmer war ein gekachelter Kubus. Neben der Tür befand sich ein kleines Waschbecken mit einem einzigen Hahn, hinten die zwei Trittsteine der asiatischen Toilette zum Niederhocken, daneben ein Wassereimer unter einem weiteren Wasserhahn, an der Mitte der Decke die Dusche. Zudem noch der Luxus eines kleinen Warmwasserboilers mit einem Schlauch und Duschkopf, in der Ecke eine Gasflasche.

Ein Besucher mochte den kleinen, runden Spiegel an die Tür gehängt haben. Charlie mochte Spiegel nicht. Spiegel zeigten die falsche Person.

Ein Aufflammen ihrer hellen Haare. Knochenbleich hatte Hannah-Oma sie einmal genannt ohne Hoffnung, dass sie jemals dunkler werden würden zu einem ordentlichen, richtigen Blond. Eine kurze Begegnung mit dem eigenen wasserblauen Blick unter den fast weißen Wimpern. Sie wandte sich schnell ab, hatte sich längst verboten, über ihr Aussehen nachzudenken. Die Inder hatten sie angestarrt, nach ihren hellen Haaren gegriffen und trotz ihres Zurückweichens ihre weiße, kaum je bräunende Haut berührt. Kindermenschen, dumpf berauscht vom Anblick des Ungewohnten. Nur Yongdu hatte sie völlig gleichmütig angeschaut im Buchladen in Delhi. Ein Mensch, der einen Menschen sieht. Er wäre einem Yeti wohl nicht minder gelassen entgegengetreten, dachte Charlie.

Er hatte neben ihr gestanden, in das dunkelrote Tuch der Mönche und einen zarten Weihrauchduft gehüllt, hatte ihr Gespräch mit dem Buchhändler und ihre Frage nach dem Kloster gehört, sich höflich vorgestellt und gefragt, ob er helfen dürfe. Ein ziemlich großer, schmaler Mann, nicht jung, nicht alt. Seine langen Hände ließen Charlie an Reiher denken. In gutem Englisch erklärte er, dass er selbst zu dem Kloster fahre, welches sie suche. Es liege außerhalb des Kathmandutals, er könne sie mitnehmen.

»Sie wollen zur Jetsünma«, sagte er, nicht Frage, sondern Feststellung, als könne es keinen anderen Grund geben, in dieses Kloster zu wollen. Charlie zog die Augenbrauen hoch.

»Oh nein, ich will zu Padmasambhava«, widersprach sie, denn so hatte es der Swami im Ashram erklärt. Sie solle zu Padmasambhava in dieses tibetische Kloster in Nepal fahren, dort sei jemand wie sie am richtigen Ort.

Der Mönch lächelte, ein außerordentlich direktes, entspanntes Lächeln, das sie zornig machte, weil es allen Schmerz zu leugnen schien.

»Ich meine, ist er da, im Kloster?«, fragte Charlie.

»Guru Rinpoche ist immer da«, antwortete Yongdu. »So nennen wir Padmasambhava – Guru Rinpoche. Und Jetsünma, die große Meisterin, ist seine Vertreterin.«

Er war ihr fast vertraut nach der stundenlangen Fahrt im Taxi, dieser unbekümmerte Mann, für den der Unterschied von Kultur, Sprache und Geschlecht nicht zu existieren schien.

Der Flur führte zu einem offenen Treppenhaus, das erfüllt war von einem dunklen, würzigen Weihrauchgeruch nach Ritus und Geborgenheit. Herb, nicht blumensüß wie in Indien. Durch viele Wände gedämpft, drängten der Klang mächtiger Trommeln und schrille Trompetentöne vom Tempelbereich herüber. In diesem vorderen Flügel des Klosters, hatte Yongdu erklärt, wohnten die Übersetzerin und gelegentlich Gäste, ein paar Alte und auch einige Nonnen, Helferinnen der Jetsünma, des Oberhaupts der Klostergemeinschaft. Aber er habe doch gesagt, dies sei ein Männerkloster, hatte sie eingewandt. Yongdus bejahendes Wiegen des Kopfes bot wenig Klärung. Ihm war alles selbstverständlich und ihr so vieles fremd.

Noch mehr Treppen. Auf der Brüstung eines Laubengangs saß der Papagei in einem zu kleinen Käfig. Bunt, jedoch keine Schönheit, ein wenig zerzaust, an manchen Stellen kahl. Er war alt, wirkte angeschlagen und ein bisschen weise.

Der Papagei gurrte. Vorsichtig streckte Charlie einen Finger zwischen den Stäben hindurch und kraulte das weiche, ausgedünnte Halsgefieder.

»Tashi delek«, sagte der Papagei und drückte den Hals gegen den Käfig. Das Tier war tröstlich. Warm, lebendig, bereit zu einem Austausch, mochte er auch noch so gering sein.

»Tashi delek«, antwortete Charlie leise. »Kümmert sich niemand um dich?«

Der Papagei schaute sie aufmerksam mit einem Auge an. Langsam näherte er seinen Schnabel ihrem Finger und gurrte leise. Sie zog den Finger erschreckt zurück, schämte sich dann ihrer Ängstlichkeit und streckte ihn wieder hin. Der Papagei senkte den Kopf, so dass sie seine Stirn streicheln konnte.

»Entschuldige«, sagte sie. »Nimm es nicht persönlich. Das geht mir oft so. Ich bin ein Angsthase.«

Der Papagei gurrte und präsentierte seinen Hals. Charlie kraulte weiter. Sie hatte sich auf ihn eingelassen und konnte nun nicht einfach weglaufen. Dieses Gefühl für Höflichkeit und Rücksicht gegenüber Tieren hatte sie schon als kleines Kind gehabt. Ein »Getue« hatte Hannah-Oma es genannt. Aber Hannah-Oma, dachte Charlie mit unwillkürlichem Lippenkräuseln, tat sich mit Höflichkeit und Rücksicht auch gegenüber Menschen schwer.

Eine Bewegung im Flur schreckte sie auf. In diesem untersten Stockwerk, fiel ihr ein, hatten laut Ani Yeshe die Uralten ihre Behausungen, Mönche und Nonnen, die Hilfe und Pflege brauchten. Das Wesen, das auf leisen Filzsohlen heranschlurfte, war dem Papagei rührend ähnlich. Zerzaustes Haupthaar, lange, wirre Bartfäden, doch dazwischen ein fröhliches Gefältel und Augen wie Kohlen in der letzten Glut. Dem Papagei fehlte die Fröhlichkeit.

»Tashi delek«, murmelte der alte Mann und griff nach dem Käfig.

»Tashi delek«, erwiderte Charlie scheu. Das bedeute so viel wie glückliches Gedeihen, hatte Yongdu erklärt, und so habe man in Tibet einander an Neujahr gegrüßt. Und dann habe es sich zum gängigen Gruß entwickelt. Charlie erinnerte sich an das orthodoxe Osterfest, da sagte man zueinander: »Christus ist auferstanden.« Glückliches Gedeihen ist dem Herzen näher, dachte sie. Eines jeden Menschen äußeres und inneres Leben möge glücklich sein und sich gut entwickeln, so hatte Yongdu erläutert, vor allem das innere. Aber das äußere gute Leben brauche man schließlich auch dazu, mit hungrigem Magen denke niemand an die subtilen Bedürfnisse des Geistes. Mit zu viel drin, hatte er lachend hinzugefügt, allerdings auch nicht. Er konnte wunderschön lachen, mit voller, runder Stimme, von tief unten aus dem Bauch heraus.

Heiter nickend schlurfte der Alte mit dem Käfig in den Flur zurück, langsam, mit tastenden Schritten. Es war eine Sanftheit in diesem Mann, so ganz anders, als sie es von den alten Männern ihres Lebens kannte. Opa war nie sanft gewesen. Sie hatte sich immer ein wenig vor ihm gefürchtet. Bis zu seinem Tod war er der große Fremde in Hannah-Omas Haushalt geblieben.

Sie hätte den Alten nach der Küche fragen, mit dem Finger auf den offenen Mund zeigen sollen. Ob dies ausreichte, um »Küche« deutlich zu machen? Das Globetrotterbüchlein mit Hinduwörtern war überflüssig. Wie hätte sie wissen sollen, dass sie in einem tibetischen Kloster in Nepal landen würde.

Von dem Flur her, in welchem der Alte verschwunden war, roch es nach Essen. Einer der bunten Gerüche Asiens, doch heiterer, leichter als die Gerüche im indischen Flachland. Nun war sie in den Bergen, zu Füßen des Himalaya. Der Gedanke tat ihr wohl. Himalaya, das klang frisch und weise und dem Himmel nah.

Zögernd ging sie in den fensterlosen Flur, folgte dem Geruch, zog vorsichtig einen roten Vorhang zur Seite, hinter dem die Tür offen stand. Feuer streckte kleine, böse Zungen aus einem gemauerten Herd. Töpfe und Kellen drohten von der dunklen Wand herunter. Vor dem Herd kauerte eine Gestalt. Zwiefach beschienen war sie, mit einer feurigen, dem Herd zugewandten Seite und einer morgendlichen grauen Seite zum Fenster hin. Feuerdämon, Schattengeist. In was für ein Reich hatte der Flur sie ausgespuckt?

»Tashi delek«, sagte die Gestalt und erhob sich. Eine junge

Frauenstimme, so unerwartet, dass Charlie ein verblüfftes »Oh, sorry, sorry!« entfuhr.

Die Gestalt in ihrer dunkelroten klösterlichen Verpackung lachte, ein hübsches, warmes Lachen. Charlie lächelte zögernd zurück, lächelte in das dunkle Auge einer Zahnlücke hinein. Schnell wandte sie den Blick ab. Gewalt. Schmerz. Ein Elektroknüppel, eine Holzstange, Fesseln, Blut. Sie wollte es nicht wissen. Das Wissen war noch fern, nur ein Funke, sie konnte es zurückweisen, die innere Tür schließen.

»No sovvi«, zwitscherte die Nonne, winkte Charlie heran und zündete ein paar Kerzen an. Ein Deuten zur nackten, lichtlosen Glühbirne an der Decke genügte als Erklärung. Kein Strom. Plötzlich spürte Charlie den Hunger wieder und wies mutig mit dem Zeigefinger auf ihren offenen Mund. Die kleine Nonne sagte etwas Unverständliches, schob Charlie zu einem Hocker neben dem groben Tisch und hantierte geschickt am Herd. Charlie verlor sich im Anblick der einfachen, natürlichen Bewegungen. Als wisse die Nonne nichts von sich selbst oder habe sich vergessen in der unerbittlichen Ordnung des Klosterlebens.

Ob Yongdu sich vergessen hatte? Vielleicht jene Seite in ihm, die nicht mit der Welt umgehen musste? Der Gedanke schmerzte und musste schnell weggeschoben werden. Er komme gerade von der Residenz des Dalai Lama in den indischen Bergen zurück, hatte Yongdu erzählt. Gern hätte sie ihn nach dem Zweck der Reise gefragt, doch sie fragte stets wenig, zu wenig, aus Angst vor Grenzüberschreitungen. Sie mochte auch nicht gefragt werden, obwohl, wie sie längst erkannt hatte, viele Leute gern über sich selbst redeten. Sie nicht. Und sie würde sich auch nicht vergessen können. Wie könnte man solch eine Last je vergessen?

Ani Lhamo hieß die Nonne. Das machte sie deutlich mit einem Klopfen auf die Brust und mehrfachen Wiederholungen. Charlie folgte ihrem Beispiel.

15

»Tscha-li«, ahmte Ani Lhamo heiter nach. »Tscha-li-la, good, tashi delek, Tscha-li-la, yepo-du.«

Was für ein unmöglicher Name, hatte Hannah-Oma gesagt, damals, als die kleine Charlotte in die Schule kam und darauf bestand, Charlie genannt zu werden. Im Kindergarten hatten die Kindergärtnerinnen ihren unhandlichen Namen zu Lotti abgekürzt. Evi hatte sich nicht gewehrt. Charlie konnte noch so oft sagen, dass sie nicht Lotti heißen mochte. Ach, was du immer magst und nicht magst, pflegte Evi zu sagen. Und hörte nicht zu. Charlie wusste, dass Evis Kopf unglaublich voll war, und hatte ein gewisses Verständnis dafür, dass diese Mutter nicht zuhören konnte.

In der Schule setzte sie den neuen Namen durch. Die Jungen versuchten es mit Cha-Cha, doch sie biss jeden, der sie nicht Charlie nannte. Sie sei ein schwieriges Kind, meinten die Lehrer.

Ani Lhamos Reis mit Linsen und eine Tasse Chai milderten Charlies übliches Unbehagen in der Morgenstunde und die zusätzliche Schärfe der Fremdheit. Tatsächlich fühlte sie sich sogar ein wenig wohl in dieser halbdunklen Küche mit der leise singenden Nonne, nahm das winzige Wohlgefühl dann mit hinaus in den Flur und die Treppe hinauf. Sie wünschte, sie könne Yongdu oder wenigstens Ani Yeshe nach den Wegen im Kloster fragen, auch, wohin man gehen durfte und wohin nicht. Sich allein auf die Suche zu machen wagte sie jedoch nicht. Es war alles so anders als im Ashram in Goa mit den verstreuten Häuschen unter Palmen und den vielen Besuchern aus aller Welt.

Fremdheit machte sie klein, stieß sie in die dunkelsten Ecken wütender Schüchternheit. Das war zu Hause nicht anders. Fremd, das war überall außerhalb ihrer selbst. Auch Hannah-Oma behielt stets ihre vertraute Fremdheit. Sogar Evi. In gewisser Weise stand Evi unter Charlies Schutz. Wenn

Charlie heulte und »Mama, Mama!« schrie, wie sie es von den anderen Kindern hörte, dachte sie nicht an Evi. Eine Weile dachte sie an den Schutzengel, der, wie man ihr sagte, immer bei ihr sei. Später dachte sie an gar niemanden mehr. Das Heulen allein genügte, bis sie irgendwann nicht mehr heulte, nicht mehr rief. Da hatte sie die kurze Kindheit verlassen.

Sie befahl sich, nicht an die fernen Fremdheiten zu denken. Die nahen waren bedrohlich genug.

Der Dunst über dem Tal war gewichen und das Dorf lag ausgebreitet vor dem Klosterberg. Unter der aufsteigenden Sonne nahm die Wärme schnell zu. Charlie setzte sich auf die harte Matratze des Betts, dem Fenster gegenüber. Sie konnte hinausschauen auf die Wipfel der Rhododendronbäume, die am Steilhang wuchsen, zu weiteren, von Hochdschungel überzogenen Bergen und dem weiten, zarten, nackten Himmel darüber. Aus den unteren Fenstern stiegen schnelle, helle Trommelklänge und das schrille Klingen kleiner Glocken herauf.

Vielleicht sollte sie meditieren. Im Ashram hatte sie sich mit den anderen in der Schreinhalle hingesetzt, und dann sollte sie sich versenken und alle Sinne verschließen und inneres Licht sehen. Sie wusste nicht, wie sie ihre Sinne verschließen sollte. Sie roch den Schweiß der anderen in der indischen Monsunhitze, sie hörte Schnaufen und Rascheln und Kratzen, sie spürte die Schmerzen in ihren Knien. Sie sah keinerlei Licht.

»Ich war in Indien«, hatte sie zu Yongdu gesagt, »in einem Ashram«, und er hatte »I see« geantwortet, als sei damit alles klar.

Doch wie hätte sie ihm erklären sollen, dass sie die Suche nach ihrem Vater dorthin geführt hatte. Nach dem Mann, der ein Vater hätte sein können, wenn er Evi geliebt hätte. Und wenn er bei dem Baby geblieben wäre, das nie Papa sagen lernte, bei dem Kleinkind, das nie in die Arme des Vaters tapste, als es Laufen lernte, dem Schulkind, dessen Mutter nicht Mama, sondern Evi war und sich vor dem Elternsprechtag drückte. Ein Vater, sagte Evi, müsse zu den Lehrern gehen, der könne sich durchsetzen. Sie könne das nicht. Man nehme sie nicht ernst. Denn Evi sah selbst aus wie ein Schulmädchen, ein schüchternes Mädchen mit einer Tochter, die bereits in der Schule war. Für Hannah-Oma war und blieb diese Geburt, durch die sie allzu früh zur Großmutter geworden war, eine persönliche Beleidigung.

Doch nun verbot sich Charlie noch einmal nachdrücklich, in den Keller der Vergangenheit zu schleichen. Es gab darin nichts, dessen zu erinnern sich lohnte.

Unschlüssig stand sie auf und ging die Treppe wieder hinunter, hinaus in den Vorhof, der durch eine Brüstung gegen den Steilhang gesichert war. Auf einer Seite befand sich die Öffnung zum Weg, der zum Dorf hinunterführte, auf der anderen ein Durchgang zwischen der Klosterwand und nacktem Fels in weitere Höfe und Flügel des Klosters. Geradeaus führte eine steile Treppe im Fels zu einem erhöht liegenden Seitentrakt, ineinander verschachtelte Gebäudeteile, die am Berg klebten. Dort, so spürte sie, hatte sie nichts verloren. Es roch nach Grenze und Verbot. Der Durchgang hingegen schreckte nur durch die überhängende Felswand. Bereit schien sie, sich gegen die Hauswand zu stürzen, von der Macht des Bergs gezwungen. Mit Herzklopfen – schlage nicht, Herz, du weckst die Felsen! – tastete sie sich in den Durchgang, wollte schnell hindurchlaufen und brachte es doch nicht fertig. Sie drückte sich an der feuchten, fleckigen Mauer entlang und atmete auf, als ein kleiner Innenhof sich vor ihr öffnete. Die Sonne fiel auf die Felswand, die sich glatt und unschuldig im weißen Morgenlicht dehnte. Eine Reihe von blank geputzten Gebetsmühlen zog sich am Rand des Innenhofs entlang. Warum nannte man sie so? Mahlten sie die Gebete klein, bis sie genießbar waren? Charlie kicherte leise.

Eine Tür im Fels stand offen, führte in den Fels hinein, dahinter gab es nur Dunkelheit. Bergschoß. Märchenwelt. Sesam öffne dich. Neben der Tür döste ein struppiger Hund. Er öffnete ein Auge, schlug freundlich mit dem Schwanz auf den Boden und schlief weiter. Aus den Tiefen weiterer Klostergebäude drangen Gesänge in wunderlicher Melodik. Dort musste irgendwo der Tempel sein.

Offene Türen laden ein, dachte Charlie und schaute vorsichtig ins dunkle Innere. Eine kaum mannshohe Höhle zog sich wenige Meter weit in den Berg, verengte sich und endete in einem Schrein. Ein paar Butterlämpchen verbreiteten sanftes, gelbes Dämmerlicht. Auf dem Schrein wühlte eine dicke Ratte mit großer Geschwindigkeit in einem der Opferschälchen, Reis flog nach allen Richtungen. Charlie schnalzte mit der Zunge, die Ratte sah sich um, schoss spitze Blicke aus kleinen, aufmerksamen Knopfaugen, schätzte ab, ob es geboten war, den Reis im Stich zu lassen. Nach kurzem Innehalten wühlte sie weiter.

Charlie fand einen kleinen, festen Teppich und ließ sich darauf nieder. Eine zerbrechliche Geborgenheit breitete sich in der Höhle aus. Gedämpft sickerten Geräusche von draußen in die dämmrige Stille. Die Ratte begab sich zum nächsten Reisschälchen, um darin zu wühlen.

»Lass das«, sagte Charlie. »Das tut man nicht. Das ist heiliger Reis.«

Der schnelle Blick der Ratte mochte eine Spur Verachtung enthalten.

»Sorry«, sagte Charlie.

Eine wunderliche Unruhe überfiel sie, als blicke jemand sie an. Doch außer ihr und der Ratte war niemand in der kleinen Höhle.

Hoch über ihr, im ungewissen Dunkel über dem Schrein,

sah sie plötzlich die Augen im Flackern der Butterlampen, große, runde, scharf blickende Augen unter schweren Augenbrauen, herausfordernd, durchdringend. Ein Hauch von Panik bannte Charlie auf ihren Platz. Verwunderung mischte sich ein. Sie hatte Angst, und doch vertraute sie dem Kloster. Wie war das möglich? Sie vertraute nie. Fast nie. Dem Swami hatte sie ein wenig vertraut, gerade so viel, um seinen Rat anzunehmen und sich auf die verrückte Reise zu diesem Kloster in Nepal zu machen, zu einem gewissen Herrn Padmasambhava, der ihr helfen sollte. Aus der Angst heraus, aus der schrecklichen Gabe des Wissens, aus dem Leiden an der Welt heraus.

Mit längerem Hinsehen wuchs die in Brokat verpackte Statue aus dem Dunkel hervor. Auf dem Kopf trug sie einen zur Krone geformten Hut, im Arm einen Stab mit aufgespießten stilisierten Köpfen, eine mächtige, wuchtige Gestalt, herausfordernd, bedrohlich. Charlie hatte einen sanften Buddha erwartet mit seinem angedeuteten Lächeln, der entspannten Haltung, weltabgewandt. Doch hier war sie bei den verrückten Tibetern, wie Anna im Ashram gesagt hatte, mit ihrem irren apokalyptischen Donnerkeilbuddhismus.

Aus dem Tempel drangen schrille Trompetentöne, dazu das rhythmische Geschepper von Becken, ein abgrundtiefes, erschreckendes Dröhnen und ein bestürzender Aufruhr mächtiger Trommeln. Töne aus der Unterwelt. Bedrohung. Abgrund. Vernichtung. Der scharfe Blick der Statue machte es nicht besser.

Charlie krampfte die Hände ineinander. »Oh Gott, nein!«, flüsterte sie, wollte die Augen schließen und wagte es doch nicht.

»Hallo?« Die fragende Stimme war nah. Ein Mann. Die Stimme ihres Vaters? Eine Welle von Verwirrung ergriff sie, riss sie aus der Zeit, in den tiefen Raum, in dem Träume gebrütet werden.

Ihr eigenes keuchendes Atmen hielt sie auf. Eine Hand berührte ihre Schulter. »Alles okay?«

Sie sprang auf, drückte sich an dem fremden Körper vorbei, lief hinaus ins beißende Sonnenlicht, zwischen Hauswand und Fels hindurch über den Vorhof und in das schützende Halbdunkel des Durchgangs zum Treppenhaus. Nun war es nicht mehr die Panik, die sie trieb, sondern die Scham. Wie das Mädchen sich aufführt, sagte Hannah-Oma. Es ist peinlich. In unauffälliger Eile versuchte sie, in ihr Zimmer zu gelangen, nur eine Treppenstufe auf einmal, an einer sehr alten Nonne vorbei, oder war es ein alter Mönch? Ihr schneller Blick fing nur das rote Gewand und den geschorenen Kopf auf und die Falten im braunen Gesicht, schwer von Leben.

Die Aufregung der Flucht verlieh ihrem kleinen Zimmer eine unverhoffte Vertrautheit. Sanft schlossen sich die maisgelben Wände um sie. Alles war, wie es sein sollte, die luftigen gelben Vorhänge, der Webteppich auf dem Boden, der massive Bettkasten mit geschwungener Rückwand, daneben das geschnitzte Tischchen, an der Wand der schlicht gerahmte Druck eines Buddha-Bildes. In der Ecke stand der offene Rucksack, und auf der Fensterbank lag das Buch eines tibetischen Autors, das im Pilgrims Bookstore in Kathmandu nach ihr gegriffen hatte. Es sei dies ein ganz außergewöhnliches Buch, hatte Yongdu gesagt, als sie den Laden gemeinsam verließen. Ein geheimes Buch. Es halte sich selbst geheim.

Auf dem Bett sitzend verlor Charlie sich im Labyrinth ihrer unruhigen Gedanken. Warum hatte der Swami sie hierher geschickt? Wie sollte sie sich hier mit ihrem Anderssein versöhnen können? Wie sollte sie hier lernen, so ganz und gar außerhalb der Welt, in die Welt zu passen? Bei den irren Tibetern?

Sie hatte früher vieles gewusst, das andere nicht wussten, hatte Zukünftiges gesehen und auch gehütete Geheimnisse.

Das *Wissen* kam ohne ihr Zutun, und es erschien ihr selbstverständlich. Doch man hatte sie dafür bestraft. Sie sollte nicht wissen, was geschehen würde, und nicht, was andere geheim halten wollten. Es war eine soziale Sünde. In Indien schien es anders zu sein. Vor der Reise hatte sie einiges über Indien gelesen. Offenbar durfte in Indien sein, was in ihrer Welt nicht geduldet wurde. Dort nannte man solche außergewöhnlichen Fähigkeiten *Siddhis*, und wer sie hatte, wurde sogar verehrt.

Sie schaute auf das träge Dorf hinunter. Die Frage, was sie hier sollte, warum sie hierher geraten war, blähte sich auf, wurde quälend. Hätte sie sich nur nie auf diese Reise begeben. Wozu einen Vater suchen, der sie nie hat haben wollen? Nicht einmal das süße Baby war imstande gewesen, diesen Mann zu halten. Evis Fotoalbum zeigte ein Hochglanzbaby mit weißem Flaum auf dem Kopf, großen feuchten Augen und einem aufgeworfenen Mündchen wie die Puppe, die Hannah-Oma ihr einmal geschenkt hatte. Obwohl sie wusste, dass Charlie keine Puppen mochte.

Man könnte meinen, dachte Charlie, sie verdiene es nicht, geliebt zu werden. Gewiss gehörte sie zu jenen, die man nicht leicht lieben konnte. Das hatte Hannah-Oma später oft genug betont. Doch damals war sie noch klein und niedlich gewesen. Ein angenehmes Baby, mit Evis Worten. Sogar Hannah-Oma hatte sie irgendwie gemocht. Nur er nicht. Er verließ sie. Ein Herumtreiber, hatte Hannah-Oma gesagt. Und dass er es zu nichts brachte, hatte sie fast mit Befriedigung betont, und, na ja, solchen wie ihm müsse man nicht nachweinen, wenn sie sich nach Indien verdrückten, dort passten sie hin. Für seine armen Eltern sei das ja schlimm, fügte sie dann gern hinzu und seufzte, die hätten etwas Besseres verdient. Charlie hatte gespürt, dass Hannah-Oma die Leute nicht mochte, und sie hatte Evi gefragt, warum lügt Hannah-Oma?

Dass er immer noch in Indien sei, hatte die fremde Frau, die irgendwie ihre andere Großmutter war, es aber nicht sein wollte, am Telefon gesagt. Und dass es ihm gut gehe und er dort eine Art Mönch sei. Ein Hindu-Mönch, erklärte die Frau, und es klang sehr, sehr traurig.

Es war ihr als gute Idee erschienen, sich ins Irgendwo zu werfen und den verlorenen Vater zu suchen. Dass er in Indien war, verhieß weite Räume. Denn das war es, was es bei Evi und Hannah-Oma und in der ganzen großen, dichten, vollgestopften Stadt nicht gab. Ebenso wenig wie in den großen, dichten, von lebenswütigen jungen Menschenwesen überquellenden Hörsälen, in denen sie sich vergeblich weite Räume des Geistes erhofft hatte.

Im Ashram sprach dieser Mann, der ihr Vater war, von Liebe, doch da war zugleich immer auch von »göttlich« die Rede. Er sprach von Gott und Licht und Freiheit und innerer Stille und dass alles ganz einfach sei, und immer wieder von Liebe, Liebe, göttlicher Liebe.

Sie war wütend und fühlte sich schuldig.

Im Schutz der Entfernung wagte sie den Gedanken, dass dieser Mann vielleicht niemanden mögen konnte. Natürlich lag es nicht an ihr, war es nicht die Schuld der Kinder, wenn sie nicht geliebt wurden.

Father-Man hatte sie ihn laut im Ashram genannt. Sein Gesicht war starr geblieben wie immer, doch sie hatte sein Unbehagen gespürt. Nur bei der ersten Begegnung war eine Erschütterung in diesem großen, ein wenig teigigen Gesicht zu sehen gewesen, ein Zittern der Lippen, ein feuchtes Blinzeln der mattblauen Augen. Wenn er die Arme geöffnet hätte, wenn er gesagt hätte, meine Kleine, wenn er sich gefreut hätte – was wäre dann gewesen? Hätte es sie verändert? Hätte es ihr Leben verändert?

Ein entfernter Klang von Stimmen. Sie waren fertig im Tempel, fertig mit – wie sollte sie es nennen? Gottesdienst passte wohl nicht. Sie musste sich organisieren, wichtige Wörter aufschreiben, ein bisschen Tibetisch lernen. Sie brauchte Yongdu, brauchte ihn für die Wörter und für ihre Sicherheit. Brauchte ihn. Für sich. In den Höfen des Klosters würde sie ihn vielleicht finden. Doch sie würde sich auch dem Sperrfeuer fremder Blicke aussetzen. Es gab zu viele Blicke auf der Welt. Der Schutz des Zimmers war langweilig, jedoch das geringere Übel.

Mittags würde sie Yongdu suchen. Sie würde sich ihm anvertrauen. Sie würde sich ihm zeigen, die Charlie am immerwährenden Rand des Abgrunds. Vielleicht würde sie die richtigen Worte finden, möglicherweise sogar leichter in der fremden Sprache. Sie wollte ihm sagen, dass es keinen Ort für sie gab auf dieser Welt. Nie gegeben hatte. Dass es nur Fremdheit gab für eine wie sie, solch ein absurdes Wesen jenseits aller Anpassung. Er sollte wissen, dass sie nichts erwartete, dass sie sich keinerlei Erwartung mehr zugestand. Würde er verstehen, dass sie nur deshalb noch lebte, weil die Alternative eine zu große, zu pathetische Aktivität von ihr verlangte? Die Psychotherapeuten hatten es nicht verstanden.

Das Bild vor dem Fenster ließ sich in ihr nieder. Büsche und hagere Bäume, darunter die einfachen Häuser des Dorfs, manche geduckt, daneben roh gemauerte, mehrstöckige Klötze mit den typischen Simsen, die ein Stockwerk vom anderen trennten. Am Dorfrand dann die Hütten, von groben Steinmauern eingeschlossen. Ein Bus fuhr von der Bushaltestelle ab, auf dem Dach saßen gedrängt, klein wie Moskitos, Passagiere zwischen Kartons und zusammengeknoteten Bündeln.

Aus welcher Laune heraus hatte der Swami sie in ein tibetisches Kloster geschickt? Weil er sich keine Anhängerschaft von ihr erhoffte? Und weshalb gerade in dieses? Es gab genügend tibetische Klöster in Indien, wieso denn nach

Nepal? Und warum hatte sie auf ihn gehört? Mochte sie ihn? Irgendwie, ja. Und doch erschien er ihr sehr fern, dieser kleine, runde Mann mit seinem runden Kopf und den runden Fingern und seinen großen, runden Lippen. Ein freundlicher Mann mit zwei dicken, mütterlichen Säcken an der Brust, die sich unter dem dünnen Stoff seines Gewands wölbten. Das Gesicht in diese weichen Säcke drücken, dieses Bild kam immer wieder.

Wie gut es tat, von ihrem erhöhten Platz am Fenster aus über die Vorberge hinwegzuschauen, Riesenwellen, die der Erde ihre Schwere nahmen. Hinter dem Klosterberg türmten sich die weißen Riesen des Himalaya auf. Vom Kloster aus waren sie nicht sichtbar, doch glaubte sie den harten Schnee, das ewige Eis zu riechen. Am anderen Ende des Kathmandutals, hatte Yongdu gesagt, gebe es einen Ort, von dem aus man sie allesamt sehen könne, die heiligen weißen Majestäten in all ihrer Pracht. Ehrfürchtig hatten seine Worte geklungen, als spreche er von lebendigen Wesen, von Königen oder Göttern. Doch waren sie nicht eher drohende Götter, mächtig, unbarmherzig? Verschlangen die Menschen, welche sie bestiegen oder nur über die Pässe den Weg in die Freiheit suchten?

Hatte sie jemals über Götter nachgedacht?

Schön beten vor dem Schlafen, sagte Hannah-Oma, damit der liebe Gott dich nicht vergisst. Doch Evis Schutzengel schien vertrauenerweckender und blieb schließlich der Gewinner. Die Entscheidung war zunächst nicht leicht gewesen, welchen anzurufen sicherer war, den allmächtigen Liebengott oder den Schutzengel mit seinem ausdrücklichen Schutzauftrag. Und mochte nicht der eine ihr übel nehmen, wenn sie sich an den anderen wandte?

Niemandem hatte sie je anvertraut, dass sie noch immer mit den Engeln zugange war. Natürlich war es nicht so, dass sie an Engel glaubte. Nicht direkt, aber irgendwie.

Sie mochten noch andere Namen haben, doch das war
ohne Bedeutung. Es war ihr immer wohl gewesen mit den
Engeln.

Unter den grellen Schlägen eines Gongs schrieb sie in das
Ringheft, das sie für Aufzeichnungen und Gedichte in der
Seitentasche ihres Rucksacks aufbewahrte:

Einer der in den Himmeln treibenden Engel
hat seine dunklen Flügel gefaltet
und sich im Sturzflug auf den Tag geworfen
Der Raubengel mit goldenem Schnabel
entriss mir alle Sicherheit
von der ich je träumte

2

»Tscha-li-la!«, rief Ani Lhamo heiter.

Ein reicher Duft nach Gemüse und Reis erfüllte die Küche, dazwischen die sanften Wellen eines Geplauders, luftig wie Kinderreime. Auf dem Fenstersims saß ein junger Mann, von der grellen Mittagssonne in Weißgold gehüllt. Als Jakob stellte der Fremde sich auf Deutsch vor. Er wusste schon von ihr, hatte vielleicht gerade von ihr gesprochen. Er befinde sich seit Langem zu einem »eher unstrengen« Meditations-Retreat im Kloster, gehöre schon mehr oder minder zur Einrichtung. Groß und dünn war er, mit Dreitagebart und runden, freundlichen Augen, die langen Haare im Nacken zusammengebunden. Er mochte der Mann sein, der in die Höhle gekommen war. Er trug eine Dunkelheit in sich, eine lauernde Krankheit. Sie wusste es. Da war es wieder, dieses Wissen, das sie nicht wollte und lang unterdrückt hatte. Viele Menschen trugen Krankheiten mit sich herum, man konnte sich nicht mit allen befassen. Doch die gelassene Trauer in seinem Gesicht kroch ihr unter die Haut. Da war eine Offenheit, die der Dunkelheit in seinem Leib Trotz bot. Nein, sie wollte es nicht sehen, dieses drohende Dunkel.

Doch es drängte sich auf, warf sich gegen ihre Schutzwände, als durchlöchere die ruhige, durchdringende Atmosphäre des Klosters ihre Abwehr. Denn das Wissen hatte ihr nur Leiden gebracht, immer nur Leiden. Sie bestand auf ihrem Entschluss, mauerte eine Bastion von Gedanken hoch: Ich will es nicht wissen – ich weiß es nicht – es geht mich nichts an.

Eine kleine Wohltat war es, sich wieder in den gewohnten Bahnen der eigenen Muttersprache zu bewegen. Mit all den vertrauten Wendungen und Füllseln, eine willkommene Ablenkung.

»In der Schule war ich nicht besonders gut in Sprachen«, sagte sie. »Ich war immer zu faul zum Auswendiglernen.«

Er liebe Pidgin, erklärte Jakob. Ein bisschen Tibetisch, ein bisschen Nepali, ein bisschen Spanisch, und Englisch nur deshalb, weil er sich schon so lang in Asien herumtreibe. Aber er habe andere Tugenden. »Ich bin das Computer-Faktotum unserer Übersetzer«, erklärte er. »Der unverzichtbare Software-Wichtel. Herr der digitalen Geister.« Er kicherte in sich hinein. »Ich war mal ein ganz guter Hacker.«

Währenddessen war eine junge Nonne in die Küche gekommen und hatte ein Tablett mit gefüllten Schalen beladen.

»Hallo, Ani Jangchub«, sagte Jakob. »Ani-la bringt den Alterchen ihr Essen. Echt gute Typen, diese alten Mönche und Nonnen. Meditieren die ganze Zeit und sind bester Laune. Magst du Löffel oder Stäbchen?«

Charlie hob die Schultern. Mit einem kleinen Nicken wies Jakob auf das Regal an der Wand, in dem sich Essschalen verschiedener Größen und Blechbüchsen voller Löffel und Essstäbchen befanden.

Mit schwungvoller Geste ergriff Jakob ein Tablett und hielt es neben dem Herd bereit. »Wenn du willst, essen wir draußen. Ich erklär dir dann, wie es hier so läuft.«

Er führte sie treppauf und treppab zu einer kleinen Dachterrasse, wo sie sich in den Schatten zweier Solarpaneelen setzten. Der Steinboden war warm, eine andere Sitzgelegenheit gab es nicht.

Im Inneren des Bauwerks kreischte der Papagei in die tauben Ohren der Alten, Wünsche vielleicht oder Klagen. Auch das wollte sie nicht wissen, nicht den Schmerz des Tierseins, auch nicht den Schmerz des Alterns, des Zerbrechens. Und wusste es doch schon.

»Ani Lhamo kocht gut«, sagte Jakob. »Volle Liebe in den Topf.«

Mit gefalteten Händen rezitierte er etwas Tibetisches über seiner Schale. Charlie faltete ebenfalls die Hände, es gefiel ihr, sich für gute Umstände zu bedanken. Wem sollte sie danken? Vielleicht dem Universum. Dazu fühlte sie eine gewisse Beziehung.

»Früher, bei den Punks«, sagte sie, »vergnügten wir uns mit dem Spruch der Simpsons: Ich danke für gar nichts, hab alles selber bezahlt.«

»Habt ihr?«

»Na ja, irgendwie schon. Meistens war es unser erbetteltes Geld. Aber vergnügt war eigentlich keiner. Gelacht haben wir aus Verzweiflung.«

Jakobs langer Blick ließ ihre Nerven zucken. Sie hatte zu viel gesagt, den Schutz vergessen. Eilig lenkte sie ab, erzählte mit mageren Worten von der Reise, vom Ashram, vom Swami. »Er meinte, ich solle hierher gehen, zu diesem Kloster, zu einem gewissen Meister Padmasambhava. Ups, bis ich mir diesen langen Namen merken konnte! Wo ist er eigentlich, der Padmasambhava? Yongdu sagte, er ist immer da. Wo finde ich ihn?«

Jakob lachte. »Du hast ihn schon gefunden. Gestern, in der Höhle. Es ist seine Höhle.«

»Hab ich mich erschreckt! Aber wer …? Außer dir war niemand da.«

»Die Statue«, sagte Jakob, »das ist Padmasambhava.«

Eine Statue! Charlie kicherte hilflos. Der Swami hatte sie zu einer Statue in einer Höhle geschickt.

Ein paar Dohlen tanzten auf der kleinen Brüstung der Terrasse, intelligente Gier in den Knopfaugen.

»Guru Rinpoche«, fuhr Jakob fort, »so nennen ihn die Tibeter. Für sie ist er der zweite Buddha dieses Zeitalters. Er verbrachte einige Zeit in dieser Höhle, als er Buddhas Lehren aus Indien nach Tibet brachte. Heißer Typ. Ist schon mehr als tausend Jahre her. Aber etwas von seiner Energie ist hier geblieben, das kannst du mir glauben.«

Das war es also, was sie in den wilden, herausfordernden Augen gesehen hatte. Die sie ängstigten und anzogen.

»Ist was?«, fragte Jakob. »Dein Essen wird kalt.«

Charlie schob ihre halb geleerte Schale in die Nähe der großen Vögel. »Ich bin noch nicht ganz angekommen«, sagte sie. »Mich verwirrt das alles. Ich dachte, Padmasambhava sei jemand, mit dem ich reden kann.«

Jakobs breites, rückhaltloses Lächeln mit den großen, ein wenig vorstehenden Schneidezähnen tat wohl. Es ließ das Dunkle in ihm fast unsichtbar werden. Doch es war da, unübersehbar. Es wartete, versteckt, sprungbereit. Wartete auf seine Gelegenheit. Wie viel wusste er?

»Dafür gibt's die Jetsünma. Das heißt, sie redet nur selten.«

»Yongdu sprach auch von einer Jetsünma. Wer ist das?«

»Die Obernonne«, nuschelte Jakob mit vollem Mund, »oder eigentlich keine Nonne. Die Meisterin. Eine Yogini, eine richtige Dakini, verstehst du?«

Charlie schüttelte den Kopf.

Jakob lachte und schob mit dem Löffel eine weitere Ladung Reis in den Mund, bevor er antwortete. »Dakinis sind weise Frauen. So eine Art weise Hexen, Sky dancer, Himmelstänzerinnen. Emily, unsere Übersetzerin, sagt, es sei die

Energie der Inspiration, die sich in Frauen verkörpert. Sie muss es ja wissen. Stell dir was darunter vor. Jedenfalls hab ich eine Frau wie die Jetsünma noch nie erlebt. Der Hammer! Wenn ich mir Guru Rinpoches Lieblingsgefährtin vorstellen soll, dann unsere Jetsünma in Jung.«

Und Jakob begann von der Jetsünma zu erzählen, dem Kind der Geliebten eines tibetischen Ministers, das sich mit seiner Mutter vor einem halben Jahrhundert auf der Flucht vor den Chinesen durch Schnee und Eis der Himalaya-Riesen kämpfen musste. Dann von ihrem guten Leben im indischen Kalimpong in der alten Handelsstation ihrer Verwandten und von den Hungerjahren als Nonne in einem armen Kloster in Nepals Grenzgebiet zu Tibet. Und wie sie sich an einen Rinpoche hängte und lernen wollte, was sonst nur Mönchen vorbehalten war – die Philosophie und Psychologie und Metaphysik des Buddhismus, die tantrischen Meditationen und Tsa Lung, die geheimen Energieübungen.

»Und du glaubst es nicht, sie hat sich durchgesetzt«, sagte Jakob, die Augen groß vor ehrfürchtiger Begeisterung. »Ein berühmter Rinpoche hat sie dann sogar geheiratet. Oder sie ihn, wie man's nimmt. Sie war so eine Wilde. Viele Jahre lang hat sie in einer Einsiedelei in den Bergen gelebt und auch noch ein Jahr im Dunkel-Retreat verbracht. Eingemauert. Essen gab's nur durch eine Klappe. Stell dir das vor! Ein ganzes Jahr. Da würde unsereins doch total verrückt. Und ihr Kommentar dazu: Gut für die Meditation, nicht so viel Ablenkung. Wow! Sie lebt sehr zurückgezogen und spricht fast gar nicht, aber ihr Input ist unglaublich. Ich sag dir, du hast ein Riesenglück, dass du in ihrem Kloster sein darfst.«

Charlie betrachtete mit Eifer ihre Zehennägel, die geschnitten werden sollten, vor allem der große. Ein ganzes Jahr lang Nacht, ständige Finsternis, ständige Bedrohung. In den Träumen gefangen. Sie wollte nicht daran denken, nicht an so etwas. Der kleine Zehennagel wuchs ein wenig schief. Wenn sie wieder zu Hause war, würde sie ihre hübschen hohen Schühchen wegwerfen. Nach all der Freiheit würde sie ihren Füßen die dunkle Enge modischer Schuhe nicht mehr zumuten können. Wie war Jetsünma in der Finsternis mit ihren Träumen zurechtgekommen?

»Ich möchte meditieren lernen«, sagte Charlie. »Könntest du mir das beibringen?«

Ein amüsierter Blick. Da finde sich schon jemand, erwiderte Jakob. Die Jetsünma würde das entscheiden. Aber er würde ihr gern dies und das über den Buddhismus erzählen. Am besten als Erstes die Geschichte des Buddha. »Ein Wahnsinnstyp«, sagte er, »du wirst ihn mögen.« Und er lachte lauthals, als gäbe es das Dunkle in ihm nicht.

Jakob nannte sich Hobbymeditierer. Es sei eine lockere Klausur, sonst könne er sich ja nicht so einfach dazwischen zum Plaudern hinsetzen. »Weißt du, Strenge ist nicht mein Ding. Vielleicht im nächsten Leben. Oder vielleicht auch gar nicht.«

Charlie hörte den Unterton. Sie war allzu gut im Untertönehören. Dort, wo sie nicht hindenken, nicht hinfühlen wollte, regte es sich, das schlimme Wissen.

»Du denkst ans nächste Leben? Jetzt schon?«

Sie hatte das nicht sagen wollen. Es war wie früher, als sie klein war. Da rutschte das Wissen oft aus ihr heraus, manchmal mit großem Druck, gegen ihren Willen.

»Du nicht?« Jakobs schiefes Grinsen hatte Kanten.

»Oh, weiß ich nicht. Ich dachte nur, weil du das so sagst, ich meine, einfach so: Dann, wenn ich wieder daheim bin. Eben bald. Ich kenne mich nicht aus mit Wiedergeburt. Meinst du, das gibt es?«

Sie war zufrieden mit sich. Das Ablenken gelang ihr, sie hatte es über Jahre hin mit Sorgfalt geübt. Jakob entwickelte mit sichtlichem Vergnügen seine Vorstellung vom Werden und Vergehen und Wiederwerden, vom Kontinuum der Bewusstseinsenergie, von Gewohnheitsmustern der Existenz, von Kausalität und Interdependenz.

Er zog sie mit hinein in dieses Spiel der Gedanken, und es gefiel ihr, mit der Logik zu tanzen. Sie mochte Logik. Man konnte sich einigermaßen sicher damit fühlen. Man würde wiedergeboren und eine neue Identität, ein neues Selbstbild aufbauen. Aus den alten Mustern, wie Jakob sagte, denn die bringe man mit. »Wenn man bedenkt, dass in ein und derselben Familie so unterschiedliche Kinder aufwachsen. Mein Bruder ist Manager einer riesigen Lebensmittelhandelskette. Kannst du dir das vorstellen? Für ihn bin ich ein Spinner, ein Loser. Verloren für die Welt. Tja, eine Frage des Blickwinkels. Für mich ist eher er der Verlorene.« Und er beschrieb ausführlich und nicht ohne Zuneigung den älteren Bruder mit dem frisierten Lächeln, der gestylten Ehefrau und zwei Hunden, die praktischer waren als Kinder.

Die Sonne hatte Charlies Schattenplatz fast erreicht, als Jakob sich zu seiner »Nachmittagssession« begab, in sein Zimmer in einem anderen, älteren Teil des Klosters. Charlie trug die Essschalen in die Küche und wusch sie aus. Ani Lhamo war verschwunden, im ganzen Kloster war es sehr still. Wo war Yongdu? Hätte sie doch nicht vergessen, Jakob nach Yongdu zu fragen!

Die Einsamkeit überfiel sie mit all der Ausweglosigkeit, die zu ertragen das Außenseiterleben sie gelehrt hatte. Dorthin konnte ihr niemand folgen. Niemand hatte es je versucht. Dort war es kalt unter der subtropischen Sonne und finster am wolkenlosen Mittag. Als Kind hatte sie den Kopf gegen die Wand geschlagen, wenn Evi nicht in der Nähe war. Doch Evi hatte sie ertappt, hatte ihren Kopf festgehalten und geschrien: Was machst du da? Hör um Gottes willen auf! Was bist du für ein verrücktes Kind!

Das war noch vor dem Absturz. Danach hatte sie dann andere Mittel gesucht, tiefer in sich, unsichtbar.

Sie lief in dem kleinen Zimmer hin und her, wagte sich nicht hinaus in die bedrohliche, sonnengrelle Stille des Klosters.

»Was tu ich hier?« murmelte sie wütend. »Warum hat mich der Trottel von Swami hierher geschickt? Kannst du mir das sagen, Padmadingsda? Was hab ich hier verloren?«

Irgendwann schlief sie ein, aus abgenützter, alltäglicher Verzweiflung, zusammengerollt auf dem harten Bett.

Er rennt, so schnell er kann. Die Luft liegt schwer in der Nacht, pisseschwer, angstschwer in der langen, zu langen Gasse. Sie kommen von hinten, von vorn, er ist in der Zange. Er könnte springen, mehr als springen. Er könnte den tiefen Atem nehmen und nach oben schnellen. Er könnte es schaffen. Doch wie weit käme er? Nicht bis auf die Dächer. Ihre Messer würden ihm folgen. Die Gasse zwängt ihn ein, drückt die Arroganz aus ihm heraus wie dünne Scheiße. Oh, er weiß um diese Schwäche, die seine Überlegenheit infrage stellt. Vertraue nicht, vertraue niemals, nicht einmal dir selbst. So oft hat er sich dies schon gesagt.

Die Dob-dobs jagen ihn erbarmungslos. Warum? Sie sind nah. Die Gasse zum Barkhor ist so endlos lang. Eine Seitenstraße, noch eine. Er hört das matte Trommeln der Schritte, doch nun nur noch von hinten. Tief, tief atmen, halten, nach vorn explodieren, laufen, ohne den Boden zu berühren. Fliegen.

»Charlie?«

Wo war die Gasse? Die Sonne stürzte blendend in den Raum.

»Ich habe mehrmals geklopft«, sagte Yongdu. »Alles in Ordnung mit dir?«

»Weißt du, wie Fliegen geht?«, fragte sie schlaftrunken. »Ich meine, so schnell laufen, dass du fliegst?«

Die gleißende Helligkeit schlug in ihre Gedanken ein. Plötzlich war sie sich ihrer wirren Haare und des schlafheißen Gesichts bewusst. Rot wie ein Krebs. Gekochter Albino.

Yongdu stand an der Tür in höflichem Abstand. »Nein, das kann ich nicht«, antwortete er. »Aber ich übe mich in Levitation. Ich habe Hoffnung. Es wäre praktisch. Wir haben hier keine Aufzüge.«

»Dob-dobs«, murmelte sie. Es war schwierig, die dunklen und die hellen Gedanken zu entwirren. »Da waren Dobdobs.«

»Dob-dobs? Die Mönchspunks? Was ist mit ihnen?«

»Ein Traum. Merkwürdig.«

Was Yongdu auch immer denken mochte, es blieb verborgen.

»Komm, steh auf, Jetsünma möchte dich sehen«, sagte er.

Jetsünma! Die weise Frau! Die Hexe! Sollte sie sich vor ihr fürchten? Würde sie ihr vertrauen können? Doch wie sollte sie vertrauen in all dieser Fremdheit, die noch verwirrender war als die Fremdheit zu Hause? Nicht nur diese seltsamen, wiegenden Kopfbewegungen, die ebenso gut »ja« wie »nein« bedeuten konnten, oder auch »vielleicht«. Mehr noch die Ahnung von Nähe, bestürzender Nähe. Immerwährendes Ertapptwerden. Die Blicke aus den schmalen tibetischen Augen waren so beunruhigend klar.

»Ich warte unten im Hof auf dich«, sagte Yongdu und zog die Tür hinter sich zu.

Sie bürstete die Haare und kramte ein weißes indisches Hemd aus dem Rucksack, sauber, aber voller Knitterfalten. Im letzten Augenblick zog sie am Zipfel eines dünnen indischen Tuchs, das aus dem Rucksack hing, und legte es sich um die Schultern. Eine dünne, orange- und pinkfarbene

Wolke. Unzureichender Schutz. Jakob hätte nicht so viel von der Jetsünma erzählen sollen.

Yongdu ging voran durch den Vorhof und die lange Außentreppe zum Nebenbau hinauf. Sie hätte ihm gern gesagt, dass sie dankbar war für sein Kommen, dass sie ihn gesucht hatte, dass sie sehr verwirrt war und sich alleingelassen fühlte ohne ihn. Doch all dies war unsagbar. Als würde sie sich nackt ausziehen und sich ihm zu Füßen legen. Solche Dinge sagte man nicht. In Büchern waren Leute manchmal so mutig, aber nicht im wirklichen Leben.

Es roch nach Räucherwerk und Butterlämpchen, ein weicher, wohliger Geruch, der das ganze Gebäude durchzog. Aus den Eingeweiden der Gebäude drangen tiefe Trommelschläge, rezitierende Stimmen, die Schreie des Papageis. Das Kloster war wieder lebendig.

Auf einer kleinen Terrasse – es bot sich von dort, hoch am Steilhang, ein weiter Blick über die verwinkelten Flügel und Dachterrassen des Klosters – lockerte ein kleiner Nepalese leise singend die graue Erde in einer Reihe von großen Blumentöpfen mit sattgrünen blühenden Pflanzen. Er saß in der Hocke, einen Arm um den Topf geschlungen, als halte er ein Kind, die andere Hand grub und wühlte vorsichtig mit einem kleinen Messer in der Erde. Charlie fühlte sich zum Weinen gerührt und war zugleich ärgerlich über die Gefühlsaufwallung. Verdammte Nerven, sagte sie lautlos.

Vor einem brokatumrandeten Vorhang streifte Yongdu die Schuhe ab und nickte ihr zu, das Gleiche zu tun. Er hielt den Vorhang zur Seite, drückte die angelehnte Tür auf und schob Charlie in ein großes Zimmer mit tibetischen Rollbildern an den Wänden und einem großen, verglasten Schrein. Staubkörnchen tanzten sanft in schrägen Sonnenstrahlen. Die Gestalt am Ende des Raums verschwand fast im Schatten.

Mit schnellen, geübten Bewegungen ging Yongdu dreimal in die Knie und berührte mit der Stirn den Boden. Charlie folgte seinem Beispiel. Hinunter, hoch, hinunter, hoch. Eine gute Gymnastik, dachte sie. Dezenter als das Berühren der Swami-Füße in Indien. Wahrscheinlich liefen Tibeter in ihrem kalten Hochland selten barfuß.

Beim Näherkommen schien die kleine, alte Frau auf ihrem Stapel brokatbezogener Sitzpolster allzu unscheinbar für den Aufwand der Niederwerfungen. Sie trug das rote Klostergewand, der runde, frisch geschorene Schädel glänzte. Ein schmales Gesicht mit hohen Backenknochen, ernst, der Blick von zuinnerst strahlend wie ein wolkenloser Himmel. Charlie beschloss, sich nicht zu fürchten.

Eine Nonne reichte Tassen mit salzigem, gebuttertem Tee.

Yongdu sprach, die Jetsünma hörte zu. Sie schwieg auch noch, als Yongdu gesagt hatte, was zu sagen war. Ein Schweigen voller Geheimnisse. Eine Yogini. Eine Zauberin?

Charlie fühlte sich vom Blick der Jetsünma durchforscht, bloßgelegt, auseinandergenommen. Welche Note bekam sie? Mangelhaft? Ungenügend? Was hatte Yongdu der Jetsünma von ihr erzählt? Von der dummen Ausländerin, die sich nicht vorbereitet hatte, nichts wusste, nicht einmal, dass Padmasambhava schon vor mehr als tausend Jahren verstorben war?

Die Jetsünma machte eine kleine, winkende Bewegung. Auf den Knien rutschte Charlie näher zu ihr heran, neben ein aufwendig geschnitztes Kästchen, das als Tisch diente. Die Hand der alten Frau legte sich fest und warm auf ihren Kopf. Charlie schloss die Augen und wartete. Es würde etwas Besonderes geschehen. Vielleicht würde sie Licht sehen, Strahlen, Blitze oder etwas Aufregendes spüren. Chakras könnten sich öffnen, davon war im Ashram viel die Rede gewesen. Doch es geschah gar nichts, ebenso wenig, wie zu ihrer Enttäuschung bei der Berührung durch den Swami geschehen war.

Da war lediglich die warme Hand, sehr klein und leicht, mit seidigen Falten. Irgendwie liebevoll. Die Jetsünma murmelte etwas, dann zog sie die Hand weg und Charlie rutschte unsicher ein wenig zurück.

»Jetsünma lädt dich ein, eine Weile hierzubleiben«, sagte Yongdu.»Ich soll dich in Meditation unterweisen. Jetsünma sagt, du kannst auch in der Höhle meditieren, wenn du das möchtest. Sie wird dich wissen lassen, wann du wieder zu ihr kommen sollst.«

»Das ist sehr freundlich«, flüsterte Charlie, »aber eigentlich wollte ich mit Padmasambhava, ich meine mit Jetsünma, über meinen Vater und … und meine Erfahrungen sprechen«, flüsterte Charlie.

»Jetsünma sagt, du sollst mit mir reden«, übersetzte Yongdu die Antwort.

»Warum?« Die Frage stand im Raum, bevor Charlie darüber nachdenken konnte, ob es nicht unhöflich war, sie zu stellen. Es gelang Yongdu nicht ganz, ein belustigtes Lächeln zu unterdrücken. Er gab die Frage weiter, und die vielen feinen Fältchen um die Augen der Jetsünma vertieften sich.

»Jetsünma sagt, mit mir könntest du ohne Übersetzer reden, das sei viel angenehmer.«

Aber dann rede ich verdammt noch mal mit ihm und nicht mit ihr, dachte Charlie.

Sie ahmte Yongdus Verbeugung nach und ging wie er mit gefalteten Händen in einer leicht gebückten Haltung aus dem Raum. Im Unklaren mit sich, ob sie dieses Rollenspiel komisch finden oder über ihre brave Anpassung ärgerlich sein sollte.

Er wolle ihr zeigen, wo er wohne, erklärte Yongdu und ging durch den Vorhof des Klosters voran zu ein paar Stufen zwischen Jetsünmas Gebäude und einem Anbau, die zu seinem eigenen Eingang führten. Vom unteren Raum gelangte man über eine steile Treppe in ein lichtes Zimmer mit einer ummauerten Terrasse davor. Charlie versuchte, sich einen Grundriss des vorderen Klosterteils vorzustellen. Es schien kaum möglich. Offenbar baute man immer wieder an, irgendwie, wo es gerade ging. Wunderliches geordnetes Chaos.

Warum er nicht bei den anderen Mönchen wohne, fragte Charlie. Er sei kein Mönch, antwortete Yongdu lachend, sei es aber einmal gewesen. Er habe den Titel Lama, spiritueller Lehrer, und ein solcher werde man offiziell durch ein umfangreiches Studium und einen mindestens dreijährigen Rückzug zu Meditation und Energiearbeit.

Charlie wunderte sich. Dieser ehemalige Mönch war Übersetzer und offenbar auch enger Vertrauter der Jetsünma, die einem Mönchskloster vorstand, in dem auch Nonnen und westliche Laien beiderlei Geschlechts lebten. Ob in christlichen Klöstern auch Frauen in denselben Gebäuden wie Mönche leben durften und nicht-mönchische spirituelle Lehrer in Mönchskutten herumliefen? Von etwas Vergleichbarem wie Swamis oder Lamas oder Jetsünmas hatte sie zu Hause nie gehört. Mit Bedauern wurde ihr deutlich, wie wenig sie über ihre eigene religiöse Kultur wusste.

»Das ist sicher verwirrend für dich«, sagte Yongdu. »Ich verstehe das. Bei euch im Westen ist das alles anders. Aber es ist eben auch eine ganz andere Religion.«

Er ließ sie allein, um aus dem unteren Raum Tee zu holen. Von ihrem Platz auf einer der dicken, harten Sitzmatten an der Wand sah sie nur die Weite des Himmels. Die Nachmittagssonne streifte das große Fenster, das fast die ganze Wand einnahm, und die offene Tür zur Terrasse hinterließ einen gleißend hellen Strahl auf dem Boden. In der Ecke des Zimmers surrte ein kleiner Ventilator.

Daran wollte sie sich erinnern, an die Stille in diesem Zimmer und auch in ihr, nach der ebenso beunruhigenden wie berührenden Begegnung mit der Jetsünma. Und an die unerwartete Geborgenheit, die Yongdu ihr gab. Geborgenheit gehörte nicht zu den Erfahrungen ihres Lebens. Vielleicht ganz früher, als Evi, selbst fast noch ein Kind, sie ständig mit sich herumtrug; das war eine gewisse Art von Geborgenheit gewesen. Doch dann wurde sie verlassen, dem Kindergarten ausgeliefert, Hannah-Oma ausgeliefert, Lehrern, Schulkameraden ausgeliefert. Selbst Evi ausgeliefert, als Evi zu Harald zog und Evis Herz sich zu einem festen, dem Manne dienenden Klumpen zusammenzog. Da gab es die kleine Evi-Mama nicht mehr, die sich um ihr Kind rollte wie eine verwilderte Katze.

»Chai«, sagte Yongdu. »Süßer indischer Chai. Der ist dir vertraut, nicht wahr?«

Charlie lächelte dankbar. Da war sie, diese Fürsorge, dieses Sich-Einfühlen. So hatte sie es sich von ihrem Vater erhofft. Doch sie hatte nur den Father-Man mit dem starren Gesicht gefunden, im weißen Gewand der Reinheit über der eingefrorenen Seele.

Sie hatte den süßen, gewürzten Chai lieben gelernt in Indien. Gut durchgekocht, frei von Bakterien. Immer vorsichtig sein, nur gut Durchgekochtes trinken. In eine bedrohliche Welt voller gefährlicher Winzlinge war sie eingetaucht, die ständig auf der gierigen Suche waren nach einem Wirt. Man konnte sich in dieser Welt verfangen, und dann entstanden endlose Wolken von Angst.

Die Jetsünma hatte gesagt, sie solle mit Yongdu reden. Warum auch nicht? Damit hatte sie einen gesicherten Vorwand, Yongdu aufzusuchen. Das brauchte sie, einen Sack voller Vorwände.

»Warum hat die Jetsünma gesagt, ich solle mit dir reden anstatt mit ihr?«

Mit einem kleinen Lächeln – er konnte es gut, dieses kleine, ein wenig amüsierte, doch nicht verletzende Lächeln – goss Yongdu Tee in dünne, fast durchsichtige chinesische Schalen. »Sie spricht wenig. Ihre Kommunikation ist anders. Sie spürt viel, und sie sendet viel. Du wirst lernen, das zu fühlen.«

Sollte sie sagen, dass sie bereits damit begonnen hatte? Dass sie die Entblößung gefühlt hatte unter dem aufregend wissenden Blick? Und dass sie jetzt sehr ruhig war und ein bisschen erschöpft wie nach einem langen Anstieg auf einen hohen Berg, hinauf in kaum erträgliche Weite? Doch er könnte es für anmaßend halten. Noch kannte sie ihn kaum, musste die Brücken erst finden, die sie zu ihm führten.

Er lächelte immer noch ganz sacht in den Augenwinkeln.

»Wie kommt es, dass du so gut Englisch sprichst?«, fragte Charlie. Sie hörte selbst, wie klein ihre Stimme klang. Das Tierchen, das sich zur Demutsgeste duckte. Sie hoffte, er würde es nicht merken, die meisten Menschen merkten kaum jemals etwas, waren zu beschäftigt mit sich selbst. Doch bei Yongdu mochte es anders sein. Sein Blick war so still und klar.

»Ich habe in England studiert, in Oxford«, antwortete Yongdu. Er trank ein wenig Tee, ließ die Stille dem kleinen Zimmer Raum geben. Schließlich begann er zu erzählen, langsam und gelassen, webte Charlie ein in ein Netz der Vertraulichkeit, als jemanden, dessen Besuch willkommen ist, für den man Zeit hat und dessen Zuhören man schätzt. So fühlte sie es zu ihrer Verwunderung.

Zehn Jahre nach der Okkupation Tibets waren Yongdus Eltern nach Nepal geflohen. Mit den wenigen Kostbarkeiten, die sie hatten mitnehmen können, kauften sie ein Stückchen Land außerhalb von Kathmandu, in der Umgebung der weißen Stupa, wo es fast nur Felder und Wiesen gab. Ein Glück, denn nach und nach wurde dort gebaut, und der kleine Laden ging gut und sie konnten der erstgeborenen Tochter einen Sohn folgen lassen. »Das war ich«, sagte Yongdu. »Ein unglaublich frecher kleiner Kerl. Sie hatten es nicht leicht mit mir.«

Er erhob sich und zog aus einer Schachtel unter dem Schrein ein Foto hervor von einem Paar mit zwei Kindern. Ein kluges, verschmitztes Bubengesicht schaute in die Kamera, ein wenig abgewandt von der Schwester, die ihn vielleicht hatte festhalten wollen. Doch die Hand des Vaters lag auf seiner Schulter, wohl mit festem Griff, obwohl das nicht sicher war angesichts der sanften, fast zärtlichen Züge des Mannes. Die Angelegenheiten des Lebens hatte die Frau in der Hand, das konnte man sehen, Wangenknochen und Kiefer breit und fest, der große Mund ebenso bereit zum Lachen wie zum Schimpfen.

»Wie lange schon sind sie tot?«, fragte Charlie, ohne nachzudenken.

Yongdu zog die Augenbrauen ein wenig hoch. »Ja, sie sind tot. Sie starben beide während einer Choleraepidemie im Tal. Meine Schwester und ich waren damals schon in unseren Klöstern.«

»Und du wolltest das? Ins Kloster gehen?«

Yongdu lehnte sich zurück, ließ den Blick irgendwo in der Weite vor dem Fenster ruhen.

»Wir wurden mit dem Selbstverständnis erzogen, unsere tibetische Kultur zu erhalten. Die meisten Tibeter haben diesen natürlichen Stolz auf die eigene Kultur, das Bedürfnis, ihren Wert und ihre Würde zu schützen. Für uns Kinder war es eine Ehre, im Kloster aufgenommen zu werden.«

Eine Ehre. Würde sie ihm je sagen können, dass sie einst Bierflaschen an Kirchenwänden zerschlagen hatte? Mit all der traurigen, zertretenen Wut auf Autoritäten ohne Liebe.

Yongdu erzählte von der Klosterschule, von den Wettbewerben im Auswendiglernen, von den nachmittäglichen Ausflügen zum Fernsehshop. Von seinem Bemühen, Englisch zu lernen, indem er jede Gelegenheit wahrnahm, mit ausländischen Besuchern im Kloster zu reden. Auf diese Weise hatte er seine Sponsorin gefunden, eine wohlhabende

Engländerin. Nachdem er seine Klosterausbildung und ein dreijähriges Retreat beendet hatte, ließ sie ihn in Oxford studieren.

»Es gefiel mir dort«, sagte Yongdu. »So viel kreative Freiheit. Es war wie eine große Weide. Philosophie, Psychologie, Religionswissenschaft, englische Literatur. Ich platzte vor Wissbegier. Und man hat mich sogar eine Weile in einer psychiatrischen Klinik hospitieren lassen.«

»Da war ich auch mal«, entfuhr es Charlie. Groß war die Sehnsucht, sich Yongdu anzuvertrauen. Er würde sie nicht verurteilen, nicht beiseiteschieben. Oder doch? Völlig sicher konnte sie nicht sein. Nie konnte sie sicher sein, nicht einmal ihrer selbst.

»Aber damals war ich noch ein Kind«, fügte sie hinzu. Er sollte nicht annehmen, sie sei nach Indien geflohen wie früher die Hippies. Sie war nicht geflohen. Es war die Therapeutin, die ihr eingeflüstert hatte, sie müsse ihren Vater suchen, ihre »Vaterbeziehung heilen«, was immer das bedeuten mochte. Eines der wohlfeilen Rezepte aus dem Bauchladen der Therapeutin mit den langen, schwarz gefärbten Haaren.

Wie es sein mochte, einen Vater zu haben? Einen Mann, der schützte? Männer schützten nicht. Jedenfalls nicht die Männer, die Charlie kannte. Nicht Evis Harald, der nie etwas anderes für sie war als Evis Harald. Oder Opa, der in Hannah-Omas Schatten lebte, fast unsichtbar. Nie erfolgreich, immer subaltern. Nie besonders. Vielleicht zutiefst enttäuscht vom einzigen Kind, der ehrgeizlosen Tochter mit ihrer zu frühen Schwangerschaft.

Yongdu goss Tee nach und lehnte sich entspannt zurück. Freundlich, mehr noch, freundschaftlich, als wäre dies eine gewöhnliche Situation ohne alle Kanten. Fast hätte sie sich losgelassen in dieses sanft fragende Gesicht hinein und erzählt vom Absturz in die Hölle. Von der Verdammnis, ja, der

Verdammnis des Andersseins. Doch die Gewohnheit des Zurückweichens war stark, die Argumente des Misstrauens fest ineinandergefügt. Also suchte sie Belangloses zusammen, sagte, wie merkwürdig es sei, dass sie sich jetzt hier in diesem Kloster befinde. Doch es half nicht, es verkleinerte sie und machte sie wütend. Unruhe fuhr wie ein Sturm durch Herz und Bauch.

Yongdu lächelte.

Nachdem sie die letzten Tropfen ausgetrunken hatte, sagte sie: »Danke für die Einladung. Ich denke, ich gehe jetzt.«

Es klang linkisch. Zu abrupt. Zu Hause hatte sie nie lernen wollen, wie man sich »gut benimmt«. Immer hatte ihre Schüchternheit sie störrisch gemacht.

Schon fast an der Tür fiel ihr noch ein, nach einer Meditationseinweisung zu fragen. Den Geist erforschen, das klang harmlos.

»Lass dir Zeit mit dem Ankommen«, sagte Yongdu. »Geh ein bisschen spazieren auf dem Berg, aber bleibe auf dem Trampelpfad. Die Leoparden und Wildschweine halten sich von Menschengeruch fern. Und schau zum Fenster raus, hinaus in die Weite, das ist eine gute Meditation. Es verlangsamt die Gedanken. Und halte sie nicht fest, die Gedanken, lass sie gehen.«

Erstaunlich leicht fühlte sie sich auf dem Weg zurück zu ihrem Zimmer. Ihr Zimmer. Sie dachte an das Kinderzimmer in Hannah-Omas großem Stadthaus und an ihr Zimmer bei Evi und Harald und an das kleine Zimmer neben Rena in der Wohngemeinschaft. Doch das war nicht »daheim«. Das gab es nicht. Es gab nur Provisorien auf einem Weg ohne Ziel. Weg ohne Ziel, so hatte Yongdu den buddhistischen Entwicklungsweg genannt, und Charlie hatte eingewandt, das klinge nicht überzeugend methodisch. »Warte ab«, hatte Yongdu erwidert mit den kleinen Lächelfalten um die Mundwinkel. Was mochte er jemals so ernst nehmen, dass die Falten verschwanden? Mich soll er ernst nehmen, dachte Charlie und schob den Wunsch sogleich zu den Gedanken, die zu denken sie sich nicht erlaubte.

Welche Gedanken konnte sie zulassen? Die Wahl fiel schwer. Alle Gedanken hatten die Neigung, zu einem Abgrund hinzuführen, strebten einem Zusammenbruch zu, dem Verlust jeder Sicherheit. Sie hatte im Ashram versucht, alles Denken auszuschalten, wie es verlangt wurde, aber das war ihr nicht gelungen. War sie nicht begabt dafür? Musste man dazu Begabung haben wie für Sprachen oder fürs Klavierspielen?

Evi hatte gewollt, dass sie ein Instrument spielen lernte. Evi hatte gewollt, dass sie in einen Tanzkurs ging. Evi hatte so viel gewollt, zum Besten ihrer Tochter, immer nur zu ihrem Besten. So viel angestrengte, anstrengende Liebe. Eine Erinnerung, die sich nicht löschen ließ: jene Szene kurz nach dem Einzug in Haralds Wohnung. Sie bekam ein schönes Zimmer, Harald war so großzügig, wie Evi immer betonte. Ich versteh dich nicht, sagte Evi von der Tür her, andere wären dankbar, wenn es ihnen so gut ginge wie dir. Das hatte sie sich angewöhnt, so in der Tür zu stehen und ins Zimmer hineinzureden, als wäre sie ständig bereit zur Flucht. Man kann dich nicht verstehen, du gibst dir auch keine Mühe, weist immer jeden ab. Weißt du überhaupt, wie abweisend du bist? Charlie wusste, wie abweisend sie war. Nur konnte Evi nicht verstehen, dass Charlie dies nicht in der Hand hatte. Als werfe man der Distel vor, dass ihr Stacheln wuchsen.

Lass mich in Ruh, lass mich einfach in Ruh, pflegte Charlie mit aufrichtiger Verzweiflung zu sagen. Sie hatte nichts gegen Evi, wollte nichts gegen Evi haben. Mütter waren notwendige Übel, man konnte sie nicht austauschen. Doch man konnte weggehen. Damals ging Charlie sehr oft weg.

Bis sie ihr Zimmer bei Rena hatte, dann konnte sie ganz wegbleiben.

Sie befahl sich, nicht an Evi zu denken. Keine Vergangenheit mehr. Sie war in Asien, weit, weit weg. Das war der wahre Sinn dieser Reise, das ganz Andere, so erkannte sie jetzt. Vielleicht war die Vatersuche nur ein Vorwand gewesen. Die Enttäuschung war schnell verflogen, eine flache Aufregung, kleiner Nachhall einer tot geborenen Hoffnung. Es schien ihr, als habe sie während der Reise nach Indien und im Ashram und bis zu diesem Niemandslandkloster irgendwo in Nepal den Atem angehalten, um möglichst wenig zu spüren. Alles war in undurchdringliche Fremdheit gehüllt – das Übermaß an Menschen, die Armut, das Chaos, die schmerzhafte Buntheit, auch der Mann, aus dem sich kein Vater machen ließ. Ja, sie hatte versucht, nicht Charlie zu sein. Wenn sie nicht Charlie war, konnte ihr nichts geschehen.

Doch nun war sie an einen Ort geraten, wo sie vielleicht eine ganz andere Charlie sein durfte. Eine Charlie, die sie noch nie war.

3

Schau zum Fenster hinaus, hatte Yongdu gesagt. Seltsame Art zu meditieren. Stand das Bett deshalb gegenüber dem Fenster? Charlie nahm die zusammengefaltete Schlafdecke als Sitzkissen. Die Meditationshaltung mit gekreuzten Beinen fiel ihr nicht schwer. So pflegte sie als Kind vor dem großen Plakat an der Wand ihres Zimmers zu sitzen, einem Bild mit einem Dorf und blühenden Obstbäumen und einem kleinen See, in das sie oft flüchtete vor der Bedrängnis der Welt.

Der Fenstersims schnitt die Berge ab, ließ nur einen winzigen Streifen übrig, darüber dehnte sich blasser Himmel. Was gab es da zu sehen? Das war es – so gut wie nichts gab es zu sehen. Das musste die Meditation sein. Nichts. Die Berge, so wenig von ihnen zu sehen war, zogen den Blick an sich, zogen ihn hinunter zum roh gemauerten Sims, auf dem ihr Ringheft und ein paar Räucherstäbchen lagen, die ein früherer Besucher zurückgelassen hatte. Wer mochte es gewesen sein?

Nicht nachdenken, zum Fenster hinausschauen, in den Himmel schauen! Und dann? Nicht denken, das ging nicht.

Die Gedanken hakten sich ineinander, der Versuch, nicht zu denken, lief auf das Denken ans Nichtdenken hinaus. Ein Gedanke konnte nicht den anderen auslöschen. Hatte Yongdu gesagt, sie solle nicht denken? Nein, davon war nicht die Rede gewesen. Doch sie hätte liebend gern nichts mehr gedacht.

Das Sitzen wurde unbequem, der Rücken schmerzte. Sie lehnte sich an die Wand, massierte die Hände, seufzte. Der Himmel war langweilig. Zumal ohne ein richtiges, schönes Blau, wie es sich für den Himmel gehörte. Sonst könnte sie sich in die Tiefe des Blaus werfen wie als Kind auf der Wiese. Süchtig war sie danach gewesen, im Gras zu liegen und sich fallen zu lassen, hinein in diese Unendlichkeit.

Was sollte sie mit sich anfangen?

Sie holte ihr Ringheft vom Fenstersims, entschlossen, die quälenden Gedanken ein für alle Mal wegzuschreiben.

»Ich will mich loswerden«, schrieb sie. »Ich will meine Vergangenheit loswerden, mich nicht mehr an die entsetzlichen Ängste meiner Kindheit erinnern müssen und an den Absturz in die Klapse.

Ich will die verrückten Träume loswerden, die ich nicht verstehe.

Ich will den Fluch des *Sehens* loswerden, diese Last, in das Leben der Anderen hineingezogen zu werden.

Ich will keine Angst mehr haben, die immer drohende Angst.

Ich will mein Denken loswerden und das Bild, das ich von mir selbst habe.

Was bleibt dann von mir übrig?

Will Yongdu, dass ich in den Himmel schaue, um mich daran zu gewöhnen, dass nichts übrig bleibt? Die Unendlichkeit schert sich nicht um Vergangenheit und Zukunft. Vielleicht gibt es dort draußen, in der äußersten Weite jenseits aller Grenzen, einen Standpunkt ohne die Unterscheidungen der Zeit. Wo alles zugleich geschieht, Vergangenheit, Gegenwart und Zukunft. In der elften Dimension. Warum elf? Vielleicht weil sie zwischen den Stühlen sitzt, die Elf? Zwischen den Dekaden und den zwölf guten Feen? Zwischen den Zentimetern und den Zwölftonreihen? Vielleicht bin ich selbst eine unerkannte Inkarnation der Elf? Wahrscheinlich hat sich der liebe Gott einfach vertan in seinem ununterbrochenen, blindwütigen Schöpfungsakt und hat eine Elfe aus der Anderwelt der Elfen durchrutschen lassen in die geordnete Welt der denkenden Primaten. So ist das.«

Charlie legte das Heft beiseite. Das Schreiben half nicht. Sie wiederholte sich, verlor sich in diskursivem Unsinn.

Nicht den Gedanken nachhängen, hatte Yongdu gesagt. Die Gedanken gehen lassen. Charlie beschloss folgsam, ihre Gedanken loszulassen. Obwohl sie gerade jetzt mit den Gedanken zufrieden war. Sie erschienen ihr kreativ und humorig und hielten die Tür zu den Erinnerungen geschlossen.

Sie schreckte aus einem von Bildern durchwobenen Halbschlaf auf. Die Sonne war ein gutes Stück weitergerückt, ihre Strahlen reichten tiefer ins Zimmer hinein. Nicht gut, sich an die Wand zu lehnen. Gewiss war es verboten, beim Meditieren zu schlafen.

Sie würde die Sünde durch verdoppelte Ernsthaftigkeit wiedergutmachen. Sie würde alles, was hier geschah, als Zeichen und Wegweiser annehmen. Dass der Swami sie in dieses Kloster geschickt hatte. Dass sie Yongdu getroffen hatte. Dass Yongdu ihr diese Meditation des Himmelguckens aufgetragen hatte. Alles Zeichen eines mächtigen, intelligenten Schicksals. Sie würde tun, was Yongdu sagte. Sie mochte Yongdu. Oh, sie mochte Yongdu ganz außerordentlich. Er sprach so direkt zu ihr, als gebe es keinen Unterschied zwischen ihnen. Als habe er keine Meinung von ihr, die ihn von ihr trennte.

Schau zum Fenster hinaus. Das hatte Yongdu gesagt, also musste sie es tun. Himmel. Weite. Sie war wohltuend, diese Weite. Sie begann zu verstehen: Wenn Gedanken sich zwischen sie und die Weite stellten, wurde es enger und unbequemer. Also musste sie ganz und gar in der Betrachtung des Himmels bleiben. So würde sie sich mit Yongdu verbinden. Durch das Wissen um die Kraft des Himmels, der Weite, der Grenzenlosigkeit.

Ein paar Augenblicke lang war Charlie fast glücklich.

Es war enttäuschend und zugleich erleichternd, wieder in den Horizont hinabgezogen zu werden, in die tiefer werdenden Schatten in den Bergfalten, hinab zum Fenstersims, zu den Sonnenstreifen, den verstaubten Räucherstäbchen. Zurück in ihr Zimmer, auf ihr Bett, zu ihrem Rucksack in der Ecke.

Unmerklich begannen die Gedanken zu gleiten, nach Indien, in den Ashram, zurück in den geleugneten Schmerz, dem Mann gegenüberzusitzen, der ihr Vater hätte sein können.

»Was hast du gedacht, als du mich zum ersten Mal gesehen hast? Das Baby?«

Seine Mundwinkel zuckten ein wenig in Abwehr. »Ich weiß nicht mehr. Es spielt keine Rolle. Man wird so oft geboren.«

»Hast du nicht gedacht: Ich habe eine Tochter, ein kleines Mädchen? Oder wäre dir ein Junge lieber gewesen?«

Sein Blick ging über sie hinweg. »Ich habe keine Vergangenheit. Die Welt der Namen und Formen bedeutet nichts.«

»Ich bedeute nichts?«

Sein Blick war unerreichbar. »Ebenso wenig wie ich. Lass das Ich los, es bedeutet nichts.«

Die schrillen Schreie des Papageis schnitten scharf durch die Erinnerung. Im Westen loderte ein wildes Abendrot wie ein Strohfeuer, das schnell verlischt. Sie vermisste die ausgedehnten Abenddämmerungen, das Zwielicht, das dem Tag seine Schärfe nahm. Hier im mittleren Asien, auf dem Breitengrad von Kairo, stürzte die Sonne mit unfreundlicher Eile hinter den Horizont.

Sie hatte vergessen zu fragen, wann es Abendessen gab. Man konnte wohl einfach in die Küche gehen und bekam etwas. Das gemeinsame Essen im Ashram war eine Last gewesen, all die fremden Menschen mit ihren seltsamen Energien. Kein Entkommen. Wie in der U-Bahn. Charlie lachte leise. Eine U-Bahn durch den Ego-Tunnel zur Erleuchtung.

Sie fand den Lichtschalter im Flur und machte sich auf den Weg hinunter zur Küche. Der Papagei war wieder auf der Brüstung, durfte die Abenddämmerung genießen. Gedämpft plapperte er vor sich hin: »La-soh, la-soh.«

»Da bist du ja, mein Hübscher«, gurrte Charlie ihn an. Die behosten Füßchen trippelten freudig, und mit unmissverständlicher Aufforderung drückte er Kopf und Hals gegen die Stäbe, um gekrault zu werden. Charlie kraulte ihn, fühlte das Wohlbehagen des kleinen Wesens. Fühlte, wie Unsicherheit in der Wärme der Gemeinsamkeit schmolz. Fühlte das Gurren, das tief unten im Hals hängen blieb, gebannt von der Hingabe an den Augenblick. Wärme. Keine Trennung. Geborgen in einer sanften, runden Zeit.

Charlies Hand glitt durch die engen Käfigstäbe, kraulte den Papagei an den Stellen, an denen er es besonders mochte. Ihre Finger fanden sie von selbst an dem kleinen Körper, der eine Erweiterung des ihren war. Runde Zeit.

»Tashi delek.«

Der Alte stand neben ihr, lächelte mit seinen wenigen Zähnen. Ein glückliches Lächeln. Einen Augenblick lang teilten sie die runde Zeit. Dann fiel sie langsam auseinander.

Der Papagei trippelte und sagte »Tashi delek« mit der Stimme des Alten.

Der Alte kicherte und sagte etwas. Charlie schüttelte den

Kopf, hob die Schultern und zog ihre Hand aus dem Käfiggitter. Der Alte zeigte auf den Papagei. »Künga«, formulierte er deutlich und stülpte dabei die Lippen vor. Es mochte der Name des Papageis sein.

»Künga«, wiederholte Charlie. Der Alte nickte zufrieden.

»Künga«, sagte der Papagei, »kuchi, kuchi.« Dass dies das Wort für »bitte« war, hatte Charlie von Jakob erfahren.

»Yepo-du, yepo-du«, brummelte der Alte glücklich vor sich hin. Eine knochige, vom Alter gekrümmte Hand griff nach dem Käfig. Heitere kleine Blitze schossen aus den Augenschlitzen zu Charlie hin, sagten ihr Dank für ihre Zuneigung zu Künga, dem liebenswürdigen Gefährten.

Ein frischer Wind tanzte durch das offene Treppenhaus, wehte die wohligen Gerüche nach Räucherwerk, Holzfeuer und Kreuzkümmel in die Flure. Die Küche war vom harten Schein einer nackten Glühbirne beleuchtet. Auf dem Schemel neben dem Herd mit einem dampfenden Topf auf dem Feuer saß Ani Lhamo und ließ mit leisem Singsang eine Kette mit kleinen, dunklen Holzperlen durch die Finger gleiten. Sie sprang auf und lächelte, als gebe es nur Glück auf der Welt. Ein Lächeln so offen wie die Tore des Himmels.

»Tscha-li-la!« Mit unverständlichen Worten und ausdrucksvollen Gesten machte sie deutlich, dass das Abendessen noch nicht fertig sei, und wies einladend auf einen Schemel. Einer jener Umstände, die Charlie dringend zu vermeiden versuchte. Sie war nicht gut im Improvisieren, war immer voller Furcht, sich lächerlich zu machen. Sollte sie gehen? Das würde vielleicht unfreundlich wirken. Bliebe sie, konnte dies als aufdringlich erscheinen. Wie war die Situation auf tibetische Weise zu bewältigen? Gab es verbindliche Grimassen? Sie runzelte die Stirn, zog die Schultern hoch, drehte die Handflächen nach außen. Ani Lhamo lachte schallend und tat dasselbe. Ein Lachen des Herzens, ungehemmt und arglos. Es nahm Charlie die Last der Fremdheit ab. Als habe sie mit der Nonne einen Zeitsprung getan, vorwärts in eine Zukunft, in der Vertrautheit bereits herangewachsen war.

Ani Lhamo zeigte auf ihrer Armbanduhr den Zeiger-stand, wann das Abendessen fertig sein würde. Es war eine alte Taucheruhr, grotesk ausladend am kleinen Handgelenk der Nonne. Woher mochte sie die nur haben? Charlie lachte, deutete auf die Uhr, hielt sich die Nase zu und machte mit dem freien Arm Schwimmbewegungen. Ani Lhamo schaute verdutzt, lachte, ahmte die unverständlichen Gesten nach und lachte noch mehr. Charlie ging es gut beim Lachen mit Ani Lhamo. So gut ging es ihr selten.

Die junge Nonne, die den Alten ihr Essen brachte, schlug den Vorhang an der Tür hoch und schlang einen Knoten hinein. Mit einem kleinen, schüchternen Lächeln stellte sie die Schalen auf einem Tablett bereit. Die beiden Nonnen begannen zu plaudern, zwei rot gewandete Außerirdische mit zwitschernden Stimmen. Ganz still saß Charlie auf ihrem Schemel, als schwemme das Stillsein alles Fremdsein aus ihr heraus, mache die Fremdwelt, die sie, die Inchi, in die Küche hereingetragen hatte, wesenlos. Denn trotz aller Freundlichkeit, der sie begegnete, fühlte sie sich als Eindringling. Niemand hatte sie eingeladen, es wurden keine Eintrittskarten an der Tür verkauft, da war nichts, was man buchen konnte. Niemand hatte hier auf sie gewartet. Niemand brauchte sie oder ihresgleichen. Dennoch lachte Ani Lhamo ausgelassen über die unverständlichen Scherze der Fremden. Wie eine Mutter. Hatte Evi jemals so liebevoll gelacht?

»Tukpa«, sagte Ani Lhamo und nahm den Deckel vom Topf.

»Das heißt Suppe«, erklang von der Tür her Jakobs Stimme. »Ich habe das dritte Auge, das sieht, wenn Ani-la den Deckel vom Topf nimmt.«

Schon hatte er zwei Schalen aus dem Regal geholt und stellte sich hinter die junge Nonne, die ihm kichernd den Vortritt lassen wollte. Mit einer höfischen Verbeugung trällerte Jakob: »Aber nicht doch, Mademoiselle Jangchub, min, min«, schwenkte dabei Schalen und Löffel und brachte die beiden Nonnen zu wildem Kichern. Woher nahm er nur diese Heiterkeit, trotz des Dunklen in ihm?

An diesem Abend saß Jakob auf Charlies Bett, die knochigen Beine in den dünnen Baumwollhosen bewundernswert verknotet, und erzählte von dem Mann, der seit zweieinhalbtausend Jahren »Buddha«, der Erwachte, genannt wurde.

»Eigentlich hieß er Siddhartha«, sagte Jakob. »Und du glaubst es nicht, aber dieser Name bedeutet: derjenige, der Senf besitzt. Das war die Formel für Wunscherfüllung. So ähnlich wie Gottlieb oder so. Wer eine gute Senfernte hatte, konnte glücklich sein. Der Name seines Vaters bedeutet so viel wie Besitzer von Reis. Das waren gut situierte, hoch geachtete Leute. Der viel zitierte Prinz, das ist eher Mythos. Verstehst du, ich erzähle dir hier keine Heiligenlegende, sondern die Geschichte eines Mannes, der von sich sagte: Ich habe einen alten Weg wiedergefunden. Das hat mich total beeindruckt. Er sagte nicht: Ich habe eine Vision oder eine göttliche Eingebung gehabt, oder so was. Er hat einfach einen alten Weg wiedergefunden.«

»Alten Weg wohin?«, fragte Charlie. »Tut mir leid, ich habe keine Ahnung. Ich hab nur irgendwo gelesen, es gehe um Weltverneinung. Was ich verstehen kann. Denn ich muss sagen, ich finde die Welt auch ziemlich mies. Oder vielleicht bin nur ich daneben, und ich bin es, die mies ist. Fühlte sich der Buddha, ich meine der Senfbesitzer, auch daneben?«

Jakob lachte. »Kann schon sein. Lass mich erst mal erzählen. Die Geschichte von dem Mann Siddhartha aus dem Klan der Sakya. Ein Mensch, der in einer bestimmten

Zeit unter bestimmten Umständen gelebt hat. Na ja, ich hab einiges darüber gelesen, von Historikern, die ganz andere Geschichten erzählen als religiöse Mythen. In der Legende geht es gleich los mit Palastleben vom Feinsten, da denkst du, du bist in Dubai oder im Märchen von Tausendundeiner Nacht. Aber man kann sagen, der Siddhartha wurde in ein sorgloses Leben hineingeboren. So viel ist sicher. Das passt gut zu einem Ausspruch eines meiner Lamas, der sagte, am besten für das spirituelle Leben sei es, wenn man weder zu viel noch zu wenig an materiellen Gütern habe.«

Und Jakob erzählte von einem jungen Mann, der sich in überlieferten Texten selbst als ein zartes Kind beschrieb, das Lotosblumenteiche und Musik liebte und wenig Lust hatte, kämpfen zu lernen. Introvertiert wird er wohl gewesen sein, intelligent, schöngeistig. Wahrscheinlich hatte er eine empfindliche Gesundheit. Die Legende, sagte Jakob, dichtete ihm Prunk an, gar jede Menge Konkubinen, aber das, meinte er, gehörte eben damals zum Geschichtenerzählen. Kaum zeugungsfähig, wurde er verheiratet, wie das so war in jenen Zeiten. Aber einen Sohn gebar seine Frau erst, als er schon neunundzwanzig war. »Ich wette«, sagte Jakob, »sie hat vorher nur Mädchen produziert, die fand man ja in Indien nicht erwähnenswert.«

In der Legende, erzählte Jakob, sei dann von dramatischen Begegnungen Siddharthas mit Alter, Krankheit und Tod die Rede, die der Auslöser für seine spirituelle Suche gewesen seien. Er vermute jedoch, es sei einfach so gewesen, dass Siddhartha erwachsen genug war, um das Leben realistischer als in der Jugend zu sehen. »Ihm ging es gut, verstehst du, er hatte den Kopf nicht voll mit Existenzsorgen, und da dachte er, Hab und Gut, Frau und Kind, ist ja alles okay, aber dann wird man alt, wahrscheinlich auch krank und stirbt. Und kam zu dem Schluss: Mann, das kann doch nicht alles sein.«

Charlie nickte. »Und er fand die Lösung?«

Jakob hob mit predigender Geste die Hände: »Ich sage euch, er fand sie.«

»Bist du sicher?«

Es gefiel ihr, wie Jakob sein Gesicht in fragende Falten legte, mit den Augen rollte und die Lippen vorschob. So sehr die Unsicherheit schmerzte, Sicherheit war schlimmer. Ich weiß, was ich sage, pflegte Hannah-Oma zu verkünden. Ihre Sicherheit nicht zu teilen war eine Beleidigung, die sie nur schwer ertragen konnte.

»Was ist schon sicher?«, sagte Jakob und fischte getrocknete Aprikosen aus dem Schälchen mit Trockenfrüchten, das er mitgebracht hatte. »Der Buddha empfahl, man solle ihm nicht einfach glauben, sondern seine Lehren ausprobieren. Dann weiß man, was man hat.«

Charlie erwiderte mit einem kleinen, schiefen Grinsen: »Zum Fenster rausschauen.«

»Ha!«, rief Jakob. »Lama Yongdu!«

»Du auch? Musstest du auch zum Fenster rausschauen?«

Jakob lachte vor sich hin. »Aber gewiss doch. Ich dachte, er spinnt. Aber er ist ein verdammt guter Lehrer, unser Lama-la. Sehr inspirierend. Es gibt ein Gerücht, er sei ein Tulku, eine sehr hohe Wiedergeburt. Ich hab ihn gefragt, und er sagte, das spiele doch keine Rolle, davon gebe es viele. Wichtig sei das ja nur bei wiedergeborenen Klosterleitern, dann gebe es keinen Streit um die Leitung. Er hat da seine eigenen Ansichten. Wahrscheinlich, weil er so lang im Westen war. Er will nicht, dass man Niederwerfungen vor ihm macht.«

Tulku. Niederwerfungen. Hohe Wiedergeburt. Charlie begegnete dem Gefühl der Peinlichkeit mit trotziger Rechtfertigung. Woher hätte sie wissen sollen, dass er jemand Besonderes war? Yongdu hatte sie nicht aufgeklärt. Niemand konnte von ihr verlangen, dass sie sich in der fremden Kultur auskannte.

Um genau zu sein, niemand verlangte es.

»Erzähl weiter, wie war das mit dem alten Weg?«

Jakob steckte ein paar getrocknete Kokosstückchen in den Mund, bevor er weitersprach. »Du musst wissen, es war damals eine spannende Zeit in Indien. Die Brahmanen hatten das religiöse Leben in der Hand, waren Monopolisten der Beziehung zu Brahma, dem Obergott, dem höchsten Geist. Mit Opferungen bugsierte dich der Brahmane vorwärts in bessere Wiedergeburten. Aber viele Leute hatten es damals satt, von den arroganten Priestern bevormundet zu werden. Alle möglichen selbst ernannten Gurus tauchten auf und sammelten Anhänger um sich. Es war ein phantastischer, esoterischer Pluralismus, vielleicht in mancher Hinsicht ähnlich wie bei uns. Ich bin Experte, meine Eltern haben sich in Poona kennengelernt. Und meine Tante Ramona glaubt felsenfest an einen Channelsupergeist, der sie führt. Soll mir recht sein. Immerhin zahlen sie dafür, dass ich den Rest meines Lebens in einem tibetischen Kloster verplempere.«

Das Dunkle in Jakob. Es war der richtige Augenblick, ihn zu fragen.

»Du willst bis an dein Lebensende hier bleiben? Da denkst du aber weit voraus.«

Jakob zuckte mit den Schultern. »Nicht gar so weit. Ich wurde mal in Bangkok angefahren. Die Blutkonserve im Krankenhaus war HIV-verseucht. Danach kam ich hierher, ahnungslos. Dumm gelaufen. Erst als ich komische Symptome bekam, hatte Harriet die Idee mit dem Bluttest. Jetzt lebe ich mit der Zeitbombe. Man weiß ja nie, wann sie losgeht. Kann noch dauern. Oder auch nicht. Jedenfalls gefällt's mir hier.«

Sie hatte es gewusst. So wie damals, als der Hund krank war und sie noch nicht gelernt hatte, das Wissen zu unterdrücken. Der Hund ist krank, hatte sie zu Evi gesagt. Aber

Evi hatte nicht zugehört, auch Hannah-Oma nicht, man nahm nicht ernst, was ein Kind sagte. Er ist nicht mehr der Jüngste, hieß es. Dann starb er sehr schnell, man hatte den Tumor ja von außen nicht sehen können. Obwohl sie es hätten fühlen sollen, dachte Charlie, man erkannte es doch an seinem Blick, an seinen Bewegungen. Aber sie konnten sich eben zumachen und nicht wissen.

Doch Charlie wusste und litt unter dem Wissen. Sie wusste, dass Hannah-Oma reichlich Geld auf der Bank liegen hatte, obwohl sie immer sagte, die Familie müsse sparen, sie hätten ja nichts. Oder dass Evi ständig an einen bestimmten Mann in der Nachbarschaft dachte, auch wenn sie es nicht einmal sich selbst gegenüber zugeben konnte.

»Oh, das tut mir leid«, sagte sie.

»Meistens vergess ich es«, erwiderte Jakob und knabberte an einem Kokosstück. »Wenn man es nicht spürt, denkt man nicht daran.«

Du spürst es vielleicht nicht, hätte Charlie gern gesagt, aber ich schon. Mir haben sie diesen Fluch mitgegeben.

»Jedenfalls war Siddhartha der Meinung«, fuhr Jakob fort, »dass es ihn in seiner persönlichen Entwicklung nicht weiterbrachte, wenn er die Brahmanen für irgendwelche Opferrituale bezahlte. Ich nehme an, dass er sich mit wandernden Asketen unterhielt und vom Gedanken begeistert war, den ganzen Alltagskram hinter sich zu lassen und sich nur noch mit der geistigen Ebene zu beschäftigen. Ich hatte auch so einen Auslöser. Ist genau dreizehn Jahre her. Da hielt mal ein Rinpoche in unserer Stadthalle einen Vortrag über das Überwinden des Leidens oder so ähnlich, und das schoss mich ab. Volle Breitseite. Also Siddhartha zog los. Du kannst dir vorstellen, wie entsetzt sein Vater war. Der hatte sich eine andere Karriere für seinen Sohn vorgestellt. Das hat man davon, wenn man einen ambitionierten Vater hat. Meiner war da lässiger. Er träumt heute noch trotz Halbglatze und Reihenhaus ein bisschen vom Easylife in Goa mit leckeren Satsang-Mindblowjobs.«

Mit offensichtlichem Vergnügen beschrieb Jakob, wie Siddhartha seine Familie schockierte, als er sich Haar und Bart scheren ließ, das gelbe Tuch der Asketen gegen seine guten Kleider tauschte und ein Samana, ein Hausloser, wurde. Und wie unbeirrt er war auf seiner Suche nach dem absoluten Glück.

»Glück?«, fragte Charlie. »Ich dachte, beim Buddhismus geht es immer ums Leiden und Auslöschen.«

Jakob lachte. »Na gut, er hat es ein bisschen anders ausgedrückt. Er sagte, er suche das, was nicht dem scheinbar unvermeidlichen Leiden am Leben unterworfen sei. Damit man ihn nicht missverstand und auf irgendwas festnagelte, hat er sich negativ ausgedrückt. Also suchte er das, was nicht dem Leiden unterworfen ist, und das ist genau genommen das absolute Glück, das über Leiden und relatives Glück und alles Vergängliche hinausgeht.«

»Aha. Und das wäre?«

»Aufwachen. Er nannte sich selbst Der Erwachte.« Jakob lachte und wühlte nach den wenigen getrockneten Aprikosen in der Schale. »Das fand ich gut. Nichts Abgehobenes. Einfach nur, ups!, aufgewacht. Wir träumen unser Leben, jeden Tag. Glücklich, unglücklich, gleichgültig, langweilig, frustriert, niedergeschlagen, in Hochstimmung, glücklich, wieder unglücklich. Haben wollen, nicht haben wollen. Hoffnung, Furcht. Immer so weiter. Stimmt's? Aber Aufwachen ist anders. Eben nicht mehr träumen. Glück ist vielleicht nicht das richtige Wort dafür, aber das total richtige Wort gibt es sowieso nie. Also nehmen wir eine Annäherung – endgültiges Glück, durch nichts bedingtes Glück. Das ist natürlich auch Befreiung vom Leiden. Genau genommen Befreiung vom Leiden und vom Glück, von der ganzen Affenschaukel.«

»Und dann?«, fragte Charlie.

»Dann bist du erleuchtet.«

»Aha. Ist die Jetsünma erleuchtet? Oder Yongdu – ich meine Lama Yongdu?«

Jakob pickte die letzten Kokosstückchen aus der Schale. »Weiß ich doch nicht.«

»Oder der Dalai Lama?«

»Frag ihn«, sagte Jakob, »aber erwarte keine Antwort. Ein Lama sagte mal: Wenn man meint, dass man es weiß, ist das ein Zeichen, dass man es nicht weiß. Klar. Denn alle unsere Meinungen sind relativ. Zu sagen, so ist es, ist relativ. Zu sagen, so ist es nicht, ist auch relativ. So sitzen wir eben letztlich immer zwischen den Stühlen.«

»Beruhigend«, murmelte Charlie.

Sie fühlte sich alles andere als beruhigt. Worauf, um Himmels willen, hatte sie sich da eingelassen?

Die Berge waren sattgrün vom Monsun. Ein kleiner Pfad wand sich vom Kloster hinauf zu einem Wald, über eine steile Anhöhe und einen kleinen Sattel zu einem weiteren Anstieg. Immer dichter wurde der Wald und der Pfad war kaum mehr erkennbar. Affen, Leoparden und Wildschweine hausten dort oben, erklärte Jakob, und auf den Felsen würde sich auch gelegentlich eine Schlange sonnen. Aber gefährlich sei es nicht.

Hätte er ihr doch nichts davon gesagt.

Charlie fürchtete sich, hielt fast nach jedem Schritt inne, horchte auf verdächtiges Rascheln, glaubte Bewegungen hinter den Bäumen zu entdecken. Doch nichts war so laut wie ihr Herzschlag, und das Einzige, was sich bewegte, war sie selbst. Allmählich begann sie ruhiger zu atmen.

Eine Lichtung zwischen den Bäumen und Büschen führte bis zum Rand eines steil abfallenden Hangs, unter dem sich ein schmales Tal voller Felder erstreckte, umgeben von sanft gewellten Bergen in Reihen hintereinander, vom morgendlichen Dunst wie Scherenschnitte voneinander abgesetzt. Und über allem die zarte, mächtige Weite, die den Horizont missachtete.

Ein großer, glatter Stein lud zum Sitzen ein. Hier, dachte Charlie, müsste Meditation funktionieren. Die Weite war da, die vegetative Ruhe der Natur. Hier würde sie nicht denken müssen.

Yongdu hatte gelacht, als sie ihm ihre Bitte um eine richtige Meditation vorgelegt hatte. Zum Fenster hinausschauen sei doch keine richtige Meditation. Es sei langweilig, und ständig würden sich alle möglichen lästigen Erinnerungen aufdrängen. Sie wolle eine Meditation, die ihr den Zustand bescheren würde, wie der Buddha ihn beschrieben hatte, aus Nachdenken geboren, zufrieden am Feldrand. Denn so hatte Jakob es erzählt. Dass Siddhartha nach sieben Jahren härtester Askese weiter von der Befreiung entfernt war als je zuvor, dass er stattdessen in die Falle des Fanatismus geraten war und dass ihm in dieser desolaten Situation ein Zustand einfiel, den er einmal zu Hause am Feldrand erlebt hatte. Wahrscheinlich beim Ausruhen vom Pflügen oder Mähen, mutmaßte Jakob. Diesen Zustand nannte der Buddha später die erste von vier Meditationsstufen. Irgendwie sehr entspannt und wunschlos glücklich.

»Atme die Spannung und die Gedanken aus«, hatte Yongdu gesagt, »und verbinde dich mit der Weite. Immer wieder. Keine große Sache. Tu es einfach.«

Also tat sie es.

Ein Schwarm kleiner, aufgeplusterter Vögel tobte in einem Busch herum und flog dann weiter. Sie atmete ihre Gedanken über die Vögel aus. Ein Adler zog seine Kreise im Aufwind über dem Tal. Der gleichmäßig summende Ton der Zikaden tanzte in der warmen Luft. Sie atmete Gedanken über Adler und Zikaden aus.

Es war gut so. Seit Langem war es nicht mehr so gut gewesen. Sofern man sagen konnte, dass es jemals gut gewesen war.

Nicht nachdenken.

Ein zweiter Adler erschien über dem Tal, begann ebenfalls zu kreisen. Die beiden Adler kannten sich. Vielleicht liebten sie einander. Liebten Vögel? Warum nicht?

Hatte Father-Man jemals Evi geliebt? Dieser Mann sah nicht so aus, als hätte er je lieben können. Was hatte die beiden nur zueinander gezogen? Evi sprach nie darüber.

Vom Absoluten hatte er gesprochen und dass alles gegeben sei. Es sei so, wie es sei. Und das *wusste* er. Eisern. Wie sollte sie mit ihm sprechen über dieses Gebirge des Besserwissens hinweg? Sie hatte es versucht, mitten hinein in seine Abschottungen. Schau mich an, ich bin Charlie, Charlotte, deine Tochter. Ich habe einen Vaterkomplex, sagt meine Therapeutin, den müsse ich auflösen. Mit dir.

Aber er sagte: Es gibt nichts aufzulösen. Es ist so, wie es ist. Hier und jetzt. Vollkommen unwichtig vor dem Absoluten.

Bin ich unwichtig, Father-Man?

Warum nahm er nicht wahr, wie weh ihr sein überlegenes, sie erbarmungslos ausschließendes Schweigen tat?

Sie wollte nicht daran denken. Sie musste Father-Man ausatmen. Schmerz ausatmen. Therapeutin ausatmen. Das Gefühl des warmen Steins zulassen. Es war ein schöner, gelassener Tag, und der Himmel war klar wie eine frisch geputzte Brille.

Ihr Blick folgte den Adlern. Sie flog mit, ließ sich tragen, spürte die Kraft der warmen Winde unter den Flügeln. Träum nicht ständig, sagte die nette, junge, verständnislose Klassenlehrerin mit dem modischen Haarschnitt. So kann man doch nicht lernen.

Was hätte Charlie anderes tun können als träumen? Es gab kein anderes Mittel gegen das entsetzliche Gefühl der

Ohnmacht. Sie spürten es, die anderen, sie spürten Charlies Anderssein, wie einen Geruch, wie eine heimliche, fremde Farbe unter ihrer Haut. Sie hatte gelernt, die Wut über die Ablehnung tief in sich hineinzudrücken. Die Ohnmacht war geblieben.

Fliegen können! Schulbänke in der Luft schweben lassen! Schulranzen als Geschosse verwenden, ohne einen Finger zu rühren! Treppenstufen nachgeben lassen. Sie hatte von handfester Zauberei geträumt.

Genug, genug! Keine Erinnerungen mehr! Es tat gut, auf dem Trampelpfad weiterzuklettern, durch den Bergdschungel, unter hohen, mit Flechten behangenen Bäumen hindurch. Ein paar Affen turnten unbekümmert durch die Äste. Charlie genoss die Anstrengung. So hielt der Körper den Kopf fest, die Gedanken zerrten sie nicht aus sich heraus. Sie fühlte die Zufriedenheit der Bäume und Büsche. Nicht anderes tun als da zu sein, satt vom Monsunregen, erfreut über das reichliche Sonnenlicht, in selbstverständlichem Miteinander. Das Sterben mochte leicht sein für die Bäume, dieses langsame Verlöschen, Sichverwandeln in Behausungen für viel Getier, dann zur Nahrung werden für neue Bäume.

Sie bemerkte, dass sie lächelte.

Es kam selten vor, dass sie lächelte, einfach so, ins Gesicht der Welt.

Die Küche war leer, aufgeräumt. Sie hatte das Mittagessen versäumt. Der Ausflug hatte sie hungrig gemacht. Guter, klarer Hunger, ein seltenes Ereignis. Im Topf auf dem Herd war noch ein bisschen Reis. Vielleicht fand sie irgendwo Sojasauce.

»Tscha-li-la!« Ani Lhamos Stimme klang, als freue sie sich, Charlie zu sehen.

»No food?«, fragte Charlie und versuchte, ihrem Gesicht einen bedauernden, sich entschuldigenden und zugleich bittenden Ausdruck zu geben. Was immer Ani Lhamo sehen mochte, sie klatschte in die Hände, lachte leise, drückte Charlie sanft auf einen Hocker am Tisch und hatte binnen Kurzem eine Schale mit dampfendem Reis und zwei kleinere Schalen mit Currygemüse und ein wenig Hammelfleisch gefüllt. Charlie aß dankbar, mit ungewohntem Vergnügen. Essen empfand sie selten als angenehm. Man musste es eben tun. Doch heute gefiel es ihr. Und es gefiel ihr, wie Ani Lhamo in der Küche werkelte, Kleinigkeiten erledigte, den Fenstersims abwischte, ein Küchenhandtuch zum Trocknen aufhing. Nur um da zu sein.

Nach dem Essen nahm die kleine Nonne Charlie nachdrücklich am Arm und führte sie mit einem eifrigen »Come, come« aus der Küche in das danebenliegende Zimmer. Es war ein sehr kleiner Raum, beherrscht von einem schrankartigen Schrein mit einer kleinen Statue und Fotos von Lamas, gegenüber ein niedriges Bett mit ein paar zusammengelegten Decken, eine rohe Kleiderkiste, auf dem Boden ein alter Webteppich und an den Wänden zwei Drucke tibetischer Gottheiten. Das Fenster bot einen ähnlichen Ausblick auf das Dorf wie von Charlies Zimmer zwei Stockwerke höher.

Ani Lhamo goss Tee aus einer riesigen Thermoskanne in zwei Becher, nickte, klopfte einladend mit der Hand kurz auf das Bett und lief aus dem Zimmer. Sie ließ einen Hauch von Eile zurück, der verriet, dass sie gleich zurückkommen würde.

Die Drucke an Ani Lhamos Wänden waren kunstvoll und bunt. Reich verzierte Gestalten saßen auf riesigen Lotosblüten. Da war es wieder, das Gesicht aus der Höhle mit den rollenden Augen, die Augenbrauen fast drohend zusammengezogen. Der Gelehrte und Magier aus Indien. Meister Padmasambhava. Nach ihrem ersten Besuch hatte sie die Höhle gemieden, sich am vorigen Mittag auf einen kurzen

Blick in den Tempel beschränkt, als es im Kloster ganz still war. Sie wollte niemandem begegnen. Katze am fremden Ort, geduckt, mit zuckendem Schwanz.

»Ich bin Ani Tashi«, sagte das junge Mädchen im Klostergewand, das, gefolgt von Ani Lhamo, durch den Türvorhang schlüpfte. »Ani-la möchte, dass ich übersetze. Ich habe ein bisschen Englisch in der Schule gelernt.« Sie sprach die englischen Wörter im melodischen Singsang aus, den Charlie in Indien mit Vergnügen nachgeahmt hatte. *Littäl inglisch, värri gudd.*

Mit fließender Leichtigkeit, wie fallende Blätter, sanken die beiden Nonnen auf den kleinen Teppich nieder. Charlie rutschte vom Bett und setzte sich zu den beiden auf den Boden. Vielleicht wurde das Bett hohen Gästen angeboten. Sie wollte nicht wie ein hoher Gast behandelt werden. Die Nonnen lächelten.

Ani Lhamo hatte einen weiteren Becher mitgebracht. Der tibetische Chai schmeckte nicht nur nach Tee und Salz und Butter, ein Hauch von Räucherwerk war dabei und der zarte Duft von Ani Lhamos Mantras.

»Ani Lhamo ist traurig, dass sie nicht Englisch kann, sie möchte mit dir reden«, sagte Ani Tashi. »Will bisschen von dir wissen.«

Mit wenigen Worten erzählte Charlie von den ungewöhnlichen Umständen, die sie ins Kloster gebracht hatten, und von ihrer völligen Unwissenheit über den Buddhismus. Ani Lhamo schüttelte lachend den Kopf und schlug die Hände zusammen.

»Ani Lhamo sagt, alles sehr glückverheißend«, übersetzte Ani Tashi. »Sie sagt, Guru Rinpoche Padmasambhava hat Tscha-li-la hierher geführt. Der indische Meister ist sehr weiser Mann.«

War der Swami ein weiser Mann? Er war ihr fremd geblieben in den Tagen im Ashram. Hatte sie ihn, ohne es recht zu bedenken, verantwortlich gemacht für die Unerreichbarkeit ihres Vaters? Es war ein unbehaglicher Gedanke.

Sie fragte nach Ani Lhamos Herkunft. Erst vor zwei Jahren war Ani Lhamo in das Kloster gekommen und hatte den Platz als Köchin für die Alten und die Gäste eingenommen. Zuvor hatte sie in Tibet gelebt, war durchs Land gepilgert, hatte hin und wieder auch in ihrem Nonnenkloster gelebt. Monatelang war sie eingesperrt gewesen, weil sie in einer Höhle meditiert und sich der »patriotischen Umerziehung« entzogen hatte. »Ani-la hat Glück gehabt«, übersetzte Ani Tashi. »Nur ein kleines Gefängnis auf dem Land, weit weg von Lhasa. Nicht so schlimme Folter. Nur Schläge und Hungern.«

Gut sei es hier in Jetsünmas Kloster. Da könne sie zwischen den Mahlzeiten und auch nachts meditieren und müsse nicht hungern und sich nicht mehr fürchten. Das sei sehr gutes Karma, sagte Ani Lhamo, sie habe wohl in ihrem früheren Leben Gutes getan. Manchmal.

»Die Jetsünma sagte, ich darf eine Weile hier bleiben«, erklärte Charlie. »Ich möchte Meditieren lernen.«

Es erschien so selbstverständlich an diesem Ort, sich darum zu bemühen, das Durcheinander in ihrem Kopf in Ordnung zu bringen. Etwas würde sich verändern. Vielleicht würde sich alles verändern. Charlie würde sich verändern, nicht mehr Charlie, nicht mehr Charlotte sein. Jakob hatte einen tibetischen Namen bekommen, Tsering, Langes Leben. Sein innerer Name. Sie würde ihn fragen, ob sie auch einen inneren Namen bekommen könne. Was man dafür tun müsse.

»Du kannst morgens nach dem Frühstück ein bisschen mit Ani-la meditieren«, sagte Ani Tashi. »Wenn du möchtest.«

Ani Lhamo lächelte einladend, nickte, klopfte mit der

Hand auf den Teppich vor dem Schrein. Machte mit dem Daumen die Bewegung des Abzählens der Perlen an der Gebetskette.

»Ich kann nicht meditieren«, sagte Charlie. »Nur zum Fenster rausschauen. Das soll ich machen, hat Lama Yongdu gesagt.«

Ani Tashi übersetzte und die beiden Nonnen schauten einander an. »Shi-ne«, sagte Ani Tashi. Ani Lhamo wiegte den Kopf. »Shi-ne«, erwiderte sie.

»Gut. Ganz einfache Meditation«, erklärte Ani Tashi. »Geht auch ohne Fenster.«

4

Natürlich hätte sie Jakob bitten können, ihr mehr vom Buddha zu erzählen. Doch da war ein Abstand, der sich nicht veränderte. Nur ein kleiner Abstand, wie ein ganz leiser Ton oder ein vager Geruch. Ob es an ihr lag oder an ihm, wusste sie nicht zu sagen. Oft aß er mit ihr auf dem Dach zu Mittag, plauderte ein wenig vom Klosteralltag oder erzählte Witze. Manchmal sah sie ihn nicht, vielleicht, weil er schon in der Küche gewesen war oder später kam. Es hatte Vorteile. Sie musste sich nicht verpflichtet fühlen. Doch gestand sie sich ein, dass sie Regelmäßigkeit mochte. Es war beruhigend, sich auf einen Rhythmus einstellen zu können.

An einem Abend klopfte er an ihrer Tür und hatte zwei der landesüblichen Dreiviertelliterflaschen Bier im Arm. Er habe seinen Redetag, sagte er, fragte jedoch nicht, ob sie ihren Zuhörtag hatte. Er hielt es für selbstverständlich, dass sie Gesellschaft wünschte, geriet in einen kleinen Rausch des Erzählens, warf sich in die bunten Geschichten seiner Reisen. Vom Wahnsinn des Kai-Tag Airports in Hongkong. Vom noch größeren Wahnsinn des Flughafens bei Lhasa. Von bekifften Abenden in Goa und Wanderungen mit verrückten

Trekkern im Solo Kumbu. Es war komisch, was Jakob erzählte, und Charlie konnte lachen. Wahrscheinlich vergaß er sie beim Erzählen, doch das tat nicht weh zwischen all dem Lachen. Zumal mit Hilfe des Biers.

Ein wenig Neid wehte sie an angesichts der Leichtigkeit, mit der Jakob seine Erfahrungen angehäuft hatte. In einem männlichen Körper zu sein in einer Welt der Männer! Die Codes zu kennen, sich als Mann ganz selbstverständlich in der Welt zu bewegen. Nicht Frau, nicht Beutetier, nicht beäugt und belauert. Vielmehr Marlboro-Mann, Boss, Spieler, Abenteurer, Clown. Herrscher hatten nie weibliche Narren, nur weibliche Ratgeberinnen, die sich leise, unsichtbar, klug hinter dem Thron aufhielten, hinter dem Schleier, von der Geschichtsschreibung der Männer nur am äußersten Rand vermerkt. Wenn überhaupt. Wie würde eine Geschichtsschreibung der Frauen aussehen?

»Und du glaubst es nicht«, sagte Jakob, eingesponnen in das Vergnügen des Erzählens. »Der Shivaheini, von oben bis unten mit Asche eingerieben, hängt einen schweren Stein an seinen Penis, und die amerikanischen Touristinnen klatschen wie die Irren, und vom Scheiterhaufen auf den Ghats, auf dem eine Leiche verbrennt, weht der Rauch herüber, und eine Touristin sagt: Hey, das riecht wie bei uns im Garten beim Grillen. Sagt sie mit dieser hohen Gartenpartystimme. Und daneben, im Pashupati-Tempel, liegen fromme Hindus, um zu sterben. Irre.«

Wie hätte sie da sagen können: Erzähl mir vom Buddha!

Charlie gab sich Mühe zu meditieren. Die Zeit kroch, verharrte manchmal regungslos. Der kleine Reisewecker tickte gegen sie an, doch er konnte nichts ausrichten. Der Gecko an der Decke hatte sich schon ewig nicht mehr bewegt. Diese Langsamkeit schmerzte. Schreien wäre herrlich. Doch hier explodierte man nicht. Man implodierte. Und dann?

Draußen vor dem geschlossenen Fliegengitter des Fensters gab es nur die Nacht und drinnen das lautlose Flackern der Kerze. Zum Schlafen war es viel zu früh. Man müsse sich einfach öffnen, hatte der Swami im Ashram gesagt, Gott sei allezeit da. Doch Charlie hatte immer nur Unruhe gefunden. Und Furcht, als gehe sie auf einen Abgrund zu. In der Not hatte sie sich Strickmuster ausgedacht, die sie zu Hause nachstricken wollte, Ornamente wie an den Saris der dunklen Frauen mit den großen Augen und den langen, zarten Gliedern.

Jetzt ertappte sie sich dabei, wie sie wieder an Strickmuster dachte. Das Stricken hatte ihr jahrelang beim Überleben geholfen. Selbst Hannah-Oma hatte ihr Stricktalent gelobt. Die Ornamente im breiten Brokatrahmen um eines der Rollbilder im Zimmer der Jetsünma fielen ihr ein. Ihr Geist begann zu stricken. Sie fühlte die Stricknadeln in den Händen, den Faden um den Finger, hörte das leise Klicken, wenn die Nadeln aneinanderstießen. Evi liebte das blaue Strickkleid aus feinen Seiden- und Kaschmirfäden. Charlie hatte viele Wochen lang daran gestrickt, gegen den Druck des Abiturs angestrickt und es Evi zum Geburtstag geschenkt.

Evis Freude, Hannah-Omas Lob. Doch es war keine Wiedergutmachung für das Leiden an der Fremdheit gewesen.

Sie wollte sich nicht erinnern. Atmete ein und aus. Alles ausatmen, hinaus in den Nachthimmel. Das Moskitogitter störte. Als fingen sich die Gedanken darin. Als könnten sie nicht hinausströmen in die Nacht, in die Auflösung. Sollte sie es öffnen trotz der Moskitos? Doch dann würde sie die halbe Nacht die Plagegeister jagen und am Morgen mit wütenden roten Pusteln aufwachen und tagelang daran herumkratzen.

Das beste Versteck, das sie je gehabt hatte, war das Bild an der Wand des Kinderzimmers. Es gab eine Zeit, da wartete ihr unsichtbarer Freund Jack im Obstgarten hinter dem

Bauernhof. Sie spielten Indianer am Wald oder ruderten mit dem Boot auf dem kleinen See zwischen den Enten herum. Auf Jack war Verlass. Er war immer da.

Charlotte, komm endlich!, rief Evi, doch sie blieb sitzen und wünschte sich mit aller Kraft in das Dorf mit den blühenden Obstbäumen. Evi riss die Tür auf und zeterte, sie solle endlich kommen, sonst würden sie den Bus verpassen. Aber Charlie wusste, dass sie den Bus verpassen mussten. Es war nicht gut, mit diesem Bus zu fahren.

Nicht mit dem Bus!, schrie sie, als Evi sie in den Flur zerrte. Nicht! Nicht mit dem Bus!

Immer hat man Ärger mit diesem Kind, sagte Hannah-Oma wütend und wurde eine Fremde.

Evi schrie, und Hannah-Oma schimpfte, und Opa stand abwartend an der offenen Wohnungstür, als gehe ihn das alles nichts an. Charlie ließ die Knie durchknicken und machte sich schwer, stieß mit den Füßen und ließ die Arme nicht in die Jacke zwingen. Ein böser Bus, heulte sie, aber niemand verstand sie. Schließlich warfen sie ihre Taschen hin und rissen die Mäntel herunter, denn es war zu spät für den Bus. Und sie waren wütend auf Charlie, so wütend, dass Charlie Angst hatte. Doch vor dem Bus hatte sie noch mehr Angst.

Später sagten sie: Wie gut, dass wir den Bus verpasst haben, wir könnten jetzt alle tot sein. Denn der Bus fiel über eine Böschung, es war ein ganz schreckliches Unglück.

Sie wollte sich nicht erinnern.

Warum hatte sie das mit dem Bus gewusst? Die kleine Charlotte hätte es nicht beschreiben können. Sie wusste eben manches, was erst noch geschehen würde. Sie konnte sich nicht wehren gegen das Wissen, und sie konnte sich nicht wehren gegen das Nichtwissen der anderen. Das Beste war wegzugehen, in das Bild zu Jack oder in eine der Geschichten auf den Tonkassetten oder später in ihre eigenen großen, langen Geschichten von Zauber und Magie.

Mit einem Anflug von Verzweiflung griff sie nach dem *Time Magazine*, das sie in Kathmandu gekauft hatte. Sie wollte sich nicht erinnern. Nicht einmal an die Geschichten, die sie geliebt hatte.

Jakob klopfte an ihre Tür, trat ein, bevor sie antworten konnte, setzte sich auf das Bett, lehnte sich mit dem Rücken an die Wand, sagte »Hey!« und seufzte theatralisch. Er lobte die kühler werdenden Nächte, kratzte sich, berichtete, dass die Jetsünma das Kloster verlassen habe, aber bald zurückkomme, und tauchte seine Hand in die Tüte mit den kostbaren getrockneten Früchten, die er mitgebracht und zwischen sich und Charlie gestellt hatte.

»Ich hatte gerade überlegt, ob ich vor Langeweile sterbe«, sagte Charlie. »So langsam abbröckeln, dass es staubt, bis nur noch ein graues Häufchen übrig bleibt. Ich würde so gern noch mehr vom Buddha hören. Wie wär's mit einer Märchenstunde?«

Seine Bereitwilligkeit war offensichtlich. Warum hatte sie je gezögert, ihn zu bitten? Der Verdacht regte sich, dass sie an Vorstellungen glaubte, die unbegründet waren. Oft. Vielleicht gewohnheitsmäßig.

»Also, wo waren wir?«, begann Jakob. »Hab ich schon erzählt, dass Siddhartha so eine Art Hippie wurde? Im Fetzenlook und barfuß, mit keinerlei Besitz außer einer Bettelschale. So zog er durchs Gangestal los und suchte sich einen Guru. Aber natürlich nicht irgendeinen, nicht den erstbesten, auch nicht einen der berühmten. Hey, nein, er schloss sich zuerst mal einem ganz unbekannten Meister an. Ist noch Tee in der Kanne?«

Charlie beeilte sich, die Thermoskanne mit dem Becheraufsatz, ihre Tasse und ein kleines Tablett, das sie nicht in die Küche zurückgebracht hatte, herbeizuholen.

»Ich hab einiges darüber gelesen. Alara Kalama, so hieß dieser Guru, war ein Praktiker. Er redete nicht viel, sondern brachte seinen Schülern Meditation bei, ich denke, so eine Art Shamata, Abschaltemeditation zum Ruhigwerden. Gar nicht so schlecht, aber das war's dann auch – einfach Abschalten. Siddharta übte das eifrig, er wollte es wirklich wissen, und als er perfekt darin war, wurde ihm klar, dass das nicht ausreichte. Da fällt mir ein Rinpoche ein, der konnte sich kugeln vor Lachen über thailändische Yogis, die in Höhlen sitzen und Abschaltemeditation praktizieren und schließlich so gut abgeschaltet sind, dass sie nicht mehr essen und trinken, nicht mehr denken und träumen, nur noch dasitzen und vegetieren und verstauben, jahrelang. Das soll es geben. Nur die Haare und die Nägel wachsen weiter, wie bei einer Leiche. Und wenn man sie dann rausholt und abstaubt und wieder ankurbelt, sind sie in ihrer Entwicklung natürlich keinen Schritt weitergekommen. Wie sollten sie auch. Der Rinpoche nannte das die Meditationssackgasse.«

Charlie nippte nachdenklich am heißen Tee. »Und was mache dann ich? Zum Fenster rausgucken, ist das besser?«

»Nur für den Anfang, vertraue auf Lama Yongdu«, erwiderte Jakob und ahmte das einheimische Kopfwackeln nach, das alles und nichts ausdrückte. »Jedenfalls machte sich Siddharta danach ans Studieren, das Angebot war reichlich, aber das Philosophieren brachte ihm auch keine Befreiung. Als er dann von den Einsiedlern hörte, die sich mit knallharter Askese traktierten, versuchte er es damit. Fasten, Schlafentzug, Selbstkasteiung, die volle Palette. Bis zum Kot essen und sich auf verrottete Leichenteile legen, du glaubst es nicht.

Er war wirklich bereit, es mit allem und jedem zu versuchen. Jahrelang und sehr experimentierfreudig. Bisschen unappetitlich. Muss was traditionell Indisches sein. Gandhi schätzte seinen Urin als Aperitif, ließ ich mir sagen.«

Charlie stellte sich mit Schaudern das Ruhen auf älteren Leichenteilen vor.

»Nach jahrelanger Askese«, erzählte Jakob weiter, »hatte Siddharta genug von alledem. Aber er hatte eine Menge gelernt. Es wurde ihm klar, dass er rauskriegen musste, wie das Bewusstsein tickt. Weil man normalerweise alles nur so weit versteht, wie der Horizont reicht. Reicht der Horizont nur bis zum Materialismus, denkt und erlebt man materialistisch. Reicht der Horizont bis zum Nihilismus, denkt und erlebt man nihilistisch. Reicht der Horizont zum Theismus, denkt und erlebt man theistisch. Klarer Fall. Also setzte er sich hin und gab seinem Geist Raum und blieb so lange dran, bis er erleuchtet war. So heißt es.«

Ihr Blick hing schon seit einer Weile am Bild des Buddha an der Wand, stilisiert, mit Heiligenschein, weit weg und nah zugleich. Ein freundliches, rundes Gesicht, alles ein bisschen rund, er könnte auch eine Frau sein. Und er saß da, als gebe es keine Sorgen auf der Welt. Entspannt. Unbekümmert. Einverstanden. All das, was sie selbst nicht war.

»Seine berühmte erste Lehrrede hat mich damals kalt erwischt«, fuhr Jakob fort, und sein Vergnügen an der Geschichte zeigte sich in den Augenwinkeln. »Ich war jung und dumm, auf dem alternativen Trip, militant vegetarisch und nach meinem kurzen Ausflug ins Establishment heiligmäßig abgerissen. Meinem Bruder durfte ich nicht über den Weg laufen, er verabscheute mich. Selbst meinen gewohnheitsmäßig toleranten Eltern war's zu viel. Ich muss ganz schön unerträglich gewesen sein. Und dann las ich diese erste Lehrrede. Sich verwöhnen, sagte der Buddha, sei nicht gut, aber es sei andererseits nutzlos, sich ständig den Hahn zuzudrehen, man würde sich damit nur das Leben schwermachen. Ihr könnt auf Fleisch und Fisch verzichten, sagte er, den Schädel kahl scheren oder die Haare verfilzen lassen und Lumpenkleider tragen und euch mit Asche bekleckern und den Göttern opfern. Aber das ist völlig für die Katz, solange ihr nicht von Unwissenheit frei seid, und Unwissenheit, das ist nichts anderes als Wut und Neid und Eifersucht und Arroganz und emotionale Räusche und Frömmlerei und miese Absichten und der ganze negative Kram.«

»Und Selbstverachtung, wie ist es damit?«, fragte Charlie. »Und Misstrauen und wenn man sich selbst nicht leiden kann?«

Jakob lächelte. »Es geht ja, denk ich, um Identifikation. Wie gesagt, eben der ganze lästige Kram.« Es war ein sehr freundliches, fast zärtliches Lächeln. »Lama Yongdu sagte mal, grundsätzlich gehe es darum, ein anständiger Mensch zu sein. Dann könne man auf alle Religion verzichten.«

Die Tage flossen gemächlich dahin, mäandernd vom Frühstück zu den kleinen Meditationen mit Ani Lhamo, zum Mittagessen mit oder ohne Jakob, durch bedeutungslose Nachmittage, zur abendlichen dicken Suppe in der Küche, zu traumlosen Nächten. Manchmal ging Charlie frühmorgens mit Jakob in den Tempel, den Lhakang, zum Ritual mit den Mönchen und Nonnen, tauchte ein in die wilden Urklänge der Trommeln, Becken, Trompeten und langen Tuben und ließ sich wiegen von den seltsamen Gesängen mit den ungewohnten Tonfolgen. Jeden Nachmittag tauchte das zögernde Verlangen auf, zu Yongdu zu gehen. Selten gab sie nach. Häufig kam sie zu dem Schluss, dass sie keinen guten Grund nennen könne, nichts Wesentliches zu sagen oder zu fragen habe, ihn vielleicht gar langweilen würde. Der Verdacht kam ihr, dass sie einen Vaterersatz in ihm suchte, den Ausgleich für die Enttäuschung im Ashram. Doch sie verwarf diesen Gedanken wieder, erklärte sich selbst, dass es der spirituelle Lehrer sei, den sie in ihm sah, wissend und weise, die erste Person, die sie jemals über sich geduldet hatte. Nie zuvor war sie sich ihrer geheimen Arroganz so bewusst geworden.

Je größer die Sehnsucht war, desto nachdrücklicher stellte sich ihr Zögern in den Weg. Jakobs Erklärung, Yongdu sei ein Lama, gar ein Tulku, auch wenn man ihn nicht Rinpoche nannte, hatte ihr die anfängliche Leichtigkeit genommen. Ihm die unverständlichen Träume von Flucht und Wut und Zauberei zu erzählen, ihren gefürchteten dunklen Schatz, erschien ihr das größte Wagnis.

Warum tat sie es nicht?

Einmal hatte er sie angesehen und gefragt: »Gibt es etwas, das du mir sagen möchtest?« Doch sie hatte den Kopf geschüttelt und sich darauf hinausgeredet, dass sie keine gute Meditiererin sei und keine interessanten Ergebnisse zu berichten habe.

»Das meinte ich nicht«, erwiderte er. »Und Meditation ist nicht dazu da, interessante Ergebnisse zu bringen. Ich dachte nur, vielleicht bedrückt dich etwas.«

Sein Blick blieb in ihr hängen, den sie mitnahm in ihr kleines Zimmer und in sich drehte und wendete. Kühlendes Mitgefühl, dachte sie, seltsam, doch so war dieser Blick, weit offen wie der Himmel und zugleich voller bedingungsloser Nähe. Abends nahm sie sein Bild mit in den Schlaf: Yongdu auf seinem Polster sitzend, über dem Mönchsrock ein gelbes Polohemd, am Handgelenk eine altmodische Uhr mit schlichtem Lederarmband. Der Blick aus der Tiefe einer klaren, einfachen Selbstsicherheit. Wie wünschte sie sich solch eine unerschütterliche Verfassung, die so tief verankert war, dass man sich gar nicht vorstellen konnte, wohin dieser Anker reichen mochte.

Wen sah er, wenn er sie so anschaute? Das einsame, bleiche Mädchen aus dem Westen, das nichts vom Buddhismus wusste? Ein verwirrtes Wesen mit einer psychiatrischen Vergangenheit? Eine Art Tochter? Eine Frau? Viel Frau war nicht an ihr dran. Erlaubte er sich, Frauen wahrzunehmen? Er war kein Mönch, er durfte es. Wollte er es? Doch vielleicht sah er tiefer, sah, dass sie ihre, wenn auch noch so kleinen Brüste nicht mochte und den Schlitz in ihrem Leib, der jeden Monat Blut ausstieß, unzumutbarer Angriff auf ihre persönliche Freiheit. Sah er, dass man sie in einen Körper gebannt hatte, den sie kaum ertragen konnte? Yongdu hatte ihr die Karma-Idee erklärt, das selbst geschaffene und zu schaffende Schicksal, Ursache und Wirkung, Interdependenz. Die irgendwie selbst verantwortete Ausgangslage, von der aus man sich in den Prozess der Verwandlung von Ego-Welt, von Gier und Hass und Wahn in Weisheit und Mitgefühl begeben konnte. Wenn man konnte.

»Ich habe nie geglaubt, dass die Wirklichkeit einfach so ist, wie ich sie erlebe«, sagte sie zu Yongdu. »Die Quantentheorie hat mich bestätigt. Aber ich wusste es schon vorher. Oder ahnte es.« Und hätte gern hinzugefügt: Ich glaube, das siehst du mir an.

Sah er es? Sie wünschte sich so sehr, er würde sie ganz sehen, bis in die unerforschten Hintergründe ihrer Gedanken und Gefühle hinein. Dann würde er sie dort hinführen können. Sie würde es zulassen. Wahrscheinlich. Doch fragen hieß, Antwort herausfordern und damit Enttäuschung. Vielleicht.

Und dann war da Ani Lhamo.

Bei Ani Lhamo gab es nichts zu verstehen, nichts zu fragen. Ani Lhamo *stimmte*. Als könne nichts sie aus ihrer staunenden Selbstverständlichkeit bringen. Es kommt mir vor, sagte Charlie zu Jakob, als sei Ani Lhamo bis zum Rand angefüllt mit Dankbarkeit.

»Ani-la möchte dir eine Geschichte erzählen«, sagte Ani Tashi. »Sie hat gehört, du warst enttäuscht, weil Guru Rinpoche nicht persönlich hier war, nur seine Statue. Es ist eine Geschichte über eine Statue. Möchtest du sie hören?«

Charlie nickte mit höflichem Eifer, allein schon, um Ani

Lhamo eine Freude zu machen. Ein gelber Vorhang vor dem Fenster dämpfte die starke Vormittagssonne und tauchte das Zimmer in weiches Licht, vergoldete die zartbraunen Gesichter der beiden Nonnen.

Ani Lhamo erzählte die Geschichte von einem Theravada-Mönch aus Sri Lanka, der nach Bodhgaya kam, dem Erleuchtungsort des Buddha und von alters her das wichtigste Pilgerziel aller Buddhisten. Dort sah der Mönch, wie Tibeter vor der Sandelholzstatue der Tara, der Gottheit des Mitgefühls, beteten und sich vor ihr niederwarfen. Er war sehr gelehrt in buddhistischer Philosophie und machte sich über die Tibeter mit ihren vielen Gottheiten lustig, und wie primitiv sie doch seien, Götzenbilder anzubeten. Es war Monsunzeit, und eines Tages wurde er von dem Fluss, in dem er morgens immer badete, mitgerissen. Er schrie Hilfe, Hilfe!, aber natürlich war niemand da, der ihm helfen konnte. In seiner Verzweiflung fiel ihm Tara ein, die Mutter aller Buddhas und Helferin in der Not, und weil er so verzweifelt war, dass er nicht mehr denken konnte, rief er nach ihr. Da sah er eine große Statue aus Holz neben sich schwimmen, die Tara aus Bodhgaya. Er hielt sich an ihr fest und wurde in einer Bucht an Land geschwemmt. So fand man ihn, erschöpft, aber am Leben, einen Baumstamm in den Armen, der eine erstaunliche Ähnlichkeit mit der Statue der Arya Tara hatte. Der Mönch ließ sich in die meditative Praxis der Tara-Anrufung einweihen und sagte nie mehr etwas gegen die Gottheiten.

»Ani-la will dir sagen«, ergänzte die Nonne, »dass du auf Guru Rinpoche vertrauen kannst, auch wenn du ihn nur als Statue siehst. Er ist nicht außen, nicht getrennt von dir.«

»Und Tara«, fragte Charlie, »ist sie auch in mir?«

Ani Lhamo lachte. »Ist der Mond, den du hier siehst, ein anderer Mond als der Mond in deiner Heimat? Oder die Sonnenstrahlen hier im Zimmer andere als die oben in deinem Zimmer? Wir haben so viele Gottheiten wie unser Geist braucht. Aber nicht getrennt. Nichts ist getrennt.«

Manchmal war Ani Tashi bei den Morgensitzungen in Ani Lhamos Zimmer dabei und übersetzte Meditationsanweisungen. Obwohl Ani Lhamo mehr durch ihr Beispiel lehrte als durch Worte.

»Gut hinsitzen«, übersetzte Ani Tashi. »Rücken ganz stark, Brust ganz offen. Fühlen.«

Ani Lhamo ruckelte und zupfte ein bisschen an ihrem Gewand, drapierte ihr Tuch ordentlich um sich und wurde dann breit und weich wie ein Teig, den man in der Wärme ziehen lässt. »Lippen locker, atmen, Körper und Geist zusammen«, übersetzte Ani Tashi, »und nicht anstrengen.« Ani Lhamo lächelte kurz und ließ dann ihre Gesichtszüge los, als öffne sich in ihrem Gesicht die Weite des Himmels. Und bald wurde es so still um Ani Lhamo, dass sich Charlies Gedanken immer langsamer bewegten. Das war schön, doch es hielt nie lang an.

Yongdu hatte gesagt: »Es sind nicht die Gedanken selbst, sondern es ist das Hängenbleiben an den Gedanken, das uns Probleme macht. Wir glauben unseren Gedanken, wir nageln sie fest. So werden sie zum Treibstoff für Emotionen. Schau deinem Geist zu, was er macht, dann erkennst du das Prinzip.«

Charlie erkannte das Prinzip, wenn sie so friedlich neben Ani Lhamo saß. Nichts Kantiges mehr, nichts Stacheliges, nichts Dunkles. In Ani Lhamos kleinem Zimmer war das Leben im frischen, zarten Licht des Morgens so einfach wie die stille Fläche eines Sees.

Jakob wusste ein wenig mehr über Ani Lhamo, als Ani Tashi erzählt hatte. Dass sie in Tibet sehr viel Zeit in den abgelegensten Einsiedeleien und Höhlen verbracht hatte, eine echte Yogini, wie es nicht mehr viele gab. Dass die Jetsünma ihr das schönste Gästezimmer angeboten hatte, doch Ani

Lhamo nichts davon wissen wollte und darauf bestand, zu kochen und neben der Küche zu hausen. Und dass Ani Lhamo nach dem Urteil aller eine natürliche Begabung fürs Kochen hatte und eine viel bessere Köchin war als der tibetische Koch, der früher der Küche vorstand.

»Sie hat ein hartes Leben hinter sich«, sagte Jakob. »Obwohl sie es herunterspielt, hat sie im Gefängnis fürchterlich gelitten. Die Chinesen schlagen so raffiniert, dass innere Organe verletzt werden, aber man es von außen kaum sieht. Und wer zu sehr verletzt wird, den schicken sie zum Sterben nach Hause, damit offiziell nicht so viele Tote in den Protokollen der Gefängnisse auftauchen.«

Es kam ein Tag, an dem die Sitzung mit Ani Lhamo zur Hölle wurde. Charlie gab sich stets Mühe, still zu sitzen, auch wenn der Rücken schmerzte. Der Rücken tat fast immer weh, doch diesmal war es mehr als das. Ein glühender, kreischender Schmerz ging durch ihre Brust hindurch, als würde sie von einem Speer durchbohrt. Schweiß rann ihr von der Stirn, das Atmen fiel schwer. Etwas Schreckliches geschah. Vielleicht hatte sie einen Herzinfarkt. Vielleicht musste sie jetzt sterben.

»Ani-la«, flüsterte sie. Dann ein Wimmern, das sie nicht aufhalten konnte.

Ani Lhamo wandte sich zu ihr um und sprang auf. Charlie deutete auf ihren Rücken und ihre Brust.

»Doktor«, keuchte sie. »Bitte, ein Doktor!« Es gab, so hatte sie von Jakob erfahren, einen tibetischen Arzt im Kloster, einen Mönch.

»Good, good, Tscha-li-la«, sagte Ani Lhamo, fuhr mit der Hand über Charlies Rücken und hielt am Mittelpunkt des Schmerzes inne, als könne sie ihn ertasten. Plötzlich drückte sie einen Fingerknöchel mit Wucht in den Schmerz hinein. Charlie schrie auf.

Kein Schmerz mehr. Leichtigkeit. Und ein Summen im

Kopf wie der schwache Nachhall eines mächtigen Donners.

»Good, good«, sagte die Nonne, lächelte Charlie an und setzte sich wieder auf ihr Polster. Doch Charlie wusste, dass etwas Entscheidendes geschehen war, das sich nicht mehr rückgängig machen ließ. Die Stille hatte ihr geistiges Herz aufgebrochen.

An diesem Tag schrieb sie in ihr Ringheft:

Gelassen kreisen die Engel am Himmel
Glückselig so fern der Welt
Doch frage ich mich
Ob es die Welt
Diese traurige schmerzhafte Welt
Noch geben würde
Entschlössen sie sich
Nicht mehr zu kreisen

5

Alles wurde anders, als Emily kam.

Plötzlich stand sie in der Küche. Ani Lhamo, Ani Jang-chub, Jakob und Charlie glitten zurück, wurden Teil der Wände und der Einrichtung. Selbst das Fenster schien sein Licht nur noch für Emily bereitzuhalten. Eine große, schlanke Figur in weiter Hose und indischem Hemd aus weichem fließendem Stoff. Vollkommene Züge, von halblangen honigblonden Haaren umgeben, locker und elegant. Alles an Emily war makellos. Eine Herrscherin. Charlie suchte vergeblich Arroganz in ihr, hätte sie gern verdammt für diese Schönheit, die alle anderen in ihrer Umgebung minderwertig erscheinen ließ. Oder vielleicht nur Charlie minderwertig erscheinen ließ, Hexe, Albino, Missratene, nirgends Hingehörende, Alien. Charlie holte tief Atem und saugte den rettenden Gedanken in die unberechenbare Tiefe ihrer Eingeweide hinein. Sie war außerirdisch. Jawohl. Emily hingegen war irdisch. Bedrohend, niedermachend in ihrer irdischen, für jeden erkennbaren, fragilen und zugleich eisernen Schönheit. Aber Arroganz – nein. Emily hatte Arroganz nicht nötig.

Charlie beschloss, Emily nicht zu mögen. Und wusste zugleich, dass Neid diesen Beschluss bestimmte und sie sich dafür verachtete.

»Meine Didi ist nicht gekommen«, sagte Emily in die Luft hinein und fügte ein paar Sätze in fließendem Tibetisch hinzu. Jakob trat vor und zog Charlie am Ärmel sanft zu sich heran.

»Hi, Emily! Charlie, ich möchte dir Emily aus den USA vorstellen, Jetsünmas Übersetzerin – neben Lama Yongdu natürlich. Emily, das ist Charlie aus Deutschland, unser neuer Retreat-Gast. Unter Jetsünmas Fittichen natürlich.«

Er sprach das wiederholte »natürlich« aus, als sei es aus Stein. Granit. Ein Granitsplitter, spielerisch und mit bedachter Boshaftigkeit in den Raum geworfen. Etwa so, dass er Emilys Füße treffen sollte. Nicht ihren Kopf, nicht ihre Brust, nicht einmal ihr Schienbein. Eher so, wie wenn man jemanden unter dem Tisch tritt. Wie Evis Stöckelschuh Charlie unter dem Tisch traf, als sie klein war und sich ordentlich benehmen sollte.

Was war Jakobs Absicht? Benutzte er sie als Mittel einer heimlichen Kommunikation mit Emily? Als Waffe? Als Lockmittel? Als Pfefferspray oder Moschus?

Mit einem verhaltenen, eleganten Lächeln streckte Emily die Hand aus. »Tashi delek, Charlie. Ich wünsche dir ein gutes Retreat. Es ist sehr glückverheißend, hier zu sein. Aber das weißt du ja sicher.« In ihrer Stimme lag eine spröde Liebenswürdigkeit, aufrichtig und zerstreut.

Charlie fühlte sich klein. Sie mochte Emily immer weniger.

Nach einigen weiteren Worten zu Ani Lhamo und einem flüchtigen Kopfnicken war Emily wieder verschwunden, und Jakob berichtete, was zu wissen war über »Ihre Hoheit«. Dass sie aus Boston stammte, »very Eastcoast«, und früher eine erfolgreiche Strafverteidigerin gewesen war.

Dass sie die Monsunzeit in Thailand mit einem ausgemusterten indischen Prinzen zu verbringen pflegte und dass der superreiche Boss eines großen japanischen Konzerns seit Jahren vergeblich um sie warb. »Mindestens einen Kopf kleiner als sie«, sagte Jakob zufrieden. Jakob war ziemlich groß.

An diesem Nachmittag ging Charlie zu Yongdu.

»Ich möchte nicht stören, aber ich habe eine Frage«, sagte sie.

Yongdu lächelte sein offenes Lächeln, das ihre Barrieren zusammenfallen ließ. »Du störst mich nicht, Charlie.«

Er bot ihr köstliche, mit zartem Nougat gefüllte Kekse an, viel besser als die faden chinesischen Produkte aus dem kleinen Laden im Dorf. Jemand musste sie aus dem Ausland mitgebracht haben. Vielleicht Emily? Eine kleine, böse Wolke zog durch Charlies Herz, verdarb ihr die Lust an den Leckerbissen.

»Jakob hat mir ein Buch geliehen«, sagte sie, »darin wird erklärt, dass alles, was ich in diesem Leben antreffe, Karma aus früherem Leben ist. Und ich selbst bin demnach ein kausales Ergebnis früherer Leben. Ich frage mich, was man Schlimmes getan haben muss, um als so etwas wiederzukommen wie ich.«

»Als so etwas?«

»Ich meine, so ein Alien wie ich. Mit so einem komischen Aussehen und einem Gehirn, das nicht funktioniert wie ein normales Gehirn. Ich war nie normal. Ich habe mich bemüht, aber ich kann nicht normal sein. Ich kann es einfach nicht.«

Yongdu ließ sich Zeit mit seiner Antwort, wie er es immer tat. Als wähle er sorgsam die Worte, wie ein Geschenk, das sie erhalten sollte.

»Charlie, glaubst du, ich bin normal?«

Ein winziges Kichern kitzelte Charlies Herz, ein kaum

merklicher Funke des Vergnügens. Yongdu konnte das, einem das Herz kitzeln mit solch einer kleinen Berührung.

»Oh, du, du bist – ich weiß nicht, du bist einfach so völlig in Ordnung. In Ordnung, das ist es, das ist das richtige Wort. Ich möchte so gern in Ordnung sein.«

»Und du meinst, alle anderen um dich herum sind in Ordnung, nur du nicht?«

Nun hatte er sie tatsächlich zum Lachen gebracht. »Nein«, sagte sie, »das nicht.«

»Aber wie willst du normal sein?«

»Ich weiß nicht. Jung, dumm, gesund und immer vergnügt. Ich war nie jung, nie dumm, nie richtig gesund und nie vergnügt. Ich habe zu viele Synapsen. Mein IQ ist zu hoch. Mir macht nichts Spaß, was den anderen Spaß macht. Ich kann nicht kompensieren, und ich bin nicht ehrgeizig. Was habe ich getan, um das zu verdienen?«

»Denke nicht in den Kategorien von Schuld und Sühne«, sagte Yongdu bedächtig. »Die Karma-Idee hat eher mit Genen und psychologischen Programmen zu tun. Und natürlich mit Entwicklung. Wir sagen: Ein guter Bauer wirft seinen Mist nicht weg; vielmehr streut er den Dünger der Erfahrung auf das Feld der Erleuchtung.«

Es waren weniger seine Worte, die den Weg zu ihr fanden, als die Stimme. Eine unbenennbare Schwingung, die sie auseinanderfallen ließ, als hielten die Ketten der Wut gegen sich selbst sie nicht mehr zusammen. Tränen sammelten sich, liefen, konnten nicht aufgehalten werden.

Yongdu reichte ihr ein Päckchen Papiertaschentücher, goss Tee ein, ließ ihr Zeit. Es verwirrte sie, dass er mit keinem Mann vergleichbar war, den sie kannte. Nicht mit Evis Männern, nicht mit den Lehrern und Professoren. Er hatte kein Alter. Er hatte nicht die Kanten, an denen sie sich zu stoßen pflegte, keine Ambivalenz. Hatte er keine Meinung über sie? War es möglich, sich an keiner Meinung festzumachen?

In ihr war so viel Meinung. Und vielleicht war es so wenig Meinung, was ihn in Ordnung sein ließ.

Umständlich putzte sie sich die Nase, um nichts sagen zu müssen, viel Schnauben, Tupfen und Wischen. Zu viel. Es war peinlich, und sie wusste nicht, wohin sie schauen sollte.

»Verzeihung«, sagte sie schließlich, »ich heule sonst nicht.«

Mit einer kleinen Handbewegung wischte Yongdu ihre Worte weg. »Weinen ist natürlich. Wie Lachen.«

Es war, als kippe sie aus sich heraus. Sie konnte sich plötzlich gestatten, klein und vertrauensvoll zu sein, die Geschichte vom Busunglück und anderen Begebenheiten zu erzählen, Situationen, in denen sie gewusst hatte, was sie nicht wissen sollte, und dafür geächtet wurde.

»Ich wollte das nicht«, sagte sie, »aber es nützt nichts, man weiß es einfach.«

Yongdu nickte, schwieg, ließ alles, was sie erzählte, in sich hineinsinken, ohne jeden Widerstand. Das war schön und ein bisschen beunruhigend, denn sie sank mit und konnte sich nicht vorstellen, wohin. Ein sehr leiser Gedanke bot an, es sei sein Herz, der sanfte, himmelstiefe, unerschütterliche Raum seines Herzens, doch diesem Angebot wagte sie nicht zu folgen. So viel Mut brachte sie nicht auf.

An der Tür nahm er sie in die Arme und drückte ihren Kopf an sich, in einige lang gedehnte Sekunden hinein, geräumige Zeit. Und wie in Berauschung überquerte sie den Hof, in unschlüssiger Verwunderung, ob sie sich glauben durfte, was sie erfahren hatte. Und was diese Erfahrung denn nun bedeute. Im Eingang zum Treppenhaus begegnete sie Emily, die ihr kurz zunickte, in makelloser Geschäftigkeit über den Hof eilte und auf der Treppe zu Yongdus Eingang verschwand. Charlie blieb stehen und blickte ihr nach, ernüchtert, mit kalten Gedanken. Nahm er auch Emily in die Arme?

Doch das Wissen schwieg in ihr.

Kein Monsun mehr. Kleine weiße Wölkchen trieben über den täglich klarer werdenden Himmel. Wie abgewischt glänzten die harten Blätter der Rhododendren, Büsche füllten sich mit sattem Grün. Selbst das Dorf wirkte frisch gewaschen. Oktober sei die schönste Zeit in Nepal, sagte Jakob, meistens. Wenn nicht die Gewitterstürme kamen und Häuser abdeckten.

Seit Charlies Ankunft hatte es lediglich noch ein paar Gewitter und kurze Regengüsse gegeben. Jetzt strahlte die Natur, wärmte und kühlte in freundlichem Ausgleich. Es war schön, auf dem Bett zu sitzen und in den unendlichen Himmel zu schauen, vorbei an den Wölkchen in die tiefe, weite Endlosigkeit, in der es kein Innen und kein Außen gab. Charlie war stolz auf ihre Fortschritte. Sie konnte hervorragend Atemzüge zählen, und die Fenstermeditation ohne langes Abschweifen gelang ihr zunehmend besser. Selbst die Abende verbrachte sie angenehm mit Lesen. Es ging ihr gut. Solange sie nicht an Emily dachte.

Entspannte Tage, bis sich nach der kleinen Ruhepause wieder die verhassten Erinnerungen aufdrängten, unvorhergesehen, unausweichlich. Irgendwo in einem Raum zwischen Traum und Wachen, in den sie unversehens hineingesogen wurde von der Kraft einer lange verkapselten Verzweiflung.

Sie wusste, welches der Kinder das Geld gestohlen hatte, fühlte es in Kevins Schuh. Sein schneller Herzschlag tobte in ihr. Sie wusste es. Es würde keine Klassenfahrt geben, wenn der Diebstahl nicht aufzuklären war. Sie wollte die Klassenfahrt retten. Alle sollten es sehen. Sie hatte die Macht.

Erinnerung wie Reibeisen. Da war das blaue Krokodil mit weit aufgerissenem Maul, von einem ihrer vielen leidenden Vorgänger irgendwann einmal ungeschickt ins Holz der Schulbank geritzt. Zähne wie der große Kamm, mit dem Hannah-Oma durch Charlies Haare fuhr.

Er solle das Geld zurückgeben, flüsterte sie Kevin zu. Sah seinen Hass auf sich zukommen, blitzschnell, wie eine Faust, spürte den Schlag, den Schmerz in ihrem Inneren. Sie zeigte mit dem Finger auf ihn, auf den Schuh, redete sich heraus, sie habe gesehen, wie er es versteckte. Wünschte, sie hätte nichts gesagt. Die kleine Lust an der Macht verflog allzu schnell. Sie hatte die Klassenfahrt gerettet, doch im Geheimen verzieh ihr keiner in der Klasse das Petzen. Einmal mehr lernte sie, nicht wissen zu wollen. Wie damals, als sie wusste, dass Hannah-Oma log. Hätte sie es doch nie gewusst!

Jakob rettete sie. Klopfte und brachte knusprige Käsestangen mit und Whisky, den Emily in einem Duty Free Shop für ihn besorgt hatte.

»Schätze aus Kathmandu«, sagte Jakob. »Du müsstest mal mitkommen zu meinen Freunden.«

Wollte sie das? Wollte sie nach Kathmandu, in diese endlosen, stinkenden Verkehrslawinen eintauchen, in die erneute Befremdung im Wirbel von Armut, Schmutz, Vernachlässigung von Mensch und Tier und allen Dingen? In eine Umgebung von fatalistischer Traurigkeit und jenem dumpfen Lebenswillen, der Kühe Zeitungen fressen ließ und die Augen der Menschen mit einer matten Patina von Hoffnung und Furcht überzog?

»Dann gehen wir Pizza essen, es gibt downtown einen tollen Pizzabäcker, der hat sogar bayerisches Oktoberfestbier. Und guten Rotwein. Und Tiramisu.«

»Wenn du meinst«, sagte sie und dachte, dass sie Jakob dies schuldig sei. Alkohol war nur zum Entspannen gut, und Essen empfand sie nicht als Genuss. Ein bisschen Reis mit Dal, Gemüse und Tofu genügten, hielten die Maschine in

Gang. Bier war gut. Jemand hatte behauptet, es ziehe das Qi aus dem Kopf. In der Zeit mit den Punks war Bier ihr Hauptnahrungsmittel gewesen. Manchmal erinnerte es sie zu sehr an die aggressive Traurigkeit jener Zeit, dann mochte sie es nicht.

»Die Buddha-Geschichte«, sagte Jakob und setzte sich Charlie gegenüber auf das Fußende des Betts. »Weiter geht's. Versprochen ist versprochen. Außerdem macht es mir Spaß. Ich hab schon immer gern erzählt. Wo waren wir stehen geblieben? Ach ja, Askese. Also, Siddhartha hatte, wie gesagt, die Askese satt und begann, seinen Geist zu erforschen. So drückt es Lama Yongdu aus. Lama Yongdu sagt, der Buddha war eigentlich ein Wissenschaftler, ein Forscher. Er wollte wissen, wie der Geist funktioniert. Er erkannte, wie unser Bewusstsein von den Impulsen Habenwollen, Nichthabenwollen und Nichtwissen beherrscht wird. Genial. Wenn man stillhält, kann man das beobachten: Ich mag dieses, jenes mag ich nicht. Das ist langweilig, interessiert mich nicht. Der Ventilator ist zu laut, wenn nur jemand den verdammten Ventilator ausschalten würde. Ah, wunderbar, so soll es bleiben. Aber ohne Ventilator wird es schnell zu heiß. Ach, ich möchte mich hinlegen und schlafen, das wär schön. Langeweile, Unruhe, ärgerliche Gedanken, Sehnsüchte. Du denkst, Scheißfilm, wo ist die Fernbedienung? Aber die gibt's nicht, das Programm im Kopf läuft ab. Deshalb sind ja alle so scharf auf Ablenkung. Ich auch. Du glaubst es nicht, wie blöd ich mir oft vorkomme. Also klatscht man Unterhaltung drauf. Weltliche Unterhaltung, esoterische Unterhaltung, religiöse Unterhaltung, Hauptsache, man begegnet sich nicht selbst. Sehr raffiniert. Frag Lama Yongdu. Er erklärt das besser.«

Charlie lachte. »Ich finde, du erklärst es sehr anschaulich.«

»Ich weiß, wovon ich rede. Als ich hier ankam, war ich fast heilig. Kein Sex, kein Fleisch, kein Alk, kein Masturbieren, kein nettes Fantasieren. Fünf Uhr morgens aufstehen, rezitieren, meditieren. The good boy. Das Bravsein blies mich auf wie einen Luftballon. Ich war ein Gockel mit Heiligenschein. An einem Abend bei Emily drängte mir Lama Yongdu Whisky auf. Whisky-Meditation, sagte er. Zuerst zierte ich mich, dann wurde ich albern. Es war eine Offenbarung, du glaubst es nicht. Die Luft ging ab. Es blieb nicht viel von mir übrig.« Jakob lachte ausgelassen.

»In der Buddha-Legende«, fuhr er fort, »tritt Mara auf, ein hinterhältiger, verführerischer Gott, der Siddhartha mit allen möglichen Versprechungen und Drohungen abzulenken versucht. Also, stell dir vor, er schickt ihm supergeile Visionen von Macht und Reichtum und Einfluss und Lust. Wie etwa, Präsident der Vereinigten Staaten zu sein. Oder ein wahnsinnig reicher Krösus mit den phantastischsten Autos und Jachten und einem Stall voller Privatjets. Oder von einer sagenhaft schönen Frau, hemmungslos wild nach ihm. Aber der Buddha fährt nicht darauf ab. Er weiß einfach, dass keines dieser Angebote halten kann, was es verspricht.

Drohungen kamen auch nicht an. In der Legende heißt es, dass Mara stocksauer wurde und ein Riesenaufgebot an Soldaten auf ihn hetzte. Die schossen ihre tödlichen Pfeile ab, aber halleluja, als sie beim Buddha ankamen, hatten sie sich in Blumen verwandelt. Ha, das macht Laune.

Ich denke, Mara lauert immer. Einer meiner Mara-Trips war das vegetarische und abstinenzlerische Dogma. Genusssucht und Machtsucht in allen Varianten sind natürlich sehr offensichtliche Mara-Effekte. Aber die heimlichen sind wahrscheinlich noch gefährlicher, Tugendsucht und die ganze Palette von esoterischem und intellektuellem und charismatischem Größenwahn. Und du kannst mir glauben, ich habe die Keime zu allen in mir gefunden.«

Er hob sein Glas, schwenkte es heftig mit einem zu lauten »Auf Buddha, er lebe hoch!« und trank es aus. Charlie folgte

90

seinem Beispiel, wollte ihm zeigen, dass sie seine Offenheit wertschätzte. Wenngleich sie nicht sicher war, ob es sich eher um die gelungene Automatik einer unterhaltsamen Selbstdarstellung handelte oder um echte Offenheit. Vielleicht um beides.

Jakob füllte erneut die Gläser. »Leben läuft immer auf Leiden hinaus, sagt der Buddha, aber du kannst da raus. Alltagsbewusstsein ist Leiden, der Frust haut immer wieder rein. Erfüllte Wünsche sind satte Keime der Unzufriedenheit, also glaub nicht, dass echtes Glück irgendwo anders herkommt als aus deinem eigenen Geist. Die Mara-Legende besagt: Siddharta musste ja nicht nur die Identifikation mit dem Leiden aufgeben, sondern auch mit dem Glück, mit der ganzen Affenschaukel von Hoffnung und Furcht. Und niemand hat es ihm vorgemacht, niemand hat gesagt: Schau, mach es so, dann platzt die Blase. Er erkannte einfach, dass das ganze Weltall von Glück und Leiden in einem selber liegt und die Befreiung ebenfalls. Und niemand kann dir die Arbeit abnehmen. Niemand.«

»Und die Blessings?«, fragte Charlie. »Das ganze Ding mit den Segnungen?«

Jakob streckte die Beine aus und lehnte sich an die Wand. »Wind in die Segel«, antwortete er, »aber segeln musst du allemal selber.«

Charlie dachte an Anna im Ashram, die überzeugt war, dass der Swami die Macht hatte, sie zu verwandeln. Sie hätte dies gern von der Jetsünma erwartet. Doch hier erwartete man nicht, verwandelt zu werden. Oder doch? Glaubten die Mönche und Nonnen, dass sie durch die Rituale verwandelt würden?

Jakobs Stimme drängte sich in ihre Überlegungen. »Es hat mich unglaublich beeindruckt, dass der Buddha sagte: Glaubt nicht einfach drauflos. Glaubt nicht, weil es irgendwo geschrieben steht. Glaubt nicht, weil alle anderen es glauben.

Und glaubt den hochverehrten Lehrern nicht, weil sich das so gehört und sie es ja wissen müssen, sonst wären sie nicht hochverehrt. Sagte er doch tatsächlich: Glaubt auch mir nicht unbesehen! Prüft selber nach, was ich behaupte, prüft ganz aufmerksam, und wenn ihr dann erkannt habt, was für euch und die anderen wirklich gut ist, dann haltet euch an das. Na ja, es dauert, bis man das erkannt hat. Bei mir jedenfalls.«

Mit einem heiteren Seufzer vertiefte sich Jakob in den Genuss der Käsestangen. Plötzlich wandte er Charlie den Kopf zu: »Sag mal, wie geht es dir?«

Charlie hob die Schultern. »Ich weiß nicht.«

»Solltest du wissen. Schau hin. Natürlich kannst du sagen, dass mich das nichts angeht. Aber du solltest es wissen.«

»Ich weiß wirklich nicht, was ich denken soll«, erwiderte Charlie. »Je länger ich hier bin, desto weniger weiß ich es. Warum bin ich hier? Der Swami hat mich zu Padmasambhava geschickt. Aber der ist eine Statue in einer Höhle. Die Jetsünma hat gesagt, ich kann in der Höhle meditieren, aber ich trau mich nicht. Ich wollte meditieren lernen, damit ich meine Erinnerungen und Albträume loswerde, aber ich glaube, das funktioniert nicht. Es wird eher schlimmer. Zu Hause hatte ich immer das Gefühl, dass ich auf dem falschen Planeten gelandet bin. Jetzt fühle ich mich wie in einer Raumkapsel irgendwo im Weltall. Ziemlich bodenlos.«

Jakob lachte. »Das Gefühl kann ich nachvollziehen. Darum muss ich immer mal wieder den Kathmandu-Planeten besuchen, damit ich die triviale Bodenhaftung behalte, sozusagen.«

Entschlossen hielt Charlie ihm ihr Glas hin. »Es ist schön, Jakob, dass du mir vom Buddha erzählst. Und dass ich mit Ani Lhamo meditieren darf. Und dass ich Lama Yongdus Schulter zum Ausweinen habe. Das ist alles sehr gut. Aber es erklärt mir nicht, warum ich hier bin. Oder wer ich bin. Oder was ich mit meinem Leben anfangen soll. Ich hab verdammt noch mal keine Ahnung.«

Jakob lachte leise. »Reise ohne Ziel, meine Liebe, das ist es. Jeder Tag ein Ankommen und Abreisen.« Er ahmte das Krähen eines Hahns nach, lachte, krähte wieder. »Besser als ständig rauf auf den Misthaufen und krähen und wieder runter vom Misthaufen. Ich habe vor langer Zeit mal ein bisschen Betriebswirtschaft studiert, ich glaube, um meine flippigen Eltern zu schockieren. Absurd. Dann fuhr ich in die Welt, und seitdem reise ich. Ohne Ziel, wie gesagt. Ich bin ein leidenschaftlicher Reisender. Vor allem hier im Kloster. Von einem Tag zum nächsten. Wahnsinn!«

Am nächsten Morgen erwachte Charlie mit der vagen Vorstellung von einem schönen, kultivierten jungen Mann im fließenden Gandhara-Gewand, der durch das Gangestal wanderte und immer mehr Anhänger anzog. Erstaunlicherweise anzog, denn er sprach nicht nur von der Überwindung des Leidens, sondern auch von der Überwindung des Allerweltsglücks. Zwei Seiten einer Münze. Und dann war da auch der junge König, dem des Buddhas Aufruf zur Gewaltlosigkeit besser gefiel als die Kriegstreiberei seiner Berater, und die Geldgier der Brahmanen hatte er offenbar auch satt. Wie sie wohl aussahen, die Unterkünfte, die dieser König zu Beginn der Regenzeit für das Gefolge des Buddha bauen ließ? Geflochtene Wände, Dächer aus Palmblättern? Es wurde ja nicht kalt im Tal des Ganges.

Ob es zutraf, dass der Buddha zunächst die Frauen nicht in seinen Orden lassen wollte und nur mit Mühe dazu überredet werden konnte? Wie sollte man wissen, was er wirklich gesagt hatte, wenn seine Aussagen erst dreihundert Jahre später aufgeschrieben wurden. Was mochte in den vielen Generationen der mündlichen Überlieferung alles dazuge-

dichtet worden sein. Ob sie selbst sich ihm damals ange-
schlossen hätte, dem Aristokraten mit seiner intelligenten
Lehre, der sagte, sie solle ihm nicht glauben, sondern selbst
prüfen? Doch wie sollte man selbst prüfen, wie sollte man die
Wahrheit herausfinden? War nicht jede Religion der Über-
zeugung, über die absolute Wahrheit zu verfügen? Gottes
Wahrheit, Jehovas Wahrheit, Allahs Wahrheit? So viele absolute Wahrheiten.

Yongdu lachte, als sie ihn nach »der Wahrheit« fragte.
»Welche, die relative oder die nicht relative?«, hatte er geantwortet. »Die relative Wahrheit hängt von Umständen ab,
und die nicht relative ist paradox. Wie der Spruch aus der
Lankavatara-Sutra: Die Dinge sind nicht so, wie sie scheinen, aber anders sind sie auch nicht.«

Dieser Spruch gefiel Charlie ganz außerordentlich gut,
weil es so herrlich unmöglich war, seine Bedeutung festzu-
nageln, und sie wiederholte ihn für sich immer wieder bei
ihren Meditationen am Fenster.

Dann kam der Morgen, der alles zunichte machte, was sie
im Kloster erreicht hatte oder glaubte, erreicht zu haben.
Unversehens, sehr früh, in der Dämmerstunde. Die erste Zeit
nach dem Aufwachen war fast immer schwierig. Düster, las-
tend, voller untergründiger Bedrohung. Doch diesmal war
es schlimmer als sonst, so schlimm wie lang nicht mehr. Es
war so wie damals zur Zeit des Absturzes, als sie Angst hatte
vor jedem neuen Tag, weil sie dann in eine giftige Welt eintauchen musste, in der die Luft mit Abgasen und das Essen
mit Chemikalien vergiftet war. Giftige geheime Botschaften
strahlten aus dem Fernseher und lauerten in Werbeplakaten.
Und vor allem sah sie, was sie niemandem erklären konnte,
böse Wesen, die sich als Menschen tarnten und in deren Augen man nicht schauen durfte. Später, als sie erwachsen war
und diese Wesen nicht mehr sah, begnügte sie sich mit der

Erklärung, es habe sich um ein psychotisches Phänomen gehandelt. Doch damals, als Kind, erlebte sie nur Angst, eine so tiefe, nackte Angst, dass sie ihr Gesicht gegen Evis Brust drücken musste, mit dem Gefühl, dass sie nur dort überleben konnte, an dieser Brust. Bis Evi sie unter Tränen weggab, in die Klinik. Es ist ja nicht für lang, schluchzte Evi, sie werden dir helfen, sie wissen, was zu tun ist.

Wie hätten sie das wissen können.

Die Tür der Station zum Treppenhaus war immer verschlossen. Sonst wären alle Kinder weggelaufen. Fast alle. Charlie wusste, dass sie nicht weglaufen würde, die Hölle draußen war schlimmer als die Hölle drinnen. Doch Tana hatte wieder Zustände, da wurde die Hölle drinnen fast so schrecklich wie die Hölle draußen. Tana hatte dem kleinen Peter ein Büschel Haare ausgerissen, es blutete, und der Kleine schrie wie am Spieß. Die Erzieherinnen hatten Angst vor Tana. Charlie wusste es, roch es. Tana wusste es auch, doch ihr Wissen war anders als Charlies Wissen. Tana spürte nur, wenn jemand Angst vor ihr hatte, und das gab ihr Kraft, wenn sie Zustände hatte. Charlie schaute Tana nicht an, lenkte den leeren Blick an ihr vorbei, das hatte sie geübt, seitdem sie in der Station war. Lily, das Downsyndrom-Mädchen, mit dem Charlie das Zimmer teilte, versank in Verzweiflung, wenn Tana tobte, hockte sich in die Ecke zwischen Bett und Wand, stumm wie Stein. Charlie kniete sich hinter sie, nahm sie in die Arme und wiegte sie, spürte, wie der kleine, dicke Körper sich ein wenig lockerte. Lilys Verzweiflung war so ausdruckslos, dass Charlie hin und wieder stellvertretend weinen musste. Doch das durfte niemand wissen.

Die Angst blieb, bis zum letzten Tag in der Klinik, als Evi kam und sie mit hinausnahm in die schwarz-weiße Normalwelt. Doch nun erschien ihr diese Welt weniger bedrohlich, eher als kühl, rechteckig, ordentlich. Sie nahm sich vor, sich zurechtzufinden. Ein großer, mächtiger Wille sagte zu ihr, sie müsse sich beugen und mitspielen. Evi weinte vor Aufregung und Hoffnung. Jetzt bist du wieder gesund, sagte sie. Jetzt bist du wieder ganz gesund, ja?

Sie wollte sich nicht erinnern. Sie wollte sich nie mehr erinnern. Sie wollte, dass es ein normaler Morgen war und sie hinunter in die Küche gehen konnte zu Ani Lhamo. Doch es war kein normaler Morgen. Der Tag fraß sie auf.

Angst. Sie war wieder da. Sie wuchs, besetzte das Herz, dann alle Zellen, tobte in ihr, zerriss ihren Geist, fügte ihn erneut zu entsetzlichen Gefühlen zusammen, zerriss ihn wieder. Sie hielt die Stücke fest, biss mit den Zähnen hinein, um sie zu halten, doch die Zähne wurden ihr ausgerissen, und sie wusste nicht mehr, was es war, das sie so verzweifelt festhielt. Nur den Klammergriff lösen konnte sie nicht, auch wenn ihr Herzschlag besinnungslos donnerte und ihr Körper geschüttelt wurde wie von den Händen eines Ungeheuers. Es gab nur Angst.

Sie rollte sich zusammen unter dem harten Licht des frühen Tags und hielt sich fest, die Fingernägel tief ins Fleisch gegraben in einer leeren Hülse unendlich schmerzender, wütender Einsamkeit. Doch es gab einen kleinen Riss, durch den die Erinnerung an ein Leben drängte, in dem es Yongdu gab. Ein kleiner Gedanke rief nach Yongdu, ein ganz kleines, leises Rufen, nur ein Flüstern. Mehr war nicht möglich als dieses winzige Rufen, doch es war besser als früher, als es niemanden gab, den sie herbeiwünschen konnte. Und dann begann sie aufzutauen, ganz langsam, über eine lange, lange Zeit hinweg.

Die Sonne stand hoch, als sie die dünne Bettdecke wegschob, um hilflos schluchzend ins Badezimmer zu wanken, nass von Schweiß und erschöpft wie nach einer übermenschlichen Anstrengung. Sie wollte dem kleinen Spiegel ausweichen, doch er griff nach ihr, zwang sie in den Anblick hinein, den sie selbst in ihren besten Phasen nicht mögen konnte. Augen wie nackte Muscheln auf dunklen Tellern, gebettet in die schweren Schatten des Leidens. Ihre Haut mit einem violetten Schimmer überzogen, die Haare strähnig und matt, ohne Farbe.

Sie lehnte sich gegen die Wand und wartete auf ein Ansammeln der Energie, die es ihr ermöglichen würde, sich ein wenig zu waschen.

Es war wieder geschehen. Kein Entkommen. Sie könnte sich gehenlassen und einfach verrückt werden. Es schien möglich. Sich der Welle der Wut überlassen, die in der Tiefe entlangraste und bereit war, sie mitzureißen auf die absurde Opernbühne des Chaos, bar aller Verantwortung. Doch dann würde sie Yongdu verlieren.

Charlie kroch zurück in ihr Bett mit dem Gesicht zur Wand. Der Nachhall des Panikanfalls war wie ein nicht enden wollender Gongschlag in ihrem Kopf. Oder wie ein Klopfen. Vielleicht ein Klopfen an der Tür? Sie wollte das nicht. Sie wollte unsichtbar sein, unhörbar, unfühlbar, nicht vorhanden.

Ani Tashi streckte den Kopf zur Tür herein. »Hallo«, sagte sie, »bist du krank?«

»Ja, krank«, antwortete Charlie, drehte sich nicht um, wandte der Welt den Rücken zu, hilflos. Sie dachte Stachelgedanken, dachte Panzergedanken, war noch nicht entlassen aus ihrer kleinen Hölle.

Doch dann musste sie sich doch umdrehen, aufgescheucht von leisen, durchdringenden Geräuschen, Knirschen der Tür, Rascheln von Stoff, Atmen.

»Tukpa!«, sagte Ani Lhamo und stellte eine dampfende Schale auf den Kasten neben dem Bett. »Tscha-li-la, Tukpa good!«

Charlie kam der Gedanke zu schreien, wie ein kleines

Kind oder ein Tier. Doch sie hielt die Zügel fest, wusste, wie gefährlich es war, sie loszulassen.

Ani Lhamo erschien seltsam groß, wie sie da still am Bettrand saß und mit leisem Klicken ihre Mala durch die Hände gleiten ließ. Charlie richtete den Blick fest auf die Perlen aus Lotossamen. Lotos. Wächst aus dem Schlamm, entfaltet seine Blüten über dem Wasser, unberührt, klar und rein, macht den Dreck nutzbar, ohne dreckig zu werden. Das Klicken und die rhythmische Bewegung der Mala waren so beruhigend, dass Charlie die Augen schließen konnte. Dann erinnerte sie sich an die Suppe und dass Ani Lhamo vielleicht traurig sein würde, wenn sie die Suppe nicht aß. Sie würde die Suppe essen oder zumindest einen Teil davon. Für Ani Lhamo.

Doch die kleine Nonne war nicht mehr da, und die Suppe war fast kalt geworden. Charlie fiel zurück in den Schoß des Schmerzes.

Später kam Yongdu, stellte Fragen.

»Panik«, sagte sie, »einfach dumme, gemeine Panik.«

Ob sie Tranquilizer genommen habe, fragte er sie. Doch die hatte sie vergessen unter dem überraschenden Anprall der Attacke. Man kann nicht denken in der Panik, da ist man zu beschäftigt mit Überleben. Das wollte sie erklären, doch sie schüttelte nur den Kopf, das Erklären war eine zu große Anstrengung. Und sie konnte sich plötzlich nicht mehr sicher sein, dass sie Yongdu traute.

Ging er so schnell, weil er unzufrieden mit ihr war? Es spielte keine Rolle. Schwarz wurde nicht schwärzer, wenn man Schwarz hinzufügte.

Doch er kam bald zurück, gefolgt von einem Mönch, den er als Amchi-la, den Arzt des Klosters vorstellte. Auch so ein Altersloser, klein und rundlich, das Gesicht glatt, die Augen wach. Mit zarten Mädchenhänden ergriff er ihr Handgelenk, legte alle vier Finger auf den Puls, fühlte mit unterschiedlichem Druck, als spiele er auf einem Instrument.

Schaute ins Nichts, fühlte, lauschte, nickte, besah ihre Zunge. Er sagte etwas zu Yongdu, kramte in dem Beutel, den er mitgebracht hatte, und legte ein paar dicke Pillen in Yongdus Hand. Eine der Pillen war in ein Stückchen Seide gewickelt. Die solle sie gleich nehmen, sagte Yongdu, schön zerbeißen, sie sei bitter, aber sehr wirkungsvoll. Es sei gut, dass sie keine Tranquilizer genommen habe, dann wirke sie besser. Die anderen Pillen in verschiedenen Brauntönungen reihte er auf dem Fenstersims auf. Dreimal am Tag, nicht vergessen. Sie seien gut gegen Lung. »Das bedeutet Ungleichgewicht der inneren Energien«, erklärte Yongdu. Er brachte den Amchi zur Tür, blieb jedoch noch ein wenig bei ihr. Mit leisem Singsang, die Augen halb geschlossen, hielt er ihre Hände. Wo war er? Irgendwo in einer Innenwelt und doch ganz bei ihr. Sie fühlte es und zweifelte dennoch daran.

Kümmerte er sich um sie, weil die Jetsünma es wollte? Wollte er es selbst? Wer sollte das wollen? Dieses traurige Mädchen, das zu nichts und für niemanden nütze war, unattraktiv, kraftlos, machtlos, einzelgängerisch, wer sollte sich damit abgeben wollen?

Bevor er ging, strich er ihr die wirren Haare aus der Stirn. Warum kümmerte er sich um sie? Was hatte er davon? Sie wollte nicht denken. All die harten, stacheligen, um sich schlagenden, machtlosen Gedanken.

Sie musste es anders sehen. Er kümmerte sich um sie, weil sie besonders war, außergewöhnlich, anders als die normalen Anderen, ihnen überlegen in Fähigkeiten jenseits des Alltäglichen. Sie mochten sie jetzt verachten, Leute wie Hannah-Oma, die Lehrer, die Prüfer, die Kommilitonen, die Jungen-Dummen-Gesunden. Und Emily, ja, Emily. Sie hatte keine Beweise, aber es war selbstverständlich, dass Emily sie verachtete. Doch irgendwann würde sich das Blatt wenden, dann würde man sie anerkennen, zu ihr aufschauen, ihre Überlegenheit anerkennen, sich ihrer Macht beugen.

Wie lächerlich sie war.

Sie lachte, weinte und biss in die Bettdecke, um nicht zu schreien vor schmerzhafter Verwirrung.

In ihr Ringbuch schrieb sie später an diesem Tag:

Der Mond wohnt hinter den Steinen
Er hat mir die Nacht geschenkt
Aber ich will sie nicht haben
Die Planeten fallen vom Himmel
Sie wissen nicht warum
Man geht so leicht verloren
In der Nacht aus Stein

Am Tag darauf kam Yongdu, um sie zur Jetsünma zu bringen. An der Hand führte er sie durchs Kloster, und sie spürte seine langen, kühlen Finger mit dem freudigen Erschrecken unerwartet erfüllter Wünsche. Sie hoffte, Emily zu begegnen, hielt ihre Züge bereit für den Ausdruck des Triumphs. Doch es war lediglich einer der Alten, der im Vorhof an ihnen vorbeischlurfte. Er schaute nicht auf ihre Hände und hätte die Geste wohl ohnehin als bedeutungslos empfunden. Tibeter hielten einander ständig an den Händen.

Diesmal wurde der Jetsünma ein Gefäß mit Räucherwerk gebracht, und Charlie musste sich darüber beugen und den Rauch einatmen. Die Jetsünma klopfte auf Charlies Brust und Rücken, murmelte, blies sanft in ihr Gesicht. Ein leichtes Schwindelgefühl ergriff sie, als würde sie getragen. Blumenduft löste sich aus den Schwaden des Rauchs.

»Jetsünma sagt, du kannst beruhigt sein. Du machst gerade einen Reinigungsprozess durch. Nimm Amchi-las Pillen. Es wird besser werden.«

Charlie wagte nicht zu sagen, dass ihr dies zu viel Reinigung sei, dass sie lieber darauf verzichten wolle. Sie verstummte vor dieser kleinen Person, die so zart war und ungeheuer stark, und sie erkannte, dass es mehr Ehrfurcht als Furcht war, die sie zum Kind werden ließ vor einem Geist, der alle Vorstellungen von Macht überschritt.

Geschah etwas? Genau genommen geschah nichts. Sie musste lächeln über ihre Suche nach Maßstäben, überließ sich dem Augenblick und fand unversehens Freude in sich. War ganz eingebettet in Freude. Und die Freude schien alles und jedes zu durchdringen, leuchtete aus der Jetsünma, aus Yongdu, aus den Statuen in Jetsünmas großem Schrein, aus dem Teppich und den roten Wänden, selbst aus dem Räuchergefäß, aus dem ein leuchtender Rauchfaden emporstieg. Alles leuchtete aus sich selbst heraus. Schließlich erschien es Charlie nicht mehr nötig, dass etwas geschah. Nichts hätte dies übertreffen können.

»Bitte sag der Jetsünma, ich danke ihr«, flüsterte sie Yongdu zu. Alles, was sie hatte sagen wollen, dass sie stark sein und sich der Zuwendung würdig erweisen wolle, dass sie das Geschenk der Freude nicht vergessen würde, schrumpfte zu diesen trockenen Worten zusammen. Dennoch war sie sicher, dass die Jetsünma den Inhalt erfasste, dass sie durch sie hindurchsah, alles sah, was Charlie ausmachte, das Kleine und das Große. So sehr gesehen zu werden war irgendwie erschütternd, und Charlie musste sich, als sie das Zimmer der Jetsünma verlassen hatte, auf die Bank davor setzen. Ein Zittern hatte sie ergriffen, eine tiefstinnerliche Aufregung, die nicht nach einer Erklärung verlangte.

Yongdu setzte sich neben sie und wartete geduldig, bis sie aufstand. Dann nahm er sie wieder an der Hand und führte sie zu ihrem Zimmer zurück.

»Alles in Ordnung?«, fragte er an der Tür.

Charlie nickte und drückte die Hände gegen ihre Brust. Die Worte drängten, fielen ungeordnet aus ihr heraus, ganz frisch, sprudelnd. »Ich fasse es nicht, dass ich das bin! Kein kleinster negativer Gedanke. Keine Verdrehung. Pure Sonne.

Ich bin das nicht, und doch bin ich es. Ich möchte es erzählen, nicht aufhören, davon zu reden, aber ich weiß nicht, wie anfangen. Die Worte reichen nicht aus. Ich frage nicht mal, warum. Sonst will ich bei allem und jedem immer wissen, warum.«

Lächelnd berührte Yongdu ihre Schulter, ließ sie einen zärtlichen Augenblick lang liegen und wandte sich dann um, so einfach und selbstverständlich, als verließe er sie für immer und bliebe doch für immer bei ihr. Sie schaute ihm nach im dämmrigen Flur. Eine ebenso schlichte wie vollkommene Gestalt, sein innerstes Wesen ausgedrückt in der Haltung des Kopfes, im kaum merklichen Schwingen des Körpers, in jeder seiner gefassten Bewegungen. Die Schönheit des Augenblicks überschritt jegliche Zeit. Am Ende des Flurs tauchte er ein in die gleißende Helligkeit der Sonne im offenen Treppenhaus, das Rot des Gewands flammte auf, der Schattenwurf spielte mit den Linien der Architektur. Ein wunderschönes, vielschichtiges und doch überaus klares Spiel, in dem das Sehen und das Gesehene nicht mehr voneinander zu unterscheiden waren.

Glühend vor Freude schloss Charlie die Tür. Sie wollte nicht still sitzen, sie wollte tanzen und singen, erinnerte sich des Gesangs im Lhakang, der Melodie, der Worte:

»Hung urgyen yülgyi nubjam tsam
pema gesar dongpo la.«

Woher kamen diese Worte, die sie nicht verstand und deren Inhalt sie doch kannte, vom Lotosgeborenen im Nordwesten des Landes Uddiyana, dem mächtigen Zauberer und grenzenlos Liebenden, der sie umarmte mit allen Elementen? Königvaterbrudersohn, *Om Guru Pema Siddhi Hung.* Sie sang. Sie tanzte. Wände waren eingebrochen, ungeheuere, vererbte, gelernte, gutgeheißene, sie erdrückende Wände.

Alles, was man ihr als Welt aufgezwungen und eingeredet hatte. Evis Hungerwelt. Hannah-Omas Machtwelt. Father-Mans Überwelt.

Opas Hadeswelt. Die Schmerz- und Wutwelt der Punks. Die Arroganzwelt der Universität. Nichts davon musste sie glauben.

Charlie, eine glückselige Charlie tanzte in einem unbegrenzten Raum.

Doch das Zimmer schien nicht der rechte Ort für all die Freude. Sie wusste augenblicklich, welcher Ort angemessen war. Sie musste in die Höhle. *Seine* Höhle.

Schon von Weitem hörte sie Klingeln und Trommeln. Die kleine Glocke und die Handtrommel hatte sie bei Ani Lhamo und in Jakobs Zimmer gesehen, man brauchte sie wohl für die Rituale. Sie kannte keine Rituale. Schau zum Fenster hinaus, hatte Yongdu gesagt. Spüre dich. Atme. Er hatte ihr keine Glocke, keine Trommel gegeben.

Zwei westliche Männer saßen in der Höhle, nah am Eingang, klingelten, trommelten, sangen. Besucher, vielleicht neue Gäste. Sie waren da, und sie waren nicht da. Eine Instanz in ihr erinnerte sich an ihre übliche Schüchternheit. Doch das war nicht Charlie. Charlie wollte zu Guru Rinpoche, dem Zauberer, dem Liebenden. Es gab nichts, was sie daran hindern konnte.

»*Ah Lama chenno!*«, flüsterte sie, hatte die Formel wohl im Lhakang gehört, oder kannte sie sie schon viel länger, viele Leben lang? Ah, sang das Herz, mein Lehrer, mein Inspirator, Feuer, das mich entzündet, nimm mich wahr, sehe mich, fühle mich, sei bei mir. Die glühenden Augen erfassten ihren Blick, kaum dass sie sich vor dem Schrein niedergelassen hatte. Sie musste nicht mehr singen und tanzen, weil sie bis ins Innerste Singen und Tanzen war, ein Universum voller Singen und Tanzen.

Niemand würde ihr jemals mehr erklären müssen, was

Freiheit war. Es gab nichts zu wünschen, nichts zu erwarten, nichts zu fürchten. Leben und Tod waren eins. Verwirrung und Klarheit waren eins. Stille und Klang waren eins.

Es war so müßig, sich all dies aufzuzählen. Wozu all die Kommentare? Sie wollte nur Singen und Tanzen sein.

Doch war dieses Wollen, das fühlte sie, bereits die Verengung, das Zurückgeborenwerden in die Welten, die sie überschritten hatte. Und dass es nicht aufzuhalten war und dass es jedes Mal wehtun würde, mehr weh als zuvor. Die Tür fiel zu, würde immer wieder zufallen. Bis es kein Wollen und Nichtwollen mehr gab. Dann würde sie offen bleiben.

Die Augen der Statue glühten nicht mehr. Sie war allein. Die Butterkerzen flackerten auf dem Schrein. Es war dunkel und still geworden, als sie die Höhle verließ.

6

An dem Abend, an dem Emily ihren »Empfang« gab, raste ein Gewitter über das Kloster, von dem später alle sagten, es gehöre zu den schlimmsten, die sie je erlebt hätten. Wütende Sturmböen trieben den Regen ins offene Treppenhaus.

Als Jakob kam, um sie abzuholen, hatte Charlie fast eine Stunde lang am geschlossenen Fenster gesessen und in die dramatischen blauschwarzen Wolken geschaut, immer wieder von Neuem erschreckt von den Blitzen und dem bösartig krachenden Donner. Der Sturmwind schüttelte brutal die Baumwipfel, rüttelte an den undichten Fenstern, zwängte sich durch Ritzen, pfiff und röhrte, schleuderte Äste durch die Luft und gegen die Klosterwände.

Jakob, durchnässt vom kurzen Weg durch die Klosterhöfe, schüttelte sich, dass die Tropfen bis auf Charlies Bett flogen. »Ein Wetter zum Reinbeißen«, sagte er. »Ich mag das.«

Es gab vieles, woran Jakob sich freute. Es musste schön sein, so viel Spaß zu haben. Jakob gefiel die Welt, sie vergnügte ihn, amüsierte ihn, er konnte alles Mögliche genießen. Charlie hatte keinen Spaß an der Welt, sie ertrug sie lediglich. Ausgenommen an jenem einzigartigen, einmaligen Tag des Glücks. Doch das hatte nichts mit Spaß zu tun, gehörte in eine andere Dimension. Sie hätte Jakob gern davon erzählt, doch die Furcht, nicht verstanden zu werden, nahm der Sehnsucht nach Mitteilung die Kraft. Sein Unverständnis hätte sie verwirrt, den Wert des Erlebens gemindert, der Schönheit der Erfahrung die Tiefe genommen.

Ein Hauch von Distanz hatte sich seitdem über ihre Begegnungen mit Jakob gelegt. Es war ihm aufgefallen, und er hatte nachgefragt, was mit ihr sei, doch sie hatte abgewehrt, sie sei eben eine Schwierige. »Ich wäre anders, wenn ich könnte, Jakob. Ganz anders.«

Mit ungeschicktem Wohlwollen hatte er seine Hand auf ihre Schulter gelegt und gesagt: »Nimm's nicht so ernst.« Glücklicherweise bemerkte er nicht, welch hilflose Wut solche Sprüche in ihr auslösten.

Emily wohnte im obersten Stock, mit dem Komfort einer kleinen Küche. Ihr Zimmer war groß, von der doppelten Größe der darunter liegenden Räume. Ein Schrein nahm eine halbe Wand ein. In der Mitte des Zimmers lag ein dicker tibetischer Teppich.

Charlie wurde einem westlichen Jungen im Mönchsgewand vorgestellt, einem Irgendwie-Tulku, der Rinpoche genannt wurde, und einem kleinen Tibeter mit flinken Augen, dem Verwalter des Klosters. An die Türen des Schreins gelehnt saß ein Paar mittleren Alters aus England, das Bier aus Flaschen trank.

Mit einem Glas Whisky drückte sich Charlie zwischen einer Truhe und dem Fenster an ein freies Stück Wand. Ein Vorhang gab ein wenig zusätzlichen Schutz. Warum hatte sie sich von Jakob überreden lassen, zu diesem »Empfang« zu kommen? Nach der heroischen Reise nach Indien und der Woche im Ashram hatte die Vorstellung von einem abgelegenen Kloster mit einer Höhle Erleichterung versprochen, Befreiung vom Druck des sozialen Rollenspiels. Sie mochte Emily nicht, und sie wollte keine Leute kennenlernen. Sie hatte Yongdu und Jakob und Ani Lhamo. Die genügten. Doch da war kein fester Entschluss in ihr, auf den sie sich hätte stützen können. Sie fasste selten Entschlüsse, ließ sich lieber vom Geschehen treiben, ließ am liebsten das Geschehen an sich vorbeiziehen. Manchmal riss ein mächtiger Impuls sie mit, wie damals das Bedürfnis, Charlie genannt zu werden, oder der Drang, das ungeliebte Studium abzubrechen und nach Indien zu fliegen. Das waren gelegentliche Impulse, die aus unauslotbaren Tiefen kamen, mit einer Wucht, die alle Einwände überrollte. Wie soll man dich verstehen, hatte Evi geseufzt, du bist wie ein Sofakissen mit einem Eisenkern. Da siehst du, hatte Charlie geantwortet, wie gut du mich verstehst.

Emily war keine Asketin. Emily hatte eine Menge Dinge. Einen erlesenen Kimono auf einem Kleiderbügel an der Tür, ebenso Dekoration wie Gebrauchsgegenstand. Ein englisches Teeservice auf einem fein lackierten japanischen Tablett. Auf dem postkolonialen Schreibtisch die Statuette einer nackten Dakini, fließende Linien von äußerster Schlichtheit, funkelnd im Licht der vielen Kerzen. Charlies Blick konnte sich nicht davon losreißen. Ein Gefühl wie kleine Stromstöße fuhr über ihren Rücken. Magische Schönheit, durchdringende Ästhetik. Nicht zu beschreiben, noch viel weniger zu erklären.

Der Junge im Mönchsgewand saß still auf dem Bett, nahm höflich, was man ihm anbot. Er hatte ein kantiges, nordländisches Gesicht mit einer Nase, die noch ihre Proportion suchte, und einen klaren, klugen Blick. Zu große Hände, schmale Schultern, der traditionell nackte Arm mit Leberflecken übersät. Man hatte ihn erst kürzlich frisch geschoren, der blonde Haarpelz bedeckte noch kaum den nackten Schädel.

Charlies Blick traf den seinen, und unwillkürlich verzog sie das Gesicht zu einer kleinen, sprechenden Grimasse gemischter Gefühle. Langeweile, Belustigung, auch ein wenig Neugier, er mochte sich bedienen. Der Junge grinste mit einer Seite seines Mundes, vorsichtig, unentschlossen zwischen der Würde seines Titels und der Unsicherheit seines Alters.

Charlie schob sich ein wenig näher an das Bett heran, beugte sich vor und sagte leise: »Hi, ich heiße Charlie. Woher kommst du?«

Sie vermutete, dass sie ihn, wie es offenbar erwartet wurde, Rinpoche genannt hätte, wäre er ein Tibeter gewesen. Ein gewichtiger Titel, »kostbares Juwel«, zu viel für einen westlichen Teenager mit einer bedauernswerten Nase. Jakob war der Titel leicht von der Zunge gegangen, auch Emily hatte den Jungen mit großer Selbstverständlichkeit so genannt. Spürte er ihr Zögern?

»Ich komme aus Holland«, antwortete er leise auf Deutsch. »Du bist das Mädchen aus Deutschland, stimmt's? Ich heiße Gustav. Oder Samten, das ist mein tibetischer Name. Nenn mich, wie du willst.«

»Oder Rinpoche?«

Das Lächeln vertiefte sich. »Ich bin's gewöhnt. Den Tibetern gefällt es, mich so zu nennen. Aber du kannst es dir aussuchen.«

»Ich werde darüber nachdenken«, sagte sie und nippte an ihrem Glas. Sicher würde er es als unhöflich empfinden, wenn sie ihm all die Fragen stellte, die sich ihr aufdrängten. Wie er in dieses Kloster gelangt war, ob er das gewollt hatte, wie er mit dem Klosterleben zurechtkam, wie er sich sein zukünftiges Leben vorstellte. Er könnte es als Eindringen in seinen persönlichen Bereich auffassen, sie selbst fühlte sich oft von Fragen belästigt. Doch manchmal wäre es ihr eher recht gewesen, man hätte gefragt, sodass sie ihre Meinung hätte äußern können.

Inzwischen hatte sich Jakob neben den Jungen gesetzt und ein Gespräch mit ihm begonnen. Sie ärgerte sich über ihr Zögern. Immer wieder hing sie darin fest, verpasste den Anschluss. Mach doch, sagten die anderen, die Normalen, mach einfach drauflos, denk nicht so viel. Wie sollte sie ihnen verständlich machen, dass ihre Ängstlichkeit sie bannte und ihr das Gefühl gab, als ertaste sie sich einen Weg durchs Dunkel?

»Du musst Charlie kennenlernen«, hörte sie Jakob sagen, »Charlie aus dem Elfenland. Eine Schülerin von Lama Yongdu.«

»Wir haben uns gerade kennengelernt«, erwiderte der Junge höflich. »Wenn Emily mich nicht manchmal einladen würde, wüsste ich nie, was auf dieser Seite des Klosters los ist.«

Charlie warf Jakob einen dankbaren Blick zu, doch Jakob schaute zur Tür, alle schauten zur Tür, sprangen auf, legten die Hände zum Gruß zusammen und verbeugten sich.

»Lama Yongdu ist da«, sagte der Junge mit einem kleinen Vibrieren von Freude in der Stimme.

Emily begrüßte Yongdu mit sparsamen, souveränen Gesten, ließ keinen Zweifel daran, dass er ein hoher, wenn auch vertrauter Gast war und sie sich durch seinen Besuch geehrt fühlte.

Charlie wünschte, Yongdu wäre nicht gekommen. Alle verbeugten sich und nannten ihn »Lama-la«, auch Emily, doch Charlie drückte sich zurück in ihre Ecke, halb hinter den Vorhang. Unsicher. Dieser besondere Ton in Emilys Stimme.

Sie wünschte sich weit weg. Sie wollte nicht da sein, nicht hören, nicht sehen, nicht denken. Gedanken taten fast immer weh.

Sie trank ihren Whisky bis zur Neige aus. Whisky schmeckte ihr nicht, doch er half. Floss wie weiches, warmes

Öl durch den Kopf, durch alle Glieder, ließ die Gedanken flüssig werden, geschmeidig, fast konturlos. Es gab nichts Spitzes mehr, nichts Beißendes, alle Vielfalt verschmolz zu einem netten, bunten Gemisch von Eindrücken.

»Hi, Yongdu«, sagte sie, als er auf sie zukam. Sagte es nicht allzu laut, doch der Junge und Jakob mochten es durch das Prasseln des Regens gegen die Fensterscheiben hören. Fügte dann linkisch hinzu: »Wie schön, dich zu sehen.«

Yongdu umschloss ihre Hand mit beiden Händen, lächelte sein völlig unbekümmertes Lächeln. »Geht es dir besser? Ja, es geht dir besser, ich sehe es. Das ist gut.«

»Ich bin noch dabei herauszufinden, wie gut ›besser‹ tatsächlich ist«, erwiderte sie. »Inzwischen frage ich mich, ob es richtig war, hierher ins Kloster zu kommen.«

Yongdu lächelte nicht mehr. »Möchtest du gehen?«

Wollte sie gehen? Wohin? In ihr Zimmer in der WG? Zu Evi? Zu Hannah-Oma?

»Nein«, sagte sie. »Ich weiß nicht. Vielleicht, wenn ich weg von diesem Planeten könnte.«

»Und dich hierlassen? Oder dich mitnehmen?«

»Hierlassen natürlich.«

»In diesem Fall«, sagte Yongdu heiter, »ist ja alles in Ordnung.«

Ein gewaltiger Donnerschlag enthob sie einer Erwiderung. Fast war sie erleichtert, dass Emily ihn zum einzigen Stuhl im Zimmer führte, der für Yongdu bereitgehalten worden war. Ach, dieser bissige Wunsch, Emily möge sich zum Narren machen, etwas Albernes sagen, zu laut lachen. Doch Emily floss in vollendeter Haltung durchs Zimmer, bot den Gästen Getränke und würzige Häppchen an, sagte das Richtige und lachte dezent. Charlie ließ sich Whisky nachschenken und zwang sich zu einem höflichen Lächeln.

»Manchmal ist es hier ganz schön langweilig.« Der Junge hatte sie unversehens angesprochen, und erleichtert wandte sie sich ihm zu. So musste sie Emily nicht sehen, nicht hören, nicht über sie nachdenken.

»Ich meine«, fuhr er fort, »das Lernen ist schon gut, ich lerne gern. Ich lese etwas zwei, drei Mal, und schon kann ich es auswendig. Mein Tutor sagt, das kommt daher, dass ich das alles in meinen letzten Leben schon gelernt habe.«

Charlie setzte sich auf den Bettrand, sodass Samten – sie hatte entschieden, ihn so zu nennen – nicht mehr zu ihr aufschauen musste.

»Hast du hier keine Altersgenossen?« Sie hatte keine Kinder und Jugendlichen im Klosterbereich gesehen. Das sei so, hatte Jakob erklärt, weil dies kein gewöhnliches Kloster sei, sondern ein Retreat-Kloster, in das man sich zur Meditation zurückzog.

»Das wäre nicht gut für mich«, erklärte Samten ernsthaft. »Tulkus sollen nicht von ihrer Aufgabe abgelenkt werden. Es heißt, Familie und Gleichaltrige würden nur stören.«

»Na ja«, erwiderte Charlie, »das kann ich verstehen. Mich haben sie jedenfalls gestört. Und wie. Sie versuchten, mich in ihre Vorstellungen zu zwängen, aber ich passte nicht hinein, so viel sie auch drückten und schoben. Immer stand etwas über.«

Sie blieb an seiner Seite, bis sie sicher war, dass man ihr Verschwinden nicht bemerken würde. Während sie einschlief, ein wenig benommen von zu viel Whisky, dachte sie mit einem kleinen, dankbaren Lächeln an den jungen Rinpoche im roten Gewand, mit dem sie reden konnte wie mit ihresgleichen.

Die Höhle ist schmal und nicht sehr tief, kaum mehr als ein Spalt im Fels. Vertraut. Er kennt jede Erhebung und Färbung im Gestein, jedes Stück Moos, jeden Schatten. Den Blick über das weite Tal, die Farben der Landschaft, die leise Stimme des entfernten

Wildbachs. Bald wird es still sein, wenn der Winter auch ihn unter Eis begräbt.

Zarte Schleier von herbstlichem Schneestaub wehen an der Höhle vorbei. Er übt seit dem Morgengrauen. Wie jeden Tag. Konzentrieren, den Atem halten, die Hitze im Bauch sammeln. Er legt das Fell ab, in dem er geschlafen hat. Noch mehr Hitze sammeln. Er kann auch das Tuch ablegen, sich nackt auf den eiskalten Fels setzen, ganz vorn am Höhleneingang. Eine Glocke von Hitze hüllt ihn ein. Kein Abschweifen. Er muss sich kaum mehr anstrengen, hat es so oft geübt. Bald wird der Meister kommen und ihn prüfen. Wenn es eisig genug ist.

In manchen Augenblicken sehnt er sich ins Haus des Meisters zurück, zu den anderen. Doch der Meister hat ihn mit auf den Berg genommen in die heilige Höhle des Lotosgeborenen. Eine bittere Auszeichnung, immer allein. Ein Junge aus dem Dorf frischt in großen Abständen den Vorrat an grünen Teeziegeln, Tsampa, Trockenfleisch und Trockenfrüchten auf. Immer üben, wenig schlafen, zwischen den Übungen Mantras wiederholen oder den Geist in der Stille ruhen lassen. Und wieder üben.

Die Dämonen werden kommen, hat der Meister gesagt. Wenn du gut übst, werden sie kommen. Doch sie können ihn nicht ablenken.

Unwillkürlich spannt ein stolzes Lächeln seinen Mund. Beobachte dich, hat der Meister gesagt. Sei nicht stolz. Das ist ein Loch, durch das die Dämonen schlüpfen können.

»Verzeihung, Meister«, murmelt er. »Bitte, gib auf mich acht!« Und wiederholt viele Male die Bitte: »Ah Lama chenno! Ah Lama, achte auf mich.«

Ich träume, dachte sie. Oder träume ich nicht? Wenn ich träume, kann ich jetzt aufwachen. Aber es ist alles so wirklich. Also träume ich nicht.

Sie versuchte, die Augen zu öffnen. Es gelang ihr nicht. Sie war er, sah die Felswände der Höhle, die von dünnem

Schnee bedeckte Landschaft vor der Öffnung. Doch sie war auch Charlie, die ihre Augen nicht öffnen konnte. Sie kämpfte. Vergebens.

Der Höhleneingang hat sich verdunkelt. Tiefe, atmende Schwärze. Bedrohung. Was hat er falsch gemacht? Er hat sich der Warnung des Meisters erinnert, hat die Zauberformel gesprochen und den Meister herbeigerufen. Warum hat der Meister nicht geholfen? Heißer Atem in seinem Genick, das Schwarze will in ihn hineinkriechen, durch die Lücken, die seine zweifelnden Gedanken bilden. Er darf am Meister nicht zweifeln. Der Meister ist Buddha, ist Guru Rinpoche. Kein Dämon kann ihm widerstehen. Oder doch? Der Meister hat den Dämon nicht verjagt. Warum nicht? Hört er ihn nicht? Kann er es nicht? Will er es nicht?

Der Zweifel hat das Schutz-Mantra geschluckt, er findet es nicht mehr. Gerade wusste er es noch, hat es rezitiert, ohne nachzudenken. Nun ist es ausgelöscht, verloren in der Dunkelheit. Der Dämon lacht kreischend in seinem Gehirn, lacht und lacht über ihn, über seine Wut und Angst.

Ihre Augen waren verklebt, rollten wild unter den Lidern, brannten vor Anstrengung. Endlich ein mühsames Öffnen, eine Welt in Bruchstücken. Und Laute, bekannte Laute, die sie verstehen sollte. Sie spürte etwas an ihrem Gesicht. Hände, warme, raue Hände.

»Tscha-li-la! Tscha-li-la!«

Ani Lhamo hielt sie, hielt ihr Gesicht fest, damit sie nicht zurückfiel in die Höhle, in die Umklammerung des Dämons. Sang mit ihrer festen, klaren Stimme ein Mantra, spann sie ein in die feinen, starken Fäden der Silben. Ani Lhamo konnte sie vertrauen. So sehr, dass sie in tiefen Schlaf fiel. Lang, bis in den späten Morgen.

Morgens in der Küche erklärte Ani Tashi, dass Ani Lhamo in der Nacht aus Charlies Zimmer »Angst gehört« habe. Charlie schlug die Hände vor den Mund. »Oh nein, hab ich das ganze Kloster aufgeweckt?«

»Nicht laut«, sagte Ani Tashi. »Ani-la hat es in ihrem Herzen gehört. Große Angst.«

Charlie nickte. »Ein Albtraum. Hab ich öfter.«

Ani Lhamo drückte Charlie eine Schale Buttertee in die Hand und wies auf die sonnenbestrahlte Fensterbank.

Ani Tashi übersetzte: »Ani-la sagt, du sollst den Chai trinken, ist gut gegen Lung. Wind. Innen.« Sie suchte nach Worten, fand keine, kreiste mit der Hand vor dem Gesicht, wackelte mit dem Kopf, verdrehte die Augen.

Charlie lachte, stellte die Schale auf die Fensterbank und ahmte übertrieben die Gesten nach. »Okay, Lung, meschugge, schon klar.«

»Okay, lung, re, re«, sagte Ani Lhamo, wackelte heftig mit dem Kopf und schwankte ausdrucksvoll durch die Küche.

Das Lachen erfasste alle drei, platzte aus ihnen heraus in kleinen, wilden Explosionen. Wer könnte die Magie des Lachens ergründen, dachte Charlie. Wenn irgendjemand Dämonen weglachen kann, dann ist es Ani Lhamo.

Samten kam pünktlich zum verabredeten Platz auf dem Berg bei der kleinen, gemauerten Stupa, die Charlie hin und wieder besuchte. Es war ein klarer Tag, sauber gewaschen vom Gewitter des vorigen Abends. Die vielen Gebetswimpel flatterten wie aufgeregte Vögel im Wind.

»Es war schwierig, heimlich wegzukommen«, keuchte er. »Ich hab zwar Freizeit, aber das ist keine wirklich freie Zeit. Eigentlich müsste ich lernen.«

Charlie hatte Steinewerfen vorgeschlagen, das einzige Spiel, das ihr für einen fünfzehnjährigen Jungen eingefallen war. Samtens Steinwürfe waren gut. Bald gelang es ihm, den einsam stehenden Baumstumpf zu treffen. Sie warfen abwechselnd um die Wette und ritzten die Treffer in den feuchten Boden.

»Mein Tutor wäre entsetzt, wenn er mich sehen könnte«, sagte Samten, Begeisterung in den Augen. Sein großes Tuch hatte er zur Seite gelegt, das gelbe Hemd weit geöffnet und den langen Mönchsrock hochgesteckt. Mit einem Anflug von Rührung sah Charlie große, gelbe Boxershorts aufblitzen.

»Es wird erwartet, dass ich mich gemessen und mit Würde bewege. Ich kann dir gar nicht sagen, wie mir das manchmal auf die Nerven geht!«

Er lief ein paar Schritte zurück, warf einen weiteren Stein und verfehlte knapp das Ziel.

»Shit!«, schrie er fröhlich und fügte gelassen hinzu: »So viele Verstöße gegen die Regeln. Mannomann.«

»Und das macht dir keine Sorgen? Ich dachte, das bringt schlechtes Karma.«

Samten grinste. »Nein, das macht mir keine Sorgen. Mit dieser Verantwortung kann ich leben. Weißt du, alle diese Regeln wurden vor zweieinhalbtausend Jahren aufgestellt. Ich sehe das nicht so absolut. Manche sind noch sinnvoll, manche nicht. Ich denke nach, ich will jede Regel verstehen. Sie sind doch da, um mir zu helfen, und nicht, um mich zu unterdrücken. Mit Lama Yongdu kann ich das besprechen. Aber meistens bin ich ziemlich brav. Flippe nicht aus und rase nicht über den Klosterhof.«

Während sie im angenehmen Schatten des Hochdschungels auf einem Trampelpfad den Berg hinaufstiegen, erzählte Samten, was man ihm über seinen Vorgänger, die dritte Inkarnation und Oberhaupt eines abgelegenen Klosters im Nordosten Tibets, berichtet hatte. Kein Stein dieses Klosters stehe mehr seit dem Wahnsinn der chinesischen Kulturrevolution. Inzwischen befinde sich dort eine der größten

Atommülldeponien Chinas, in denen die Welt ihren strahlenden Abfall entsorge. »Die Chinesen kassieren, die Tibeter sterben«, sagte Samten.

Sein »Früherer«, so nannte Samten ihn, floh vor den Chinesen nach Nepal und zog sich dort in eine Einsiedelei zurück. »In dem Kloster in Indien, in dem ich früher war«, erzählte er und keuchte vom ungewohnten Klettern, »lernte ich seinen Kusung, seinen Diener, kennen. Ein wilder Typ. Jahrzehntelang lebte er mit dem Rinpoche in der Einsiedelei. Ich meine, der Frühere war ja schon nicht mehr jung, als er damals Anfang der Sechzigerjahre floh, aber der Kusung war kaum älter als ich. Es muss unglaublich hart für ihn gewesen sein. Sie flohen im Winter. Die meisten Tibeter fliehen im Winter, weil man da ein bisschen sicherer ist vor den chinesischen Grenzsoldaten. Die fürchten sie noch mehr als Eis und Schneestürme. Der Kusung zeigte mir seine Füße, die Zehen waren fast alle abgefroren. Es sah schlimm aus.

Er erzählte, dass der Rinpoche immer nur auf seinem Bett lag und schlief oder zumindest so aussah, als schliefe er. Eines Tages hielt der Kusung es nicht mehr aus und fragte, warum er immer nur schlafe. Und der Rinpoche sagte, er warte darauf, dass er gebraucht werde. Doch niemand brauche so einen wie ihn, und deshalb werde er bald gehen. Ein paar Tage später wachte der Rinpoche nicht mehr auf. Er saß aufrecht im Lotossitz im Bett, als würde er meditieren, aber er atmete nicht mehr, und sein Herz schlug nicht mehr. Doch er war keine richtige Leiche, seine Brust blieb tagelang warm. Das nennt man *tukdam*. Der Körper ist tot, aber der Geist ist noch da, in Meditation. Da wurde dem Kusung erst klar, dass mein Früherer ein sehr großer Yogi war und sogar die Meditation im Schlaf und Traum beherrscht hatte. Das will ich auch lernen. Werde ich wohl auch, wenn ich's schon mal konnte, oder?«

Charlie lachte. »Davon versteh ich nichts. Aber es klingt logisch. Wenn du es schon einmal konntest.«

Samten zögerte, wieder zum Kloster hinunterzugehen, und setzte sich in einer kleinen Lichtung auf den felsigen Boden.

»Ich mag noch nicht zurück«, sagte er. »Es ist so schön, mal was anderes zu erleben. Ich komme so wenig raus. Aber, na ja, ich bin ja auch nicht zu meinem Vergnügen da.«

»Aber freiwillig?«

Samten lachte. »Natürlich freiwillig. Ich wollte nie etwas anderes.«

Charlie ließ sich neben ihm nieder. »Es wird sicher Ärger geben, wenn du so lang wegbleibst.«

Samtens Lächeln hatte die Souveränität eines jungen Prinzen. »Das macht mir nichts aus. Es wird langsam Zeit, dass ich mich durchsetzen lerne. Ich lasse mich noch immer zu sehr einschüchtern, weil ich ein Fremder bin. Aber das ist Unsinn. Ich bin ein Tulku. Wie kann ich da ein Fremder sein? Ich wusste immer schon, dass ich das wollte, sogar als ich es noch gar nicht aussprechen konnte.«

Und ohne Zögern erzählte er von seiner Kindheit, als er sich in Mutters dunkelroten Schal hüllte, Topfdeckel wie die Becken des sakralen Orchesters zusammenschlug oder Masken malte und mit ihnen herumtanzte. Vom Thron aus Schnee, auf den er sich setzte und anderen Kindern zeigte, wie sie sich zu verbeugen hatten. Und dass er seltsame Träume hatte, die er nicht verstand.

»Ich hatte auch seltsame Träume, die ich nicht verstand«, sagte Charlie. »Hab sie immer noch. Irgendwelche Sachen von Tibet.«

Samten nickte eifrig. »Hier versteht man das. Du musst Lama Yongdu davon erzählen. Er versteht viel von Träumen.«

Wie sollte sie dem Jungen klarmachen, dass sie nicht zu dem verehrten und allerseits wertgeschätzten Lama Yongdu gehen wollte? Sie verstand es doch selbst nicht und war sich ausgeliefert mit allem Unverstehen, das sich ihr gnadenlos präsentierte und früher oder später doch erforscht werden musste.

Am Nachmittag schoben sich Gedanken über Samten in Charlies Meditation. Dass sie einander vertraut waren, fast wie Geschwister. Und dass er ungewohnte mütterliche Gefühle in ihr weckte. Ärger auf den strengen Tutor stieg hoch. Oder brauchte Samten die Strenge? Es mochte etwas Verlässliches, Festigendes in der Strenge liegen. Und Samten rebellierte nicht, quälte sich nicht wie Charlie mit widersprüchlichem Groll. Er wusste, was er wollte. War zufrieden damit, eingebettet zu sein ins Klosterleben. Ein vorgezeichneter Weg, keine Auseinandersetzung mit der Welt. Würde sie das wollen? Seine Mutter bezahle für seinen Aufenthalt im Kloster, sagte Samten, nicht viel, sie sei Klavierlehrerin. Wenn sie nichts mehr bezahlen könne, werde man ihn dennoch behalten. Ein Tulku war kostbar.

Wie viel sollte sie dem Kloster geben? Spenden, was sie sich leisten könne, hatte Yongdu gesagt. Was konnte sie sich leisten? Hannah-Oma hatte ihr eine Kreditkarte mitgegeben. Wie viel durfte sie abheben? Für alle Fälle, hatte Hannah-Oma gesagt. Welche Fälle? Notfälle? War dies ein Notfall? Sie würde mit Yongdu darüber sprechen müssen. Vielleicht könnte sie auch später Geld von zu Hause schicken, selbstverdientes.

Sollte sie Nonne werden? Dann wäre sie geschützt vor der Welt. Wie würde sie aussehen mit weißblonden Haarstoppeln und dem roten Gewand? Würde es dann noch eine Rolle für sie spielen, wie sie aussah? Sie würde Tibetisch lernen müssen. Zu schwierig, hatte Jakob gesagt. Samten meinte, es sei einfach, aber er zählte nicht, er hatte es ja schon mitgebracht. Warum sollte sie nicht Tibetisch lernen?

Sie würde genug Zeit haben. Und Yongdu als Lehrer. Man würde sie achten. Auch als Nonne? Jakob sagte, Nonnen seien die tibetischen Underdogs, aber nicht westliche Nonnen.

Doch vielleicht wäre es nur ein Akt der Feigheit, Flucht vor der Welt. Oder vielmehr höchster Mut? Ein Leben lang mit dem eigenen Geist arbeiten, für andere beten, nicht getrennt. Mitfühlende Energie in die Welt schicken, hatte Jakob erklärt. Wie Ani Lhamo. Gab es einen sinnvolleren Job?

Atmen. Nicht den Gedanken nachhängen. In die Weite schauen. Weit, weit, ohne Grenzen, immer weiter, über alle Weite hinaus.

Das tat gut.

Samten erinnerte sie an Andi. Es gab keine Ähnlichkeit, nur dieses Bruder-Schwester-Gefühl, die Intimität, in der man das Unaussprechliche aussprechen, innere Verstecke verlassen konnte. Manchmal hatte sie Andi erzählt, wie es war, wenn die Angst kam, wenn sie wusste, was andere nicht wissen konnten. Andi in seinem Rollstuhl war ihr Freund gewesen, ihr Vertrauter, mit seinem runden, blassen Gesicht, der kleinen Nase und den tiefbraunen Augen. Dünne, nutzlose Beine, doch starke Arme, die den Rollstuhl anschoben. Mit Andi war es einfach gewesen. Auch er war einer von denen, die nicht dazugehörten. Sie konnten ihre abseitigen Welten miteinander teilen.

Im Haus nebenan ist wer mit einem Jungen im Rollstuhl eingezogen, hatte Evi gesagt und die Verbindung eingefädelt.

Andis Mutter war dick und freundlich. Es war gemütlich bei Andi und er war ein guter Freund. Charlies Fluch war das Wissen. Sie hätte den Mund halten sollen. Sie hätte Andi nicht sagen sollen, dass sein Vater geizig war, dass er Geld hatte, heimliches Geld, doch nur für die neuen Kinder der neuen Frau, nicht für Andi. Nicht für Andis brennende Sehnsucht nach einem elektrischen Rollstuhl.

Seit der Klinik war es ihr leichter gefallen, sich gegen das Wissen zu wehren. Es war möglich, sich zu verschließen, die Aufmerksamkeit auf das Außen zu richten. Doch dann, als es Andi betraf, war es schwieriger geworden. Er zog sie zu sich hinein, wo sie ihn sehen konnte und wo sie mehr sah als den Alltags-Andi der anderen. Andi hing an seinem Bild vom guten Vater, pflegte ihn gegen die Mutter zu verteidigen, wenn er kein Taschengeld für ihn schickte, Verabredungen nicht einhielt, den Geburtstag vergaß. Und wie glücklich war Andi, wenn sein Papa zu Besuch kam und mit ihm Handball spielte. Papa hier und Papa dort. Charlie war wütend und eifersüchtig.

Der Kerl ist geizig, und er ist ein Lügner, hatte sie zu Andi gesagt. Seitdem sprach er nicht mehr mit ihr. Ich wollte dir nicht wehtun, Andi, nie, nie würde ich dir wehtun wollen, sagte sie. Aber sie hatte ihm wehgetan, und er fuhr mit seinem Rollstuhl davon. Er wollte nicht aufhören, böse auf sie zu sein, das konnte sie fühlen. Es schmerzte ihn, aber zugleich gab es ihm Macht über sie, die er genoss. Sie verstand diese Sehnsucht nach Macht in der Machtlosigkeit, und sie nahm sie ihm übel.

Jeden Dienstagnachmittag gingen sie zur städtischen Bibliothek. Sie lasen dieselben Bücher und redeten dann darüber. Andi hatte beschlossen, ein berühmter Schriftsteller zu werden. Er schrieb an einer Fantasy-Geschichte und las Charlie jedes Kapitel vor, das fertig war. Er ließ sogar eine Person auftreten, die hellsehen konnte. Eine alte weise Frau, Atlanta.

Nach dem Streit las er ihr nicht mehr vor, klingelte nicht bei ihr auf dem Weg zur Bibliothek. Doch sie sah ihn vom Küchenfenster aus, rannte ihm nach. Deine Atlanta sagt doch auch, was sie sieht, rief sie, während sie neben seinem

Rollstuhl herlief. Das sei etwas ganz anderes, sagte er, atemlos vom heftigen Drehen der Räder. Atlanta müsse dem Prinzen helfen, Sonnenland zu retten. Konnte Charlie für sich in Anspruch nehmen, irgendjemanden retten zu wollen, gar ein Land?

Charlie überlegte hastig, welche Rechtfertigung ihr zur Verfügung stand. Ob es richtig gewesen war, ihm die Freude an seinem Papa zu nehmen, auch wenn er nur der Wunschpapa in Andis Kopf war. Es gab Zweifel.

Kassandra wurde umgebracht für ihr Gottesgeschenk des Wissens, argumentierte sie verzweifelt, und auf mich sind alle böse, weil ich weiß und sehen kann, obwohl ich es gar nicht will. Darauf fand Andi keine Erwiderung. Sein Schweigen war nicht mehr Bestrafung, es war ein Schweigen der Trauer. Jedoch erst, als er ihr ein paar Tage später das nächste Kapitel seiner Geschichte vorlas, war sie sicher, dass er ihr verziehen hatte.

Sie waren Kinder und schworen, einander nie zu verlassen. Andi konnte die Tragödie verstehen, die sie ihren Absturz nannte, und verzieh ihr die zweifelhafte Gabe des Sehens. Er liebte sie mit jener unbedachten Liebe der Kinder, die nur selten die Jugendjahre übersteht. Sie brauchte ihn, daher liebte sie ihn. Doch Andi wurde ihr genommen. Seine Mutter heiratete einen neuen Mann, sie zogen in eine andere Stadt. Plötzlich war die Wohnung nebenan leer, die Stimmen der Maler hallten zwischen kalten Wänden. Ein paar Mal schrieben sie Briefe.

Sie verloren einander. Sie wurden schnell älter.

Die Dämmerung stürzte sich rücksichtslos auf den Tag. Charlie war ärgerlich über ihr langes Abschweifen in Erinnerungen. Auch wenn Yongdu gesagt hatte, sie solle sich nicht an Vorstellungen von perfekter Meditation klammern, Hauptsache sei, sie ließe sich überhaupt darauf ein, so verlangte sie doch von sich, ihre Sache gut zu machen. Sie machte es nicht gut. Sie war abgelenkt, ließ sich immer häufiger einfangen von der Vergangenheit, die sie hatte vergessen wollen. Die Vergangenheit war so mächtig.

»Bleibst du jetzt hier?«, fragt der andere, Döndup. Das Feuer im Herd ist fast heruntergebrannt. Eilig legt er zwei Jakfladen zu, es flackert, eine Flamme schlägt hoch.

Döndup fürchtet sich. Er sieht es genau. Sein alter Freund fürchtet sich vor ihm. Trotz all der guten Erinnerungen.

Er möchte zurück in die Höhle.

Ein Schlag gegen die Holzläden vor dem Fenster. Noch ein Schlag. Steine. Die Leute werfen mit Steinen. Er springt hoch, hastet die Treppe hinunter zu den Tieren. Seine Schwestern sind schon unten, beruhigen das Pferd. Die Tür ist mit dem großen Querbalken verriegelt. Auch der Laden am Fenster ist gut gesichert. Er klettert wieder hinauf in die Küche, schickt die aufgescheuchte Familie zurück in die Betten.

»Niemand will, dass ich hier bleibe«, sagt er. Atmet Döndup auf?

Noch ein paar Steine, dann Ruhe. Sie sind feige, wagen es nicht, sich einem Adepten der Macht zu stellen.

Die bewundernden Blicke der Familie. Das Gefühl von Macht. Einsamkeit. Dies wird sein Leben sein als Mann. Es hat noch kaum begonnen.

Jahrelang hat er unter der harten Hand des Meisters geübt. Hat sich gekrümmt unter dem vernichtenden Blick, wenn er versagte. Hat nackt im Schnee Tücher getrocknet auf dem Leib. Ist gelaufen mit blutenden Füßen, bis die Sohlen nicht mehr die Erde berührten. Hat die Schädeldecke durchstoßen mit der schwarzen Perle und sie zurückgeholt. Er ist ein guter Schüler. Der Meister hat ihn nicht weggeschickt wie die anderen. Du bist zu jung, hat der Meister gesagt, doch er hat ihn nicht weggeschickt.

Nicht schlafen. Nicht essen. Am Leben gehalten von der Hoffnung. Das Versprechen: Du kannst es, du wirst der Retter des Kostbarsten, Seiner Gegenwart, des Kündün sein. Man wird dich verehren und fürchten. Denn du wirst allen überlegen sein.

Noch lang, nachdem der Freund gegangen ist, sitzt er am Herd. Die Einsamkeit liegt kalt in ihm.

Die Träume verkapselten sich, bildeten feste, dichte Schalen um einen Inhalt, den sie nicht verstand und nicht vergessen konnte. Ebenso wenig wie die Angst, dass die Träume eines Tages keimen und Triebe entwickeln könnten in ihr Leben hinein. Ahnende Angst. Wissende Angst.

Sie hielt sich an den Tagen fest, die hell und einfach waren, durchdrungen von Ani Lhamos Lachen und Jakobs despektierlichen Sprüchen.

»Bitte erzähle weiter vom Buddha«, sagte sie zu Jakob und wunderte sich über sich selbst, dass sie keine Scheu mehr hatte. »Was hat er gelehrt? Ich meine, wie hat er all die Leute überzeugt?«

Die Dohlen tänzelten auf der Balustrade der kleinen Dachterrasse entlang, schrien und plapperten ungeduldig, versicherten sich gegenseitig ihres Gewohnheitsrechts auf Charlies Essensreste und freuten sich vielleicht gar auf den unvermeidlichen Streit. Sie waren auf Streit programmiert. Und solche wie ich, dachte Charlie, sind auf Verzweiflung programmiert.

»Das hab ich mich auch schon gefragt«, antwortete Jakob. »Vielleicht gab es damals einfach eine Menge eifriger Sucher. Vielleicht ging es den Leuten einigermaßen gut und sie waren nicht ständig mit Existenzproblemen beschäftigt. Lama Yongdu sagte mal, Mittelstand sei am besten für die spirituelle Entwicklung. Nicht zu arm, nicht zu reich. Nicht zu viel Arbeit und Sorgen, nicht zu wenig Arbeit und zu viel Ablenkung oder gar keine Arbeit und massenhaft Frust. Ich denke, die Leute im Gangestal hatten damals gute Voraussetzungen. Und dann hatten Buddhas Lehren eine klare, saubere Logik. Es ging nicht einfach um Behauptungen und Versprechungen. Vielleicht war es auch das, was den Leuten gefiel.«

Jakob warf den Vögeln ein paar Tofubrocken hin und lachte.»Schau sie an, wie gierig sie sind und aggressiv. Dabei haben sie keine Ahnung, was sie da treiben: Gier, Aggression und Ignoranz, die Wurzeln allen Leidens. He, schaut euch doch mal zu, hat er gelehrt. Schaut hin, wie ihr euch selber wehtut. Auch wenn ihr auf die anderen losgeht, tut ihr euch selber weh. Ihr bleibt an euren Meinungen und Emotionen kleben, anstatt sie loszulassen. Tut etwas dagegen. Lernt euren eigenen Geist kennen. Du glaubst es nicht. Da hat man ein Leben lang damit zu tun.«

Sie schwiegen, aßen langsam. Einige der Vögel wurden ungeduldig und flogen weg. Die Geduldigeren putzten sich, trippelten, zankten halbherzig, um sich die Zeit zu vertreiben.

»Aber nicht alle waren begeistert«, fuhr Jakob fort.»Die Brahmanen haben sich fürchterlich aufgeregt. Ich meine, ihre ganze Kaste lebte schließlich gut vom Volk. Kein Aufstieg auf der Wiedergeburtentreppe ohne den Brahmanen mit seinem rituellen Brimborium. Und laut Buddha sollte das nun jeder allein können, ganz abgesehen davon, dass er das Kastendenken unterminiert hat. Da gibt es eine Geschichte, oh, ich mag diese Geschichte. Es kam also wieder mal so ein verärgerter Brahmane daher und beschimpfte den Buddha und nahm den Mund so richtig voll. Der Buddha hörte sich das eine Weile an, dann unterbrach er ihn: Moment mal, Ehrwürden, was würden Sie denn tun, wenn ich Ihnen eine Handvoll Pferdeäpfel anbieten würde? Würden Sie die nehmen? Der Brahmane sagte verdattert: Nein, natürlich nicht. Und darauf der Buddha: Na eben!, drehte sich um und ging weg. Wirklich, diese Geschichte erquickt mich immer wieder von Neuem. Und ich beherzige ihre Weisheit.«

Charlie schob den Vögeln ihre halb geleerte Schale zu. Die größten stürzten sich ohne Zögern darauf.

»Aber worauf läuft das Ganze denn nun hinaus?«

Mit einer weit ausholenden Geste, die selbst die Gierigsten der Vögel kurz zurückhüpfen ließ, antwortete Jakob: »Ganz einfach. Kein Anhaften, kein Ablehnen und keine Unwissenheit mehr – das ist die Überwindung des Leidens, das wahre Glück.«

»Das ist alles?«

»Versuch's mal«, sagte Jakob mit leisem Kichern.

Charlie schaute den Dohlen zu und dachte nach.

»Wenn ich schlafe, bin ich also glücklich? Nein, bin ich nicht.«

»Im Schlaf sind alle deine geistigen Muster noch vorhanden, und die rasten sofort wieder ein, wenn du träumst. Und natürlich, wenn du aufwachst. Du musst sie schon erst auflösen.«

»Wie? Ich hab darüber gelesen, aber ich glaube nicht, dass ich es verstehe. Nicht wirklich.«

Jakob schüttelte den Kopf. »Könntest du bitte Lama Yongdu fragen? Ich kann dir jede Menge theoretischer Antworten geben, so wie die Bücher. Aber ich denke, du brauchst eine andere Antwort.«

Er erzählte, wie er zum ersten Mal bei der Jetsünma war, überzeugt, viel zu wissen aus all seinen Büchern. Wie er erschüttert war von ihrem verstehenden, mitfühlenden Blick, ihrem weiten Geist. Wie sie ihm die Einweihung in die Meditation Guru Rinpoches gab, ihm den tibetischen Text überreichte. »Du glaubst es nicht, Charlie, aber ich hatte das Gefühl, sie gibt mir den magischen goldenen Schlüssel. Der eingebildete Depp, der zu ihr gekommen war, fiel in Stücke. Ich könnte dir nicht erklären, was sie gemacht hat. Sie hat gar nichts gemacht. Aber es hat mich verändert. Es hat mich wirklich verändert.«

Es folgte ein solch intimes Schweigen, dass die Zeit innezuhalten schien. Selbst die Vögel stritten nicht mehr.

Erinnerungen und Träume wurden bedeutungslos in dieser Stille der Herzens. Charlie lächelte. Es war wie ein Geschenk, dieses erstaunliche Lächeln, das sich in ihr ausbreitete über alle Grenzen hinaus.

7

»Morgen hab ich Geburtstag«, sagte Jakob. »Ich fahre nach Kathmandu. Kommst du mit?«

Sie musste Tampons kaufen und Geld abheben. Und sie wollte raus aus dem Kloster, wollte Yongdu nicht mehr sehen. Seit dem Empfang war sie nicht mehr zu ihm gegangen, wusste nicht, warum, wollte nicht darüber nachdenken. Sie wünschte, sie könnte den Kopf gegen die Wand schlagen, wie früher.

Sie war launisch, war unter der Tünche gelegentlichen Wohlverhaltens kein guter Mensch. Sie hatte Menschen noch nie gemocht, außer einigen wenigen. Andi, Rena, Arno. Und jetzt Jakob. Statisten auf ihrer Bühne, brauchbar.

Es hat im Kloster gute Augenblicke gegeben, sagte eine kleine, leise Erinnerung, richtig gute Augenblicke. Doch die andere Stimme war lauter, die sagte: Was soll's, sie verblassen schneller als indische Farben.

»Ich komme mit«, sagte sie.

Sie würden bei Knut übernachten, erklärte Jakob, der habe ein Haus in Kathmandus Stadtteil Boudha. Es sei ein großes Haus, mehrere Leute wohnten darin, nette Leute, auch Harriet, die Ärztin, die bei Emilys Empfang gewesen war.

Ani Lhamo berührte Charlies Stirn mit der ihren, als sie hörte, Charlie fahre für ein paar Tage in die Stadt. »Kathmandu Samsara«, sagte sie und legte ihr Gesicht in sanfte Falten wie eine besorgte Mutter.

»Könntest du mir erklären, was Samsara eigentlich ist?«, fragte Charlie Jakob auf dem Weg hinunter ins Dorf. »Ich hab's noch immer nicht ganz kapiert.«

Jakob lachte. »Dabei erlebst du es doch ununterbrochen. Samsara ist die Art unserer alltäglichen Erfahrung: Selektion, Projektion, Urteil, Habenwollen und Nichthabenwollen, Ablenkung, Verwirrung. Kurz, null Durchblick.«

»Aha!«, sagte Charlie.

»Es ist ein Geisteszustand«, sagte Jakob, »sozusagen der übliche.«

»Ich dachte, diese Welt sei Samsara. Oder das Leben sei Samsara. Der Kreislauf von Geburt und Tod. Das hab ich so gelesen.«

Jakob blieb stehen. »Was glaubst du, wie viel Mühe der Buddha sich gab, den Leuten seine Lehren verständlich zu machen! Was er sich alles einfallen ließ! Jede Menge Geschichtchen, Lehrsätze, einfache Ausführungen fürs einfache Volk, komplexe Darlegungen für die Gebildeten. In allen Variationen. Aber bis heute sind Plattitüden im Umlauf, die man als seine Lehren ausgibt.

Also, hör zu. Man kann sagen, Samsara ist die konventionelle Wahrnehmung. Alle meinen, das, was sie wahrnehmen, sei die einzige Realität. Dann sagt man oder denkt man: So ist es und so ist es nicht und damit basta. Genau genommen sind wir konditionierte Dummköpfe. Nirvana hingegen bedeutet eine überlegene Wahrnehmung, überschauend, umfassend, alles zusammen. Transparent, drinnen und draußen zugleich und zudem vorher, jetzt und nachher zugleich. Eben der volle Durchblick. Alles klar?«

»Wenn du es sagst.«

Jakob hüpfte ein paar Schritte voraus. »Na, weißt du, mein Ding ist das ja sowieso nicht. Ich urteile, was das Zeug hält.«

Eine kleine Beglückung breitete sich in Charlie aus. Es fiel ihr immer leichter, Jakob zu mögen. Ohne ihn zu brauchen. Jakob war nicht jemand, der es gestattete, dass man ihn brauchte. Fast schien es ihr, als tanze er durch die Existenz mit seinem dunklen Gefährten, dem Virus.

Wie es wohl war, mit dem Tod in sich zu leben, dachte Charlie. Doch schließlich lebte auch sie mit dem Tod in sich, nur nicht so deutlich.

Alles Mögliche kann geschehen. Ich fahre nach Kathmandu und gehe über die Straße, weiche einer heiligen Kuh aus und laufe in ein Taxi. Ich fliege durch die Luft, erlebe mein Leben noch einmal, denke an Evi und Hannah-Oma, entschuldige mich bei ihnen für den Schmerz, den ich ihnen durch meinen Tod bereiten muss, und falle, falle. Ich sehe meinen Schutzengel neben mir und sage zu ihm: Halte mich! Halt mich doch fest! Doch er schüttelt den Kopf, zuckt mit den Schultern. Warum tut er nichts? Ich kann ihm nicht böse sein, man hat ihm seinen Job schon genommen, er begleitet mich nur noch auf dem letzten Weg, dann werden sie ihn wohl jemand anderem zuteilen. Man hat ihn bereits zum Zuschauer degradiert. Das Taxi fährt gegen ein anderes Auto, das wiederum gegen einen Lastwagen prallt. Die haben alle ihre Geschichte miteinander. Doch diese Geschichten lasse ich auch zurück, als ich mit gebrochenem Genick auf der Straße liege und über mir schwebend hinunterschaue, wie sich der dichte Verkehr anstaut um die dünne, leblose Puppe mit den fast weißen Haaren, die auf der Kreuzung liegt, wie von einem unachtsamen Kind hingeworfen. Das *Sehen* funktioniert nur für andere, nicht für sie selbst. Wer weiß, ob sie je aus der Stadt zum Kloster zurückkehren wird. Oder zu Evi und Hannah-Oma. Nicht alle Flugzeuge kommen an.

Sie erreichten den Bus im letzten Augenblick und fanden nur noch Plätze auf harten Säcken neben dem Fahrer. Jakob musste den Jungen, der die Fahrkarten verkaufte, auf den Schoß nehmen und bei der nächsten Station aussteigen, um die Fahrgäste über die Säcke klettern zu lassen. Der Fahrer lachte mit langen, gelben Zähnen.

Mit seiner gewaltigen Ladung auf dem Dach schwankte der Bus in den Kurven. Zum Ausgleich flatterten Wimpel und grellbunte Bildchen mit dem Affengott Ganesha und Krishna mit der Flöte und anderen hinduistischen Göttern an der Windschutzscheibe. Charlie krallte ihre Finger in Jakobs Arm und kämpfte gegen die aufsteigende Panik an.

Er sah den Schweiß auf ihrem Gesicht, die aufgerissenen Augen. »Willst du raus?«

»Und dann?«, keuchte sie. »Wie kommen wir dann in die Stadt?«

»Irgendwie«, sagte Jakob. »Oder geht's noch bis zum nächsten Dorf? Zieh die Sandalen aus.«

Er legte den Arm fest um sie und knetete mit der freien Hand abwechselnd ihre Füße.

»Sag Guru Rinpoches Mantra, das hilft in solchen Fällen. Seine Blessings sind mächtig.«

Im nächsten Dorf stiegen sie aus und liefen auf der Straße weiter. Das Laufen half.

»Es tut mir leid«, sagte Charlie. »Und es ist mir so peinlich. Ich hätte im Kloster bleiben sollen.«

»Quatsch«, erwiderte Jakob heiter. »Alles okay. Ist nur *Lung*. Morgen feiern wir Geburtstag.«

Ein Hund lief hinter ihnen her, ein armseliges, abgemagertes Tier mit einem großen Ekzem auf dem Rücken. Jakobs Versuche, ihn wegzuscheuchen, blieben fruchtlos.

Selbst als er einen Stein aufhob und so tat, als wolle er werfen, lief der Hund nicht zurück, drückte sich nur winselnd in den Staub der Straße.

»Lass ihn«, sagte Charlie, »er tut uns ja nichts.«

»Wenn ich ihn lasse, wird er ein Opfer seiner Hoffnung.«

Charlie schüttelte den Kopf. »Einen Kilometer lang Hoffnung ist vielleicht besser als gar nichts.«

Das Herz tat ihr weh und Tränen sammelten sich in ihren Augen, als der Hund aufgab. Sie sah ihn auf der Straße sitzen, an einen weiteren Leidenstag verloren. Dumme Kuh, sagte sie zu sich selbst, so ist das Hundeleben nun mal. Ich bin gescheiter, ich lass das mit der Hoffnung einfach sein.

Ein Lastwagen nahm sie schließlich mit in die Stadt. Es war dunkel, als sie Knuts Haus erreichten.

Eine enge Gasse, angefüllt mit erdrückenden Gerüchen – Urin, Faulendes, Wacholderrauch. Alle Tore zu den Höfen sind verriegelt, alle Sinne überwach. Schweiß. Das flammende Wort im Kopf: Dob-dob. Sie dürfen ihn nicht entdecken. Wissen um kalte, tropfende Wände ist in ihm, um Schläge, aufplatzende Haut, alles durchdringende Schmerzen. Pa-la, Vater, was haben sie dir angetan! Rache!

Ein tastender Schritt nach dem anderen, die Gasse ist finster. Nicht an Pa-la denken.

Es war vorbei. Sie war wach. Wach! Wach!, sang es in ihr. Schwaches Licht fing sich im gelb-weiß gestreiften Vorhang, an den Bronzegriffen der Kommode, Hannah-Omas Kommode. An der Wand hing die Fluchtwelt mit dem Dorf und den Obstbäumen und dem kleinen See. Das Kinderzimmer in Hannah-Omas Haus.

Sie wusste, dass sie aufgewacht war, und sie wusste, dass sie nicht wach war. Oder vielleicht war sie einfach zurückgefallen in der Zeit, in die Zeit des Kinderzimmers, von dessen Fenster aus sie die Schrecken der Straße sah, die Blicke, die in ihrem Kopf zu Angst wurden, und, vor den Augen der anderen versteckt, die giftigen Botschaften in den Plakaten auf dem Bauzaun gegenüber.

Mit verzweifeltem Nachdruck beschloss sie aufzuwachen. Doch da war nur Schwäche, wie eine kraftlose Hand, die nichts halten kann. Der gestreifte Vorhang bewegte sich rhythmisch im Wind, hin und her, hin und her, ließ sie wieder in das Niemandsland des Schlafes fallen, in eine andere, zeitlose Zeit.

Während des erneuten Aufwachens hoffte sie, nicht mehr im alten Zimmer zu sein. Sie wollte die Augen nicht öffnen, um nicht zu sehen, was zu sehen sie fürchtete. Doch da war kein gestreifter Vorhang, keine Kommode, nur eine Andeutung von Dämmerlicht in einem fremden Raum. Panik. Kein Anhaltspunkt. Sie wusste nicht, wo sie war, wo sie eingeschlafen war, wo sie aufwachen sollte.

Nach einem langen Kampf, einem hilflosen Aufbäumen und Winden ihrer Gedanken, konnte sie sich endlich aufrichten. Sie stellte die Füße auf den Boden, auf die raue Fläche einer Matte, Kokos vielleicht. Sie bewegte die Zehen, rieb mit den Händen die Knie, ihre knochigen kleinen Knie mit der Neigung nach innen, schwach wie alle ihre Gelenke. Das Kind ist so unsportlich, pflegte Hannah-Oma zu sagen. Es klang bitter und nach Anklage. Hannah-Oma ging zum Kreistanzen und zum Wandern, Evi tanzte Tango. Das sei gut für die Haltung und mache schöne Beine, sagte sie stolz.

Charlie legte sich wieder hin. In Bruchstücken kam die Erinnerung an den Abend zuvor. Knuts Haus. Eine Stadt ohne Licht. Keine Beleuchtung in den Straßen, Kerzenschein hinter den Fenstern, ein paar Fußgänger mit Taschenlampen. Die Maoisten, dieses Pack, schimpfte Jakob, sie schreien nur Zeter und Mordio über die Unfähigkeit der früheren Regierung und bringen selber nicht das Geringste zustande.

Das Taxi hielt in einer Gasse vor einem Tor in einer mehr als mannshohen Mauer. Es gab keine Klingel, nur einen Stein an einem Seil, mit dem man klopfen konnte. Hunde bellten, Schlüssel rasselten, ein Wächter öffnete, hielt die Hunde am Halsband, entblößte unterwürfig schlechte Zähne. »Namasté, Namasté!«

An den Empfang im Haus erinnerte sie sich vage wie an einen der Träume. Ein großer, breiter Mann mit rotem Bart, Knut, der Hausherr. Zwei nepalesische Frauen, Knuts »Lady« Chandra und die Didi, das Dienstmädchen. Und ständig die Hunde mit ihren sich windenden Körpern, wedelnden Schweifen, blind leckenden Zungen, das Klicken der Krallen auf dem Steinboden, aufgeregtes Winseln und Japsen, unterlegt vom Knattern und Summen des Generators im Hof. Knut liebt seine Hunde, sagte Jakob laut. Sie sind seine Kinder. Sagte er es, um Knut zu gefallen? Peinlich. Oder einfach freundlich?

Ein kleines Abendessen nahmen sie in der Küche zu sich, und dann endlich das Gästezimmer, ein trister kleiner Raum im obersten Stockwerk. Darin standen nur ein Bett, eine geschnitzte Truhe daneben, an der Wand einige Koffer und Rucksäcke. Ein Zimmer voller Einsamkeit. Wo war das Daheim, nach dem sie sich sehnen könnte? Am ehesten im Kloster mit ihrem kleinen Zimmer.

Sie saß mit den Hausaufgaben am Küchentisch. Der Tisch in ihrem Zimmer war für den neuen Laptop da, den sie Hannah-Oma zum Geburtstag abgerungen hatte. Die Küche war gut für die Hausaufgaben, denn dann konnte ihr niemand vorwerfen, sie sei nicht genügend mit der Familie zusammen. Hannah-Oma und Evi redeten viel von Familie. Wäre doch Andi noch da gewesen.

Opa kommt nicht zum Abendessen, sagte Hannah-Oma. Er bleibt im Hotel, es schneit wieder, da will er nicht fahren. Charlie hielt inne in dem englischen Aufsatz, den sie angefangen hatte und murmelte: Das ist nicht der Grund, und es schneit auch nicht. Warum sagte sie das? Sie hatte es nicht sagen wollen. Es war ihr in den Sinn gekommen, plötzlich, ungerufen, wie das Wissen immer kam. Vielleicht hatte sie es gesagt, weil sie wütend war auf Opa, der ihr den Laptop verweigern wollte. Wozu braucht ein Kind so ein teures Ding? Das ist doch kein Spielzeug, hatte Opa gesagt.

Was soll das heißen?, fragte Hannah-Oma, und Charlie beugte sich tief über ihr Heft. Du weißt etwas, beharrte Hannah-Oma, ich kenn dich doch. So waren sie immer. Sie wollten nicht, dass sie etwas wusste. Aber wenn sie selbst etwas wissen wollten, zerrten sie an ihr herum. Erkannten nicht, wie allein sie damit war. Sie raffte Bücher und Hefte zusammen und ging in ihr Zimmer. Doch Hannah-Oma folgte ihr, stand steif vor ängstlichem Ärger in der Tür. Sag mir, warum er nicht kommt. In einem Ton, als sei Charlie schuld, dass sie die Wahrheit seit Langem verdrängt hatte.

Frag nicht mich!, schrie Charlie und warf die Schulsachen auf ihr Bett. Frag ihn, wenn du es wirklich wissen willst. Hannah-Oma knallte die Tür zu, machte sie wieder auf und schloss sie dann leise. Du könntest auch mal in der Küche helfen, rief sie von draußen. Immer diese widersprüchlichen Signale. Wie sollte man damit leben?

Wieder das taumelnde Abgleiten in papierdünnen Schlaf. Sie war dankbar, als sie endlich in das unvertraute Zimmer hinein aufwachte. Schwaches Dämmerlicht drang durchs Fenster. Der Morgen hatte noch kaum begonnen. Durst trieb sie hinunter in die Küche.

Die Didi werkelte am Gasherd und lächelte schüchtern.

Mit Erleichterung erkannte Charlie die Frau am Küchentisch, Harriet, die Ärztin aus England. Sie hatte ein langes, strenges Gesicht, eingerahmt von welligen braunen Haaren. Vielleicht war es weniger streng als angestrengt. Harriet empfing sie freundlich, gab mit schlichter Selbstverständlichkeit inneren Raum, als wären sie einander vertraut. Die Strenge wich einer spröden Freude an Nähe. Die anderen, sagte Harriet, seien nicht so früh dran, doch sie müsse ins Krankenhaus. Sie nahm sich dennoch die Zeit, die Bewohner des Hauses aufzuzählen: Knut und seine Frau Chandra, die im ersten Stock wohnten. Dort hatte auch sie, Harriet, ihr Zimmer. Im zweiten Stock Franz, Knuts Mitarbeiter, und Hajo, der in der nahen Klosteruniversität studierte. Und Jakob, sagte sie, schlafe nebenan im Wohnzimmer. Sie sprach seinen Namen mit einem sanften, traurigen Lächeln aus, wusste wahrscheinlich von seinem tödlichen Geheimnis.

Als Harriet das Haus verließ, schlich Charlie wieder nach oben ins Gästezimmer, Fremdheit in allen Gliedern. Sie bereute, mit in die Stadt gekommen zu sein. Im Kloster war das Bedürfnis nach Flucht groß gewesen, weg von dem täglichen Zwang, sich selbst aushalten zu müssen ohne Ablenkung. Weg von der Vergangenheit und den unverständlichen Träumen. Weg von Yongdu. Doch den Nächten konnte sie nicht entrinnen. Müsste man doch nicht immer die Nächte mitnehmen!

»Pizza«, sagte Jakob mit überdrehter Begeisterung, »ein Königreich für eine Pizza!«

»Und für einen Stuhl«, erwiderte Charlie, »und ein Klo.«

Den ganzen Morgen waren sie durch die Stadt gelaufen, die mittelalterlichen Gassen mit den tausend offenen Läden entlang, über denen die geschnitzten Giebel der Häuser einander fast berührten. Durch die New Road, in der man alle kostspieligen westlichen Güter kaufen konnte. Über zauberhafte Höfe mit alten Tempeln zwischen dicht gedrängten Häusern. Durch Vorhänge schwerer Gerüche nach Sandelholz, Patschuli und Abgasen. Exotik der Altstadt. Fußgänger, Kühe, Hunde, Fahrräder und Motorräder kämpften auf ihre stoische Weise um die engen Wege, ohne Ärger, wie Wasser sich seinen Weg sucht. In Charlie köchelte Panik auf kleinem Feuer.

Jakob führte sie in eine luftige Pizzastube mit Blick über flache Dächer, selbst das Klo war frisch mit einem Schlauch ausgespritzt und roch beruhigend nach Desinfektionsmittel. Die Pizza schmeckte so italienisch, wie es sich gehörte, das Bier war kühl und angenehm bitter. Das Kloster war Lichtjahre entfernt.

»Ich würde dir gern etwas zum Geburtstag schenken«, sagte Charlie, »aber ich weiß nicht, was.«

Jakob lächelte. »Dass du mitgekommen bist, ist das Geschenk. Und dass wir Freunde sind.«

Es hallte nach in ihr. Dass ihre Freundschaft etwas wert war, kostbar war. Dennoch ein kleiner Schrecken: Das bedeutete Verpflichtung. Freundschaft musste gepflegt werden, wie Pflanzen. Sie hatte nie die Verantwortung für Pflanzen übernehmen wollen. Weder für Pflanzen noch für Haustiere.

Jakob plauderte ihre Unsicherheit weg, erzählte von anderen Geburtstagen, einmal in Singapur mit Rucksacktouristen, einmal auf Bali mit einer einheimischen Familie. Und streute leichthändig dazwischen: »Es hat seinen Reiz, dieser Gedanke, es könnte der letzte Geburtstag sein.«

»Wie du das sagst.«

»Wie sag ich das?«

»So ... gelassen.«

Mit einer kleinen Grimasse wehrte Jakob ab: »Ich fühle mich ja nicht krank, nicht wirklich. Wenn es richtig losgeht, wird sich zeigen, wie es mit meiner Gelassenheit steht.«

Jakob spielte Geburtstag, lud das Taxi voll mit Bier und Whisky und Kerzen und bunten, glitzernden Girlanden. Er stritt fröhlich mit Charlie, die bezahlen wollte. »He, Mädchen, ich brauch in diesem Leben nicht mehr lang Geld, was soll's.«

Am Abend hängte er die Girlanden auf und verteilte Butterlämpchen in dem großen Raum, der zugleich Wohnzimmer und Esszimmer bildete. Ein paar Holzstufen führten in den kleinen, ummauerten Garten. In Steintrögen wuchsen Palmen und Zitronenbäumchen und blühende Stauden.

Charlie versteckte sich in der Küche bei Knuts hübscher, molliger Frau und der Didi, half beim Gemüseschneiden und summte die nepalesischen Lieder der Frauen mit. Es war gut in der Küche bei den Frauen. Geborgenheit, wie früher in Hannah-Omas Küche beim Plätzchenbacken.

Plötzlich waren sie alle da, Knut mit dem roten Bart, jovial, ein wenig zu laut. Franz, ein nicht mehr junger Mann mit einer Stirn bis zum Hinterkopf und einem Rest halblanger, gelockter Haare, die Nase voll Wiener Dialekt. Hajo im gelben T-Shirt mit der roten Aufschrift »samsara sucks«. Er hatte dunkles, kurz geschorenes Haar wie die Mönche und Nonnen, in einem Ohr ein paar Ringe, Tattoos auf den Oberarmen, unter lässigem Benehmen versteckte Einsamkeit. Und Harriet mit Peter, ihrem halb ergrauten Gefährten. Als »Lord Peter« stellte sie ihn Charlie vor, ein bisschen spöttisch, ein bisschen stolz. Peter kicherte liebevoll und erklärte, er bedauere wirklich sehr, doch nur vom gemeinen Volk abzustammen. Da habe wohl jemand beim Austüfteln seines Karmas einen Fehler gemacht.

Noch weitere Besucher strömten herein, sangen dissonant »Happy Birthday« und stellten Flaschen ab.

»Wurde auch Zeit, dass unser heiliger Jacko mal wieder zu den Sterblichen herunterkommt«, tönte Franz und zog an Jakobs Pferdeschwanz, die Stimme zu laut, die Geste zu grob.

Charlie zog sich zusammen, griff hilfesuchend nach einer Flasche Bier. Jeden Augenblick konnte sie ins Visier des Rüpels geraten. Gern hätte sie über einen Zauberspruch verfügt, um ihn zu bannen, verstummen zu lassen. Nur noch dumme Mundbewegungen ohne Laute. Was für ein Vergnügen.

Unauffällig hielt sie nach einem Versteck Ausschau. Noch standen alle herum, bestätigten einander mit vorgestanzten Sätzen ihre Zusammengehörigkeit. So konnte sie unbemerkt ins Dunkel des winzigen Gartens ausweichen, in den duftenden Rauch einer Moskitospirale. Nichts schlimmer, als einstimmen zu müssen ins Allgemeine. Es drängte sie an die Wand, machte sie sprachlos im Unwillen, jemanden darzustellen. Sie wollte niemanden darstellen, am wenigsten das Bild, das sie von sich selbst hatte. Ja, wenn sie Emily wäre. Die Emilys schwebten über alle Unsicherheit hinweg, präsentierten ihre makellose Haltung, die richtigen Worte, die richtigen Gesten, nie verlegen, nie albern.

In einiger Entfernung stiegen Trommel- und Flötentöne in die Nacht, ein wenig misstönend und doch einer eigenwilligen Ordnung gehorchend. Ein bescheidenes Feuerwerk ging hoch.

»Da ist wieder mal ein Hindufest im Gange«, sagte Harriet neben ihr. »Es ist unglaublich, wie viele Feste es bei den Hindus gibt. Mindestens jede Woche eins. Kein Wunder bei den vielen Göttern. Die müssen schließlich alle gefeiert werden. Beneidenswert.«

»Religiöse Feste?«, fragte Charlie.

»Was gäbe es sonst zu feiern?« Harriet lachte leise. »Die Lebensfreude der Hindus ist beeindruckend, denn es ist zugleich Todesfreude. Wie all die Blumenkränze beweisen, die sie zum Feiern verwenden. Noch bevor das Fest beendet ist, strömen die Blüten ihren Todesduft aus.«

»Und jeder Geburtstag rückt uns dem Tod näher«, erwiderte Charlie. »Ein beruhigender Gedanke.«

Harriet schwieg nachdenklich. »Du hast recht«, sagte sie nach einer langen, entspannten Pause, »es ist ein beruhigender Gedanke. Theoretisch. Aber ob er auch Jakob beruhigt?«

»Jakob sagt, er spüre nichts und denke nicht daran.«

»Er schont uns«, erwiderte Harriet. »Aber er macht sich nichts vor. Er hatte das Virus viel zu lang in sich, ohne es zu wissen. Jetzt ist es zu spät. Jedenfalls nach der Statistik. Wir werden sehen.«

Charlie versuchte, sich die überlebensgroße Angst vorzustellen, die einen ergriff, wenn einem das Wissen, dass man demnächst sterben müsse, so nah auf den Leib rückte. »Früher oder später«, das klang frivol angesichts der alltäglichen und, viel schlimmer noch, der allnächtlichen Bedrohung. Doch vielleicht war Bardo, der Zwischenzustand zwischen dem vergangenen und dem nächsten Leben, nicht viel anders als das, was man schon kannte, so wie manche Träume ja auch nicht gar so viel anders waren als das tägliche Leben. Aber was bedeuteten die anderen Träume, die nichts mit dem gewohnten Leben zu tun hatten oder mit einem ganz anderen Leben?

»Ich fürchte mich ständig«, sagte sie. »Ich bin daran gewöhnt.«

Der schnelle Blick, den Harriet ihr zuwarf, entging ihr nicht. Charlie bezweifelte, dass Harriet ahnte, wie es sich lebte mit einem so löcherigen Netz unter den Füßen anstatt einem festen, tragenden Grund. Harriet erschien ihr als ein Baummensch, gut verwurzelt. Und sie würde sich wie eine Weide beugen im Sturm und sich dann wieder aufrichten, als sei nichts gewesen.

»Komm, setz dich mit mir auf die Treppe«, sagte Harriet und fegte mit der Hand ein paar Blätter weg. »So viel herrliche Nacht sollte man sich nicht entgehen lassen. Ich bin abends meistens so müde, dass ich nur ins Bett will. Und hab ich mal Zeit, möchte ich sie mit Seiner Lordschaft verbringen. Keine Zeit für all die schöne Nachtwelt.«

Charlie ließ sich in einigem Abstand nieder und rückte dann ein wenig näher. Ein kaum merkliches Gefühl sagte ihr, dass dieses kleine Glück der Vertrautheit kostbar war.

Sie ließ Harriets schöne Nachtwelt in sich hinein. Viel zu schwerfällig kam sie oft daher, all die Schönheit, zu reichlich befrachtet mit Gedanken. So war Charlie dankbar für Harriets Gegenwart, für das beruhigte Einsammeln der Gedanken, um sich ihrer gelassen zu entledigen. Harriet sprach von ihrer Arbeit im Krankenhaus, von den Jahren des Bürgerkriegs, von der ständigen Bedrohung unter einer inzwischen nur scheinbar geglätteten Oberfläche.

»Und doch bist du hiergeblieben.«

»Ja, sonderbar, nicht?« Charlie hörte das Lächeln in Harriets Stimme. »Wir sind einfach nach und nach hineingewachsen in dieses Land. Ich denke, das geschieht, wenn man sich so sehr einlässt, wie wir es getan haben, Peter in seine Projekte, ich in die Krankenhausarbeit. Es ist härter, hier zu leben und zu arbeiten, aber zugleich auch leichter als zu Hause.«

»Oh, wirklich?«, sagte Charlie.

Harriet lachte. »Glaubst du's nicht? Hier habe ich gelernt, in einem fließenden Sowohl-als-auch zu denken und zu existieren, nicht mehr in unseren Entweder-oder-Blöcken. Manchmal fürchte ich, dass die Rückkehr sehr schwer sein wird, falls die Lage hier noch bedrohlicher wird. Vielleicht jagen sie plötzlich alle Fremden aus dem Land. Obwohl ich mir wahrhaftig nicht mehr fremd vorkomme. Ich gehöre dazu, und ich kann mich nützlich fühlen. Und ich bin hier kein medizinischer Roboter. Es ist alles viel primitiver und viel menschlicher.«

Charlie überlegte, ob sie Harriet beneidete. Dazugehören und sich nützlich fühlen. Wäre es nicht das, was sie sich wünschte?

»Hier ist sie ja«, kam Peters Stimme von der Tür, »die Lady meines Herzens. Bietet sich in wahrem Mitgefühl den Moskitos zum Abendmahl dar und säuft Bier. Darf ich mich dazusetzen? Ich habe hier Gutes und bin bereit zu teilen.«

Sie rückten näher zusammen, so dass Peter neben Harriet Platz fand. Er bot einen Teller mit Chandras duftenden frittierten Häppchen an.

»Du musst wissen«, wandte er sich an Charlie, »meine Lady bewahrt mich vor meinem Drang nach ungesunder Symbiose, indem sie möglichst eigene Wege geht. Deshalb sehe ich immer zu, dass ich etwas zur Hand habe, womit ich sie locken kann. Wie diese unglaublichen Ingwerröllchen.«

Charlie verstummte und ließ das Paar reden. Wie sie schnell erkannte, warfen sie einander um ihretwillen heitere Erinnerungen zu an die Zeit, als sie einander kennenlernten, Peter mit einem gebrochenen Arm und Harriet im neuen Job in der ambulanten Notfallklinik.

»Nicht, dass du meinst, es sei Liebe auf den ersten Blick gewesen«, sagte Harriet. »Daran glaube ich sowieso nicht.«

»War es aber doch«, murmelte Peter gut hörbar.

»Es war nämlich so«, fuhr Harriet fort, »dass Peter mir seinen gebrochenen Arm übel zu nehmen schien. Er beklagte sich ausgiebig. Vor allem natürlich auch darüber, dass es der rechte Arm war.«

»Und dann sagte sie doch tatsächlich«, fiel Peter ein, »man sollte am besten den linken Arm auch noch brechen, dann sei die Sache wenigstens ausgeglichen. Sie war sehr spitzzüngig zu mir. Natürlich verliebte ich mich deshalb in sie. Ich war damals schon ein bekennender Masochist.«

Harriet machte eine ihrer sparsamen Gesten, hob ein wenig die Hand mit gestrecktem Zeigefinger. Nicht wie Emily, elegant und anmutig, eher unbedacht, wie ein Kind. »Aber erst als der Arm geheilt war und er mich umarmen konnte, verliebte ich mich in ihn. Ich fürchte, ich war damals noch sehr westlich. Entweder – oder. Patient oder Geliebter.«

»Ich hatte einmal die Vision«, sagte Peter vergnügt, »dass Harriet in ihrem früheren Leben ein General war. Es könnte doch sein, dass dieses jetzige Leben dazu da ist, sie Demut zu lehren.«

»Und ich helfe dir, deinen angeborenen Drang zu hinterhältiger Manipulation zu überwinden. Durch weise Sturheit.«

Peter nahm das letzte Ingwerröllchen und hielt es bedeutungsvoll hoch. »Wie man sieht, sind wir ein wunderbarer Beweis der Karma-Theorie.«

»Was wird hier bewiesen?«, fragte Charlie.

»Dass wir ein Schweineglück hatten, übereinander zu stolpern«, antwortete Harriet, »und das auch noch rechtzeitig zu bemerken. Und nicht zu vergessen, dass wir in diesem Jahr unser Zehnjähriges feiern.«

Die späte Morgensonne war warm, hatte jedoch nicht mehr die Schärfe des Sommers. Aus einiger Entfernung blickten die Augen der Stupa auf die Dachterrasse herüber. Auf einem tiefer liegenden Nachbardach hängte eine Frau im Sarong Wäsche auf.

»Ah, schön hier oben«, sagte Jakob, zog einen der verwitterten Plastikstühle zu Charlie unter den Sonnenschirm und stellte eine Wasserflasche neben sich.

»Kater?«, fragte Charlie.

Jakob lachte leise. »Mir war nicht nach Besäufnis. Je länger ich Franz beim Blauwerden zusah, desto weniger Lust hatte ich dazu. Ich werde alt.« Er hob salutierend sein Glas. »Ich trinke auf mein neues Lebensjahr. Mal sehen, wie lang es dauert.«

Das Schweigen dehnte sich schmerzhaft aus. Charlie wollte nicht an Jakobs Krankheit denken. Nicht an Alter. Nicht an

Tod. Die schlaflose Nacht im fremden Bett war lang und dunkel genug gewesen.

»Magst du mir noch ein bisschen vom Buddha erzählen?«, bat sie vorsichtig. »Oder hast du was anderes vor?«

Jakobs argloses, sorgloses Lächeln war, so wusste sie jetzt, seine beste Waffe gegen das Lauern in seinem Leib.

»Tu ich doch gern«, sagte er. »Aber viel gibt es über seine Biografie nicht mehr zu sagen. Fünfundvierzig Jahre lang zog er in Nordindien herum und lehrte. Kein Verrat, keine Kreuzigung, nix dergleichen. Auch keine unruhigen Zeiten, jedenfalls wird nichts davon berichtet. Ein ziemlich entspanntes Leben, würde ich sagen.«

»Oder, warte«, fuhr er nach einer Pause fort, »eine dramatische Geschichte fällt mir ein. Von Devadatta, einem Vetter des Buddha, der auch zu seinen Anhängern gehörte. Er war ein unangenehmer Typ, so ein überkorrekter Disziplinfreak, gab sich überstreng und scharte Jünger um sich. Als der Buddha älter wurde, wollte der Vetter ihn zum Abdanken überreden. Stell dir das bitte vor, da sagt dieser Affe: Lass mich mal machen, du wirst langsam alt und lässt die Zügel schleifen. Der Buddha dachte natürlich gar nicht daran. Erstens war er noch putzmunter, und außerdem war Devadatta bestimmt der Letzte, dem er die Leitung anvertraut hätte. Buddhas Stil war ganz anders, etwa so: Dies und das soll so und so gemacht werden mit der und der Ausnahme. Massenhaft Ausnahmen, verstehst du, lebensnah. Ihr Mönche sollt nur das essen, was man euch in die Bettelschale tut. Aber wenn euch jemand in sein Haus einlädt und euch nett bewirtet, dann ist das auch okay. Esst kein Fleisch von einem Tier, das extra für euch geschlachtet wurde. Aber wenn euch jemand Fleisch von seinem eigenen Essen ins Schälchen tut, ist es okay. Keine sturen Gesetze, verstehst du? Manche Leute regen sich noch heute darüber auf. Devadatta war ein Blockdenker. Wahrscheinlich war er stolz auf seine betonierten Prinzipien und fühlte sich total im Recht. Also war der Buddha im Unrecht. Also musste der Buddha bekämpft werden. Der Hammer, du glaubst es nicht.«

»Doch, ich glaube es«, sagte Charlie.

Sie mochte Jakobs Lachen. Es gab allem, was er erzählte, Leichtigkeit und Wärme. Es schien immer in seinen Mundwinkeln zu warten, hielt sie am Platz, so dass sie nicht nach unten sanken. Sie beschloss, mehr auf ihre eigenen Mundwinkel zu achten.

Jakob hob den Zeigefinger. »Was sagt uns diese Geschichte? In der Nähe von Buddhas, Lamas oder Supermeistern zu leben ist keine Garantie für spirituelle Entwicklung.

Jedenfalls heuerte der unselige Devadatta einen abgetakelten Söldner an, der den Buddha umbringen sollte. Der Söldner lauerte dem Buddha auf, aber als er ihm dann höchstpersönlich gegenüberstand, warf er sein Messer weg und wurde ein braver Mensch. Sagt die Legende. Doch das war noch nicht alles. Devadatta war stur und sann auf weitere Missetaten. Er lockerte einen Felsblock und trat ihn los, als der Buddha darunter vorbeiging, aber der Brocken verklemmte sich beim Sturz. Dumm gelaufen. Devadatta kapierte natürlich gar nichts, und er hatte massenhaft kriminelle Energie. Schließlich ließ er einen wütenden Elefanten auf den Buddha los, aber das Tier war natürlich gescheiter als der böse Vetter und ging vor dem Buddha in die Knie. Irgendwann tat sich dann die Erde auf und Devadatta fiel, plumps, direkt in die Hölle. Diese Stelle mag ich besonders.«

»Und die Frauen? Keine Maria Magdalena?«

Jakob kicherte. »Nichts dergleichen. Von Frauen hatte er nach seinem Palastleben wahrscheinlich genug. Angeblich musste seine Tante und Ersatzmutter ihn mühsam überreden, auch Frauen in seine Anhängerschaft aufzunehmen. Aber wenn du mich fragst, haben sie ihm das im Nachhinein angedichtet. Dreihundert Jahre mündlicher Überlieferung

144

gaben ganz schön viel Spielraum fürs Dichten. Seine Anhänger konnten nicht über ihren patriarchalen Tellerrand
gucken. Können sie ja zum Teil noch heute nicht.«

Die kleine Straße führte an einer hohen Mauer entlang, hinter der sich die rote Fassade eines Klosters mit golden glänzenden Dächern erhob. In der Mauer ein bunter, geschnitz-
ter Türstock, das rote Tor mit Eisen beschlagen. Durch einen
Spalt sah Charlie spielende kleine Jungen in roten Kloster-
gewändern.

Gern wäre sie in einem Park spazieren gegangen oder an
einem Fluss oder Waldrand. Aber Parks suche man hier vergebens, hatte Jakob erklärt, da müsse sie schon zum Swa-
yambu-Hügel am anderen Stadtende fahren. Dort gebe es
Bäume und Treppen bis ganz hinauf zum Heiligtum, allerdings auch unglaublich freche Affen. Und von Flüssen
müsse man sich in diesem Teil der Welt fernhalten, denn
dort befänden sich die Slums und wucherten die Krankheiten.

Die Schotterstraßen und Gassen waren grau, schmutzig,
von Müll gesäumt. Sie wäre lieber ins Kloster zurückgekehrt. Doch Jakob wollte in der Stadt bleiben, Hajo nehme
sie beide am Abend mit zu einem Hochzeitsfest, das dürften
sie nicht versäumen.

Hajo. Sie wunderte sich über ihn.

Ein Ex-Punk, vertraute Atmosphäre. Es war auch noch
etwas davon in ihr, viele Jahre nach ihrem Leben mit der
Horde, mit den Ausgestoßenen, die sie aufgenommen und
ihr zugestanden hatten, dass sie nie ganz dazugehörte. Denn
das gab es nicht für die Charlies dieser Welt. Dazugehören
war gefährlich, war ein Verkleben mit den Anderen, Auf-
gesogenwerden im Treibsand der Zusammengehörigkeit.
Vielleicht sehnte sie sich insgeheim danach, doch war es ihr
verwehrt, es wirklich zu wollen.

Punks pflegten ihre Stacheln. Sie waren großzügig und hilfsbereit innerhalb des eigenen Rudels, abwehrbereit nach außen. Laut, manchmal aggressiv, unglücklich. Es tat Charlie gut, ihre Dunkelheit zwischen der ihren zu lagern, zwischen Bierflaschen und Nasenringen, als geduldete Außenseiterin.

Auf dem Platz vor dem Denkmal im dünnen Novemberregen hatte sie Rena und Arno kennengelernt, ein graues Paar in abgetragenen schwarzen Lederjacken. Daneben ein grauer Schäferhund mit erbarmungswürdigem Fell, ein Strick als Leine. Sie saßen auf Betonklötzen. Matter Schwarzweißabzug einer Welt der Traurigkeit. Charlie war augenblicklich ein Teil dieses Bildes geworden.

Ohne nachzudenken, kaufte sie drei Hamburger und eine Dose Hundefutter, ging zu dem Paar, reichte ihnen zwei Tüten, einen Pappteller und die Dose. Allein essen ist langweilig, sagte sie. Hast du Kohle?, fragte das Mädchen. Wir brauchen was zu trinken. Charlie brachte drei Dosen Bier. Setzte sich zu ihnen und wurde angenommen.

Nach und nach kamen andere dazu, Rocky, Pepe, Nene und die magersüchtige Tati. Rena und Arno waren der Kern der Horde. Niemand machte eine Bemerkung über Charlies bleiche Haare und ihre weiße Haut. Sie legten ihr erbetteltes Geld in eine Mütze, kauften Bier und setzten sich auf die überdachten Treppen eines S-Bahn-Zugangs. Die Menschen, die vorbeigingen, sahen weg, fast alle. Manche Blicke waren verachtungsvoll, einige wenige waren mitleidig. Aber alle schauten von oben herab. Von weit, weit oben.

Manchmal, wenn sie mit Rena und Arno allein war, erzählte Rena Bruchstücke ihres Lebens. Von Eltern, die ihre grünen Strähnen im Haar, den blauen Nagellack und die Piercings verabscheuten, sie nicht mehr in die Wohnung gelassen hatten. Und sie erzählte von Arno mit dem Irokesenschopf, dessen Vater ein großes Baugeschäft besaß und den ältesten Sohn verachtete, der nicht ins Baugeschäft wollte. Arnos Verachtung war größer, sagte Rena stolz, er ging einfach weg. Und Arno saß dabei und hörte weg, als gehe ihn das alles nichts an.

Schlabber hatte den richtigen Riecher, sagte Rena. Irgendwann war er da, ein einsames, dünnes, verstörtes Tier, und gehörte zu ihnen. Sie schliefen in einem Schrebergartenhäuschen oder im Partykeller des Hauses, in dem Pepe wohnte. Pepes »Alte« sagten nichts. Sie sagten nie was, erklärte Pepe, er hätte ebenso gut nicht da sein können. Sie waren nicht alt, die Alten. Roboter seien sie. Immer bei der Arbeit, selten zu Hause. Sie legten Geld für ihn auf den Küchentisch. So störten sie nicht.

Daheim in ihrem warmen Zimmer nahm Charlie eine Rasierklinge und schnitt Risse in ihre Jeans, tauchte eine Jeansjacke in schwarze Kleiderfarbe, ungleichmäßig, so dass sie fleckig wurde, zog den ältesten Pullover aus dem Kleiderschrank und schnitt den Rollkragen ab. Evi schüttelte den Kopf, sagte, so kannst du doch nicht rumlaufen. Wer sind wir denn.

Sie hatte nicht auf den Weg geachtet. Die kleine Straße, die bergauf führte, war enger geworden, die Häuser wurden schäbiger, die Blicke der Menschen leblos unter der weißen, zermürbenden Sonne. Magere Gestalten in ausgewaschenen Tüchern hockten vor den Häusern, wie wartend. Gefahr!

Ein paar dünne Hunde erhoben sich aus dem Staub der Straße, schauten ihr nach. Gefahr!

Bedrohung häufte sich auf Bedrohung. Sie musste weg, den Rückweg finden. Sie hatte geglaubt, höher am Berg würde sie einen guten Überblick haben und dann leicht wieder hinunterfinden, doch es gab nirgendwo einen Ausblick. Die Häuser drängten sich eng aneinander in ängstlicher Wut, darüber nur heißer Himmel. Sie erinnerte sich nicht an die letzte Abzweigung, lief die Straße wieder hinunter, glaubte, dass dort eine Kreuzung sein müsste. Doch da war keine Kreuzung, es gab nur Seitensträßchen und Gassen, die in die düsteren Eingeweide der Stadt führten. Das Kloster mit dem roten Tor war nicht zu sehen, auch die Werkstatt der Silberschmiede nicht, an der sie vorbeigekommen war.

Sie lief schneller, das Donnern ihres Herzschlags in den Ohren. Angstschweiß zog einen feuchten Film über Gesicht und Hals, durchnässte die Haare, lief zwischen den Brüsten hinunter, klebte das T-Shirt an ihren Leib. Sie keuchte voller Panik, jeder Atemzug tat weh, brannte in Hals und Brust. Ich möchte tot sein, dachte sie, einfach umfallen. Aber ihr Körper wollte fliehen, weiter, irgendwohin.

Das Herumirren nahm kein Ende. Irgendwann kam sie auf den Gedanken, nach der Stupa zu fragen, und man wies ihr den Weg. Von der Dachterrasse auf Knuts Haus konnte man die Stupa sehen. Ob sie von der Stupa auch Knuts Haus entdecken konnte?

Endlich stand sie vor dem mächtigen weißen Bauwerk, stieg hinauf zum obersten Rundgang, sah in allen Richtungen Häuser. Dachterrassen, Solarpaneelen, riesige Wasserbehälter, Wäscheleinen, Sonnenschirme, Satellitenschüsseln, goldene Klosterdächer. Wie sollte sie Knuts Haus finden? Wie sah es überhaupt aus? Sie setzte sich in den Schatten und wartete, bis die Tränen der Verzweiflung nicht mehr liefen und resignierter Trockenheit Platz machten.

Später suchte sie auf dem Rundgang um die Stupa die Menge nach jemandem ab, den sie um Hilfe bitten konnte. Eine westliche Person, vielleicht jemanden, der in den kleinen Läden und an den Ständen mit tibetischen Statuen, Raub-CDs, Devotionalien und gefälschten Markenwaren einkaufte. Sie folgte einer jungen Frau mit langen hellbraunen Haaren und langem Rock, einer tibetischen Schultertasche und einer Mantrakette am Handgelenk. Die Frau spürte ihren Blick, schaute sich um. Mit ruhiger Aufmerksamkeit. Charlie atmete auf, ging zögernd näher, stammelte, dass sie sich verlaufen habe und nicht einmal die Adresse wisse, zu der sie zurückfinden müsse. Die Frau lachte sanft. Adressen gebe es nicht, nur Wegbeschreibungen. Ihr Englisch hatte einen melodischen französischen Klang.

»Der Hausherr besitzt ein Restaurant irgendwo in der Stadt«, sagte Charlie. »Vielleicht hilft das weiter.«

Es half weiter. Die junge Frau, Martine, sprach ein wenig Nepali, war schnell und geschickt, befragte Restaurantbesitzer im Umkreis der Stupa, telefonierte, kritzelte einen Plan. Sie erspürte Charlies lauernde Panik, ergriff ihre Hand und führte sie wie ein Kind, plapperte heiter, nahm ihr die Angst und ein wenig auch den Aufruhr ihrer Nerven.

Jakob rief: »Du lebst noch!«

»Ein bisschen«, sagte Charlie und wollte ihre Retterin vorstellen. Doch das war nicht nötig, sie kannten einander, sagten: Wie schön, dass ich dich treffe, und: Damals auf Bali, und: Eine Ewigkeit ist's her.

Jakob freute sich, Martine zu sehen, ganz linkisch war er vor Freude, legte zögernd die Arme um sie, als melde sich bereits der Schmerz, sie wieder loslassen zu müssen.

Charlie ging weiter und hörte noch, wie Jakob sagte: »Dass es immer irgendwie zu früh oder zu spät sein muss.«

Schnell bahnte sie sich den Weg durch die wild tanzenden Hunde in den Schutz des Hauses, wollte nichts wissen vom aufklaffenden Leben, von der Freude und dem Schmerz anderer. Sie schienen viel von beidem zu haben, diese zwei. So ging es, wenn man die Tür öffnete und alles zuließ, was hinaus- und hineinwollte. Sie würde sich hüten.

Und vor allem würde sie dieses Haus nie mehr allein verlassen. Es erschien ihr plötzlich unbegreiflich, dass sie einfach losgegangen war, ohne Planung, ohne Absicherung hinein ins Labyrinth der Fremdheit. Das Zittern war noch immer in ihr, das Kreischen der Nerven. Ohne sich umzusehen, rannte sie hinauf in das Gästezimmer, durchwühlte ihren Beutel nach den Tranquilizern, die sie pflanzenhaft still machen würden, unberührbar, unantastbar. Erschöpft legte sie sich auf das Bett, die Arme um sich gelegt, bis sie zu der gefühlsarmen Kleinheit geschrumpft war, die sie erhofft und gefürchtet hatte.

Jakob und Martine. Ein Schatten von Eifersucht zog vorüber wie in großer Ferne. Was hatte sie mit Jakobs Leben zu schaffen? Was ging es sie an, dass er andere liebte, Martine, Emily, wen auch immer? Es war bedeutungslos. Doch das, sagten ihre wattierten Gedanken, trifft schließlich auf alles zu.

8

Der Taxifahrer grinste beglückt in den Rückspiegel. Er freute sich über die lange Fahrt. Inchis zahlten jeden Preis. Kaum aus der Stadt, gab er Gas, dass die Räder durchdrehten und das Geröll aufspritzte.

Charlie krallte sich am offenen Fenster fest, versuchte die wehenden Haare aus dem Gesicht zu schütteln. Es verstärkte das Hämmern im Kopf. Die Übelkeit reichte bis zur Kehle, wollte höher steigen. Atmen, ein, aus, ein, aus, nicht an die Übelkeit denken. Nicht an die Kurven denken, die aus dem Tal herausführten. Nicht an Jakob neben ihr denken, vor dem sie sich schämte. Und nicht an Hajo denken, auf dessen Kopfkissen sie sich übergeben hatte.

»Wie geht's?«, fragte Jakob.

»Schlecht«, flüsterte sie. Mehr als Flüstern konnte ihr Kopf nicht ertragen.

Atmen, ein, aus, ein, aus. Nie mehr falschen Champagner. Nie mehr irgendeine Art von Alkohol. Nie mehr Dope. Nie mehr zu einer Hochzeit gehen.

Sie hatte getanzt. Nicht ans Tanzen denken. Der Kopf hielt diese Gedanken nicht aus.

»Nimm«, sagte Jakob und bot ihr eine Tablette und die Wasserflasche an. »Vielleicht bleibt es diesmal drin.«

Folgsam schluckte sie die Tablette. Sie hatte die Zuflucht des Fensters. Nichts Schlimmeres konnte geschehen, als dass sie sich wieder erbrach.

Der Taxifahrer würde sie für krank halten, und so war es auch. Sie war krank. Krank vom Versuch, sich selbst zu entrinnen. Krank von der verwirrten Sehnsucht nach Nähe. Krank von der Stadt. Ani Lhamo hatte es gewusst. Kathmandu Samsara.

Die Tablette dämpfte die Kopfschmerzen und die Übelkeit. Sie konnte wieder sehen. Bäume und Sträucher, noch immer satt und tiefgrün vom Monsunregen, schimmerten in der Nachmittagssonne. Der Himmel wurde blauer, je weiter sie sich vom Kathmandutal entfernten. Wenig Gutes hatte die Stadt gebracht, oder lastete sie der Stadt an, was sie selbst erzeugt hatte? So würde es Yongdu vielleicht erklären.

Hatte sie sich nicht deshalb für die Stadt entschieden, weil sie Ablenkung wünschte? Sie hatte bekommen, was sie haben wollte, Ablenkung, Unterhaltung, Feste, Rausch, Mann.

Hajo war ausgelassen fröhlich gewesen im Taxi zur Hochzeit. War er ihretwegen fröhlich? Oder vielmehr für sie? Um sie zu beruhigen? Um sie aufzuheitern? Um ihr zu gefallen? Kaum.

Sie dachte an die Tattoos auf seinem Arm, zwei Fische, die fast einen Kreis bildeten, und eine Art rüschenbesetztes Schirmchen mit flatternden Girlanden. Sie hatte gefragt, was es bedeute.

»Ich liebe Fisch«, hatte Hajo ernsthaft geantwortet. »Lachs, Kabeljau, Thunfisch, Forellen, Karpfen, Fisch jeder Art. Die Fischsuppe meiner italienischen Großmutter – göttlich! Und der Schirm, weißt du, da geht's mir wie den Engländern, ich hab einfach immer gern einen Schirm dabei.« Sie sah das Zucken in seinen Mundwinkeln. Es gefiel ihr.

152

»Blödsinn«, sagte Jakob lachend an ihrer anderen Seite. »Hajo ist strammer Vegetarier. Das sind traditionelle tibetische Glückszeichen, die braucht er wohl dringend. Die Fische symbolisieren die Glückseligkeit der Befreiung des Geistes, und der Schirm steht für Schutz vor der Hitze der Leidenschaften. Denk dir was dabei.«

Hajo grinste. »Fast wären diese kleinen Schätze eine Hürde für meine zukünftige Ordination gewesen, aber dann hatte man ein Einsehen. Jetzt haben sie sich einverstanden erklärt, mich auch mit den Tattoos zu nehmen.«

»Du wirst ein Mönch?«

»Du sagst es, ich werde ein Mönch. Na ja, erst mal ein Novize und dann ein Mönch.«

»Richtig mit Zölibat?«

»Wie sonst?«, sagte er und lachte schallend.

Charlie dachte an die Mönche und Nonnen, die sie manchmal durchs Kloster gehen sah. Auf natürliche Weise schön und würdevoll im roten Gewand.

»Dann musst du wohl die Ringe aus dem Ohr nehmen«, sagte sie.

»Das«, erwiderte Hajo, »wird natürlich wahre Überwindung kosten. Aber was tut man nicht alles fürs Seelenheil.«

Sie hatten gesungen, als sie spät nachts zu Knuts Haus zurückgefahren waren, hatten den Hunden die Schnauzen zugehalten und sich auf der Treppe gegenseitig ermahnt, leise zu sein. Es war dunkel gewesen im Haus. Vielleicht waren die anderen längst im Bett. Die Stufen knarrten. Hajo hatte sie halb getragen, halb vor sich hergeschoben, zu seinem Zimmer hin. Nun gut, dann eben Hajos Zimmer. Es prickelte schön im Bauch. Sie hatten Tango getanzt. Natürlich konnte sie nicht Tango tanzen, aber sie hatten Tango getanzt. Ich führe, sagte Hajo, nicht du, verstanden? Da legte sie sich in seinen Arm, alles andere geschah von selbst. Sie war leicht, ein Blatt auf dem Wasser, versunken in einem dumpfen, ein wenig bizarren Jetzt. Ein Glas fiel, brach, war aus ihrer Hand gefallen. Das war schlimm, doch sogleich vergessen. Alles ließ sich so leicht vergessen. Ich bin blau und glücklich, das hatte sie gesagt. Und sie hatten gelacht, gelacht. Es war so ein wunderbar dummer Spaß. Worüber hatten sie nur so sehr gelacht?

Dann ein wirres, grauenvolles Sterben in Hajos Bett. Nicht endendes Erbrechen, ein Universum von Übelkeit und Magenschmerzen. Es tut mir leid, sagte sie, oh Gott, es tut mir so leid. Hajo machte sauber, wischte ihr Gesicht ab mit einem feuchten Handtuch. Nicht tragisch, sagte Hajo, so lernen es die Mönche. Sie sollen sich den Körper als etwas Unerquickliches aus Blut und Schleim und Ausscheidungen vorstellen, dann vergeht ihnen die Lust. Ich übe. Gute Gelegenheit zum Üben. Es tut mir leid, keuchte Charlie, sorry, wenn ich mich wiederhole.

Das Taxi fuhr durch ein tiefes Schlagloch, Charlies Magen hob sich.

»Es tut mir leid«, sagte sie zu Jakob. Sie verachtete sich.

»Hallo Kater, miau«, sagte Jakob lächelnd. Oder verzog er nur das Gesicht?

»Geh langsam«, sagte dann Jakob auf dem Weg zum Kloster hinauf, »schön einen Schritt vor den anderen. Und gut atmen. Mannomann, du siehst aus wie der Tod.«

»Passt doch«, murmelte sie. »Gekotzte Leichenpredigt, sagte mein Opa. Wenn er mal was sagte.«

Die Sonne war stark und bissig. Charlie sehnte sich nach Schnee. Dicken, nassen Scheeflocken, die in den Kragen schlüpften und prickelnd im Genick schmolzen.

Ihr Zimmer nahm sie auf wie ein Mutterschoß. Sie kroch ins Bett, weinte ein bisschen über ihre Dummheit und aus Scham und Schwäche und schlief schließlich ein, fest entschlossen, möglichst lange nicht mehr aufzuwachen.

Er hört den harten, scharfen Klang vieler Hufe, Wiehern, Schreie.
Er weiß, dass etwas Furchtbares geschieht, krallt sich ins Gewand
der Mutter, drückt seinen Kopf an ihre Beine, ein Auge frei und auf
die offene Tür gerichtet. Ein Reiter mit dem Krummschwert in der
Hand zieht durch das helle Viereck. Mit großer Klarheit sieht er die
eisigen, arroganten Züge. Das Bild brennt sich ein in seinen Kopf.

Dann wird es dunkel in der Tür, Umrisse einer Gestalt, die Mut-
ter fällt und er mit ihr, er fliegt, hinweggetragen von ihrem Schrei,
sonderbar leicht, dann ist es dunkel, und es gibt ihn nicht mehr.

Als er erwacht, ist die Türöffnung von flackerndem Rot erfüllt.
Knattern von Feuer, Rauch, Husten. Er wird hochgehoben, ein
Arm hält ihn fest, wie beiläufig. Er ist so klein. Ein Kopf zum
Festhalten ist da mit einem grauen Knoten obendrauf. Häuser und
Feuer leuchten schemenhaft im dichten Rauch. Hinaus aus dem
Dorf, bergauf im späten Nachmittagslicht, geduckt zwischen Felsen
und Koniferen, viele andere neben ihnen, hinter ihnen. »Ama-la!
Pa-la!«, heult er, doch der Mann legt die Hand auf seinen Mund,
gebietet ihm Schweigen. Alle klettern schweigend, wie Geister. Wei-
ter oben am Berg wird er abgesetzt, und er muss laufen, strengt sich
an mit seinen kleinen Beinen, getrieben von der Panik der anderen.
Manchmal fällt er hin und schrammt die Knie auf unter der kurzen
Chuba. Der Schmerz hat keinen Platz in seinem brodelnden Kopf.

Sie drängen sich alle in eine Höhle, kauern sich an der Wand
entlang nieder, immer noch schweigend. Der Mann mit dem Kno-
ten auf dem Kopf sagt etwas. Die Schürfwunden am Knie beginnen
zu brennen. Er wagt nicht zu weinen. Weiß nicht, dass es Hass ist,
der sich in ihm entzündet, an dem Bild, das in ihm eingebrannt
bleibt, an der Anmaßung des Schlächters. Im kalten Dämmer der
Höhle erlebt er nur dumpfes, wortloses Grauen.

Der Hass ließ nicht nach, als sie am Morgen erwachte. Wie
ein scharfer Geruch folgte er ihr in den frühen Tag. Sie
spürte seine langen Wurzeln, tief, lebenstief, todestief. Sie

wollte diesen Hass nicht, wehrte ihn ab, wollte ihn zurückstoßen in die Traumwelt. Doch er blieb.

Ihr kleines Klosterzimmer war keine Zuflucht mehr. Die Wände rückten zusammen, schlossen sie ein. Das Fenster gaukelte grausam die Freiheit des Himmels vor. Unerreichbar. Der Papagei kreischte unten im Flur. Wusste er, wonach er rief? War es ein Glück, nicht reflektieren zu können? Oder der noch viel größere Fluch?

Das Kind hatte sich in der Höhle zusammengerollt gegen die furchtbare Welt. Sie war kein Kind. Sie war nicht in dieser Höhle, war nie darin gewesen. Oder doch? Sie wollte dankbar sein. Keine Mörder auf Pferden, keine brennenden Häuser, keine Flucht. Keine äußere Not.

Nur die innere.

Warum musste sie so grässliche Träume haben?

Der Warmwasserboiler im Badezimmer funktionierte nicht. Jemand hatte die Gasflasche entfernt, während sie in der Stadt war. Wut. Sie wollte warmes Wasser haben. Hatte sie ein Recht darauf? Natürlich nicht, das Kloster war kein Hotel. Armselige Spender hatten keine Rechte. Reiche japanische Konzernbosse hatten Rechte. Doch Emilys japanischer Konzernboss würde sich hüten, in einem tibetischen Kloster zu hausen. Vielleicht war es doch gut, kein japanischer Konzernboss zu sein. Eher passte ein Kamel durchs Nadelöhr. Die Charlies dieser Welt hingegen konnten sich möglicherweise ganz klein machen und durch Nadelöhre schlüpfen.

»Also los, mach dich klein, du großes, fettes, wütendes Ego«, sagte sie zu ihrem winzigen Spiegelbild.

Sie wusch ihre schweißverklebten Haare mit kaltem Wasser. Es war kühler geworden in den Wochen, seitdem sie im Kloster wohnte, vor allem morgens. Sie rubbelte die Haare ärgerlich mit ihrem einzigen Handtuch, dann ging sie in die Küche.

Ani Lhamo trug eine ausgeleierte rote Strickjacke. Charlie versuchte zu lächeln, murmelte: »Njung njung! Ganz wenig!«, und trug den Tee und die kleine Schale mit Reis und Dal hinauf zur Dachterrasse. Heute keine Meditation mit der Nonne, nicht in diesem Zustand mit so viel Missmut im Leib. Ani Lhamo hätte es gespürt, und es hätte sie traurig gemacht.

Es war still dort oben, nicht einmal die Dohlen trieben sich auf der Brüstung herum. Kein Tag für die Enge eines Zimmers, auch nicht für das feinmaschige Gleichmaß des Klosters. Es trieb sie hinaus, hinauf auf den Berg, dessen Wildheit sie nicht abschreckte in diesem absonderlichen Rausch von ziellosem Hass.

Sie machte große Schritte, immer weiter hinauf auf winzigen Trampelpfaden, die sich wanden und teilten, durch Rinnen führten, die der Monsunregen zwischen Felsen ausgewaschen hatte, zu einem kleinen Plateau, hinter dem, eingepackt in üppigem Hochdschungel, der Berg weiter anstieg. In den Bäumen stoben Affen davon. Es roch nach Raubtier. Leoparden. Sie jagten nicht am Tag, wie sie von Samten erfahren hatte, und scheuten den Menschengeruch auf den Pfaden der Bauern. Vor allem stand der ganze Berg unter Jetsünmas Schutz. Man musste sich nicht fürchten.

Gelegentliche Ausblicke gaben längst keinen Anhaltspunkt mehr, wo sie sich befand. Bäume und fest ineinander verhakte Rhododendronbüsche wurden immer dichter. In einer Senke floss unter einem Farnbüschel ein Rinnsal hervor, fächerte sich aus über flache, glatte Felsen, fiel in ein Moospolster darunter. Langsam. Warum nur so langsam? Es nahm sich unendlich viel Zeit, dieses Wasser, schob sich in sanften Schleiern voran, sammelte sich träge in ihrer Hand. Schmeckte wie irgendetwas. Oder vieles.

Die Zeit stand. Der Farn sagte etwas. Sie hörte es in sich. Irgendwie. Was sagte er?

Nicht gut, nicht gut.

Die Bäume schauten auf sie herab, missbilligend, neigten sich vor, sprachen wortlos. Du hast nicht gefragt. Du hast dich nicht bedankt.

Nicht gut, nicht gut.

Sie faltete zitternd die Hände, verneigte sich, flüsterte: »Vielen Dank!«

Die Bäume richteten sich wieder auf, ließen sie gehen. Doch jede Bewegung fiel schwer, traf auf den mächtigen Widerstand der grünen Luft, der schweren Gerüche, der langsamen Laute des Waldes. Sie hob die Hände und teilte die Luft, die Gerüche, die Laute, drängte sich mühsam hindurch, schluchzend vor Verwirrung.

Gib doch acht, sagten die Bäume. Die Ameise! Schau doch, wo du gehst!

Der ganze Wald beobachtete sie. Nicht nur die Bäume, auch alles Getier, selbst die Felsen lauerten. Alles im Wald lauerte, Sichtbares und vor allem Unsichtbares. Es gab viel Ungewisses im Wald, aufdringlich gegenwärtig.

Nicht gut, nicht gut.

Was hatten sie mit ihr vor?

»Ich will heim!«, sagte sie, wiederholte es immer wieder. »Ich will heim ich will heim ich will heim!«

Sie fühlte sich unerträglich klein und fürchtete sich. Es gab keinen überschaubaren Weg, nur Spuren von Tieren, die sie nicht lesen konnte, oder von den nackten Füßen der Bauern. Sie kämpfte sich voran. Die ganze Welt war Widerstand. Es war nicht möglich, gegen die Waldwelt anzukommen.

»Ich kann nicht!«, heulte sie in den Wald hinein, in das dichte Netz, das die Augenblicke knüpften und das sich immer enger um sie zusammenzog. »Ich kann nicht. Ich kann doch nicht.«

Irgendwann war der Wald ganz tot.

Es war ihre Schuld. Sie hatte nicht gut acht gegeben. Sie waren böse mit ihr und hatten sich abgewandt. Niemand war mehr da, nichts regte sich. Sie lief durch Schweigen, wie körperlos. Die Welt hielt den Atem an. Nichts, das sie hinderte. Es gab keine Richtung, nur ein orientierungsloses, hoffnungsloses Weiter.

Immer weiter.

Ihr Hemd war nass und kalt von Schweiß. Sie mochte sich nicht. Niemand mochte sie. Der Wald lehnte sie ab, jeder Baum, jeder Stein, alle. Sie wollten sie nicht, spuckten sie aus. Sie passte nicht. Sie passte nie, hatte niemals gepasst.

Als ob sie sich nicht Mühe gegeben hätte. Irgendjemand hatte verfügt, dass Mühe nicht reichte.

Als sie schließlich am späten Nachmittag nach langem Herumirren in ihrem Zimmer ankam, weinte sie vor Verwirrung und Erschöpfung. Die Tabletten! Sie durchwühlte den Rucksack, fand sie nicht, packte hektisch alle Kleider aus, die sich noch darin befanden, und erinnerte sich schließlich daran, dass sie noch in der Tasche steckten, die sie für die Fahrt in die Stadt von Jakob geliehen hatte. Sie nahm zwei, zögerte, schob eine dritte nach. Sie würden schnell wirken. Ihr Magen war leer. Sie wartete. Geduld. Doch Geduld war ein Luxus, den die Hölle nicht bot. Die zersplitterten Gedanken drängten sich zusammen, wollten ausbrechen, heulten in ihrem Kopf wie verwundete Tiere.

Sie ging durch den kleinen Raum, berührte das Bett, das Buddha-Bild an der Wand, das Tischchen, den Fenstersims, vergewisserte sich, dass dies ihr Zimmer war und sie aufnahm, ihr kleines Gefängnis, ihre Zuflucht. So hatte sie früher in ihrem Kinderzimmer die Festigkeit der Welt für sich erschaffen, wenn sie auseinanderzufallen drohte.

Im sanften chemischen Taumel nahm sie ihren Platz gegenüber dem Fenster ein und schaute hinaus in den blassen, fernen Himmel. Der Kondensstreifen eines Flugzeugs teilte ihn, sie konnte sich aussuchen, welche Hälfte sie wählen wollte. Denn wählen musste sie, man musste immer wählen.

Träge Gedanken schlugen halbherzige Deutungen vor, doch es fiel ihr leicht, sie zu übergehen. Dankbar überließ sie sich dem flachen Zustand der Bedeutungslosigkeit. So war es gut. Später würde sie sich für dieses feige Einverständnis verachten. Doch jetzt war es gut.

Sie würde sogar zum Abendessen hinuntergehen, obwohl sie kein Bedürfnis hatte zu essen. Doch Ani Lhamo würde auf sie warten, vielleicht sogar unruhig sein, nachdem sie nicht zum Mittagessen erschienen war. Die einzige Wichtigkeit im vagen Dahintreiben. Ani Lhamo durfte nicht enttäuscht werden.

»Hallo Charlie«, sagte Charlie zu ihrem vagen Bild in der Fensterscheibe, »du bist ja noch da. Ist nett, dass noch ein bisschen von dir da ist. Ein bisschen sentimentale Charlie. Wie nett.«

Ani Lhamo schnitt kleine, hellgrüne Paprikaschoten in Streifen.

»Tscha-li-la!« Ein Lächeln ohne Vorbehalt, so offen und weit. Die kleine Nonne freute sich, Charlie zu sehen, daran bestand kein Zweifel. Charlie konnte es glauben. Das Glauben sickerte in sie hinein, in ihre wattierte Seele, in der die Engel unschuldig und verschlafen darauf warteten, aufgerufen zu werden.

»Hallo, Ani-la«, erwiderte Charlie. Sie war sich bewusst, dass sie einen Tag mit in die Küche brachte, den sie Ani Lhamo nicht zumuten wollte.

»Samsara«, sagte sie und deutete auf ihren Kopf.

Ani Lhamo wandte sich ihr zu, wischte die rechte Hand an ihrem Rock ab, legte sie auf Charlies Kopf, dann auf ihre Brust. Murmelte leise. Es wurde hell in der Küche.

160

Charlie konnte ein bisschen lächeln, erleichtert, als hätte sie seit Jahren nicht gelächelt.

Ani Lhamo nickte und wandte sich wieder den Paprikaschoten zu. Charlie setzte sich auf den Fenstersims. Wohlige Magie der Küche. Große kupferne Töpfe hingen an der Wand, der kleine Gasherd war blank gescheuert und funkelte. Die vielen Schalen im Regal warteten gestapelt, für die Alten, für die Gäste, für die dienstbaren Nonnen. Für die freundliche kleine Welt dieses östlichen Flügels in einem Raumschiff, das sie Gompa nannten.

Der Wasserfilter gluckerte leise. Ani Lhamo sang eines der seltsam kühlen Klosterlieder mit den wunderlichen, ungewohnten Tonsprüngen und schnippelte Paprika, Zwiebeln, Ingwerscheiben und große grüne Blätter. Die Plastikbehälter mit Curry, Koriander, Kreuzkümmel und scharf duftenden Masalas standen einsatzbereit.

Ani Lhamo sang und zauberte. Zerfaserte Wolken dämpften die Abendsonne. Das Leben hatte einen magischen Augenblick lang keine Kanten. Nur kurz.

Warum Emily? Es hätte Jakob sein sollen, der den Vorhang zur Küche hob, der leichtsinnige, schwerherzige Jakob mit den fröhlichen Sprüchen und der Dunkelheit im Leib. Oder wenigstens Ani Jangchub. Aber nein, es war Emily. Charly weigerte sich, ihrem Unbehagen Fragen nachzuschicken. Emily nickte ihr zu, abwesend, wandte sich an Ani Lhamo mit mühelosem Tibetisch. Ihr Honighaar floss in weicher Fülle um das vollkommene Gesicht. Der lange Hals zog sich in einer souveränen Linie vom Kinn zum Schlüsselbein. Die reine Ästhetik des Bildes schürte Charlies Abneigung.

Sie wollte *sehen*, eindringen in Emilys Vergangenheit und Zukunft, um etwas Hässliches zu entdecken. Doch das innere Auge blieb verschlossen. Nur einen Anflug von Trauer konnte sie in Emily erspüren, nur den Schatten einer Trauer, wie ein dünner, kleiner Vorhang, der in der Windstille hing, als wäre er gar nicht da. Eine unscheinbare Verschleierung, die man leicht übersehen konnte. Vielleicht ein lang zurückliegender Verlust ohne alle Schärfe, aber doch da, so halb vergessen ausgebreitet über den Tagen und Nächten. Charlies Ablehnung fiel in sich zusammen. Mit Trauer ließ sich Groll nicht nähren.

»Good lady, Emily«, sagte Ani Lhamo lächelnd, als Emily die Küche verlassen hatte. Und Charlie fragte sich, warum Ani Lhamo dies sagte.

Es wurde ein langer Abend. Jakob war nicht zur üblichen Zeit in die Küche gekommen. Er fehlte ihr an diesem Abend ganz besonders. Sie konnte nicht einfach zu ihm gehen. Er hatte Gründe, sich zurückzuziehen, das musste respektiert werden. Eine der Todsünden der Freundschaft war Aufdringlichkeit. War es so? Immer? Überall? Vielleicht gab es Gesellschaften, in denen man das anders sah. So wie hier in diesem Teil der Welt Ja und Nein nicht unbedingt getrennt waren, manchmal zusammenfielen. Und dann musste man sich einen Weg durch diesen Ja-Nein-Dschungel bahnen.

Vor dem dunklen Fenster öffnete sie ihr Ringheft im Schein einer knisternden, spritzenden Kerze aus dem Laden im Dorf. Der Generator schwieg.

Warum versteckt ihr euch
hinter den Stapeln von Büchern
Engel?
Im Wald habt ihr mir nicht die Hand gereicht
Und nicht im Hinterzimmer des Grolls
Ihr wacht nicht in der Nacht
Überlasst mich den Krallen der Träume
Und am Morgen, dem grausamen Morgen
Lasst ihr die Sonne mit ihren eisernen Strahlen

Mein Herz aufschneiden
Ihr habt verdammt keine Ahnung
Engel

An wen soll ich mich wenden?
An Ihn mit den Adlerschwingen
Und dem Tiger zwischen den Schenkeln
Und der Königin im Arm
Cool und hot und absolut furchtlos?
Wäre ich mutiger
Würde ich nach ihm rufen

Endlich schlief sie ein, doch der Schlaf hielt nicht lang, riss ab wie ein brüchiger Faden. Gab es Götter des Schlafs, zu denen man beten konnte? Göttinnen vielleicht.

Es mussten Göttinnen sein.

Wie die Jetsünma. Überwältigend, mit der sanften Macht des geordneten Chaos.

Ein heftiger Wind schüttelte die Bäume am Hang unter dem Kloster, der wilde, singende, aufrüttelnde Wind, der den Schlaf verscheuchte. Der Evi manchmal in ihr Bett trieb, das zu eng war, wenn sie es mit ihr und dem großen Teddy teilen musste. Selbst als Charlie schon ein großes Mädchen war und oft mit Evi stritt, schlüpften sie bei Gewitter noch zusammen ins Bett.

Doch dann hatte Evi Haralds Bett.

Sie wollte nicht an Harald denken. Harald in seinem Anzug und dem makellos gebügelten Hemd und einer seiner hundert Krawatten. Sie steckte erbarmungslos fest zwischen Evis Bitten, sie möge Harald gern haben, und ihrem eigenen, schweigenden Wüten. Das Besteck, sagte Harald, man legt es von außen nach innen, die kleinen Vorspeisengabeln außen, du lieber Himmel, hast du denn gar nichts gelernt, Charlotte. Und Evis Gesicht so rot vor Scham. Sie hatten keine Vorspeisengabeln gebraucht in Hannah-Omas Haushalt.

So stolz war Evi auf ihren feinen Harald gewesen. Er zupfte die Hosenbeine an den Bügelfalten hoch, wenn er sich setzte, schlug die kompakten Beine übereinander, lehnte sich zurück und trommelte mit kurzen Fingern auf die Armlehne seines Stuhls. Harald hatte immer recht, Charlie siegte nie. Harald pflegte das Gesicht zu verziehen, sprach in bedauerndem Ton von alleinerziehenden Müttern und sich ablösenden Töchtern. Er nannte sie nie Charlie. Charlotte sei ein schöner Name und klinge nach guter Familie, sagte er. Sie könne dankbar sein für einen so klangvollen Namen.

Vorbildlich sei Harald, sagte Hannah-Oma zufrieden, und in so guter Stellung. Und so intelligent. Könne seiner Frau etwas bieten. Evi strahlte.

Selbst als sie die löcherigen Jeans und Pullover und die ungekämmten Haare mit purpurroten Strähnen gegen Harald einsetzte, blieb sie auf der Verliererseite. Unsere Charlotte zelebriert ihre Eigenwilligkeit, sagte er dann. Man rieb sich wund an seiner zerstreuten Verachtung, seiner kleinlichen Überlegenheit.

Nein, sie wollte nicht an Harald denken.

Doch die Gedanken waren nicht aufzuhalten, torkelten weiter, schoben sich ineinander, halb in den Schlaf hinein. Ihre Lederstiefel, die Jacke mit den Nieten. Geh zu deinen verkommenen Freunden, sagte Harald, zu diesen Parasiten. Doch dann war Rena krank und lag in Charlies Bett. Evi brachte Essigwickel für die Beine, Hühnersuppe, Medikamente. Charlie schlief auf der Luftmatratze, die Füße unter ihrem weißen Schreibtisch. Harald existierte nicht. Manchmal kam Arno, trat ein wie ein Prinz. Charlie war stolz auf ihn. Sie saßen nebeneinander an Renas Bettrand, wie Geschwister. Charlie hatte sich gewünscht, dass Rena nie wieder gesund werden möge.

»Willst du wissen, wer du warst, schau, wer du bist. Willst du wissen, wer du sein wirst, schau, was du tust.«

Charlie ließ das Buch über den tibetischen Buddhismus sinken. Wer war sie? Was tat sie? Auf welche aller Charlies sollte sie sich beziehen? Hatte es je eine Charlie gegeben, die sie sein wollte? Vielleicht in besonderen Augenblicken, in denen sie all die anderen Charlies vergaß. Als sie mit Andi Geschichten für sein Buch ersann. Als sie mit Evi die kranke Rena pflegte. Bei der Jetsünma. Oder wenn sie sich an die Weite des Himmels verlor.

Doch zumeist war sie eine der Charlies, die sie nicht sein wollte. Was sagte ihr das?

Und was tat sie? Was hatte sie ihr Leben lang getan? So wenig hatte sie selbst entschieden. In dieses Kloster zu kommen, war das ihre ganz eigene Entscheidung gewesen? Und nun?

Die Bücher sagten schöne Dinge. Von der Entwicklung der Achtsamkeit und Einsicht und der daraus entstehenden Herzenswärme, vom großen Mitgefühl und der vollkommenen Klarheit des Geistes. Vom spiegelgleichen Intellekt und von weiser Tatkraft, welche Hindernisse in Antrieb verwandelte. Solche Texte konnten Charlie manchmal vergessen lassen, dass die Rückkehr in die dunkle Welt auf sie wartete, zurück zu Evi und Harald, in das Zimmer neben Rena, in unterbezahlte Kurzjobs und das schlechte Gewissen über abgebrochene Studien und die Unfähigkeit zu funktionieren. Und vielleicht weitere Abstürze.

Sie beschloss, Guru Rinpoche in seiner Höhle zu besuchen. Dazu hatte der Swami sie hierher geschickt. Was hatte er sich nur dabei gedacht?

Die Sonne stand schon hoch, doch der Papagei war noch immer im Flur.

»Hallo, Papagei, haben sie dich vergessen?«, sagte sie im Vorbeigehen, strich kurz über seinen Schnabel und bekam ein heiseres Husten wie das eines alten Mannes zur Antwort.

Sie lief weiter die Treppe hinab zum weit geöffneten Eingang, eine Schattenschwelle, dahinter weiße, gleißende Sonne. Zwei Männer in billigen Anzügen betraten den Vorhof, gingen zielstrebig und mit vorgereckten Köpfen auf die Treppe zu, die nach oben zu den Räumen der Jetsünma führte.

Eine Wolke von Kälte. Charlie schreckte zurück, erstarrte im Schatten. Hatte sie wirklich gesehen, was sie gesehen hatte? Die Frage war müßig, sie wusste es, jede Zelle ihres Körpers wusste es. Ein Gesicht hatte sich ihr zugewandt, Augen hatten sie angestarrt, eisige Reptilaugen in einem steinernen Reptilgesicht. Sie hatte es gesehen. Auch die harte Schuppenhaut, glänzend im grellen Licht.

Die Kälte verging, als die Männer im Eingang zu Jetsünma verschwunden waren. Dennoch hörte sie nicht auf zu zittern. Ihr Puls hämmerte im Kopf. Sie musste das Kloster warnen. Wer konnte helfen?

Sie stürmte die kleine Treppe hinauf zu Yongdu, rüttelte an der verschlossenen Tür, rief seinen Namen. Keine Antwort. Es war nicht möglich. Es durfte nicht sein, dass Yongdu nicht da war. Außer Atem hastete sie die Treppe hinunter. Jakob! Durch den inneren Hof, vorbei an der Höhle, in einen Seitenflügel, zu dem kleinen Raum im Parterre. Einmal hatte er sie mitgenommen in sein Zimmer im alten Bau mit den dicken Wänden und dem kleinen Fenster. Sie riss die Tür auf, stürzte hinein in die zarten Schwaden der Räucherstäbchen, rang um Worte, fast weinend. »Männer … sie sind gefährlich … furchtbar gefährlich … «

Jakob sprang auf, schloss die Tür, hielt sie fest. »Beruhige dich«, sagte er, »langsam, langsam. Was ist los? Wer ist da?«

»Männer«, schluchzte Charlie, »gefährliche Männer, sie sind rauf zur Jetsünma.«

Sie wollte sich losreißen, ihn mit sich zerren. Er verstand nicht. Wie konnte sie ihm die Gefahr verständlich machen? Er konnte nicht *sehen*, hatte nie das *Wissen* erlebt. Wusste nichts von der Gefahr der Reptilwesen.

»Zwei?«, fragte Jakob. »Nepalesen? Mit Aktentaschen?«

Charlie nickte wild.

»Mach dir keine Sorgen. Die Jetsünma kennt sie.« Jakob zog sie zu seinem Bett, setzte sich neben sie, den Arm fest um ihre Schultern gelegt. »Das sind Maoisten. Sie kommen öfter, holen Schutzgeld ab, seit Jahren.«

»Sie sind gefährlich«, flüsterte Charlie.

Jakob brummte zustimmend. »Klar sind sie gefährlich. Alle Maoisten sind gefährlich.«

»Ich dachte, die Maoisten sind jetzt in der Regierung«, sagte sie. Doch sie wusste, dass dies nichts bedeutete, wusste, dass die Reptilwesen ihre Schattenwelt mitbrachten, unsichtbar, durchdringend. Sie wusste von ihnen seit der Kindheit.

Mit einem kleinen sauren Lachen erwiderte Jakob: »Ach, Charlie, deswegen sind sie immer noch dieselben Kerle wie zuvor. Sie ändern sich doch nicht, nur weil sie einen anderen Status haben.«

Sie musste Jakob sagen, was sie gesehen hatte. Es war unerträglich, es für sich zu behalten. Jakob war ein Freund, er würde versuchen, sie zu verstehen. Er kannte sie, er würde sie nicht für verrückt halten, sie nicht mit guten Ratschlägen niederknüppeln.

Mit großer Anstrengung kämpfte sie ihre Aufregung nieder, die Hände fest ineinander verkrampft, um das Zittern zu unterdrücken. Immer schon habe sie diese unselige Gabe gehabt, Dinge zu wissen, die sie nicht wissen sollte. Eine Wahrnehmung, die sich nicht an vorgeschriebene Grenzen hielt, die sie überwältigte und in die Hände der Psychiater getrieben hatte.

»Ich wollte dieses Wissen nicht, Jakob«, sagte sie. »Ich

habe es vor mir selbst geleugnet, es weggesperrt, bis ich dachte, ich sei frei davon. Hier ist es wiedergekommen. Ich kann es nicht verhindern.«

»Aua, kannst du auch Gedanken lesen?«

Charlie gelang ein halbes Lächeln. »Das nicht. Manchmal weiß ich, wenn jemand lügt. Aber ich kann das Wissen nicht kontrollieren. Mal weiß ich was, mal nicht. Aber diese Männer, sie sehen unter der Haut wie Reptilien aus, und sie kommen aus der Schattenwelt. Ich fühle, wer sie sind. Und ich fühle Gefahr.«

Jakob legte seine freie Hand auf ihre verknoteten Finger. »Die Jetsünma weiß mit Sicherheit, wen sie vor sich hat. Die Tibeter sind gut im Umgang mit Dämonen. Und Padmasambhava war der Champion. Er hat sie alle kleingekriegt.« Er lachte leise. »Die Jetsünma handelt mit ihnen, und Lama Yongdu ist immer dabei. Er hat es erzählt. Sie fordern eine Spende für ihre sogenannte gute Sache, und sie sagt dann, sie verstehe das, aber sie müsse die Rechnungen des Klosters bezahlen, und die Lebensmittelpreise seien so irre gestiegen. Und so geht es hin und her, und schließlich gibt sie ihnen ein Päckchen Rupien und seufzt und sagt, na ja, also schön, für eure Sache. Und du glaubst es nicht, aber sie kommt immer ganz gut weg dabei.«

Er nickte nachdenklich. »Ich hab einmal gelesen, dass in den alten vedischen Schriften die Rede von unsichtbaren Unterwelten ist, aus denen sich Reptilwesen in unserer Welt inkarnieren. Es sind eiskalte Materialisten, keine angenehmen Zeitgenossen. Aber die Jetsünma macht das schon. Und jetzt gehen wir essen.«

»Bist du bereit, Purba Dorje?« Die Stimme des Meisters klingt heiser, voller Spannung. »Keine Furcht, keine Hoffnung«, sagt der Meister.

Man muss dem Meister vertrauen. Nur der Meister kennt Zauber und Gegenzauber. Der Meister hat ihn gelehrt, den Großen Helfer zu rufen. Ohne den Großen Helfer kann man keinen Tulpa erschaffen.

Die nächtliche Kälte kriecht ihm in alle Glieder, obwohl die Flammen des Feuers hochschlagen. Niemand kommt hierher zur Schädelstätte, selbst wenn jemand den Feuerschein sehen sollte. Man fürchtet jene, die sich nachts an die Schädelstätten wagen. Er fürchtet sich nicht mehr. Der Meister hat ihn die Macht gelehrt. Er ist bereit.

»Für Euch, Kündün, Ozean des Wissens!«, flüstert er.

Die harten Schläge der Trommel bringen seine Knochen in Schwingung, der grelle Ton der Glocke lässt sein Blut kochen. Er ruft den Großen Helfer, ruft ihn mit seiner Formel, mit seinem Bild, mit der berauschenden Beschwörung seiner Macht.

Der Meister wirft Dinge ins Feuer, die es blau, dann grün färben, die es zum Sprühen bringen wie das Wasser des großen Wasserfalls im Verborgenen Land, die es sprechen lassen mit der rauen, röhrenden Stimme des Feuers. Zzzzzz, krrrrrack, sagt das Feuer, und er hört die Stimme dahinter, drohend und verführend.

Er fürchtet den Großen Helfer, doch mehr noch braucht er ihn. Er ruft und ruft. Der Meister unterstützt ihn diesmal nicht, es ist allein seine Aufgabe. Keine Hoffnung, keine Furcht. Doch er hat seinen Hass. Den Hass seines Vaters und des Vaters seines Vaters. Daraus kann er schöpfen.

Die Flammen stechen hoch in die Nacht, sprühen, dehnen sich aus zum Flammenkranz. Und da ist er, inmitten der Flammen, der Große Helfer, der große Hasser, der ihm den Verbündeten schenken wird.

Er wirft sich zu Boden, berührt die kalte Erde mit seiner glühend heißen Stirn, festigt die Erscheinung mit der Formel, schreit seine Forderung in die Nacht, als springe er in einen Abgrund: »Tu es, Großer Helfer, gib ihm Gestalt!«

Das Feuer zerbirst, bricht in sich zusammen, plötzlich kraftlos. Der Meister wirft weitere Dinge hinein, psalmodiert aufgeregt, doch das Feuer will nicht mehr gehorchen, zieht sich zurück, als verstecke es sich vor dem, was die Nacht ausgespuckt hat.

Er sieht nichts, spürt nur die Anwesenheit. Er kennt das Ding. Er hat es genährt mit Gedankenmacht und zornigen Wünschen, mit Ritualen und Beschwörungen, hat ihm Form gegeben in seinem Geist, hat einen Kämpfer gestaltet. Sie sollen es fürchten lernen, sein Geschöpf.

»Da!«, sagt der Meister und zeigt mit dem Kinn.

Es, das Ding, kauert ein wenig entfernt auf der Erde, ein noch nicht erkennbares Gesicht, die ganze Gestalt ein unsicheres Bild, doch existent. Der Meister nickt. Es ist gelungen.

Dein Geist muss fest bleiben, hat der Meister ihn eindringlich belehrt, sonst wird dein Tulpa dir zur Gefahr. Beherrsche ihn. Lass ihn nicht aus den Augen. Nur wenn du schläfst, ist er in der anderen Welt.

»Komm her!« Seine Stimme, er hört es allzu gut, ist heiser, zittert ein wenig. Sein Herzschlag ist wild, er kann ihn nicht dämpfen. Kontrolle! Er braucht Kontrolle! Jetzt wird der Meister ihn nicht mehr schlagen, wenn er Fehler macht. Oh nein, er wird ihn dem Tulpa überlassen.

Die Gestalt erhebt sich, macht ein paar lautlose Schritte. Im Rest der Glut werden seine Umrisse kompakter, zusammengehalten von einer furchterregenden Stille. Totenstille. Nicht in die Augen schauen, hat der Meister gesagt. Also schaut er an dem Fleck vorbei, der das Gesicht ist, vorbei an den dunklen Schatten darin.

»Gut«, sagt der Meister. »Gehen wir.«

Einen Augenblick lang sieht er den Meister, wie er ihn noch nie wahrgenommen hat. Den stets aufgerichteten, drahtigen kleinen Körper, der größer erscheint als alle Männer, die er kennt. Die tiefen, besorgten Furchen im breiten Gesicht, der bis zum Äußersten entschlossene Mund, der das Lächeln verlernt hat. Ist er jemals glücklich, der Meister?

Eilig rafft er die Ritualgegenstände zusammen, nimmt die Trommel in den Arm und will sich zum Gehen wenden.

»Halt!«, donnert der Meister.

Ein Blitz in seinem Kopf: Er hat es vergessen. Behalte ihn immer im Auge! Was wird er noch alles vergessen? Wie lang wird er dies überleben? Warum hat er sich darauf eingelassen? Die Angst springt ihn an, nimmt ihm den Atem. Er ist nicht bereit. Er hätte die Chöd-Praxis auf den Schädelstätten der Himmelsbestattung üben sollen wie die anderen, um die Angst zu verwandeln. Es ist zu spät. Es gibt kein Zurück. Sein Herzschlag hallt durchs Universum. Furchtbare Dunkelheit verschlingt ihn, verschlingt seinen letzten Schrei: »Kündün! Kündün!«

9

»Reicht das?«, fragte Charlie. Sie legte ein Päckchen Rupien auf Yongdus lackiertes Tischchen. »Ich möchte bald abreisen. Meine Aufenthaltserlaubnis läuft ab, und, ja, ich glaube, ich sollte … gehen.«

Sie hatte sich den Vormittag über in ihrem Zimmer verkrochen, hatte gewartet, bis die Angst verflogen war, das schauerliche Wesen könne ihr in den Tag hinein folgen. Angestrengt hatte sie sich die Sätze ausgedacht, die sie zu Yongdu sagen wollte. Klar und entschieden würde sie auftreten, die Argumente griffbereit. Doch nun, ihm so nah, fanden die Worte keinen Weg, türmten sich auf, verwandelten sich in Tränen, die sie festzuhalten versuchte. Sie schluckte, blinzelte, wütete mit sich im Kampf um Haltung.

Yongdu nickte, schob die Teetasse näher zu ihr hin. »Trink ein bisschen Chai.«

Seine Stimme, die so leicht klang, aus einem sehr weiten, lichten Raum zu kommen schien, löste etwas in ihr auf. Etwas Hartes, einen Widerstand, fast eine Art Groll. Als könne sie ihm verzeihen, es ertragen, dass er Yongdu war, der Lama, der Verehrte, der Überlegene.

Charlie trank, stellte dann die Tasse langsam auf den Tisch und suchte nach ganz neuen, noch ungedachten, mutigen, echten Worten.

»Ich kann mir nicht vorstellen, warum der Swami mich hierher geschickt hat«, sagte sie. »Ich dachte, es würde mir helfen. Aber vielleicht war das eine kindische Erwartung.«

»Das war gewiss nicht kindisch«, wandte Yongdu ein. »Es war mutig.«

Charlie zuckte mit den Schultern. »Jedenfalls ist alles schlimmer geworden.«

»Was ist schlimmer geworden?«

»Meine … Zustände. Wenn es so weitergeht, lande ich wieder in der Psychiatrie.«

Yongdus geduldiges, aufmerksames Abwarten holte aus ihr heraus, was sie, gut verborgen hinter der Wand des Misstrauens, hatte verschweigen wollen. Ihr Versagen.

»Am Anfang hat es ja gut getan, die Stille, am Fenster zu sitzen, keine Unterhaltung. Ich dachte, ich kann endlich alles hinter mir lassen. Doch die hässlichen Erinnerungen von früher machen mich fertig, ich habe Panikanfälle, meine Wahrnehmung gerät außer Kontrolle, mehr als je zuvor, und dazu meine verrückten Albträume. Es macht mich fertig. Das kann sich niemand vorstellen. Es ist die Hölle.«

Die letzten Worte musste sie herauspressen, wie ein Sündenbekenntnis. Ich habe doch nichts getan, dachte sie, ich kann doch nichts dafür.

»Ich will, dass alles wieder so wird, wie es zu Hause war«, sagte sie schließlich mit dünner, rauer Stimme. »Nicht gut, aber halbwegs erträglich.«

»Bist du sicher, dass es so geblieben wäre, wie es war?«, fragte Yongdu.

»Jedenfalls wäre ich dann zu Hause«, antwortete sie. Es klang wütend und anklagend.

»Und? Wie wäre es dort?«, fragte Yongdu sanft.

»Meine Familie. Meine Freunde …«

Yongdus Schweigen ließ eine Wand einbrechen. Evi. Sie würde um Charlie herumflattern, Gesundheitstees kochen, sie bedrängen, die Therapeutin anzurufen. Sie würde ihr wohlmeinend alle neuen Kuren vorschlagen, über die sie in Zeitschriften las. All dies würde sie wie Fäden um sie spinnen, ihr Kind einrollen in den Kokon ihrer Besorgtheit, nachdem sie sich auf den Trümmern ihrer Ehe entschieden hatte, wieder auf der Mutterseite zu sein, eine richtige, eine erwachsene, eine gute Mutter.

Ach, Evi. Enttäuschung über Enttäuschung. Die Liebe, die Ehe, der erneute Versuch der Mütterlichkeit. So hilflos und verdreht wie ihre Rückkehr zu Hannah-Oma in die alte, abgestandene Töchterlichkeit, so bequem nach Opas unscheinbarem Tod.

Hannah-Oma, der eiserne Familienkern. Die erbarmungslos sportliche Hannah-Oma, die wusste, dass alles von Ernährung und richtiger Bewegung abhing, dies laut und ungeduldig und mit ständigen Wiederholungen wusste. Gewiss, Hannah-Oma hatte ihre liebenswürdigen Seiten, steckte Charlie hin und wieder Geld zu, sagte wohl auch mal, Kind, dir haben sie es nicht leicht gemacht – wer auch immer »sie« sein mochten. Vielleicht die Engel? Doch verfing sie sich ständig in ihrer Ungeduld, wusste so genau, wie die Welt sein sollte, aber die Welt spielte nicht mit.

Und dann Rena, die einzige nahe Freundin. Weil Rena so wenig in das Leben der Normalen passte wie Charlie. Weil sie Arno teilten, noch immer.

Es gab keine Zuhause-Zuflucht mehr. Hatte es sie je gegeben? Oder war es eine Ausrede, die sie herbeiholte, um den Blick von sich selbst abwenden zu können?

Und dann waren da noch ihre Feinde, die Träume. Früher hatte sie die unklaren Traumfetzen als unsinnig abgetan, hatte sie der Therapeutin nie erzählt. Wie etwas, das pein-

174

lich ist und nicht gut riecht, das man hinter dem Haus vergraben möchte. Doch nun wucherten diese Träume in die Tage hinein und verdunkelten alles. Vielleicht, so tasteten ihre Gedanken manchmal ins Dunkle, war sie ja besessen.

»Was ist übrigens ein Tulpa?«, fragte sie.

»Tulpa? Das ist eine Art Projektion, verdichtete Gedankenenergie«, antwortete Yongdu überrascht. »Wie kommst du darauf?«

»Ich habe davon geträumt«, sagte sie entschlossen. »Ich war ein Mann, der einen Tulpa gemacht hat. Er hatte einen tibetischen Namen, dieser Mann. Und er rief ›Kündün!‹. Was heißt das?«

Yongdus langer Blick schien sich nicht auf sie, sondern auf etwas hinter ihr zu richten.

»Kündün ist einer der Titel der Dalai Lamas«, antwortete er schließlich. »Bitte, erzähl mir den Traum. Genau.«

Charlie erzählte. Von der Härte der Ausbildung, vom Ehrgeiz, von der Einsamkeit. Von dem Meister, den er brauchte, verehrte, fürchtete. Vom Triumph und der Panik. Yongdu schien den Atem anzuhalten.

Mit überraschender Entschlossenheit erhob er sich. »Komm«, sagte er, »wir gehen zur Jetsünma.«

Charlie zögerte, zeigte auf die Rupien. »Und das Geld, reicht es?«

Yongdu machte eine abwehrende Geste und ging ihr voran. »Ich sagte dir doch, es gibt keinen Preis. Es reicht, so lang du hier bist.«

Die Nachmittagssonne fiel in dicken, gelben Strahlen durch ein Seitenfenster auf die weißen Drachen im dunkelblauen Teppich, erweckte ihre lang gestreckten Leiber zu zarter, gleitender Lebendigkeit. Drachenkönigin, dachte Charlie angesichts der kleinen Frau mit dem klaren Blick, so freundlich und machtvoll. Sie hatte ihr rotes Tuch in der Wärme abgelegt, dünne Arme ragten aus dem ärmellosen seidenen Oberteil. Die Hände lagen in ihrem Schoß wie getrocknete Blütenblätter.

Im Aufblitzen eines Augenblicks *sah* Charlie Bruchstücke aus dem Leben der Jetsünma. Das Kind im Zwielicht einer doppelten Vaterschaft, Kind einer Leidenschaft, deren Tiefe nicht vorgesehen war im formell erstarrten Lhasa, ein *sehendes* Kind, das nicht in seine Umwelt passte, das litt und sich zermahlen fühlte zwischen Energien, die es nicht beherrschen konnte. Es war klein, kleiner als die Geschwister, doch man nannte es nie »die Kleine«. Die Mutter, so schön und wild, hüllte dieses Kind in ihren kühlen Stolz. Ein Kind, das nicht klagte, während die anderen fast verzweifelten auf der entsetzlichen Flucht durch Schnee und Eis. Auch nicht klagte als junge Novizin des halb zerfallenen Nonnenklosters im Schatten des Mount Everest, immer hungrig, immer frierend. Und dann war da der große geistige Lehrer. Charlie fühlte ihn in der Frau vor ihr. Die Kraft. Die Leidenschaft des Geistes. Die Hingabe. Man erzähle sich von Jetsünmas Rinpoche-Ehemann, so hatte Jakob berichtet, dass er sie verehrt habe wie Padmasambhava die Prinzessin Mandarava. Und, so hatte Jakob hinzugefügt, das bedeute wahrscheinlich, dass dieser Lehrer sie nicht wie üblich als wohlfeile Dienerin ausgebeutet hatte. »Wohlfeile Dienerin«, hatte Jakob gesagt. Er äußerte manchmal bestürzend kritische Meinungen über seine geliebten Tibeter.

Yongdus Hand berührte ihren Arm. »Die Jetsünma sagt, es wäre besser, du würdest noch im Kloster bleiben. Sie kann nicht verhindern, dass du diese Träume hast. Doch sie sind kein schlechtes Zeichen. Sie wird das Mo befragen, das Orakel.«

»Sind es Erinnerungen aus meinem früheren Leben?« Charlie richtete ihre Worte an die Jetsünma. Sie würde ihre Frage verstehen, sie würde *wissen*.

»Die Jetsünma sagt«, übersetzte Yongdu, »es sind deine Träume, also haben sie etwas mit dir zu tun, so viel ist sicher. Kein Grund zur Identifikation. Sie sagt, du sollst dir keine Sorgen machen.«

»Danke«, erwiderte Charlie. Dass es sarkastisch klang, konnte und wollte sie nicht verhindern.

»Und deine ungewöhnlichen Erfahrungen musst du nicht fürchten«, fuhr er fort. »Sie sind eine erweiterte Wahrnehmung der Welt der Erscheinungen und relativ wie jede andere Erfahrung. Einfach Wahrnehmung.«

Mit einer kleinen Geste winkte die Jetsünma Charlie zu sich heran. Sie legte ihre kleinen, warmen Hände um Charlies Kopf, murmelte ein paar Worte, pustete sanft in ihr Gesicht.

Etwas geschah. Irgendetwas, das jenseits aller Gedanken lag, selbst jenseits der Gefühle. Eine Erschütterung. Oder eher die Ahnung einer Erschütterung, die tief in ihrem Inneren vor sich ging. Später erinnerte sie sich vage daran, dass sie der Jetsünma gedankt und sich verbeugt hatte, dass sie Yongdu hinunter in den Hof gefolgt und dort verwirrt stehen geblieben war, als sei sie an einem Ort angelangt, den sie nicht kannte. Sie hatte sich dann in der Höhle wiedergefunden, die leer war und sie so selbstverständlich in sich aufnahm, als sei dies ihr angestammter Platz, als habe er ihr immer schon gehört. Da wurde ihr deutlich, was unter der Hand der Jetsünma geschehen war. Sie hatte sich grenzenlos geliebt gefühlt, fühlte sich noch immer geliebt. Ohne Erwartungen, ohne jegliche Bedingung geliebt.

Nicht, obwohl sie Charlie war.

Nicht, weil sie Charlie war.

»Ah Lama chenno«, flüsterte sie, Lama, gib auf mich acht. Ob sie Guru Rinpoche meinte oder die Jetsünma oder den Schutzengel, der für alle Engel stand, erschien ihr bedeutungslos.

»Gompa good«, sagte sie am Abend zu Ani Lhamo, »no samsara.«

Und Ani Lhamo schlug ihr liebevoll auf den Rücken und lachte laut. »Re, re, no samsara.«

Dunstschleier lagen unten über dem Dorf und hüllten die Landschaft ein. Still stand die dumpfe, warme Luft im bleichen Sonnenlicht. Die Dohlen waren unruhig, tanzten auf der Brüstung hin und her, verlangten mit provozierender Ungeduld ihr Mittagessen.

»Wie geht es dir heute?«

War es tatsächlich Besorgnis, die sie in Jakobs Stimme hörte?

»Warum fragst du? Seh ich irgendwie komisch aus?«

Jakob lachte. »Kennst du den? Trifft ein Typ einen anderen und sagt: He, wie geht's denn so? Und der andere fährt ihn an: Und was, bitte, willst du damit sagen?«

»Es lebe der gute, alte Jakob mit seinen guten, alten Sprüchen«, erwiderte Charlie mit unbeabsichtigter Schärfe. Und fügte hinzu: »Okay, sorry, ist nur mein paranoides Muster.«

Jakob legte seinen Arm um sie und drückte sie einen Augenblick lang an sich. Nahm den Arm gleich wieder weg, fast scheu. Also auch dies war Jakob.

Nach dem Essen zog er sich nicht zurück wie üblich, sondern schlug vor, zur kleinen Stupa auf den Berg zu gehen. »Ich bin kein Bergfex«, sagte er, »aber in letzter Zeit treibt es mich raus.«

Er stieg sehr langsam den kleinen Pfad hinauf, blieb immer wieder stehen, atmete schwer. »Ich werde alt«, sagte er und lachte.

Auf dem kleinen Platz, der einen weiten Ausblick bot, ließen sie sich im Baumschatten nieder.

»Hab ich dir eigentlich schon von Buddhas Tod erzählt?«, fragte Jakob. »Ich glaube, das steht noch aus.«

Ein Geschenk. Charlie lächelte. Wie sehr würde sie Jakob vermissen, wenn sie das Kloster verließ. Er war ein Grund mehr, noch eine Weile zu bleiben.

»Vierundachtzig Jahre wurde er alt«, begann Jakob, »und hätte ihn nicht die Ruhr erwischt oder eine Fleischvergiftung oder was es auch war, so wäre er wahrscheinlich noch viel älter geworden. Na ja, wäre. Gilt ja schließlich für fast alle Leute. Einfach nur so am hohen Alter sterben wahrscheinlich die wenigsten. Vielleicht ein paar taoistische Freaks, die es drauf anlegen, mindestens hundertfünfzig zu werden. Bizarr!

Also, beim Buddha lief das so: In der Monsunzeit zog er sich immer ins Retreat zurück, wahrscheinlich in eine kleine Hütte irgendwo an einem Wasserlauf, und die anderen lebten solange in einem der Viharas, die der König, du weißt, dieser Kumpel des Buddha, für sie gebaut hatte. Aber in seinem Todesjahr erklärte der Buddha plötzlich, seine Mönche sollten sich in seiner Nähe eine Bleibe suchen. Übrigens, in den Lehrreden spricht er immer nur die Mönche an, aber wenn du mich fragst, war er auf keinen Fall so stur und auch nicht so unhöflich und hat sich bestimmt ebenso an die Nonnen gewandt. Ich meine, die saßen ja schließlich auch da herum. Wahrscheinlich ganz hinten, wie auch heute noch. Das regt mich echt auf, wie diese Tradition mit ihren Nonnen umgeht.

Jedenfalls, ganz klar, der Buddha hat geahnt oder gewusst, dass es bald ans Sterben ging, und er wurde auch prompt todkrank. Aber du glaubst es nicht, plötzlich wurde der alte Buddha wieder putzmunter. Er dachte nämlich, dass er seinen Leuten noch helfen müsse, mit seinem Tod klarzukommen und keine Dummheiten zu machen. Und ich finde es total rührend, wie er sagte, er habe ihnen alles gegeben, was er geben konnte, die inneren und die äußeren Lehren, die esoterischen und die exoterischen. Und zwar ohne Unterschied. Das betonte er. Also nicht so: Erst kriegt ihr A, das sind die äußeren, und wenn ihr brav seid, dann kriegt ihr auch noch B, die inneren. Sondern beides zusammen, beide Aspekte in einem, nicht getrennt. Finde ich ungeheuer wichtig. Scheint sich aber nicht rumgesprochen zu haben. Seit eh und je gibt es darüber ein Gezicke zwischen den verschiedenen Richtungen des Buddhismus.«

Jakob lehnte sich an einen Baumstamm und streckte die Beine aus. Charlie spürte die Schwäche in ihm, die sich ausbreitete wie langsam steigendes Wasser nach der Ebbe. Sie konnte nichts tun. Nur eine Freundin sein. Ihn mögen. Ihn wertschätzen.

»Und an einen weiteren Punkt erinnere ich mich«, fuhr Jakob fort. »Der Buddha beschrieb seinen kommenden Tod als Eingehen in die von äußeren Merkmalen freie Versenkung des Herzens, aber das ist natürlich eine Übersetzung, und wahrscheinlich fehlen uns sowieso die richtigen Begriffe dafür. Ich meine, wer hätte in unserer Kultur jemals vom Tod als vom Eingehen in die Versenkung des Herzens gesprochen? Halleluja. Und dann seine berühmte letzte Anweisung: ›Seid euch selbst zur Leuchte, euch selbst zur Zuflucht, habt sonst keine andere Zuflucht, die Lehre diene euch zur Leuchte, die Lehre sei eure Zuflucht, die ihr sonst keine Zuflucht habt.‹ Darauf läuft alles hinaus. Ich denke, diese Übersetzung stimmt, die Aussage ist einfach genug.«

Er wiegte besinnlich den Kopf und sagte sanft: »Toller Satz. Totale Selbstverantwortung. Keine Hintertür.«

Einmal mehr kam Charlie der Gedanke, dass sie nur lernen würde, wenn sie die richtigen Fragen stellte. Und dass es manchmal des Mutes sich selbst gegenüber bedurfte, um sich an die richtigen Fragen heranzuwagen.

»Du hast mal gesagt, du seist wegen der Jetsünma hier. Aber du kennst doch die Lehren, gut sogar, wenn ich mich nicht irre. Dann müsstest du sie ja einfach nur umsetzen. Wozu brauchst du die Jetsünma?«

»Weil ich bis heute nicht sicher sein kann«, antwortete Jakob, »ob ich mir nicht selbst in die Tasche lüge. Es heißt, Lehrer sind dazu da, den inneren Lehrer im Schüler zu wecken. Aber ich sag dir, das ist keine stabile Angelegenheit. Es ist unglaublich, wie viele innere Stimmen die Stimme des weisen inneren Lehrers überschreien. Und dann meint man vielleicht, irgend so ein raffinierter innerer Schreier sei der weise Lehrer. Ganz schön gefährlich. Eine Weile dachte ich mal, ich sei ziemlich erleuchtet, stand völlig drüber, totaler Durchblick. Dann hat mich meine Freundin verlassen, und ich landete in der Hölle. Nix mit Erleuchtung. Seitdem habe ich dieses Wort aus meinem Vokabular gestrichen, zu problematisch. Die Jetsünma hilft mir, nicht auf Bypass-Spiritualität abzufahren, wenn du verstehst, was ich meine.«

»Da kann ich nicht mitreden«, erwiderte Charlie. »Ich habe mich noch nie erleuchtet gefühlt.«

»Umso besser«, sagte Jakob und klopfte sanft auf ihren Rücken.

»Meinst du, die Jetsünma ist erleuchtet?«, fragte Charlie, als sie zum Kloster hinuntergingen.

Jakob lachte. »Frag mich was Leichteres. Für mich ist sie jedenfalls Buddha und Padmasambhava und eine sagenhaft beeindruckende Frau.«

Es folgten ruhige Tage und Nächte. Als habe die Jetsünma einen Zauber bewirkt. Charlie nahm ihre Sitzungen mit Ani Lhamo wieder auf, streifte ein wenig mit Samten auf dem Berg herum, wenn er den scharfen Augen seines Tutors entkommen konnte, nahm hin und wieder an den Pujas im Lhakang teil. Dennoch war ein Zittern in ihr, eine Ahnung, dass es so nicht bleiben würde.

Dass sie recht hatte, wusste sie in dem Augenblick, in dem Jakob mit Hajo aus Kathmandu zurückkam. Sie hatte jeden Gedanken an Hajo – und nicht wenige wollten sich aufdrängen – in die Schublade für unerledigte Angelegenheiten verbannt. Irgendwann würde sie sich damit befassen. Vielleicht nie. Er würde ordiniert werden. Sie würde ihn nicht wiedersehen. Einer jener nutzlosen Funken, die Häuser niederbrannten, aber nicht wärmten.

Doch Jakob hing an Kathmandu und brachte ein Stück Kathmandu mit in Charlies unbefestigtes Niemandsland. Charlie hätte weinen mögen vor Verwirrung. Stattdessen lachte sie und sagte: »So eine Überraschung, wer hätte das gedacht.«

Es war Jakob, der vorschlug, sie sollten ihr Abendessen mit in Charlies Zimmer nehmen.

»Lasset uns feiern«, sagte Hajo und packte seinen kleinen tibetischen Rucksack aus. Für jeden eine große Flasche Tuborg-Bier, Salzgebäck, Trockenobst. Ein sehr weiches, weinrotes Schultertuch und Schokoladekekse als überraschendes Präsent für Charlie. Anekdoten aus Knuts Haushalt und aus dem Kloster. Das Zimmer füllte sich mit den Geistern bunter und grauer Kathmandu-Alltage.

»Wann trittst du ins Kloster ein?«, fragte Charlie.

Hajo hob seine Flasche. »Ein Hoch auf das Klosterleben!«, sagte er, und sie tranken ehrfürchtig im Gedenken an die Ekstase und Langeweile und Außerordentlichkeit des Lebens in der klösterlichen Anderwelt. »Vorerst ist es mir noch nicht vergönnt«, fügte er hinzu und begann, von seiner Familie zu erzählen. Vom schwer erkrankten Vater, der nicht mehr lang leben würde. Von einer Mutter, die diesen nahenden Tod verzweifelt leugnete. Von einer älteren, geschiedenen Schwester mit Kind ohne Job. »Familienkarma«, sagte er. »Sie sind völlig aus den Schuhen. Ich kann sie doch nicht hängen lassen und mich ins Kloster verdrücken. Wäre irgendwie nicht fair.«

Sie redeten über Karma und Familie und Sterben, und die Nacht fiel durchs Fenster in den kleinen Raum. Es war schön, dachte Charlie, über Dinge reden zu können, die ihr wichtig waren. Nicht korrigiert, nicht belehrt zu werden und doch viel zu lernen aus den Zitaten und Argumenten, mit denen Jakob und Hajo jonglierten, heiter und ernst zugleich. Keine Messer in den Taschen, keine gegen Charlie gerichteten Manöver, kein Ausschließen. Was sie sagte, wurde ernst genommen. Sie durfte ihr Wissen über Quantentheorie und Neurobiologie einflechten. Erntete Anerkennung.

»Was hat dich auf den Klostertrip gebracht?«, fragte sie Hajo, mutig gemacht durch die wohlige Berauschung unbekümmerter Freundschaftlichkeit.

»Du wirst lachen, die Leerheit. Shunyata. Diese phantastische, abgefahrene Idee der ultimativen Leerheit aller Dinge. Als ich zum ersten Mal darüber las, war mir völlig klar, dass das nichts mit Nihilismus zu tun hat oder, sagen wir, den Nihilismus sprengt. Praktische Philosophie auf höchster Ebene. Und dann fand ich im Internet dieses Kloster mit den tibetischen Philosophiekursen. Und den Rinpoche. Und da ich sowieso nicht wusste, was ich mit mir anfangen sollte ...«

»Eigentlich will er damit sagen, dass er sein Herz entdeckt hat«, dachte Jakob laut.

Als habe er nichts gehört, fragte Hajo: »Und du hast Mathematik studiert, höre ich?«

Charlie nickte.

»Cool«, sagte Hajo.

»So ist es«, stimmte Charlie zu, »cool. Ich suchte was Kühles, saubere Zahlen, unbestechliche Logik, klare Aussagen. Zuerst dachte ich an Soziologie. Du lieber Himmel! Eine Freundin studiert Soziologie und regt sich ständig auf, wenn jemand ihre erlernten Meinungen nicht bestätigt. Sie ist so gläubig. Nichts für mich.«

»Weißt du, was die Mönche machen, wenn sie disputieren?«, warf Jakob ein. »Wenn sie ihre Malas über den Arm ziehen, als würden sie einen Bogen spannen, und dann in Riesensprüngen vor dem Gegner herumtanzen und in die Hände klatschen, dass es knallt?« Sein Gesicht hatte den vergnügten, angespitzten Ausdruck, der seinen respektlosen Sprüchen voranzugehen pflegte. Charlie hob unwillkürlich die Hände, ließ sie jedoch gleich wieder sinken. Niemand mochte Warnungen. Man würde nicht auf sie achten, und dann würde sie sich ärgern. Hajo und Jakob waren sich einig in ihren Spielregeln, kannten einander, vielleicht schon lang.

»Ich sag es dir. Sie werfen sich gegenseitig ihre angelernten Meinungen an die Köpfe«, sagte Jakob und nickte zufrieden. »Man erwartet nicht, dass sie kritisch darüber nachdenken.«

Sie waren gutwillig, diese beiden. Bedrängten einander in kleinen Scheinkämpfen, durchschauten einander und sich selbst, brachten Charlie zum Lachen, erzählten freche Geschichten von Künga Legpa, dem Meister der Verrückten Weisheit, der mit dem dritten Auge sehen konnte.

»Kannst du wirklich hellsehen, Charlie?«, fragte Hajo unvermittelt. »Könntest du …?«

Charlie schüttelte den Kopf. »Nein, das kann ich nicht.«

Sie biss die Zähne zusammen. Empfand Verständnis und Abwehr zugleich. Warum könnt ihr mich nicht in Ruhe lassen? Ich will nicht *wissen*. Es soll nicht wieder anfangen.

Es hatte längst wieder angefangen.

Mit einem Schulterzucken zog sich Hajo zurück, wandte sich von ihr ab, schob sie beiseite, sah sie nicht mehr. Charlie mit den schlechten Karten. Es war nicht gut, wenn sie *sah*, es war aber auch nicht gut, wenn sie nicht *sah*. Groll stieg in ihr auf, überdeckte die Schwäche.

»Aber du hast doch …«, warf Jakob ein.

Sie unterbrach ihn mit einer Geste, deren Schärfe sie sich nicht bewusst war. »Manchmal weiß ich plötzlich etwas«, sagte sie. »Aber nicht auf Kommando. Es kommt einfach, irgendwann. Und ich würde gern darauf verzichten. Meistens hat es mir nur Ärger eingebracht.«

In das betroffene Schweigen hinein fügte sie hinzu: »Tut mir leid.«

»Ich dachte nur«, sagte Hajo, freundlich, nachdenklich. Er hatte sich nicht abgewandt, war vielleicht nur verwirrt gewesen durch ihre abweisende Antwort. »Verstehst du, es wäre doch gut, wenn ich mich darauf einstellen könnte, ob ich ins Kloster zurückkomme oder nicht. Ich wollte schon bald ins Noviziat einsteigen, und ich hab mich darauf gefreut. Es gefiel mir, endlich eine Richtung zu haben. Das macht das Leben so einfach. Und jetzt das. Plötzlich geht es nicht mehr ums Seelenheil, sondern um Familie und Geld. Ziemlicher Schock.«

Sie wusste nichts dazu zu sagen, fragte sich, was ihn tatsächlich anzog an der fürs ganze Leben geplanten Ordination. Die Geborgenheit? Die Befreiung von der Welt der Jobs, der Finanzämter, der Kneipen, der Drogen, der trivialen Beziehungen? Es könnte auch der Status sein, vom Irgendwer auf Papas Kosten zum hoch geachteten Mönch. Fragen, die sie ihm nicht stellen konnte. Hatte er sie sich selbst gestellt?

Ihre Gedanken kreisten, trugen sie hinaus aus der Runde in die Einsamkeit ihrer Träume. Purba Dorje. Die Waise. Der Meisterschüler des Zauberers. Sie erinnerte sich seiner Erinnerungen. Kindheit und Jugend im Kloster. Das rote Gewand, das man hochstecken musste beim Rennen. Die gezähmte Lust beim rhythmischen Schlagen auf die große Trommel. Die harten Ohrfeigen des Disziplinars. Nachts mit den anderen Kindern unter Fellen zusammengedrängt im kalten Schlafraum. Mit klammem Finger die Worte festhalten beim lauten Lesen. Und Auswendiglernen, immer Auswendiglernen.

Plötzlich *wusste* sie es. Hajo würde seine Zukunft nicht als Mönch erleben. Sie schwieg.

Woran lag es, dass das *Sehen* sich nicht mehr verleugnen ließ? Seitdem sie in dieses Kloster gekommen war, hatte es sich vorgedrängt, rücksichtslos. Über Arno hatte sie nichts gewusst, hatte sich unter dem *Wissen* weggeduckt bis zum letzten Augenblick. Im Nachhinein erkannte sie, was sie damals nicht bereit war zu erkennen: die wütende Dunkelheit, die immer tiefer in ihn einsickerte, seine Haltung beugte, seine Schritte schwer machte, bereit, ihn auszulöschen, ihn ganz zu übernehmen. Sie erinnerte sich, wie sie sich verschloss, sich eine eigene, geschönte Wirklichkeit erschuf, die nette, gefälschte, von Bier und Schnaps vernebelte Punkwelt. Sie konnte sich am Rand aufhalten, ohne dass es jemanden störte. Sie waren ja allesamt am Rand.

Erst als es zu spät war, *sah* sie eine Brücke, darunter allzu viel Raum, das Fallen, dieses unsägliche, langsame, unaufhaltsame Fallen. Das nicht aufhörte, während sie mit dem Fahrrad zum Schrebergartenhaus raste, während die Sonne aufging, drohend rot. Rena war allein, wachte auf aus tiefem, traurigem Schlaf. Wo ist Arno? Wo ist er?

Er kam nicht. Sie warteten, suchten ihn, warteten wieder. Charlie stemmte sich gegen ihr Wissen. Doch die Ahnung ließ sich nicht löschen. Dann lasen sie es in der Zeitung: Sturz von der Brücke. Selbstmord. Warum nannten sie es Mord? Warum nicht respektvoll Freitod? Sie schauten bei der Beerdigung zu, von Weitem, hinter Grabsteinen versteckt vor der ordentlichen Familie.

Wenigstens durfte er fliegen, sagte sie zu Rena, vielleicht ist sein Engel mit ihm geflogen. Doch sie hatte keinen Engel gesehen. Keine Engel weit und breit.

»Ich würde gern bei dir bleiben«, sagte Hajo, als Jakob gegangen war. »Wenn es dir recht ist.«

»Na gut«, erwiderte sie, »aber kein Sex.«

»Auf die Idee wäre ich nie gekommen. Und wir sind hier schließlich im Kloster.« Wie aufrichtig war der Ernst in seiner Stimme? Hörte sie einen ironischen Beiklang? Mit Jakob war es einfach, er war direkt, meinte das, was er sagte. Hajo hingegen, so schien ihr, spielte Rollen. Oder tat sie ihm Unrecht? Dachte sie das, weil sie sich wünschte, selbst spielen zu können? Es versprach Freiheit. Nicht immer alles gar so ernst nehmen. Mitspieler sein ohne den Anschein, gewinnen zu wollen.

»Ich dachte nicht ans Kloster«, sagte sie, während sie die gefalteten Decken ausbreitete.

Wollte sie, dass er bei ihr blieb? Warum wollte er es? Die Unsicherheit schürte Ärger.

»Und überhaupt, One-Night-Stands kann ich nur, wenn ich blau bin. Und auch dann nicht unbedingt, wie du ja weißt.«

Warum sagte sie das? Dies war nicht Charlie. Es gab keine Charlie, die One-Night-Stands hatte, kaum jemals war sie dazu aufgefordert worden. Sie galt als arrogant, eierköpfig und unsexy. Wie hätte sie ihm sagen können, dass sie sich Nähe wünschte und Zärtlichkeit, das Sicheinanderzuwenden und Vortasten mit Herz und Geist, das Einfühlen und Sichloslassen und Grenzenüberwinden? So etwas musste möglich sein, sie wusste, dass es möglich war, doch das konnte man nicht aussprechen.

Das schmale Bett war härter als sonst. Hajo legte sich hinter sie, berührte sie kaum. Im flachen Rhythmus seines Atems begann sie sich zu entspannen, konnte es gut finden, wie es war.

»Schlaf gut, diesmal kotz ich wenigstens nicht«, murmelte sie.

Hajo gähnte. »Das beruhigt mich. Ist besser für die Nachtruhe.«

Nach einer Weile hatte sie sich unwillkürlich seinem

ruhigen, gleichmäßigen Atem angepasst, war erstaunt, wie wohl es tat, den Rhythmus mit ihm zu teilen.

»Schläfst du?«

Er brummte verneinend.

»Evi, meine Mutter, hat sich immer so hinter mich gelegt beim Einschlafen, als ich klein war. Löffelchen nannten wir es. Daran hab ich ewig nicht mehr gedacht. Es waren glückliche Augenblicke. Ich hab ganz vergessen, dass ich einmal richtig glücklich sein konnte.«

»Danach nie wieder?« Hajos Stimme klang wacher, als er vorgab zu sein.

»Nein … doch … hier. Bei Jetsünma. Aber das war …« Die Worte kamen lange nicht. In Hajo spürte sie keine Ungeduld. »Das war ein anderes Glück. Ich meine, das Kinderglück ist ganz dünn geworden mit der Zeit, es bricht einem fast in den Händen auseinander. Ich wüsste gern ein Wort für das andere Glück.«

»Wir könnten es Offenheit des Geistes nennen. Oder Glückseligkeit.«

Charlie kicherte. »Glückseligkeit. Nettes Wort. Meine Engel würden es mögen.«

»Du hast Engel?«

»Ich habe sie früher so genannt. Einfach ein Name für eine Erfahrung.«

Sie hätte gern über diese Erfahrung gesprochen, doch das hatte sie nie zuvor getan. Unverständnis hätte sie wütend gemacht, und sie wollte nicht wütend sein auf Hajo. Noch weniger wollte sie traurig darüber sein, sich ihm nicht mitteilen zu können. Ihre Worte, so mahnte sie sich, mussten auf diesem schwankenden Boden unerprobter Nähe auf Zehenspitzen gehen.

Sein Atem war sehr leise und gleichmäßig. Sie glaubte ihn in tiefem Schlaf, als er plötzlich sagte: »Ich erinnere mich an ein Glück auf der Wiese, auf der ich oft spielte.

Warmer Sommerregen und der Geruch nach Holunderblüten.«

Sie fühlte, wie sie weicher wurde, sich an ihn lehnte und an das kleine, große Kinderglück. Als sei es dabei, auf sie überzuspringen, ein Funke, der Nahrung suchte.

»Ich hab auch so eine Erinnerung. Bei mir ist es eine Stelle im Park, früher Frühling, mit den ersten Veilchen, so unglaublich blau in der Sonne, und der kühle Geruch des Wachsens. Das war auch so ein Stück Glücklichsein, ohne Denken, nur Fühlen.«

Nach einer Weile begann Hajo von seiner Kindheit zu erzählen, von einem Vater, der immer schon alt war, immer schon graue Haare hatte, und der jungen Mutter, die man für seine Tochter hielt. »Sie fuhren aufeinander ab, der Professor und seine demütige Studentin«, sagte er. »Sie waren so ineinander verhakt, dass sie ihre Kinder kaum wahrnahmen. Er war Gottvater, und sie war seine Dienerin. Lebenslänglich. Marita wurde die liebe Tochter, ich wurde der böse Sohn.«

Charlie drehte sich auf den Rücken und wandte sich Hajo zu, fast überrascht, dass auch andere Menschen Eltern hatten, mächtige Figuren in ihrem Leben.

»Und jetzt stirbt dein Vater«, murmelte sie.

Ein halber Mond zeichnete zarte Andeutungen ins Zimmer, als müsse es keinerlei Sicherheit geben. Wozu Sicherheit? Die Nacht würde sie in den Morgen tragen, und dann würde Hajo gehen.

»Es fällt mir schwer, mir seinen Tod vorzustellen«, sagte er. »Eltern haben Ewigkeitscharakter. Ich hänge nicht an meinem Vater, aber ich hab auch nichts gegen ihn. Er war nun mal sechsundzwanzig Jahre lang mein Vater, ein wandelnder Archetypus. Mit ihm stirbt ein Stück meiner Welt. Für meine Mutter stirbt ihre ganze Welt, fürchte ich.«

»Was hielt er von deiner Klosteridee?«

»Er zuckte mit den Schultern und sagte: Na schön, wenn du dich lebendig begraben willst.«

Was würde Hannah-Oma sagen? Wie der Vater, so die Tochter? Warum musst du nur immer so exzentrisch sein? Evi würde vielleicht unterstellen, dass Charlie im Kloster den Ersatz für die Familie suchte, die Evi ihr nicht hatte geben können. Evi würde sich schuldig fühlen, wie immer.

»Willst du dabei sein, wenn er stirbt?«

»Das bin ich ihm schuldig. Er war dabei, als ich geboren wurde. Ich werde ihn begleiten, wenn er es will.«

»Und wenn er es nicht will?«

»Man muss ja nicht unbedingt physisch dabei sein. Es gibt auch andere Möglichkeiten.«

»Du meinst Meditation des Mitgefühls?«

»Du sagst es. Neunundvierzig Tage lang.«

Charlies Hand suchte im Dunkeln sein Gesicht, strich sanft darüber, spürte ein geschlossenes Auge, den Rand der schmalen Nase, Eintagsstoppeln auf der Wange. Ein tiefes Verwundern überkam sie, sanfte Wellen von Nähe und Wärme, die gegen sie trieben und in sie einsickerten. Sie fühlte sich selbst nicht mehr, keine Konturen, kein Gewicht, keine Eigenschaften, sie war davongeglitten in die Berührung, in die weltweite Landschaft dieses Gesichts, als gäbe es nichts anderes.

Im leichten, luftigen Schlaf träumte sie von Engeln aus Licht. Ein Schimmer von ihnen blieb, als die Sonne aufging.

»Gut geschlafen?« Hajos Stimme war bereits von dieser Welt, klar und geordnet.

Sie setzte sich auf und blickte auf ihn hinunter, in Augen, hinter denen sich unaufspürbare Gedanken verbargen. Die Intimität des gemeinsamen Aufwachens war erschreckend. Trennung, grell beleuchtet. Ich. Du. Vertrieben aus dem Schutz der Nacht, der Sorglosigkeit vager Umrisse.

Vielleicht zerbrach in diesem Augenblick etwas, das war zu befürchten. Sie konnte es nicht verhindern.

»Ich hab schön geträumt. Von Engeln.«

Sie fühlte sich herabgezogen auf seine Brust, sanft und nachdrücklich, seine Hand an ihrem Nacken. Im dünnen Nachhall des nächtlichen Wunders gab sie nach, ließ zu, dass sie eintauchte in den wohligen Erdgeruch, der von seinem Hemd aufstieg.

»Natürlich, Elfen träumen von Engeln«, sagte Hajo, »so muss es sein. Ich hätte nie gedacht, dass ich auserkoren sein würde, einer Elfenprinzessin zu begegnen. Hab ich ein Glück.«

»Machst du dich über mich lustig?« Charlie wollte sich wieder aufrichten, doch er hielt sie fest.

»Ganz bestimmt nicht, Elfenprinzessin, im Gegenteil. Ich habe sehr große Achtung vor dir.«

Wie konnte er so etwas sagen? Wie konnte er die Hand auf ihr nacktes Herz legen und sie zum Weinen bringen? Wenn das so ist, dann geh, wollte sie sagen. Denn er würde gehen und sie würde leiden. Das *andere Glück* war nicht für solche wie sie, die längst vertrieben waren aus dem Paradies, des Paradieses nicht würdig.

»Das Badezimmer ist gleich nebenan«, sagte sie und sprang vom Bett. Rechtzeitig, bevor die aufschießenden Tränen aus ihren Augen fielen.

Sie hätte ihn nicht so gehen lassen sollen. Das sagte sie sich und wusste doch, dass sie nicht zu unterscheiden vermochte zwischen Wunsch und Unvermögen.

Das Du. Das wundervolle, schmerzhaft beunruhigende, ganz nahe Du. All das Ungesagte lag in ihr wie ein Stein: Es war wunderschön in deinen Armen, es brach mir das Herz, ich werde immer an deine Wärme an meinem Rücken denken, wie die Hände eines großen Engels, in die ich mich fallen lassen konnte, und ich fühlte keine Grenzen mehr, wollte dein Glück sein, nur dein Glück. Das hätte sie ihm sagen wollen und noch manches mehr. Doch dazu hätte es dunkel sein müssen, dunkler als in der Mondnacht. Schon gar nicht heller Morgen. Und sie hätte nicht Charlie sein dürfen mit ihrem verqueren, angstvollen, wütenden Stolz.

Stattdessen fiel ihr nur ein, ihm schweigend das Mantra des Guru Rinpoche nachzuschicken, als er zum Dorf hinunterging. Er winkte, rief »Danke!«, ging weiter, wandte sich noch einmal um, legte die Hände aneinander mit einer kleinen Verbeugung. Sie gab die Geste zurück. Einen Augenblick lang war sie nichts anderes als diese schöne Geste, gefaltete Hände, Neigen des Kopfes. Ein Augenblick von Achtung, Liebe, Hingabe. Ganz rein, das *andere Glück*. Eine ganze Sekunde lang.

»Wiedersehen, Hajo!«, murmelte sie. »Bitte!«

Dann drehte sie sich um und ging in ihr Zimmer, legte sich auf ihr Bett, erschöpft vom Aufruhr der Ambivalenz, die sie den kurzen Morgen lang im Griff gehalten hatte. Langsam sickerte Ruhe in die Gedanken, und sie wurde einer abgründigen, grenzenlosen Sehnsucht gewahr, die sie sich nie zuvor erlaubt hatte. Von der sie ahnte, dass das Ziel nicht außen, nicht bei jemand anderem, sondern in ihr selbst lag.

An diesem Abend schrieb sie:

> He Engel wacht auf
> Ihr habt geschlafen und mich fallen lassen
> In den offenen Boden des Universums
> Irgendwohin
> Wo selbst ihr nicht mehr seid
> Oder habt ihr es absichtlich getan
> Mich im Spiel geworfen
> In den Reißwolf eines möglichen Glücks
> Das unerträglich ist

Von mir verlangt zu sterben
Wie soll ich die Stücke wiederfinden
Die übrig sind von mir

Der Sandsturm tobt, verhüllt das eine, gibt das andere frei, will den Wanderer in die Irre führen. Es muss eines der Häuser am Stadtrand sein. So nahe ist er dem Ziel. Er funkelt vor Kraft und Entschlossenheit. Das Wissen um die Macht ist eiskalt und glühend heiß.

Er erkennt die Herberge erst, als er vor ihr steht.

Der Tulpa ist in seiner Nähe, er braucht ihn nicht zu sehen, spürt ihn, weiß ihn, sein Geschöpf, und doch … Fast hat er sich gewöhnt an diesen lebendigen Schatten, der hinter ihm herläuft, gekleidet wie ein einfacher Pilger mit einem breiten Gesicht und flinken kleinen Augen. Wollte er ihn so haben? Vielleicht. Das Nicht-Wesen hat seine eigene Gestalt angenommen, aus Gedanken gewoben, eine Gedankenfigur. Noch immer kann er es kaum glauben, dass er dies geschaffen hat, dass es Form hat, Kraft hat, wenn auch nicht Substanz.

Die Herberge ist klein und bescheiden, nur ein unterer Schlafraum für die einfachen Leute und ein oberer Raum für Lamas und wohlhabende Händler. Er will kein Aufsehen erregen, sucht sich eine Ecke im schlichten Raum der Pilger auf der gestampften Erde, wo man sein Fell ausbreitet. Der Tulpa lässt sich nieder, lehnt sich an das große Bündel mit der Trommel und der Knochentrompete und schließt die Augen, bietet das Bild eines müden Pilgers.

Ein paar Gäste hocken in der anderen Ecke, essen und trinken Chang. Es wird geredet, verhalten, das Geheimnis um die häufigen lebensgefährlichen Erkrankungen des jungen Kündün ist Stadtgespräch. Man munkelt von Zauber, von Gift. Wer würde von seinem Tod profitieren? Der Regent, vor allem er. Doch er ist ein hoher, sehr hoher Lama, ein heiliger Mann. Nicht der Regent, der kann es nicht sein. Aber wer ist es?

Achte auf den Ersten Minister, hat der Meister gesagt.

Die Stadt ruht in dumpfem Dämmerlicht. Es treibt ihn hinaus. Gestank in den Gassen. Das Haus des Ersten Ministers, er muss es finden. Nördlich vom Jokhang soll es liegen, von Gesindegebäuden mit hoch gelegenen, kleinen Fenstern umgeben. Eine Festung.

Der Gedanke an Rache ist übermächtig. Erinnerungen, tiefer als Gedanken. Die Schreie. Das Feuer. Die fallende Mutter. Fliehen. Fliehen. Die Höhle.

Mörder! Es war der Erste Minister, der die Familie mit dem Neugeborenen an die Grenze verbannte. In die ständige Gefahr.

Er spürt nur den Wunsch nach Rache, zu scharf, zu wild, um einen Plan zu machen. Er ist blind dem Impuls gefolgt, zum Haus des Ersten Ministers zu gehen. Er will wissen, wo er zu finden ist. Der Plan wird da sein, wenn er ihn braucht.

Für den Kündün, hat der Meister gesagt. Rette den Kündün, dann bist du frei.

»He, Ngakpa, was treibst du hier?«

Er hat die Dob-dobs nicht kommen hören. Was wollen sie von ihm? Bewachen sie den Minister? Man lässt einen Ngakpa in Ruhe, selbst in der Stadt der Gelben. Sie können nichts von ihm wissen. Doch sie kommen näher, riesige, drohende Schatten. Was soll er sagen? Panik. Er rennt los, lenkt die Panik in seine weiten Sätze, in seinen Atem. Viele Male hat er es geübt, kann seiner Kunst vertrauen. Er staut die Kraft, gibt sie frei, schnellt, fliegt.

Trommelschläge des Triumphs. Er ist über die Dächer, über die Wolken den Sternen entgegengeflogen.

»Charlie! Schläfst du?«

Die Trommelschläge wurden zum anhaltenden Klopfen. Jakob hatte schon die Tür geöffnet, klopfte noch einmal. »Charlie!«

Sie fuhr auf, verwirrt, Angstschweiß kalt auf der Stirn.

»Ani Lhamo macht sich Sorgen, wenn du nicht zum Frühstück kommst. Ich übrigens auch.«

Sie flog noch immer.

»Geht's dir nicht gut?«

Mit einem abwehrenden Kopfschütteln setzte sie sich auf. »Ich schlafe schlecht und habe Albträume. Das ist alles.«

Warum blieb immer nur die Angst zurück?

Sie wünschte, es fiele ihr etwas Verbindliches, Freundliches ein, nette Worte des Danks, dass man sich um sie kümmerte, doch die Worte ließen sich nicht finden. Jakob nickte, wartete noch einen Augenblick, schloss dann leise die Tür. Er ließ seinen fragenden Blick im Zimmer zurück und das Bild seiner schmalen Wangen, seiner knochigen Hand auf der Türklinke.

Warum nur war sie so linkisch? Sie hasste sich dafür.

Ich will nicht ich sein, hatte sie Evi angeschrien. Damals war sie noch ein gutes Stück kleiner gewesen als Evi, aber stärker in ihrem Unglück. Wer will schon so was wie ich sein. Ich hasse mich! Und Evi hatte sie festgehalten, wortlos, als stimme sie ihr insgeheim zu. Dafür hatte sie Evi gegen die Beine treten müssen, sie konnte noch heute den Schmerz in ihren nackten Zehen spüren.

Sie stellte sich unter die kalte Dusche, bis Scham und Hilflosigkeit vom Frösteln überdeckt wurden. Sie vermied ihr Spiegelbild und rieb sich ab, bis die zarte Haut rot aufschrie. Ein weiterer Tag. Sie würde ihn überleben. Wie die Nacht. Und noch einen Tag und noch eine Nacht. Und nicht fragen, wozu.

Die Küche war leer, auf dem Tisch stand eine Thermoskanne mit Chai, daneben eine Schale mit lauwarmem Porridge. Warum war sie froh, Ani Lhamo nicht zu sehen? Die Abwehr schmerzte. Sie würde darüber nachdenken müssen. Es gab so viel, worüber sie nachdenken sollte. Viel zu viel.

Sie hatte Jakob nicht auf der Dachterrasse vermutet, wollte sich ungesehen zurückziehen, doch es war zu spät.

»Alles okay?« Er lächelte ihr zu. Sie sah die zwei tiefen Falten um seinen Mund.

»Und bei dir?«

Sie sah die Dunkelheit in ihm, die sein Leben nach und nach stilllegen würde. Wie eine Verpuppung. Welcher Schmetterling würde daraus geboren werden?

»Nichts Neues«, sagte er. »Aber vielleicht kannst du mir sagen, wie viel Zeit ich noch habe?«

Ein scharfer Schmerz flammte auf in der Mitte der Brust, wo die Frage sie traf. Wie könnte sie das wissen wollen?

»Tut mir leid, Zeit kann ich nicht sehen«, antwortete sie. »Nur das, was gerade da ist oder irgendwie irgendwann sein wird, wenn überhaupt. Ich habe es ja nie geübt. Erst seitdem ich hier bin, sehe ich wieder, manchmal.«

»So what!«, erwiderte Jakob, heiter wie immer. »Spielt auch keine Rolle. Das Leben geht weiter. Bis es zu Ende ist. Und der Weg geht weiter, das Fragen geht weiter, ist doch alles gut so.«

»Und die Antworten?«

Jakob spitzte den Mund und pfiff. »Oho, die Antworten. Unsere Jetsünma redet nicht viel, aber wenn doch, vergisst man es nie. Sie sagte einmal, spirituell sein heißt, fragen, alles hinterfragen, immer weiter, immer tiefer. Antworten sind Hindernisse, sagte sie, und wenn man das erkannt hat, werden die Hindernisse zu neuem Antrieb. Das ist Padmasambhava-Weisheit, Hindernisse in Antriebskraft verwandeln. Tolles Spiel.«

»Religion als Spiel? Interessant. Vielleicht sollte ich Buddhistin werden.«

Mit einem begeisterten Lächeln legte Jakob die Hände zusammen. »Willkommen im Club! Besser als Lions Club oder Rotary. Geist-Club. Club der Nichtmitspieler. Club der Flüchtlinge. Club der Nichtclubler.«

»Und wie werde ich Buddhistin? Das stand in keinem der Bücher. Gibt es einen Clubausweis? Taufe? So was?«

»Man nennt es Zuflucht. Und du bekommst einen Namen. Lama Yongdu kümmert sich darum.«

Charlie wollte fragen, wovor man denn nun flüchte und wohin, doch in diesem Augenblick erschien Emily, wie immer in etwas Teueres, Fließendes gekleidet, makellos und alles andere als spielerisch.

»Hier bist du, Jakob! Die Butterlampen müssen poliert werden.« Ihre Stimme war kühl, sachlich, wie unaufdringlich gutes Papier. Ihr Blick streifte Charlie, schien sie kaum wahrzunehmen. »Charlie, du kannst dich auch nützlich machen. Wir brauchen jede Hand.«

Ohne eine Antwort abzuwarten, nickte sie und verließ die Terrasse.

Charlie legte unwillkürlich die Arme um sich. »Was, bitte, war denn das?«

»Das war Emily«, antwortete Jakob mit einem kleinen Zucken in den Mundwinkeln. »Sie ist unübertrefflich. Dafür muss man geboren sein.«

»Hat sie was gegen mich?«

Jakob streckte die Hand aus und rieb ihr sanft den Rücken. »Denk nicht drüber nach. Sie ist nun mal so. Was nicht heißt, dass sie nicht auch nett sein kann. Aber selbst im Bett behält sie eine gewisse Distanz.«

»Ach so«, erwiderte Charlie.

Jakob begann zu erzählen. Von einer großen, jungen Frau, die mit ihrem Rucksack Bali bereiste, eine Königin, deren unsichtbare Krone von den Menschen auf Bali erkannt und gefeiert wurde. Und als sie den jungen Weltenbummler Jakob traf und ihn erwählte, gab er ihr sein Herz, um es von ihr brechen zu lassen. Er begleitete sie nach Nepal und in ein Kloster, in dem sie Tibetisch studierte, und er reiste weiter, weil er süchtig war nach der Welt.

»Du glaubst es nicht, aber es zog mich zurück zu meiner Schneekönigin«, sagte er nachdenklich. »Mehr als einmal. Obwohl ich mich nie besonders wohl bei ihr fühlte. Sie setzte mich immer auf Messers Schneide.«

Als er wieder zurückkam, war Emily einer Einladung als Übersetzerin alter Texte in Jetsünmas Kloster gefolgt. Und sie blieb. Doch für Jakob gab es keinen Platz mehr neben ihr.

»Weißt du, was sie sagte? Sie sagte, Jakob, ich war deine geistige Hebamme, aber dein Kind, deinen Geist, musst du selber aufziehen. Sie sagte das mit ihrer unglaublichen, kühlen Intensität. Sie ist wie Whisky pur mit Eis. Ich wusste nie, wie ich sie beurteilen sollte. Ich glaube, ich weiß es bis heute nicht. Sie beeindruckt mich. Sie nervt mich. Ich bewundere sie. Manchmal verabscheue ich sie. Aber auf solche Impulse ist kein Verlass. Sie kickt mir alle Bezugspunkte aus dem System. Als ich das Virus entdeckte, fragte sie nicht, wie ich mich infiziert hatte. Und ich sagte es nicht. Vielleicht hat Harriet es ihr erzählt. Vielleicht auch nicht.«

Woraus man doch seine kleinen Überlegenheiten, sein bisschen Macht ziehen mag, dachte Charlie. Oh ja, sie kannte es. Sich über das vermutete Urteil der anderen im Besserwissen erheben. Leiden, ja, aber mit der Krone bitterer Überlegenheit.

Jakob stand auf. »Ist schon lang her. Ich war damals überzeugt, der neue Prinzgemahl der Königin sei Lama Yongdu.«

War er das? Oder nicht? Oder wurde es später? Die Frage hüpfte in ihr herum, aufgeregt, schamlos. Ihre Finger drehten die Schale mit dem kalt gewordenen Brei. Sie wollte es wissen und wollte es nicht wissen, sagte sich, es gehe sie nichts an. Sie sah Yongdu vor sich, ganz nah, in einzelnen Stücken, die straff gespannte Haut über den hohen Wangenknochen, das glänzende schwarze Fell auf seinem Kopf, die schönen Hände mit den hellen Fingernägeln.

»Nicht, dass ich mich jemals als Prinzgemahl gesehen hätte«, sagte Jakob im Gehen. »Ich war eher ein Spielzeug. Man kommt bei Emily nicht so leicht auf Augenhöhe. Bis später.«

10

Ein leichter Wind rieb die harten Blätter der Rhododendronbäume aneinander. Irgendwo in den Eingeweiden des Klosters war das Klak-klak der kleinen Trommeln zu vernehmen, der hohe, scharfe Klang der Glocken, gedämpft von der Nacht. Es wurde kühl. Charlie zog das rote Pashminatuch über die dünne Bettdecke. Ach, Hajo.

Am Morgen würde sie ins Dorf hinuntergehen und Kerzen kaufen. Der Generator im Kloster wurde abends schon um neun Uhr abgeschaltet. Kerosin war knapp und teuer. Alles war knapp und teuer. Dieses Land röchelte wie ein Sterbender. Wie schlimm würde es noch kommen?

Im Internetladen würde sie eine E-Mail an Evi schicken, das Gewissen beruhigen. Es geht mir gut, ich hoffe Euch geht's auch gut. Was sollte sie schreiben? Dass sie sich fragte, wer das sei, Charlie, Charlotte, unwillkommenes Zufallskind, hochsensibles Nervenbündel, hochbegabte Versagerin, unbegabte Meditierende, ehemaliger Ngakpa, wunderliche Elfenprinzessin? Dass sie wieder zu *sehen* begonnen hatte gegen allen Widerstand? Dass sie jemanden träumte, der sie nicht sein wollte? Dass ihr Herz wehtat, weil sie sich hinter wirrem Stolz verkroch, wenn es darum ging, berührbar zu sein?

Wut. Du sollst Vater und Mutter ehren. Was gab es da zu ehren? Ihr habt mich alleingelassen in mir. Ihr habt mir nicht geholfen, leben zu lernen. Warum gibt es das Gebot nicht auch umgekehrt? Du sollst Tochter und Sohn ehren. Habt ihr mich je geehrt? Manifestation meines Karmas aus früheren Leben seid ihr, heißt es. Was hab ich denn getan? Was hab ich verdammt noch mal getan?

Nicht mehr denken. Schlafen.

Verantwortung übernehmen für die eigene Befindlichkeit, hatte Yongdu gesagt, damit beginne der Weg. Opferhaltung aufgeben. Täterhaltung aufgeben. Vergangenheit aufgeben. Aber er hatte nicht gesagt: »Du sollst.« Yongdu sprach von Möglichkeiten. Solange man Yongdu zuhörte, solange die Gedanken sich niederließen im Raum seiner Zuversicht, konnte man vieles für möglich halten.

Doch die Vergangenheit war mächtig. Das gab auch Yongdu zu.

Wenn sie doch nur schlafen könnte.

Der Tulpa hat den Hintereingang entdeckt. Man kann ihn nur durch winzige Gassen erreichen, Spalten zwischen den gedrängten Häusern. Kein Licht. Das Lauern hat sich gelohnt. Zweimal ist der Minister aus dem Anwesen geschlichen, ohne Begleitung, in einer einfachen Chuba, zu einem unscheinbaren Haus. Vielleicht hat er eine heimliche Geliebte.

Sie warten, Nacht für Nacht. Zusammengekauert im Dunkeln wie Steine. Unsichtbar im schlichten Pilgergewand. Der Meister hat ihn gelehrt, den Atem zu verkleinern, das Leben im Körper zusammenzuziehen, ganz tief nach innen.

Der Tulpa atmet nicht, lacht nicht, niest nicht, furzt nicht. Er ist nur ein Stück der Dunkelheit.

Leise Schritte, Stoff raschelt. Der Mond ist fast voll, wirft schwere Schatten. Das Gesicht unter der Mütze ist nicht zu erkennen. Es muss der Minister sein. Doch wenn nicht? Er muss es wagen, schickt dem Tulpa den Gedanken: Los! Das Wesen stürzt vor mit erhobenem Arm, es ist, als blitze ein Messer. Dies ist der Augenblick, auf den er gewartet hat. Er stürmt zwischen Minister und Tulpa, fuchtelt mit seinem langen Khampa-Messer, schlägt den vermeintlichen Angreifer in die Flucht. Dann wendet er sich dem Minister zu und achtet darauf, deutlich sichtbar im Mondlicht zu stehen: »Seid Ihr verletzt, Kusho-la?«

Misstrauisch weicht der Minister zurück. Der schwere Mann mit dem breiten, massigen Gesicht nimmt mit unbewegten Zügen die Erklärungen seines Retters auf. »Ich sah diesen Kerl, wie er sich versteckte. Das kam mir eigenartig vor. Manchmal spüre ich Gefahr, wollte sehen, was er da macht. Hätte ja niemals gedacht, dass es hier in der heiligen Stadt gefährlich sein könnte.« Er fügt ein paar verbindliche Worte hinzu, verbeugt sich und macht Anstalten zu gehen.

»Warte, Bursche! Du hast eine Belohnung verdient.« Der Minister kramt Geldstücke aus dem Gewand und wundert sich über die Ablehnung des Fremden mit dem östlichen Dialekt.

»Das war selbstverständlich, Herr. Und die Belohnung würde meine Verdienste zunichte machen.«

Der mächtige Mann zieht die Augenbrauen hoch, ein Mundwinkel zuckt. Er steckt die Geldstücke wieder ein, eilt weiter.

»Kusho-la, Herr, wartet! Erlaubt, dass ich Euch begleite. Ich fürchte, die Gefahr ist nicht vorbei.«

Der Minister zögert, gibt dann mit einer kleinen Handbewegung sein Einverständnis.

Ah, es ist gelungen! Die Geduld hat sich gelohnt. Diensteifer zeigen, aber genügend ehrfürchtigen Abstand halten. Keine Unterwürfigkeit. Hart wirken und vertrauenswürdig. Du wirst einen unentbehrlichen Wächter gewinnen, mörderischer Minister. Treu wie der Dreck an deinen Schuhen.

So verstörend war die Nacht gewesen, dass sie frühmorgens in die Höhle flüchtete. Mit der trotzigen Bitte: Meister Padmasambhava, ich verstehe nicht, was das alles bedeutet, und ich verstehe nicht, wie ich dich verstehen soll, aber hilf mir!

Der herausfordernde, Funken sprühende Blick tat ihr gut, begegnete der Wut tief in ihr in angemessener Weise.

Ein Feuer lodert. Knochen liegen auf dem Boden. Ein Totenschädel. Glühend die Augen von Tieren, drohend. Wölfe vielleicht? Schakale? Dämonen im Dunkel, gestaltlos, ihre Waffen das Grauen, das sich in seinem Kopf windet. Er schreit seine Bannsprüche über das Feuer, angstvoll, wütend. Vergebens. Riesige, rauschende Flügel streifen seinen Kopf. Aufgeregtes Knurren, wilde Vogelschreie werfen sich gegen seine Zauberformeln, die in kraftlose Laute zerfallen.

»Hilf mir, Guru Rinpoche!«, flüsterte sie. »Wer oder was du auch sein magst, hilf mir!«

Die Statue ging in Flammen auf. In einem kurzen, tosenden Augenblick war alles vorbei. Anstatt der Statue saß die alte Jetsünma auf dem goldenen Lotos.

Ich träume nicht, dachte Charlie, die Wirklichkeiten verändern sich. Das ist es. Oder ich bin in der Höhle und träume. Vielleicht gibt es gar nichts anderes als Träume. Sie fangen an, und sie hören auf. Immer. Alles fängt an und hört auf.

Sie ging vor die Tür, hinaus in den leuchtenden Morgen, hinauf in die Küche, in den einfachen, alltäglichen Klostertraum. Gegen diesen war nichts einzuwenden. Ein Traum mit Ani Lhamo und Jakob und Yongdu und der Jetsünma. Dieser Traum tat nicht weh.

Ani Lhamo strich über das rote Tuch, in das Charlie sich gehüllt hatte. Lächelte, sagte:»Tashi delek, Tscha-li Ani.« Auch dies ein Traum.

Charlie küsste Ani Lhamos Hand. Welche Freiheit man im Träumen hatte.

Der Weg ins Dorf machte Angebote, führte hinunter in offene Möglichkeiten. Sie mochten zum Fürchten sein oder zum Freuen, doch solche Erwägungen schienen unwichtig in all der Offenheit des Träumens.

Im Laden an der Bushaltestelle kaufte sie ein Bündel Kerzen, Zündhölzer und eine Flasche Wasser. Sie schickte keine E-Mail. Es war nicht der richtige Zeitpunkt.

Der Bus nach Kathmandu wartete. Leute stiegen ein. Pakete und Bündel wurden auf dem Dach befestigt.

Warum sollte sie nicht träumen, nach Kathmandu zu fahren? Hajo würde noch da sein, man bekam Flüge nicht von einem Tag auf den anderen. Ohne weitere Überlegung stieg sie ein, kaufte für ein paar Rupien eine Fahrkarte, fand ganz hinten einen geschützten Platz am Fenster. Wie leicht alles wurde im Träumen. Ein Vers des Buddha, den sie gelesen hatte, trieb sich in ihrer Erinnerung herum:

Meine Form entstand wie ein Traum
Für die fühlenden Wesen, die wie ein Traum sind
Ich lehrte sie traumgleiche Lehren
So dass sie traumgleiche Erleuchtung erlangen

Sie wiederholte den Vers ein paarmal und lächelte in köstlichem Einverständnis vor sich hin. Sie verstand ihn ein bisschen, wusste, dass es noch viel mehr zu verstehen gab, und konnte sich mit dem Später begnügen.

Ein alter Mann neben ihr gab das Lächeln zurück aus wässrigen, lebhaften Augen.

»Namasté«, sagte sie.

Ihr Traum füllte sich mit großen und kleinen Menschen, mit Paketen, Körben, Säcken, mit einer Vielfalt von Farben, mit friedlich kreischenden, krähenden, zwitschernden Stimmen, mit scharfen, süßlichen, säuerlichen, dumpfen, grellen Gerüchen.

Die Zeit passte sich an. Wartezeit, Fahrzeit, Haltezeit. Ein Lastwagen mit gebrochener Achse hing auf der schmalen Straße fest. Wer einen guten Fensterplatz hatte, blieb sitzen, die anderen kletterten aus dem Bus, standen mit unbekümmerter Neugier herum, manche versuchten zu helfen. Willkommene Abwechslung. Niemand hatte Eile.

Am Busbahnhof in Kathmandu nahm sie ein Taxi stadtauswärts zur weißen Stupa. Der Fahrer, ein kleiner, dunkler Mann mit einem riesigen schwarzen Schnauzbart, starrte sie durch den Rückspiegel an. Starrte und starrte bei jeder Gelegenheit, die der Verkehr bot. Was sah er? Eine Traumgestalt mit weißen Haaren, weißer Haut, weißen Wimpern über Augen wie ein blasser Morgenhimmel? Ein mythisches Wesen, vielleicht Göttin, vielleicht Luftgeist? Mochte er sie träumen, wie es seine Gewohnheiten diktierten, dachte sie großzügig.

Auf der Suche nach Knuts Haus ließ sie das Taxi durch alle kleinen Gassen des Stadtteils fahren. Schützende Mauern, die Schluchten bildeten, offene Werkstätten, riesige Schlaglöcher, plötzlich aufklaffende, von Müll begrenzte Spekulationsgrundstücke wie Zahnlücken zwischen dichter Bebauung. Jedes dritte Haus hätte Knuts Haus sein können, war es jedoch nicht. Charlie versank in Gleichmut. Ich träume das nur, sagte sie sich. Letztlich ist es ja gleichgültig, was man träumt.

Knuts Haus war nicht zu finden. Sie sehnte sich nach ihrem Klosterzimmer. Der Preis, den der Taxifahrer für die lange Fahrt aus dem Tal hinaus bis zum Kloster nannte, war hoch. »Gas very expensive«, sagte er unter dem überhängenden Schnauzbart und wiegte bedauernd den Kopf. Wie er es wohl beim Essen anstellte, dass nicht alles in den Barthaaren hängen blieb? Vielleicht hob er mit einer Hand die Haare hoch? Oder kämmte die Essensreste später wieder aus?

Die Zeit ging mit, dehnte die Gegenwart aus und weichte die Ränder zu Vergangenheit und Zukunft auf. Vielleicht gab es eine zeitlose Zeit, dachte Charlie, die man erleben könnte, wenn man sich nicht mehr in die Vorstellung von Zeit einschließen würde. Wie könnte es sonst möglich sein, dass sie manchmal durch die Vergangenheits- und Zukunftsschichten von Menschen hindurch *sah*? Wie sie Jakob in einer weit vergangenen Zeit als andere Person sah, einen ernsten Mönch, vielleicht Disziplinar, in einer riesigen Schreinhalle mit unzähligen Säulen. Und in einer zukünftigen Zeit sehr dünn und still, neben ihm und um ihn und in ihm die Jetsünma, mehr Licht als Person.

»Madame! Here okay?« Verwundert fand sie sich auf dem Dorfplatz wieder. Sie saß im Taxi, hatte vielleicht geschlafen. Die Grenzen waren unklar.

Sie bezahlte, stieg unter dem immer noch verwundert starrenden Kinderblick des Fahrers aus in die kleine Welt vor dem Laden, in dem sie irgendwann einmal oder kurz zuvor Kerzen und Wasser gekauft hatte. Nur noch ein letzter Schluck war in der Wasserflasche. Sie hatte eine lange Reise hinter sich. Oder einen kurzen Traum.

Im Klosterhof wandte sie sich Yongdus Treppe zu, klopfte vergeblich, lehnte sich gegen die verschlossene Tür, rutschte daran abwärts, bis sie auf der Eingangsstufe saß. Sie konnte warten. Sie hatte Zeit. Wie konnte man Zeit »haben«? Sie kicherte. Die Zeit hat mich, wenn überhaupt. Doch jetzt hat sie mich nicht, sie trägt mich vielmehr in sich. Innenzeit und Außenzeit eins? Nein, denn ich denke. Denken ist nicht eins. Denken ist vieles, viele Worte, viel Trennung. Mein

Nachdenken trennt mich von der Situation. In der Situation selbst ist Wahrheit. Trennt mich mein Denken von der Wahrheit? Entweder-oder? Sowohl-als-auch?

Sie würde Yongdu fragen.

Plötzlich stürzte die Zeit zusammen. Der Atem wurde enger. Die Rhododendren rückten näher heran. Farben verblassten. Der Himmel sang nicht mehr. Er hatte gesungen, den ganzen Tag lang, das erkannte sie erst jetzt. Sie erinnerte sich: »Die Sonne tönt nach alter Weise in Brudersphären Wettgesang.« Eben dies hatte sie gehört. Hatte nie geahnt, dass es mehr war als eines Dichters euphorisches Getändel mit harmonikaler Gelehrsamkeit.

Schicht um Schicht legte sich Trauer um sie, packte sie nahtlos ein in das vertraute, glanzlose Bild ihrer selbst. Farblose Charlie mit einem Bauch voller Tränen. So durfte sie Yongdu nicht begegnen.

Um diese nachmittägliche Zeit würde niemand in der Küche sein, ungestört wollte sie nach etwas Essbarem suchen.

Eine sanfte, klare Ruhe durchdrang das Kloster. Noch hatte die tägliche Puja für die Beschützer des Geistes nicht begonnen. Charlie verharrte an der Brüstung im Treppenhaus auf dem vertrauten Weg zu ihrem Zimmer. Bald würde der alte Mönch den Papagei heraustragen. Ein kleiner Hauch von Zufriedenheit durchwehte sie. Die Gleichmäßigkeit des Klosterlebens tat ihr gut. Obwohl sie nicht dazugehörte, galt die Geborgenheit auch ihr, hüllte sie ein in die verlässlichen Abläufe.

Ein Topf mit Reis stand im Kühlschrank. Sie vermischte ein paar Löffel davon mit dem Fruchtfleisch einer überreifen Mango, gab ein wenig Sojasoße und Chili dazu, streute Sesamsamen darüber und setzte sich auf die Fensterbank. Sie hatte keine Ansprüche, es war ihr schon immer lästig gewesen, dass dieser Körper ständig Nahrung brauchte. Wie schön müsste es sein, in einer nichtkörperlichen Welt zu leben, frei von der Last der Materie – wenn auch, fürchtete sie, nicht frei von der Last des Geistes. Vielleicht wäre es schlimmer ohne das irdische Senkblei des Körpers, wie im Tibetischen Totenbuch der Zustand in der Zwischenwelt zwischen Tod und Wiedergeburt beschrieben wurde. Allen Gedanken und Vorstellungen ausgeliefert ohne die Zuflucht der stabilen körperlichen Realität, mitgezerrt von Albträumen, gebeutelt von unbeherrschten Scheinwelten aus den tiefen Speichern des Geistes.

Im Gehen traf sie in der Tür auf Ani Lhamo.

»Tscha-li-la!«, sang die Nonne und klopfte mit der Hand auf ihren Bauch. »Food?«

Charlie schüttelte den Kopf, zeigte auf den Kühlschrank und legte dann die Hand auf den Mund. Ani Lhamos forschender Blick fragte nach mehr als Charlies Hunger, schaute tief in Charlies verwirrte Stimmung hinein. Sie hob die Arme und zog Charlie zu sich heran, drückte ihren Kopf an sich, gegen ihre Wange mit einem festen, besorgten Griff.

Ein schwarzes Zelt im weiten Grasland. Ein kleines Mädchen schlüpft heraus. Es ist in eine warme, filzige Chuba gehüllt, trägt unter dem Arm ein zusammengerolltes rotes Tuch. Es eilt über die weite Ebene, unter dem tief hängenden, dunklen Himmel, weg von den Zelten der Familie. Zielstrebig stapfen die kleinen Füße in den Filzstiefeln voran, die Zöpfe wippen. Weit und breit nichts als nur Gras, nur in der Ferne hügelige Berge. Sie ist winzig in so viel Weite, doch ihr Wille ist groß, pocht in den roten Wangen, treibt die Schritte zu kleinen Sprüngen an. Eine Kuhle im Gras ist ihr Ziel. Sieben gleich große Steine liegen nebeneinander, warten auf sie. Sie sind so gut wie die sieben Silberbecher auf dem rotgrünen Brokat im Zelt auf dem Schrein. Sie lässt sich auf Hände und Knie nieder zu den Niederwerfungen, rutscht auf den Händen vor, streckt sich aus, wie sie es von den Großen kennt, drei Mal, so gehört es sich. Sie verschwindet völlig in der Kuhle, als sie sich mit gekreuzten Beinen niedersetzt und ihr rotes Tuch um sich legt. Dann beginnt sie zu singen, klar und sicher mit ihrer hellen Stimme, das Siebenzeilenlied für Guru Rinpoche. Hung, an der Nordwestgrenze des Landes Uddiyana, auf den Blütenblättern eines Lotos sitzend …

»Tscha-li-la«, flüsterte Ani Lhamo sanft, und darin klang die Stimme des kleinen Mädchens vom Grasland, das die magischen Worte der uralten Anrufung an den Lotosgeborenen gesungen hatte.

»Ani-la«, erwiderte Charlie, sprach die Worte gegen Ani Lhamos Wange wie einen Kuss. Mehr musste nicht gesagt werden, es war ein tiefes, natürliches Verstehen ohne irgendwelche Gedanken dazwischen. Dann ging Charlie hinauf in ihr Zimmer und bemerkte erst dort, dass Tränen über ihr Gesicht liefen, still und unaufhaltsam.

»Ihr brecht mir hier das Herz«, sagte sie zum Himmel im offenen Fenster, »ihr alle, ohne Ausnahme.«

Der Abend ist klar und still. Sanft gurgelt der Fluss in seinem breiten Bett. Unter den Weiden am Ufer liegen bereits Teppiche samtiger Schwärze. Seitdem er den Weg verlassen hat, der aus der Stadt hinausführt, ist es dämmrig geworden. Er muss sich beeilen. Bald bleibt ihm nur noch das Licht der Sterne in der Nacht des Neumonds.

Der Tulpa folgt ihm unhörbar. Er hat seinen Dienst getan. Halte ihn nur so lang, wie du ihn unbedingt brauchst, hat der Meister gesagt. Er könnte gefährlich werden, und es wird immer schwieriger sein, ihn aufzulösen.

Das Wesen ist ihm vertraut geworden. Er hat gelernt, es vor seinem inneren Auge zu haben und mit den äußeren Augen an ihm vorbeizuschauen, sich nicht einfangen zu lassen von seinem Blick. Doch die Züge des Tulpa, ja selbst die Gestalt haben sich verändert. Er hat nicht mehr das schlichte Bauerngesicht, mit dem er geschaffen wurde. Um den Mund liegt Schärfe. Mehr Kinn, die Nase ausgeprägter. Und größer scheint er geworden zu sein, straffer, als habe er an Substanz gewonnen.

Endlich, der Platz ist geeignet. Die Weiden stehen dicht, sind nur zum Fluss hin gelichtet. Auf einem Stück Brokat ist der provisorische Schrein schnell aufgebaut. Das Feuerholz hat er schon am Tag zuvor bereitgelegt. Ah, warum klopft dieses Herz so laut? Man wird es hören bis über den Fluss.

Der Tulpa steht abwartend zwischen den Weiden.

Weiß er, was geschehen wird? Dass er vernichtet werden soll? Er kann Gedankenbefehle wahrnehmen. Doch die persönlichen Gedanken, kann er auch diese hören?

Setz dich her, Tulpa, hier, mir gegenüber.

Wenn es nur nicht so lautlos wäre, dieses Wesen.

Plötzlich ein Knacken. Der Tulpa ist auf einen Zweig getreten. Das kann nicht sein. Ein Gedankenkörper hat kein Gewicht. Oder doch? Hat das Ding Kraft aufgebaut? Ist es ein Grinsen, das über dem harten Gesicht lauert? Das letzte spärliche Licht ist zu ungewiss.

Ich zeig dir was, sagt der Tulpa in seinem Kopf.

Es sind Gedanken. Nicht seine eigenen Gedanken, die Gedanken des Wesens. Das ist noch nie geschehen. Es ist beunruhigend. Noch nie hat das Ding in seinem Kopf gesprochen.

Verliert er die Kontrolle? Er ist ein Ngakpa. Ein großer, berühmter Ngakpa. Er beherrscht die Kunst des Schnelllaufens, ohne den Boden zu berühren, er kann Regen und Hagel herbeirufen, er hat Macht. Selbst den höchsten Minister hat er in der Hand. Ha, er hat die Macht der Vergeltung. Nie und nimmer wird er die Kontrolle verlieren.

Was willst du mir zeigen?, fragt er, so misstrauisch wie neugierig.

Komm einfach mit, sagt der Tulpa.

Eine leuchtende Landschaft. Zarter, duftender Wind über weich wogenden Wiesen voller Blumen. Ein See, still, sanft, blaue Schattenrisse eines bergigen Horizonts. Zwischen satten Bäumen die Umrisse des prachtvollen, mit Gold und Juwelen besetzten Dzong, die Torflügel sind weit geöffnet zu einem geräumigen Innenhof, lassen den Blick frei auf kostbar in Brokat und chinesische Seide gekleidete Menschen, schöne, glückliche Menschen, heiter, lachend, sorglos. Eine junge Frau mit leuchtenden Augen, zart wie der ganz frühe Morgen, kommt auf ihn zu, legt den Arm um ihn, zieht ihn mit sich.

»Komm, sing mit uns, tanz mit uns, vergnüge dich mit uns!« Er reiht sich ein bei den tanzenden Männern, lässt den Blick nicht von ihr, der Schönsten in der Mädchenreihe gegenüber. Nach dem Tanz lässt er sich von ihr im weichen Gras mit köstlichen Früchten füttern, den Kopf in ihren Schoß gebettet. Er sonnt sich in ihrem bewundernden Blick, berührt ihre Fingerspitzen und erlebt ein Feuerwerk der Ekstase

»Bleib hier, bleib bei uns«, flüstert die Schöne, »bleib im Himmel der Götter. Hier gibt es kein Leid, keinen Schmerz, nur Vergnügen, alle Freuden, die du erdenken kannst. Befreit von Vergangenheit und Zukunft gibt es nur das immerwährende Jetzt. Siehst du das Mädchen dort drüben in silberner Seide und türkisem Brokat? Ist sie nicht wunderschön? Willst du sie haben? Du kannst wählen, wir kennen keinen Besitz, keine Eifersucht. Wir sind immer glücklich miteinander.«

Wie unglaublich, wie wunderbar. Er wird sich an diesem wundervollen Mädchen erfreuen, dann an der anderen in Silber und Türkis und an weiteren. Sie müssen nicht erobert werden. Ein bisschen bedauerlich, leichte Siege haben ihn noch nie gereizt.

Er entzieht sich schließlich nach langer Zeit den warmen Armen. Neugierig, von Schönheit berauscht, wandert er durch die Parklandschaft am Ufer des lächelnden Sees entlang. Plötzlich stellt er fest, dass der Tulpa ihn in eine einsame Gegend geführt hat. Das Licht wird trübe. Eine gekrümmte Gestalt schlurft wimmernd vor ihm her, weg von den Spielplätzen der Glücklichen. Brokat schleift am Boden.

Was soll das? Ist dies denn nicht der Himmel der Götter?

Der Tulpa antwortet gelassen, vielleicht gar ein wenig verächtlich: Du weißt doch, alles, was ist, ist vergänglich, auch die Götter leben nicht ewig ihr Götterleben. Sie werden hässlich, sie riechen nicht gut, sie verfallen, wenn sie den Lohn für ihre guten Taten aufgezehrt haben. Und die anderen, die noch glücklich sind, wenden sich von ihnen ab. Nichts Traurigeres als ein sterbender Gott. Und dann fallen sie in die unteren Bereiche.

Nein, danke. Ohne mich. Hast du nichts Besseres?

Doch, aber dein Geist ist nicht vorbereitet, antwortet der Tulpa. Lacht er? Du könntest die höheren Welten nicht erkennen, Purba Dorje, selbst wenn du mittendrin stündest. Aber vielleicht bist du schon mittendrin und weißt es nicht. Projektionen sind ja so mächtig.

Wie kann er es wagen? Niemand darf so zu mir sprechen. Ich bin der Ngakpa. Er ist mein Geschöpf. Ich habe ihn gemacht. Ich!

Die Welt der Götter hat sich mit einem Mal verwandelt. Schwere, drohende Mauern mit Zinnen ragen auf, ein mächtiger, finsterer Dzong. Bergriesen, die kaum etwas vom Himmel übrig lassen. Krieger in glänzenden Rüstungen spannen ihre Bogen. Junge Männer trainieren verbissen im Wettkampf. In einem Pavillon mit geschwungenem Dach haben sich Gelehrte zu lautem, hitzigem Streitgespräch versammelt. Die Luft zittert vor Spannung.

Auf einer Wiese messen weiß gekleidete Magier ihre weltlichen Siddhis.

Willst du mitmachen?, fragt einer und wartet keine Antwort ab. Plötzlich liegt der Dzong unter ihm, der Horizont ist endlos weit. He, fliege!, ruft der Magier, der ihn hochgeschleudert hat. Nicht runterfallen!

Doch das Schnelllaufen wirkt nicht in der Höhe, er kann nicht fliegen, da ist nur Fallen, Fallen, der Schrei und alle rettenden Gedanken bleiben stecken im rasenden Herz. Kein Aufprall, nur ein

212

zitterndes Schweben eine Handbreit über dem Boden. Der Magier lässt ihn los, lacht schallend. Ein Kreis von schadenfroh wiehernden Magiern umringt ihn. Er fühlt sich hilflos wie ein Käfer auf dem Rücken. Wut. Scham. Noch zitternd vor Panik rappelt er sich auf.

Tulpa! Bring mich hier weg! Sofort!

Der Tulpa zuckt mit den Schultern. Ich war's nicht.

Ein Feuerball tobte in ihrem Leib, eine einzige, nicht enden wollende Explosion. Unendlich lang war der Weg vom Bett bis ins Badezimmer. Mit unaufhaltsamer Gewalt stülpte sich das Innere ihres Körpers nach außen. Erbrochenes an der Tür, eine flüssige Kotspur zu den Trittsteinen der Toilette. Lange Zeit kniete sie auf dem Boden, bis die gesammelte Kraft ausreichte, um die Dusche aufzudrehen und sich selbst und den ganzen Raum abzuspülen.

Es war kalt im Bett. Sie kroch zum Rucksack, zog ihre Jacke über das Nachthemd und kramte ihr einziges Paar Socken heraus. Im indischen Sommer brauchte man keine Socken. Ganz klein machte sie sich, rollte sich zusammen und stopfte die Decken fest um sich. Das Zittern hörte nicht auf. Ein Federbett wäre schön, wie das Federbett einst in ihrem Kinderzimmer mit dem Bezug voller bunter Luftballons. Doch dann hatte das Federbett begonnen, sie zu jagen, und sie rannte und rannte, bis es nichts mehr gab als eine Mauer vor ihr und das Federbett im Rücken. Verloren. Wie oft hatte dieser Traum sie in der Kindheit gequält.

Er hätte nicht auf den Tulpa hören sollen.

Das Feuer will nicht gut brennen, der Feuergeist hüllt sich in schweren Rauch, spuckt böse kleine Funken um sich, hört nicht auf die Beschwörungen. Halte deinen Geist still, Purba Dorje, hat der

Meister immer wieder gesagt. Bevor du irgendetwas tust, halte deinen Geist still.

Doch die lachenden Magier in seinem Kopf lassen sich nicht vertreiben. Haha, Ngakpa, huhu, Ngakpa, schleudere nur deine Zaubersprüche durch die Gegend, vielleicht kannst du die kleine Menschenwelt damit beeindrucken.

Haben die Magier gesprochen? Oder war es der mächtige Feuergeist? Waren es die Weiden, der Fluss?

Halte deinen Geist still und zweifle nicht an dir.

Er sammelt alle Kraft, ruft den schrecklichen Helfer, fühlt sich wachsen über die Weiden hinaus, ringt mit dem Feuergeist, zwingt ihn nieder zu einer ordentlichen, klaren Flamme. Lässt erschöpft die Arme sinken.

Zwischen den Weiden lauert der Tulpa, größer, härter, bedrohlicher denn je. Es ist Zeit für das Ritual. Höchste Zeit!

Die Nachmittagssonne zog schräge, goldene Streifen über den Boden, silberner Staub tanzte darin. Ein Augenblick der Ruhe. Krämpfe und Übelkeit kamen nur noch in Wellen, und Charlie war dankbar für die Pause. Es lag etwas Besonderes, Unabgenütztes in dieser geliehenen Ruhe, die nur möglich war, weil die Schmerzen ihr vorausgegangen waren und ihr weiter folgen würden. Die schreckliche Nacht war verblasst und mit ihr die verstörenden Traumszenen.

Ani Lhamo und Ani Tashi hatten am Morgen eine große Thermoskanne mit schwarzem Tee und eine Schale Wasserbüffeljoghurt gebracht. Das helfe wunderbar gegen Magen-Darm-Infektionen, sagte Ani Tashi. Danach kam Jakob mit einem Medikament aus Emilys Hausapotheke und braunen Pillen, die der tibetische Mönchsarzt schickte. Mittags besuchte Samten sie ein paar Minuten lang und versprach, ihr am Nachmittag eine Medizin-Buddha-Meditation zu widmen.

Manchmal fragte sie sich, was es war, das sie mit diesem wunderlichen Jungen verband. Samten stand auf seine koboldhafte Weise quer zur Welt, ohne rebellisch zu sein. Rebellion berauschte, doch Samten sagte, dass ihm nichts so wichtig sei wie ein klarer Geist. Er legte sogar freiwillige Fastentage ein, denn das, so sagte er, mache ihn besonders klar. Du bist ein richtiger Klostertiger, hatte sie einmal zu ihm gesagt, aber glaube nicht, dass ich dich verstehe. Natürlich verstehst du mich, hatte Samten geantwortet, wir kennen uns doch schon so lange. Ein leises inneres Echo sagte Charlie, dass er recht hatte. Da gab es ein Schulter-an-Schulter-Gefühl. Was hatte sie in so verschiedene Leben gewirbelt?

Das Leben sei jetzt wunderbar, sagte Samten, seitdem er bei Lama Yongdu Unterricht habe. Philosophie der Leerheit. Er werde ihr davon erzählen, sobald es ihr besser gehe.

Sie waren wie eine Familie, alle in diesem Kloster. Eine sehr besondere Familie, ohne unglückliche Mutter und tadelnde Großmutter und leere Stühle um den zu großen Nussbaumtisch. Gepriesene Wahlfamilie! Sie durfte Charlie sein, so daneben, wie sie war.

Charlie lächelte. Das Handtuch zwischen ihren Beinen empfand sie nicht mehr als peinlich. Windeln. Baby. Sie hatte die Freiheit, sich in die Schwäche, die Machtlosigkeit, die Preisgabe aller Kontrolle sinken zu lassen. Genau das würde sie jetzt tun, bewusst, ohne schlechtes Gefühl. Denn es gab Padmasambhava, den großen, wild blickenden, liebenden, unbestechlichen Vater-Guru. Seinen Vater-Schoß, auf dem sie sich zusammenrollte. Den Liebenden, an dessen Brust sie sich klammern konnte. Vollkommene Ergänzung. Durfte sie so an die heilige Figur denken? Doch selbst die christlichen Nonnen nahmen sich kein Blatt vors Herz, warfen sich in den Jesus-Schoß, feierten spirituelle Hochzeiten mit dem ganzen neurochemischen Feuerwerk der Ekstase. Sie hatte jedes Recht der Welt, Guru Rinpoches Umarmung zu wählen.

Offenbar war sie eingeschlafen, denn nun saß Harriet am Bettrand, umhüllt von ihrer geräumigen Unaufdringlichkeit. Charlie freute sich und ließ die Freude auf der Zunge zergehen, als sie Harriet mit einem schiefen Lächeln begrüßte.

»Kleine Reinigungskur?«, fragte Harriet und hielt ihr ein Glas hin. »Trink das, Elektrolyte. Und von den Tabletten dreimal täglich eine.«

»Scheißreinigungskur«, erwiderte Charlie und richtete sich auf, »Kotzreinigungskur.«

»Ani Lhamos Küche kann es nicht sein«, erklärte Harriet. »Sie passt gut auf. Jakob sagte, du bist gestern unterwegs gewesen.«

Charlie schüttelte den Kopf. »Ich hab nichts gegessen.« Dann fiel es ihr ein: »Aber Wasser hab ich getrunken. Im Dorf hab ich eine Flasche Wasser gekauft.«

»Versiegelt?«

Das Bild sprang ihr entgegen. Hitze, Enge, kreischend lautes Geplapper im Bus, die Wasserflasche, ihre suchenden Finger, die den Plastiküberzug aufreißen wollten. Fanden keinen Widerstand, nichts zum Aufreißen. Gedankenloses Aufdrehen des Schraubverschlusses.

»Ich weiß nicht. Ich glaube eher nicht.«

Harriet wiegte den Kopf. »Diese Kröten. Füllen die alten Flaschen am Brunnen auf, verkaufen das Zeug und schaffen sich schlechtes Karma für die paar Rupien. Wenn sie nur nicht so arm wären.«

»Und ich nicht so unachtsam.«

Harriet schaute in Charlies Hals, prüfte die Zunge, fühlte ihren Puls. »Du wirst es überleben.«

»Wirklich? Muss ich das?«

Halb unbedacht, halb provozierend hatte sie das gesagt.

216

Wäre sie tatsächlich bereit zu sterben? Alles herzugeben wie in der Todesmeditation? Alle Dinge, alle Menschen, den Körper, das Ich mit allen seinen Gefühlen und Gedanken? Und dann?

In Harriets Blick lag sachliche Aufmerksamkeit. »Legst du keinen Wert aufs Überleben?«

»Nur manchmal.«

»Isst du deshalb so wenig?«

Charlie wurde gewahr, wie sich ihre Finger unversehens in die Bettdecke krallten. »Aber ich esse doch.«

Harriet beugte sich vor und strich schweißverklebte Haare aus Charlies Stirn.

»Du bist zu dünn.« Sie sagte es beiläufig, ohne besondere Betonung. Charlies Hände entspannten sich.

»Ah, Magic Dance, ein wunderbares Buch«, bemerkte Harriet und ließ den Blick über die Bücher auf dem Kästchen neben dem Bett streifen.

Charlie nickte. »So viele schöne Bücher. Wenn ich nur tun könnte, was drinsteht: zufrieden sein, loslassen, mich nicht mit negativen Gedanken identifizieren, inspiriert sein. Alles schön und gut, kann ich aber nicht. Kannst du es?«

»Mich solltest du nicht fragen«, antwortete Harriet. Charlie sah ein inneres Winden, ein leichtes Flattern der Hände, Schatten über dem festen, verlässlichen Gesicht. Sah es mit schwacher Befriedigung und einem Anflug von Scham. Sie mochte Harriet.

»Ich fürchte, ich bin eine lausige Buddhistin«, fuhr Harriet fort. »In meinem Beruf hat man so wenig Zeit. Und wenn ich ein bisschen Zeit habe, brauche ich sie für Peter. Eine Beziehung braucht ihre Pflege. Oder ich bin einfach nur müde, müde, müde. Mein letztes Retreat liegt anderthalb Jahre zurück, wirklich traurig.«

Ein großer Vogel huschte vor dem Fenster vorbei. Charlies Blick fiel in die blasse Weite des Himmels. War es

Retreat, was sie hier machte? Fensterguckmeditation, hin und wieder in der Höhle sitzen, lesen, nachdenken, Jakobs Geschichten zuhören, von der Jetsünma angepustet werden? Konnte man alledem einen so hochtrabenden Namen geben?

»So was, du bist also kein braves Mädchen«, sagte sie und schmeckte mit vagem Vergnügen die störrischen Worte. »Ich auch nicht. Ich zähle keine Meditationsstunden und keine Studierstunden. Aber ich wollte wissen, ob du es lassen kannst, dich mit negativen Gedanken zu identifizieren.«

Harriet lächelte ein wenig. »Nun ja, je mehr Meditationspraxis, umso mehr Umkonditionierung von Verwirrung zu Klarheit. Dann hört es von selbst auf. Ich lass es bleiben, wenn ich es merke. Aber das Dumme ist, ziemlich oft merke ich's nicht.«

In diesem Augenblick, in dem sie Harriet zutiefst mochte, sich von aller Reserviertheit löste, überfiel sie das *Sehen.* Peter würde Harriet verlassen. Alles bewegte sich darauf hin. Sie *sah* die Bewegung, *sah* die Zielrichtung. Doch vielleicht würden sie wieder zusammenkommen. Es war nicht ausgeschlossen. Harriet liebte Peter. Peter liebte gewiss auch Harriet. So gut er konnte. Doch die weniger Liebenden, die Geliebten, waren schließlich immer in der schwächeren Position, hatten nicht die Großzügigkeit, die Disziplin des Herzens, die Geduld, die hingebungsvolle Energie des Liebens, um auszuharren durch alle Stürme. Das alles *wusste* sie in diesem Augenblick und durfte es nicht aussprechen, durfte Harriet nicht sagen, wonach diese nicht gefragt hatte.

»Ich glaube, ich wurde schon mit einem Arsenal negativer Gedanken geboren«, sagte Charlie. »Weißt du, ich habe es von Anfang an gehasst, ein Mädchen zu sein. Was dazu führte, dass ich mich Männern gegenüber klein und dumm fühlte. Und das machte mich wütend. Aber Frauen konnte ich auch nicht leiden. Frauen wie meine Mutter wegen ihrer Schwäche. Frauen wie Emily wegen ihrer Power. Jetzt habe ich ständig Träume, in denen ich ein Mann bin. Aber diesen Mann mag ich nicht, ich mag nicht er sein. Kannst du mir sagen, wie man mit so einer Ausstattung leben soll?«

Charlie wunderte sich. Noch nie war ihr alles so klar gewesen. Alle Puzzleteile fielen auf den richtigen Platz. Vielleicht hatte sie dank ihrer Schwäche den Widerstand gegen die Wahrheit aufgegeben, auch den Widerstand dagegen, sie auszusprechen. Es war eine Hilfe, dass sie dies alles in eine fremde Sprache fassen konnte, ein Stück weit weg von ihr selbst.

»Und nein, es gab kein schreckliches Kindheitstrauma und keine fürchterlichen Erziehungsfehler. Es gibt niemanden, dem ich den Finger ins Gesicht stecken könnte und sagen: Du bist schuld daran, dass ich so bin. Wahrscheinlich nicht mal meinem armseligen Vater, der davonlief und heilig wurde. Dazu kommt, dass meine Nerven nichts taugen. Sie halten diese Welt nicht aus. Es ist irgendwie die falsche Welt für mich. Ich funktioniere nicht. Alles, was ich anfange, fällt auseinander. Meine Therapeutin ist eine nette Frau. Wie sie sich anstrengt, mich zu ermutigen! Manchmal möchte ich sie umbringen dafür. Sie versteht nicht, dass es da kein Ermutigen geben kann. Ich gehe nur zu ihr, weil sie mich ertragen muss.«

Erschöpft ließ sie die Spannung der Gedanken in ihren Gliedern los. Was hatte sie dazu gebracht, einer fast Fremden ihre Lebensnot vor die Füße zu kippen? Im Nachhinein würde sie sich dafür verdammen, würde einen geistigen Kater haben und Harriet nicht mehr sehen wollen.

»Entschuldige«, sagte sie, »ich habe nicht nur körperlichen Durchfall, sondern auch geistigen. Ich mag mich nicht, wenn ich jammere. Aber ich bin schon so zerschlissen von der Achterbahn hier, raus aus der Kiste, rein in die Kiste, dass ich gar nicht mehr weiß, wer ich bin. Oder sein soll. Manchmal glaube ich, jetzt hab ich's geschafft, sitze im Rettungs-boot, und dann, puff, geht die Luft raus, und das Boot ist wieder weg, und ich strample wie verrückt.«

Ein erneuter Aufruhr in ihren Gedärmen scheuchte sie ins Badezimmer.

Sie sollte nicht so viel reden. »Ich hasse meine Gedan-ken«, murmelte sie. »Ich hasse mein Jammern. Ich hasse meine Verwirrung.« Die Worte ließen sich an den feuchten Wänden des Badezimmers nieder, tropften herab wie Säure. Erschöpft trottete sie in ihr Zimmer zurück und fiel auf ihr Bett.

Harriet deckte sie zu, sanft, fast zärtlich. »Ich verstehe dich«, sagte sie. »Mehr oder weniger machen wir alle das Gleiche durch, wenn wir uns auf den inneren Weg einlassen. Bei mir ging es nicht so schnell wie bei dir. Jakob sagt, du bist ein Senkrechtstarter.«

»Wie kommt er dazu?«, entfuhr es Charlie. Jakob redete mit anderen über sie! Das war nicht gut. Sie hatte ihm ver-traut. Er sollte nicht über sie reden. Niemand sollte über sie reden.

Doch Harriet sagte: »Nun ja, du hast ihn eben beein-druckt. Mich auch. Du kommst hierher in diese Abgeschie-denheit, wie vom Wind hergeweht, völlig ahnungslos, und hältst es aus zu bleiben, setzt dich dir selber aus. Wir wissen alle, wie schwierig das ist.«

Mit ihrer festen, sachlichen Stimme begann Harriet von ihren Erfahrungen zu erzählen, als »Schiffsjunge der Nacht-meerfahrt«, wie sie es nannte. Wie sie »ihrem Rinpoche« begegnete, in dessen liebevollen Humor sie sich augenblick-lich verliebte. Vom langsamen, langsamen Friedenschließen mit sich selbst und der Welt. »Und das dauert an, wahr-scheinlich bis ans Ende meines Lebens. Man fängt jeden Tag von vorn an, eine Reise ohne Ziel, ein ständiger Prozess. Eine Malerin, mit der ich befreundet bin, sagte einmal, das ist so wie Bildermalen. Du malst eines, und solange du malst, ist es das Wichtigste überhaupt, und dann ist es fertig, und du interessierst dich nicht mehr dafür, sondern fängst mit dem neuen Bild an, und immer so weiter. Und irgendwann bemerkst du, dass du viel gelernt hast und immer bessere Bilder malst.«

Zum Abschied nahm Harriet Charlies Hände in die ihren, möglicherweise als Siegel für Freundschaft. Sie werde im Kloster schlafen, erklärte sie, am Morgen mit Emily nach Kathmandu fahren und vorher natürlich noch nach Charlie sehen. Bis dahin müsse das Medikament gewirkt haben.

Es wirkte bereits. Oder war es das Gespräch mit Harriet, das dem Abgrundgefühl der Schwäche entgegentrat und Charlie Leichtigkeit gab, als würde sie zum Fliegen ansetzen? Das Zimmer war heller, das Fenster offener, der Buddha im Bild näher.

Sie wollte danken für das Geschenk namens Harriet. Einfach danken. Irgendjemandem. Natürlich auch Jakob, dass er Harriet zu Hilfe gerufen hatte. Doch da war noch ein anderes Danken, das sich in ihrem Herzen ausdehnte und sich gegen alle Dunkelheit behauptete.

Er kann nicht aufhören, Dölma anzusehen, vorsichtig, mit scheinbar streifendem Blick. Er spürt, wie sich die Gier in seinen Augenwinkeln sammelt. Es wird heiß in seinem Bauch. So wenig ähnlich sieht sie dem breitschädeligen Minister und der dünnen Mutter mit den scharfen Vogelaugen, ebenso wenig wie den zwei jüngeren Brüdern, die laut und ungestüm sind wie junge Yaks. Mit hochmütigem Schwung erhebt sich ihr langer Hals aus dem Kragen der Bluse, feine chinesische Seide. Ihre weichen Hände halten graziös die Stäbchen, mit denen sie die Momos aus ihrer Schale pickt, diese dekadente chinesische Sitte. Niemand in der Runde außer ihr isst so. Nicht einmal ihre spitzäugige Mutter.

Er sitzt im inneren Kreis des Haushalts auf dem Dach des Haupthauses. Er ist Dawa, der Wächter. Nur als solchen kennt man ihn. Sein Ngakpa-Gewand und die kostbaren Ritualgegenstände sind in der Stadt bei einem Freund des Meisters sicher verwahrt.

Manche finstere, furchtsame Blicke umkreisen ihn, belauern ihn. Allzu schnell, in wenigen Tagen, ist er in der Gunst des Ministers aufgestiegen. Man sieht das nicht gern. Er lässt die Blicke an sich abprallen, an seiner unsichtbaren Hülle. Er trägt sie immer. Ein alter Yogi, zu Gast im weitläufigen Ministerhaus, mustert ihn heimlich, versucht, zu ihm durchzudringen. Vergeblich.

Dölma lacht laut, lässt die starken, weißen Zähne sehen. Sie windet sich wohlig in der Bewunderung ihres mächtigen Vaters, liebt seine Macht, an die sie sich lehnen kann. Sie hat ihr Übergewand aus blauem Brokat herabgestreift, es bauscht sich wie Blütenblätter um sie. Ah, diese Formen unter dem eng geschlungenen Kleid! Die Haare sind locker zu einem Zopf geflochten, schwarz mit braunem Schimmer. Das Gesicht so glatt wie chinesisches Porzellan.

Schnell beugt er sich über seine Schale, bevor Dölma seine Blicke bemerkt. Sie genießt es, aufreizend durch ihn hindurchzuschauen, ihn wissen zu lassen, dass er ein Niemand ist. Der Vater wird natürlich den besten Mann für sie wählen. Nur der Beste wird ihrer wert sein, der bewunderten Tochter des Ersten.

Der Minister füllt seinen Becher mit Chang, nickt ihm zu, schiebt den Becher auffordernd zu ihm hin, sagt: »Trink, Wächter.« Alle beobachten die Geste, Gedanken schlagen Funken.

Wie gut er den Wächter spielt. Er neigt sich seinem Herrn zu, ergreift den Becher mit einer kleinen Verbeugung, murmelt »Kusho-la!«, grade so laut, dass der Höflichkeit Genüge getan ist, und nimmt einen tiefen Schluck, noch einen. Dann stellt er den leeren Becher zurück. »Dank, Kusho-la.« Er lässt einen kleinen, belustigten Blick über die adlige Familie tanzen, oh, nur angedeutet, seht her, ich bin ein Spieler, aber kenne meine Grenzen. Und er weiß, dass der Erste das mag, dieses leichte Spielen mit dem Feuer. Nicht Kriecher bestätigen seine Macht, sondern Untergebene, die ihre Machtlust zu zügeln wissen. Ha, du wirst dich wundern, Erster!

Und du, hochnäsige Tochter, wirst knien vor mir. Auf blutigen Knien.

11

»Ich hab in den letzten Tagen viel über Guru Rinpoche und sein Leben nachgedacht«, sagte Jakob. »Im Verhältnis zu Buddhas Geschichte ist das wie Quantentheorie im Verhältnis zu Bruchrechnen.«

Charlie lächelte. Sie genoss das Gefühl von überstandenen Schmerzen und Leichtigkeit. Wie als Kind, wenn die Grippe durchlitten war und Evi sie im Wohnzimmer auf die Couch bettete, noch in der Geborgenheit der Krankheit, als würde sie ewig währen.

»Erzähl einfach!«, sagte sie bittend, ohne Nachdruck.

Jakob war ernster geworden seit seiner letzten Fahrt nach Kathmandu. War etwas Besonderes geschehen auf dem Kriegsschauplatz seines kranken Körpers? Wie sollte sie ihn fragen? Durfte sie ihn fragen?

Jakob zog einen Mundwinkel hoch. Das war sein Komikerlächeln, doch es betonte die vertieften Falten in seinem Gesicht. »Das sagst du so: einfach. Es ist aber nicht einfach.«

Er hatte sich mit gekreuzten Beinen auf ihr Bettende gesetzt, rückte jedoch nun gegen die Wand, um sich anzulehnen.

»Du musst bedenken, Padmasambhava lebte mehr als tausend Jahre nach dem Buddha, im achten Jahrhundert. Überlege mal, auf wie viele Schultern der Vorfahren die Nachfolger des Buddha bis dahin schon geklettert waren. Die hatten ja alle in der Zwischenzeit eine Menge gelernt. Sie dachten nach und dachten nach, dass die Köpfe nur so rauchten, und meditierten, bis sie Hornhaut am Hintern bekamen. Verstehst du, der Buddha hatte den Samen zum Erkennen der wahren Natur des Geistes ausgestreut, und durch das Studium und die Meditationspraxis der Nachfolger ist er aufgegangen, Jahrhundert um Jahrhundert. Und eine Gebrauchsanleitung hatte er mitgeliefert, den Vinaya-Pitaka, eine Wagenladung voll Regeln und Anweisungen. Wie man in allen Details ordentlich lebt und seine geistige Gesundheit pflegt. Von Hinternabputzen und Tischmanieren bis zum Umgang mit Frauen. Ich wette, seine Nachfolger haben noch eine ganze Menge dazugetan, vor allem zum Thema Frauen.

Schopenhauer hielt den Buddha übrigens für einen Philosophen. Von wegen, Buddha war vor allem ein Praktiker. Ganz handfest. Und Guru Rinpoche war erst recht ein Praktiker. Mann, war der praktisch! Du glaubst es nicht.

Er ist eine historische Figur wie der Buddha, Gründer des Tantrayana in Tibet, Autor des Tibetischen Totenbuchs.

Aber vor allem ist er ein Symbol auf höchster Ebene. Man kann ihn nicht einfach so rüberbringen wie: Dann und dann wurde er geboren, das und das hat er gemacht. So geht das nicht, ebenso wenig wie du einen Eindruck von einem Menschen bekommst, wenn ich dir sein Röntgenbild zeige. Es fängt schon damit an, dass er als Sechsjähriger in einer riesigen Lotosblüte geboren wurde, mitten im See. Padmasambhava bedeutet ›der Heilige aus dem Lotos‹. Das war irgendwo im Westen, wo heute Afghanistan liegt. So hat er selbst es seiner tibetischen Gefährtin Yeshe Tsogyal erzählt, und so hat sie es aufgeschrieben. Von ihr stammt seine Lebensgeschichte.

Und dann hatte er eine wilde Karriere. Erst hat ihn der König adoptiert, weil so ein lotosgeborenes Wunderkind an seinen Hof passte, dann wurde er ein Gelehrter und wandernder Yogi und schließlich auch noch Mönch. Wegen seiner Liaison mit Prinzessin Mandarava, die pikanterweise eine Nonne war, verdammte der König ihn zum Tod auf dem Scheiterhaufen, und die Prinzessin wurde in ein Loch voller Dornen gesteckt. Du siehst, der König war nicht von der zartfühlenden Sorte. Natürlich verbrannte Padmasambhava nicht. Er verwandelte den mörderischen Grillplatz in einen See, und dort saß er dann wieder auf einer Lotosblüte. Verstehst du, er ließ diesen König voll auflaufen, ließ sich einfangen, ließ den König die Anklage und Verurteilung und Vollstreckung durchziehen, um ihm die Chance zur Einsicht zu geben.«

»Welche Einsicht?«

»Schau, er hätte ja einfach verschwinden können. Aber er wollte, dass der König selber dahinterkam, wie neurotisch er war. Er machte es ihm möglich, seine moralische Entrüstung zu hinterfragen. In Padmasambhavas Geschichte ist alles geladen mit geistigem Sprengstoff. Wie er seine Yeshe Tsogyal in eine schwangere Tigerin verwandelte, auf der er dann nach Tibet ritt. Angeblich kann man noch heute die Spuren des Tigers am Himmel sehen. Manche können das. Du vielleicht, du bist doch eine Seherin. Oder wie er hier in unserer Höhle eine phantastische Schutzenergie wachrief. Wahnsinn! Und dann zähmte er die Dämonen, die das erste buddhistische Kloster in Tibet immer wieder einstürzen ließen, kaum dass es halbwegs aufgebaut war. In Tibet gab es jede Menge Dämonen. Aber glaub nicht, im Westen hätten wir keine. Dort gibt es sie auch, massenhaft. Wir erleben sie nur anders.«

Jakob zuckte mit den Schultern, wiegte den Kopf. »Man muss Padmasambhavas wilde Geschichte in Erfahrungsqualitäten übersetzen, sonst ist sie nur eine abgefahrene Legende. Er verkörpert die höchsten Lehren. Aber dafür ist Lama Yongdu zuständig. Frag ihn, wenn er wieder da ist.«

Yongdu war nicht da! Deshalb also hatte er sie nicht besucht. Er war irgendwo unterwegs, war vielleicht zu anderen Klöstern gereist, wie vor der langen, kurzen Zeit, als sie ihm in Pilgrim's Bookstore begegnet war. Seit Tagen hatte sie auf ihn gewartet, so sehnsüchtig und fast ungläubig, wie man auf Wunder wartet. So wie sie auf den magischen Augenblick gewartet hatte, da die Lichtgestalt eines Vaters in ihr Kinderzimmer treten und sie ihm ihre Schulhefte mit ihrer guten Schrift zeigen würde. Eine ausgesprochen gute Schrift, hatte die Lehrerin gesagt. Der gesamte unterdrückte Stolz hätte dann ausbrechen dürfen.

Doch zugleich hatten sich Zweifel durch all die geballte Hoffnung gezogen, ob er je kommen würde, ob er sich je für sie interessieren würde, auch wenn Evi immer sagte, man wisse ja nicht, was ihn abhielte, und eines Tages komme er bestimmt. Wahrscheinlich, sagte Evi, sei er krank, irgendwo weit weg. Und so konnte sie ihn als Arzt in Afrika träumen oder als Greenpeace-Aktivisten vor Japan oder als Ingenieur auf einer fernen Bohrinsel. Erwartungen. Diese schrecklichen, beißenden, berauschenden Erwartungen, voller Hoffnung, voller Furcht, die das Jetzt einbrechen ließen, sodass man auf einer endlosen Baustelle leben musste.

Doch Yongdu würde kommen, verlässlich, greifbar.

»Wann ist Yongdu wieder da?«

»Weiß ich nicht«, antwortete Jakob, »wahrscheinlich in ein paar Tagen. Er bleibt nie lang weg. Jetsünma braucht ihn, sie will ihn immer in ihrer Nähe haben. Er ist ihre rechte und linke Hand.«

Die Tage der Erholung hingen durch, zu viel offene Zeit. Schlaf und Erinnerungen nahmen wieder den Kampf miteinander auf. Könnte man doch den Geist schließen wie die Augen, dachte Charlie. Aber da waren die Rohre, damals, in der ganzen Wohnung, Rohre, die sich an den Decken entlangzogen, voller Schatten und Spinnweben. Und Carlos' Flöte, die ein bisschen wie Jethro Tull klang. Sie konnte die Flöte noch immer hören. Nicht in Tönen. Als Atmosphäre im Hinterhaus.

Da war dieser endlos lange Flur, zu hoch, zu eng. In der Küche Flecken an der Decke. Noch ein Jahr, sagte Rena, dann wird der Kasten abgerissen, und die Miete ist Peanuts. Rena und Carlo wohnten in den beiden Zimmern mit den Fenstern zum Hof, am Ende des Flurs, am Ende der Rohre.

Das war ein paar Jahre nach Arnos Tod. Dazwischen war Rena verschwunden gewesen, auf Entzug, wie sie später sagte. Rena sprach nicht von dieser Zeit. Ihr Schweigen wurde davorgenagelt, und nichts drang heraus. Man tat gut daran, nicht an Renas vernagelte Stellen zu klopfen.

Rena und Carlo und die anderen. Es gab immer die anderen, fast gesichtslose Schemen. Hi, hallo, hadida. Irgendjemand, gegen dessen Bierflasche man die eigene klappern ließ, immer einer, der den Joint weiterreichte. Charlie war »die Lady«, die Eierköpfige, die ein Abitur hatte und nicht dealte. Sie kamen abends, Nachtfalter. Manchmal lag am Morgen jemand schlafend im Flur. Wer einen gelegentlichen Job hatte, stiftete Bier oder Pizza.

Wohnst du wieder bei denen?, fragte Evi, fragte mit dem üblichen traurigen, beleidigten Unterton. Es gefällt mir dort, antwortete Charlie, und ich muss nicht ständig Haralds Nervensägerei ertragen: Wann fängst du endlich mit einem Studium an, Charlotte, du könntest auch was arbeiten wie andere Leute, Charlotte, vom Rumhängen wird niemand satt, Charlotte. Das meint er nicht so, sagte Evi. Dann sollte er es auch nicht sagen, erwiderte Charlie und zog die Wohnungstür leise hinter sich ins Schloss mit jener ganz stillen Wut, die kein Ziel findet, in sich selbst zurückrast und implodiert.

Rena war angenehm, bedrängte sie nicht, verlangte keine Nähe. Es gab immer einen Joint. Sie lagen auf der großen Matratze und schauten Carlos' Tongirlanden zu, die sich durch das Zimmer wanden. Man konnte Gedanken daran hängen, die so wunderbar nutzlos waren. Gedanken über Zeitschleifen und Holismus und Komplexität. Über andere Identitäten. Über Zauber und Magie und nie ausgesprochene Wünsche.

Doch da waren die Rohre.

Sie wollte nicht an die Rohre denken.

In dem Zimmer zur Straße hatte sie sich eingerichtet. Ein alter Teppich von Hannah-Omas Speicher, Matratze, Decken, Kissen, eine Stehlampe mit Spotlights und eine Holzkiste als Tisch, zwei Haken an der Tür für den Bademantel und den Anorak. Das unbehagliche Provisorium erschien ihr angemessen, weniger Lüge als das Zimmer bei Evi und Harald, das Balkonzimmer mit der zartblauen Tapete und zartblauer Bettwäsche. Ist doch deine Farbe, sagte Evi.

Sie wollte nicht an die Rohre denken.

Auch nicht ans Krankenhaus.

Nichts denken. Bitte, nichts denken.

Doch die Nacht bot keinen Schutz. In großen, schweren Wogen rollten die Erinnerungen heran. Evis Stimme, sehr fern. Charlie, hörst du mich? Sie versuchte, die Augen zu öffnen, stemmte sich gegen die unwilligen Lider. Vergebens. Charlie, bitte! Sie ging den langen, dämmrigen Tunnel entlang auf die Stimme zu. Nicht, weil sie es wollte. Man zwang sie. Dieser schreckliche Zwang. Und sie gehorchte, schaffte es nicht, nicht gehorchen zu wollen. Evi rief, lockte, forderte, doch die Lider gaben nicht nach.

Warum nur, sagte Evi, warum hast du das getan?

Warum hatte sie es getan? Sie versuchte, den Mund zu öffnen, Worte zu formen. Doch auch der Mund verweigerte sich. Sie hatte doch nur schlafen wollen und nie mehr aufwachen. Ins ewige Nichts versinken. Nicht mehr sein.

Weil es sich nicht lohnt, Evi.

Dann war Rena da. Das musste der Augenblick gewesen sein, in dem sie sich nicht mehr wehrte, zurückzukommen. He, Alte, komm zu dir!, brüllte Rena an ihrem Ohr, das Scheißleben hat dich wieder, ob du willst oder nicht.

Ihr Mund gab nach, formte Renas Namen. Selbst die Lider gaben nach. Sie hob die Hand und deutete auf Renas Stirn mit den steif gesprühten, pinkfarbenen Ponys. Gut, nicht?, sagte Rena. Extra für deine Auferstehung.

Tu das nie mehr, sagte Evi. Ich tu's nie mehr, antwortete sie. Und dachte mit blendender Klarheit: Vielleicht ist es danach überhaupt nicht anders. Vielleicht ist der Tod keine Lösung.

Harriets Medikament und Ani Lhamos Wasserbüffeljoghurt halfen Charlie in wenigen Tagen endgültig über die Infektion hinweg, und Ani Lhamo holte sie wieder in ihr kleines Zimmer vor den großen Schrein. »Sit, sit!«, sagte sie und klopfte sanft auf das Sitzpolster. »Sit!« Lächelnd legte sie die Hände auf die Brustmitte. Das Lächeln war unmissverständlich. Freude, sagte es, finde die Freude in dir. Dann klopfte sie sanft auf ihren Bauch und wiederholte: »Sit!« Dabei lachte sie laut und ließ sich auf ihr eigenes Sitzpolster plumpsen.

Es war so klar: Sitze mit deinem Körper. Sitze in deinem Körper, sei in deinem Bauch, sei in deinem Herzen. Es war so klar. Und so schwierig.

Ani Lhamo tat wohl. Kein unangenehmes Gefühl stellte sich in den Weg. Selbst die Sprachbarriere war kein Hindernis, Ani Lhamo überbrückte sie mit ihrem offenen Lachen und erfindungsreicher Gestik. Vielleicht wäre es mit Sprache weniger einfach gewesen.

Ob er Ani Lhamo jemals wütend gesehen habe, fragte sie Jakob. Nicht er, antwortete er, doch Ani Jangchub habe es im ganzen Kloster herumerzählt. Am Anfang habe der Koch der Mönche sich aus ihrer Küche geholt, was er wollte, trotz Verbot, weil er es eben so gewohnt war. Die vorige Köchin sei eine typische traditionelle Nonne gewesen, die sich alles gefallen ließ. Doch Ani Lhamo habe ihn sehr erfolgreich aus der Küche gejagt, und sie habe dabei gezischt wie eine Schlange.

»Sie ist grundsätzlich ein friedlicher Mensch, unsere Ani Lhamo«, sagte Jakob. »Wenn die anderen Nonnen streiten, hält sie sich raus. Emily wollte sie einmal dazu überreden, einzugreifen, aber Ani Lhamo sagte, lass sie doch, die hören schon wieder auf, und dann schämen sie sich, das ist gut. Anders lernen sie es nicht.«

Samten, so erfuhr Charlie, hatte Jakob täglich nach dem Stand ihrer Genesung befragt. »Man hält ihn streng im Nachbarflügel«, erklärte Jakob, »deshalb kann er nicht so einfach hier rüberkommen, wo Fremde aus- und eingehen. Schau, sie haben seit Hunderten von Jahren ihre kleinen Rinpoches in eine Art geistiges Gewächshaus gesteckt. Nicht die schlechteste Idee. Man hat sie hofiert und eingesperrt, so waren die Jungs nicht abgelenkt und wurden auf ihren Job gut vorbereitet. Lustig war das nicht. Spielen war kein Thema. Der Dalai Lama erzählt in einer seiner Biografien, dass er ein einsames Kind gewesen sei, immer nur unter Mönchen, ohne Eltern und Geschwister da oben auf dem Hügel über Lhasa in dem riesigen Potala oder im Sommerpalast. Sein Ersatz für Bilderbücher und Comics waren die Wandgemälde in seinen Zimmern mit der ganzen Lebensgeschichte des Fünften Dalai Lama. Aber er hat's offenbar ganz gut überstanden.«

Doch Samten war das Kind einer neuen Welt und nicht bereit, sich den alten Gewohnheiten zu beugen.

So führte Charlies erster Ausflug mit noch schwachen Knien auf den Berg zum gewohnten Treffpunkt. Samten wollte Steinewerfen üben, doch sie winkte ab, noch hatte sie keine Kraft für solche Spiele. Langsam stiegen sie den Pfad hinauf in den Hochdschungel, Samten voraus, wie ein Hündchen, das endlich von der Leine gelassen wird. Er schlug eine Abzweigung ein, die kaum sichtbar war im Gestrüpp.

»Hier geht es zu einer Quelle«, sagte er, »da wohnen Nagas. Lama Yongdu hat mich mal hingeführt. Es ist ein schöner Platz, aber seitdem war ich nicht mehr dort. Frag mich nicht, warum. Vielleicht, weil ich ständig lernen muss. Da lebt man dann fast nur noch im Kopf.«

»Ich glaube, ich lebe so gut wie immer im Kopf«, erwiderte Charlie, »auch ohne lernen zu müssen. Mein Karma.«

Samten lachte. »Du bist witzig. Dabei hast du doch Siddhis. Die hat man nicht im Kopf.«

»Siddhis?«

»Besondere Fähigkeiten. Du kannst doch hellsehen, hat Jakob gesagt. Das ist Siddhi.«

Dieser Junge sprach vom Hellsehen, als gehöre es zu den ganz normalen Dingen dieser Welt, wie das Talent, virtuos auf dem Klavier zu spielen oder gelungene Porträts zeichnen zu können.

»Ich kann nicht hellsehen, Samten. Es überfällt mich nur manchmal. Und ich bin nicht scharf darauf. Wozu soll es gut sein, wenn man weiß, was geschehen wird? Und bei mir selbst klappt es sowieso nicht.«

Schweigend ging Samten weiter. An einem aus dem Berg ragenden Fels hielt er an, fragte, ob sie genug Kraft zum Hinaufklettern habe, und half ihr dann, sich an den knorrigen Stämmchen der Rhododendren hochzuziehen. Starke kleine Bäume, von Monsunstürmen gebeutelt, der Trockenheit des Winters ausgesetzt, monatelang. Sie fühlte, wie die Wurzeln sich um die Felsen klammerten, in deren Spalten sie sich gezwängt hatten.

Sie wollen leben, diese Bäume, dachte sie. Ohne Grund. Sie brauchen keinen Grund. Sie leben, und das ist gut so. Sie bilden ihre kleinen, harten Blätter und ihre leuchtenden roten Blüten. Vielleicht ist für sie Leben und Freude am Leben dasselbe.

Ihre Hand rutschte an einem der dickeren Stämme ab, blind griff sie nach einem Zweig, der brach, nicht ganz. Schmerz, Verletzung!, schrie der Baum.

»Oh nein!«, flüsterte Charlie. »Es tut mir leid.« Sie hielt sich mit einer Hand am Stamm, bog mit der anderen den Zweig zurück, stützte ihn auf einen anderen Zweig, hakte ihn ein, sodass der Wind ihn nicht gleich lösen würde. Vielleicht wuchs er wieder an.

Samten zog sie über das letzte Stück Fels auf eine kleine Plattform. Ein abgerissenes Fähnchen lag zu ihren Füßen, das frühere Blau halb ausgebleicht, die Ränder zerfranst. Sie hob es auf, strich es glatt, schnupperte an seinem Duft von welken Blättern und Sonne und Freiheit.

»Sag, Samten, was bedeutet dieses Pferd auf dem Fähnchen?«

Er hatte sich an den Rand des Felsens gesetzt, fast schnurrend vor Zufriedenheit, glücklich über den Ausflug, glücklich über die Wärme der Sonne und den leichten Wind, der die Blätter rascheln ließ wie schwere Seide.

»Lungta«, antwortete er, »Windpferd, Lebenskraft, Gesundheit, gutes Leben. Lama Yongdu sagt, die Leute verbinden das immer mit einem angenehmen und langen Leben, aber es bedeutet noch mehr: richtiges Leben, innere Entwicklung, Wachheit des Geistes, Mitgefühl mit allen Wesen.«

»Schön«, sagte Charlie und war bereit, die Lebenskraft um sie herum zu fühlen, die großen, grünen Wellen der Vorberge mit den bepflanzten Terrassen an den Hängen, den klaren, weiten Himmel, ein vollkommen offenes Auge, mit dem sie hinaus- und hineinschauen konnte in die anfangslose Tiefe.

»Mit deinen Siddhis könntest du Menschen helfen«, sagte Samten.

Charlie schüttelte den Kopf. »Wie denn? Soll ich ihnen sagen, dass sie krank werden oder dass sie einen Autounfall haben werden?«

»Menschen auf dem Pfad können eingreifen«, erklärte Samten ernsthaft. »Unfälle sind Warnzeichen der Dharmapalas, der Beschützer. Sie sagen: Wach auf! Komm zu dir! Und wenn du das vorher schon weißt, kannst du vorher schon aufwachen. Dann brauchst du keine Ohrfeige der Dharmapalas wie einen Sturz von der Treppe oder einen Autounfall oder so.«

»Wer sagt das?«

Samten lachte. »Die Lamas natürlich.«

»Ich glaube nicht, dass ich das glauben kann.« Charlie sagte es leise, zögernd, sprach gegen ein anderes Wissen an, das im Hintergrund wartete, geduldig, ohne sich vorzudrängen, ruhend in gelassener Gewissheit. »Oder vielleicht ... es könnte sein. Aber Erdbeben oder Tsunami oder Krieg, wie soll man das verhindern? Das geht doch nicht.«

»Nein, das geht nicht«, erwiderte Samten eifrig, »das ist kollektives Karma. Da kann man sich nur bemühen, das Beste aus der Situation zu machen, anderen zu helfen und so. Aber im persönlichen Leben, da kann man Weichen stellen. Also wenn du mir sagst, ich werde vielleicht einen Unfall haben, dann kann ich achtsamer sein, langsam die Treppen runtergehen oder zum Beispiel nicht ungeduldig am alten Jampal vorbeisausen, sondern ihm die Treppe runterhelfen. Und vielleicht morgens im Lhakang bei der Puja nicht schlafen, sondern innerlich wach sein. Dann passiert vielleicht irgendwas, aber ohne schlimme Konsequenzen. Ich falle dann nur fast die Treppe runter. Ohne die Warnung würde ich nicht vorsichtig sein. Verstehst du das Prinzip?«

Sie verstand das Prinzip, sah den gewaltigen Schwung gewohnheitsmäßiger Verhaltensweisen, den Neigungswinkel des Karmas und dann die starke neue Kraft, durch die sich die Richtung veränderte. Selbstgeschaffenes Schicksal. Sie sah, wie Studium und Meditation die Weichen stellten, jeden Tag von Neuem, jede Minute von Neuem. Es schien ihr überzeugend. Sie könnte die Richtung ändern, den Padmasambhava in sich um die Kraft bitten. Es war gut, wenn man jemanden um Hilfe bitten konnte. Es veränderte die Richtung, in der die Gedanken flossen, und vielleicht auch die Lebensenergie. Hätte sie die Engel öfter bitten sollen? Vielleicht ihnen auch hin und wieder danken?

»Sag mal, Samten«, dachte sie laut, »könntest du dir vorstellen, dass Padmasambhava ein Engel ist? Vielleicht eine Art Erzengel?«

Samten kicherte. »Mit Engeln kenn ich mich nicht aus. Aber Lama Yongdu sprach mal mit Emily über japanische Gottheiten, die Kamis. Und er sagte, Guru Rinpoche könnte man auch als hohen Kami sehen, ganz oben in der Hierarchie.«

Der Gedanke gefiel ihr, Padmasambhava über sprichwörtliche Heerscharen von Engeln zu platzieren. Aber mit Flügeln? Vielleicht die Flügel eines riesigen Adlers. Wie die Adlergottheit an den Totempfählen der Indianer.

»Adlerflügel«, sagte sie vorsichtig. »Aber vielleicht ist das ein Sakrileg. Was meinst du?«

»Ihr habt so witzige Ideen, ihr Inchis«, erwiderte Samten.

Charlie schubste ihn mit dem Ellenbogen. »Und du? Du bist wohl ein Tibeter?«

»Selbstverständlich«, sagte Samten und grinste. »Schon seit vier Inkarnationen.«

Sie versuchte, sich das Gefühl vorzustellen, so gesichert zu sein in einer Identität, geschützt und geborgen in der Anerkennung des Platzes in der traditionellen Hierarchie. Doch würde diese Hierarchie eigenwilliges Denken verzeihen? Yongdu hatte für sich einen ganz eigenen Platz gewählt, am Rand, als wolle er sich die Möglichkeit offen halten, abspringen zu können. Wie würde es Samten ergehen?

Er würde irgendwann den Rahmen sprengen. Sie fühlte es, versuchte, mehr zu erkennen. Doch das Wissen entzog sich, wie immer, wenn sie danach greifen wollte.

»Wolltest du mir nicht von deinem Unterricht bei Lama Yongdu erzählen?«, fragte sie.

»Ah, ja.« Samten seufzte. »Hoffentlich kommt er bald wieder. Mein alter Tutor ist schrecklich langweilig. Und er klebt an den alten tibetischen Vorstellungen, wie ein Lehrer zu sein habe. Er ist so streng, uuuh, fürchterlich streng. Einmal hat er mich am Ohr gezogen, ganz fest, dass es wirklich wehtat. Ich hab ihm gesagt, dass ich genug Geld für ein Flugticket besitze und sofort heimfliege, wenn er mich noch einmal anfasst. Danach ließ er es bleiben. Lama Yongdu sagt, das war eben früher so in Tibet. Da wurden Schüler so behandelt.«

»Na ja, bei uns früher auch.«

»Aber Jetsünma findet das nicht richtig«, erklärte Samten, »das weiß ich von Lama Yongdu. Und er ist natürlich auch dagegen. Er sagt, dass Dharma Freude macht. Lernen macht Freude, still sein und den Geist kennenlernen macht Freude. So erklärt er das. Natürliche Disziplin macht Freude. Und weißt du, es stimmt. Irgendwie wusste ich das schon. Gestern hab ich versucht, das meinem alten Tutor zu erklären, und er ging aus dem Zimmer. Verstehst du, er ging einfach raus. Das war seine Antwort. Lama Yongdu hat gesagt, der

Alte ist sehr gelehrt, aber er war lang in chinesischer Gefangenschaft, und seine ganze Familie wurde umgebracht. Irgendwie konnte ich dann verstehen, dass er von Freude nichts hören will. Wenn ich schlechte Laune hab, will ich auch nichts davon hören. Aber darum geht es doch, nicht mehr so gefangen zu sein.«

»Du meinst, weil er jetzt nicht mehr bei den Chinesen ist?«

»Außen nicht mehr, aber immer noch in sich selbst«, antwortete Samten nachdenklich. »Ich glaube, ich sollte mitfühlender sein.«

Er könnte aus einem Fantasy-Film stammen, dachte Charlie, dieser Fünfzehnjährige mit seinen zu großen Händen, den schmalen Schultern, dem unfertigen Gesicht mit der ungewissen Nase und dem kleinen, empfindsamen Mund.

»Wie weise du bist, Samten«, sagte sie lächelnd.

»Ist mein Job«, erklärte Samten mit Würde. »Ich bin ja ein Rinpoche.«

Am Horizont hatten sich federige Wolken wie Engelsflügel gebildet, gerahmt vom tiefen, reinen Blau des Himmels. Es war ein besonderer Tag, der allem die Schleier wegriss, ihrem jungen Freund Samten, dem Himmel, ihr selbst.

»Dann sollte ich dich wohl besser Rinpoche nennen«, sagte Charlie. »Ich glaube, es ist mir peinlich, dich einfach wie einen Kumpel anzusprechen.«

So wie es ihr peinlich war, Yongdu ohne seinen Lamatitel anzusprechen. Und doch wollte sie nicht auf die Intimität verzichten, dass er für sie titellos Yongdu war, ein außergewöhnlicher Freund, ein ganz naher Mensch, jemand, den sie lieben konnte mit einer ganz außergewöhnlichen Liebe. Doch diesen Gedanken ließ sie hinauf zu den Engelsflügeln in der Himmelsblauheit treiben. Nur dort gab es Raum für ihn.

»Ich bin nach wie vor dieser Typ, der hier sitzt«, sagte Samten, »egal, wie du mich nennst.«

»Für dich vielleicht, für mich nicht.«

Mit einem hintergründigen Lachen, so wie alte Menschen manchmal lachen, legte Samten seine Hand auf ihr Knie. »Okay, Charlie, dann bestehe ich darauf, dass du mich weiterhin Samten nennst.«

Sie folgten dem Trampelpfad in einer nun langen, ein wenig ansteigenden Schleife um den Berg. Fast zugewachsen war der Pfad und wenig einladend, Zweige stellten sich quer, mussten zurückgebogen werden.

»Meinst du nicht«, rief sie, »dass die Nagas es vielleicht nicht mögen, wenn man sie stört?«

Samten blieb stehen. »Wir stören sie nicht«, erklärte er mit großem Ernst. »Wir bringen ihnen unsere Verehrung dar. Lama Yongdu sagt, das ist gut, für uns und für sie.«

Unter einem über Baumkronen gespannten Baldachin aus Fähnchen sickerte Wasser unter einem Felsbrocken hervor, sammelte sich in einer mit Steinen ausgelegten Kuhle und blubberte über Kiesel und zwischen Gräsern davon. Eine sehr unscheinbare kleine Quelle. In der Kuhle lagen Münzen zwischen den Steinen, und Samten warf ein paar weitere hinzu, Paisas, Euro-Cents und andere, deren Herkunft sie nicht erkannte.

»Verbeugen«, sagte er und legte die Hände aneinander, »aber nicht sehr tief. Sie sind nur Naturgeister, keine Gottheiten.«

Mit einem belustigten Lächeln verbeugte sich Charlie, doch sie nahm das Lächeln schnell wieder zurück. Es war nicht angemessen. Weder die Geister der Erde noch die des Himmels würden Frivolität verzeihen. Niemand musste ihr das sagen, sie wusste es.

»Wir grüßen euch, Nagas«, sagte Samten höflich. »Ihr bewahrt unsere Schätze. Wir bitten um euer Wohlwollen.

Charlie war krank. Ich glaube, ihr Körper hat Probleme mit unserem Klima hier. Ihr könnt sie vor dem Klima beschützen. Bitte, beschützt Charlie. Sie ehrt euch wie ich. Wir wissen, dass ihr sehr mächtig seid.«

Keine Belustigung mehr. Die Macht der Nagas war anwesend. Die Macht des Zusammenhaltens und die Macht des Zerstörens. In diesem Augenblick erschien ihr die Vorstellung von Naturgeistern viel sinnvoller als die Vorstellung von berechenbarer Materie, und Ehrfurcht gesünder als wissenschaftlicher Stolz.

»Ich glaube, die sind wirklich da, die Nagas«, sagte sie.

Samten nickte. »Natürlich! Das ist kein Märchen. Wenn man der Natur etwas nimmt, muss man ihr auch etwas geben. Dank und Ehrerbietung. Was glaubst du, warum der Fünfte Dalai Lama den Naga-Tempel hinter dem Potala bauen ließ? Damit die Nagas sich nicht aufregen sollten über den ganzen Raubbau an Lehm und Steinen, mit denen dieses Riesending gebaut wurde. Sonst würde der Potala vielleicht heute nicht mehr stehen nach all den Erdbeben und dem Beschuss durch die Chinesen.«

»Und wie denkst du darüber, dass überall auf unserer Welt die Erde aufgerissen und die Natur zerstört wird? Was sagen die Nagas dazu?«

Er wandte sich zum Gehen. »Da fragst du mich noch?«

Das Pferd ist unruhig, ein eigensinniger junger Hengst, gerade richtig. Er hat ihn im Griff. Schaut her, ihr Leute, seht den Ngakpa im weißen Gewand, der den breiten Weg zum Potala hinaufreiten darf, begleitet von den angesehensten Mönchsbeamten. Der Retter des Kündün, der den Ersten Minister überführt hat, den Verräter, den Mörder.

Im weiten Tal liegt zarter Morgendunst, das gewundene Band des Kyichu und die goldenen Tempeldächer Lhasas funkeln in der

Ferne. Machtvoll ragen die Wände des Potala auf, um den der gepflasterte Weg sich schlingt. Das Pferd wirft den Kopf hoch, möchte seinen Reiter herausfordern. Doch der Ngakpa lacht und genießt es, einen sichtbaren Grund zum Lachen zu haben. Schaut her, der Ngakpa, der Sieger, er lacht unbekümmert, erhebt sich lachend über seinen Triumph.

Doch er erstarrt, als er den Tulpa an der Wand entlangschleichen sieht. Ein Schatten, ein Schemen, manchmal mehr, manchmal weniger sichtbar. Die Rituale haben ihm Substanz genommen, doch er ist immer noch da. Zornig ist er, will nicht mehr gehorchen.

Verschwinde! Zieh dich zurück!, schreien Purba Dorjes Gedanken. Lass dich nicht mehr blicken!

Die Gestalt verschwimmt, fließt in die Wand, fast. Hat ihn jemand gesehen? Denken sie vielleicht, der verdammte Zauberer hat einen Tulpa, den er nicht loswerden kann? Fürchten sie sich? Die Gesichter um ihn verraten nichts. Es sind ernste, unbewegte Gesichter, Beamtenvolk, Befehlsempfänger, aber dennoch gefährlich. Manche sind bestechlich, man weiß das.

Auf nackten Füßen wird er in den Vorraum zu den Gemächern des Kündün geleitet, bewirtet, unterhalten. Scheinbar harmlose Fragen werden gestellt nach seiner Heimat, seiner Familie. Er weicht aus. Er sei früh verwaist, sei Klosterzögling geworden, dann Yogi, dann Ngakpa. Man kennt den Namen seines Meisters, ein Khampa. Ein fast unmerkliches Naserümpfen – einer der Wilden aus dem Osten.

Der Kündün, der Dreizehnte Ozean der Weisheit, sitzt auf seinem Thron aus aufgeschichteten Polstern. Niemand sonst im ganzen Land darf so hoch sitzen. Gerade erst ist er aus dem Sommerpalast zurückgekehrt. Das flache Gesicht mit dem dünnen Schnauzbärtchen ist noch schmal von dem gerade überstandenen Krankheitsanfall. Er ist in die steifen Brokate des offiziellen Auftritts gehüllt. Man betrachtet dies offenbar als einen der bedeutenderen Anlässe. So soll es sein.

Der Ngakpa begegnet alten, von jungen Zügen umgebenen Au-

240

gen. Schnell senkt er Kopf und Blick, macht drei Niederwerfungen und bleibt tief gebeugt an der Türe stehen.

»Kommt näher, geehrter Ngakpa!« In der Stimme schwingt noch die Schwäche der Krankheit, doch man hört auch die Härte, scharf wie der Klang der Becken in den Tempeln.

Der Ngakpa geht ein paar Schritte vor. Einer der Mönche des Kündün zupft an seinem Gewand. So weit darfst du, nicht weiter. Kennst du nicht die Etikette, Wilder aus Kham?

»Ihr habt die Gesundheit des Ozeans des Wissens gerettet, wenn nicht gar sein Leben«, sagt der Kündün.

Der Ngakpa streckt höflich hechelnd die Zunge heraus, flüstert mit gesenktem Kopf, wie es sich gehört: »Nur mit der Hilfe des Großen Helfers.« Natürlich erwartet man eine Antwort dieser Art. »Der so alt und älter ist als dieser Palast«, fügt er hinzu.

War der Wink nicht richtig? Sein kurzer Blick entdeckt eine kleine Falte auf der Stirn des Kündün. Ist es nicht gut, sich abzugrenzen vom Ruf des Wilden aus Kham, Loyalität zur Linie der Dalai Lamas und ihrem besonderen Beschützer zu bekunden?

Die alten Augen in dem jungen Gesicht scheinen viel zu sehen. Zu viel.

»Ich möchte, dass Ihr Eurem Meister meinen Dank überbringt, geehrter Ngakpa. Dafür, dass er einen so guten Schüler ausgebildet hat.«

Ist eine Spitze in diesen Worten versteckt? Er kennt die höfischen Finessen nicht, und es ist schwer, den Kündün zu beurteilen. Schließlich ist er kein gewöhnliches Wesen. Beherrscht er vielleicht gar den Großen Helfer?

»Sagt, wie habt Ihr es herausgefunden? Wie habt Ihr den Ersten entlarvt?«

Der Ngakpa beugt den Rücken noch ein wenig mehr, beginnt mit der Aufzählung der Titel des Kündün, sie sollen sehen, dass der Wilde aus Kham weiß, was sich gehört.

»Ich wurde Leibwache des Ersten Ministers«, sagt er, »und ich

sah, dass er einen Zauberer aufsuchte. Und ich belauschte ein Gespräch mit seinem Bruder, dem Regenten. Das war alles.«

»Es war viel.«

Ein Mönch eilt zu dem jungen Kündün und wischt ihm mit einem Tuch den Schweiß von der Stirn. Die Schuhe mit dem bösen Zauberzeichen in den Sohlen, das mörderische Geschenk des Ersten, wurden bereits verbrannt, doch der Körper Seiner Gegenwart braucht Zeit, sich zu erholen. Der Zauber war mächtig. Noch ein oder zwei weitere Anschläge, vielleicht gar das Zauberzeichen im Untergewand, und der Ozean der Weisheit, noch fast ein Kind, wäre gestorben, wie so viele vor ihm. Ein Augenblick tiefer Empörung flammt auf im Herzen des Ngakpa.

»Ich musste das tun«, sagt er. »Nur dafür habe ich mich dieser Ausbildung unterzogen.«

Ein halbes Lächeln geistert durch die Züge des Kündün. »Wie lobenswert«, sagt er und schaut zur Wand mit den fein gezeichneten Malereien.

Der Tulpa, ein flüchtiger Schatten, der die Malereien verdunkelt. Der Ngakpa erstarrt, beißt die Zähne zusammen, wirft mit aller Kraft einen Bann über die aufmüpfige Ausgeburt. Er wird nur ein paar Minuten halten, doch diese Minuten braucht er.

»Eure Heilige Gegenwart, ich flehe Euch an, darf ich eine Bitte äußern?«

Er hat sich richtig ausgedrückt, das erkennt er an den Gesichtern der Schranzen. Es ist wie ein Schlittern auf Glatteis. Der Meister hat ihm vom Hofzeremoniell beigebracht, was er wusste. Doch er wusste nicht alles.

Der Kündün lässt eine gewährende Geste aus seiner Hand fließen, und der Herzschlag des Ngakpa setzt aus. Das ist nicht die Geste eines Jünglings, erkennt er, der Ozean des Wissens hat sie viele Leben lang wiederholt. In diesem Augenblick erlebt Purba Dorje die Präsenz von etwas, das über alle Namen hinausgeht. Er stürzt vor, tut das Ungeheuerliche, ergreift die Hand des Kündün, drückt sie an seine Stirn. Doch die Dienermönche sind schnell, haben ihn zurückgerissen, bevor er noch weiß, was er tut, und lassen ihn auf eine Geste ihres Herrn wieder los, sodass er torkelt und nur mit Mühe ordentlich auf die Knie zu fallen kommt. Er beugt sich tief, immer noch ohne jeden brauchbaren Gedanken.

»Eure Bitte, Ngakpa.« Die Stimme ist sanft, keine grellen Becken, eher der weiche Nachhall der großen Trommeln.

»Der Erste«, stammelt der Ngakpa, »der Erste und seine Frau, sie werden verbannt, nicht wahr?«

»Ja, sie werden verbannt.«

Die Gedanken dröhnen in Purbas Kopf. Er sieht seine Mutter zusammenbrechen, das Letzte, was er von ihr gesehen hat, spürt die Hand, die ihn ergreift und hochhebt, sieht die Flammen aus den Häusern schlagen.

»Ich bitte darum«, keucht er, »dass sie an die Nordgrenze verbannt werden.« Und er beschreibt genau, welchen Bereich der Grenze er meint.

Der Kündün hat die Augenbrauen hochgezogen und wiegt den Kopf. »Ihr habt sicher Gründe, gerade diesen Ort zu wählen.«

Er hat sich Argumente ausgedacht für seine Bitte, doch er hat sie vergessen. Die Erinnerung ist mächtig, so mächtig, und die Worte fallen aus ihm heraus, unbedacht: »Dorthin hat der Erste meine Eltern verbannt und auch mich, ein kaum geborenes Kind. Aus purer Gier. Meine Eltern waren unschuldig. Er hatte die Macht, wir nicht.«

»Aha«, sagt der Kündün, schaut ihn lang an und schweigt.

Ein Blick bis in die Knochen, bis ins Herz. Manifestation deines Karmas, Ngakpa. Rache macht es schlimmer.

»Wir werden Eurer Bitte entsprechen«, sagt der Kündün. »Und nach Prüfung der Umstände wird Euch der Besitz Eurer Familie zurückgegeben. Der Besitz des Ersten ist ebenfalls Euer. Unser Dank ist Euch gewiss.«

Er ist entlassen, geht rückwärts zur Tür, tief gebeugt, wird sacht von den Dienern am Gewand hinausgezogen. Die Würdenträger folgen und zerstreuen sich. Ein Mönch führt ihn zu seinem Pferd, verbeugt sich gleichgültig und wendet sich ab.

Sein Ziel ist erreicht. Warum macht es ihn nicht froh, eher un-glücklich? Als sei er verloren gegangen auf dem langen, mühsamen Weg.

Und da ist noch immer der Tulpa.

12

Sie stand vor der kleinen Treppe, die hinauf zu Yongdus Tür führte.

Er ist wieder da, hatte Jakob gesagt.

Er ist endlich wieder da, hatte Samten gejubelt.

Wurde höchste Zeit, hatte Emily in der Küche erklärt.

Emily war in den Tagen von Yongdus Abwesenheit öfter mittags in die Küche gekommen. In Jakobs schmalem Gesicht zeigten sich belustigte Fältchen.

»Er fehlt ihr«, sagte er verständnisvoll. »Aber, na ja, wem würde er nicht fehlen?«

Charlie hatte es geprobt: Tashi delek, Lama-la. Hello, Lama-la. Nein, es klang nicht richtig. Hi, Lama-la. Auch nicht. Oder besser: Hi, Yongdu, tashi delek? Vielleicht: Hallo, Yongdu-la? Oder wie immer einfach: Hello?

Zögernd stieg sie hinauf, Herzklopfen, aufgeregte Gedanken in ihren Blutbahnen, in den Muskeln, im Magen, in den Gedärmen. Gedanken gehörten in den Kopf, nicht in den ganzen Körper. Obwohl, der ganze Körper ist ein komplexes Internet und zudem mit dem Universum verbunden. Mit den Nagas. Mit den Engeln. Mit Yongdus Neuronen. Ach!

»Hello«, sagte sie. »Schön, dass du wieder da bist, und
störe ich auch nicht?«

»Du störst nie«, antwortete Yongdu, nahm sie fest in die
Arme, drückte ihren Kopf an seine Schulter.

Da war sie in seinem Zimmer mit dem Himmelsfenster,
auf dem Tisch die Thermoskanne mit Chai, neue Teeschalen aus fast durchsichtigem Porzellan. Und Yongdu, Lama
Yongdu, liebster Yongdu, den sie in keine Dimension einzu-
passen vermochte.

»Was ist?«, fragte er in ihr verwirrtes Schweigen hinein.

Sie wickelte eine blasse Strähne um ihren Finger. Ließ sie
wieder los. »Ich komme mir so dumm vor.«

Yongdu lächelte. »Das passiert. Lass dir sagen, es bedeutet
nichts. Aber warum kommst du dir dumm vor?«

»Wegen der Anrede. Alle sagen Lama-la. Ich sollte wohl
auch Lama-la sagen. Aber irgendwie …«

Sie wollte sich an der hübschen Teeschale festhalten, doch
der Tee war noch sehr heiß. Es gab nichts zum Festhalten.
Immerhin, sie hatte es gesagt. Die rote Hitze in ihrem Gesicht würde sich verflüchtigen, dann konnte sie wieder einfach Charlie sein, die sich mit Yongdu unterhielt, dem Mönch
aus dem Buchladen. Obwohl er nicht nur eine Art Mönch
war, er war auch ein Mann. Ihr Blick huschte unwillkürlich
zu seinem Schoß. Trug er gelbe Boxershorts wie Samten
oder Slips? Ein ganz gewöhnlicher Männerkörper mit Penis, Hoden, Testosteron. Warum war es ihr peinlich, als sei
dieser Blick Verrat?

»Mach dir keine Gedanken«, sagte Yongdu. »Ich habe
mich dir als Yongdu vorgestellt. Und wir sind Freunde.«

Charlie griff nach der Teeschale. Sie war immer noch heiß,
es brannte ein bisschen, aber erträglich. Freunde. Konnte sie
das? Freundschaft, so nah und unschuldig und offen? Bei all
ihrer neurotischen Unklarheit?

»Danke«, sagte sie. Es sollte eindeutig und gefasst klingen, erwachsen, doch ihre Stimme war klein. An diesem Tag würde sie nicht mehr größer werden. Yongdu saß schwer und beunruhigend auf ihrem Herzen, ein Lachen und ein Weinen. Bittersüß.

Warum ihm nicht vertrauen? Sie wollte das Angebot annehmen.

»Mir ist klar geworden, dass ich mich ständig anstrenge, richtig zu sein. Nicht nur, mich richtig zu verhalten und richtig zu meditieren. Ich meine, richtig zu *sein*. Es ist anstrengend, und ich bringe es einfach nicht fertig. In diesem Kloster werde ich nie richtig sein. Jakob kann es offenbar, Emily wohl auch. Keine Ahnung, wie sie das machen. Aber ich, ich gehöre nicht hierher. Das werde ich nie schaffen.« Nach einer Pause fügte sie hinzu: »Allerdings habe ich noch nie irgendwohin gehört.«

Yongdu beugte sich vor, hielt ihren Blick fest. »Das ist keineswegs schlecht, Charlie. Unbequem, ja, aber ganz und gar nicht schlecht. Das ist ein Geschenk. So fixierst du dich nicht. Es ist gar nicht so wünschenswert, irgendwo nahtlos hinzugehören. Das verfestigt alles, es wird zu selbstverständlich. Ich bin zum Beispiel froh, dass ich immer wieder mal in den Westen muss. Diese Notwendigkeit, sich anzupassen, und die Erkenntnis, dass es mir nur zweifelhaft gelingt. Das Aufeinanderprallen von Kulturmustern, das alles ist gesund, lockert auf. Und wenn ich zurückkomme, bin ich immer ein bisschen anders geworden. Sperriger gegenüber dem Vertrauten und mit mehr Fragen.«

Wie würde es sein, wenn sie nach Hause zurückkam? Zurück in das Zimmer in der neuen Wohnung mit Rena, hineingepresst in die Stadt, in das Haus, in die Welten der anderen. Zu Evi. Zu Hannah-Oma. Wer sollte sie dann sein, und was sollte sie tun?

»Wie sah der Dreizehnte Dalai Lama aus?«, fragte sie unvermittelt. »Hatte er vorstehende Augen und lange Schnauzbarthaare, die über die Mundwinkel hingen?« Sie führte beide Zeigefinger von der Nase zu den Mundwinkeln. »So als würden dünne Büschel aus beiden Nasenlöchern wachsen?«

Yongdu lächelte überrascht. »Ja, stimmt, so sah er aus. Warum fragst du?«

»Ich hab von ihm geträumt«, sagte sie. »Ich war bei ihm. Ich meine, ich war … der Ngakpa war bei ihm, und der Dalai Lama hat mit ihm gesprochen, in der höchsten Höflichkeitsform.« Sie kicherte ein wenig. »Der Ngakpa platzte vor Stolz.«

Ihre Erinnerung war ungetrübt. Sie sah die gerade, steile Treppe vom großen Hof hinauf zu den obersten Räumen, die reichen Verzierungen, die Wandgemälde, die huschenden, flüsternden Mönche.

»Ich mag den Ngakpa nicht. Im Traum bin ich er, aber im Wachen mag ich ihn nicht. Ich glaube, er mag sich selber nicht.«

Sie solle alles genau erzählen, drängte Yongdu, von Anfang an, die ganze Geschichte. Es fiel ihr nicht schwer. Was früher nur Traumsplitter waren, hatte sich zu einem klaren Bild verdichtet. Wie gut sie den Ngakpa jetzt kannte! Er war ihr auf unangenehme Weise vertraut.

»Ich möchte wissen, wer sich da in meine Träume geschlichen hat. Das kann doch nicht ich gewesen sein, oder doch?«

»Eines ist seltsam«, sagte Yongdu. »Kurz vor 1900, vielleicht 1895 oder 1898, wurde der junge Kündün ein paar Mal sehr krank. Der Erste Minister und seine Frau wurden damals als Täter überführt und verbannt.« Er rieb nachdenklich die Hände aneinander. »Hm, erstaunlich.«

»Vielleicht«, sagte sie, »bin ich der Traum des Ngakpa. Ein Traum von Machtlosigkeit, Versagen, Nutzlosigkeit. Sein Albtraum.«

»Warum willst du dir wehtun, Charlie?« Yongdus Stimme war sanft und kühl.

»Das ist wie Kratzen«, antwortete sie. »Man kratzt ganz fest, damit der Schmerz des Kratzens das Jucken übertönt. Mein Geist hat Juckanfälle, dauernd Fragen, Fragen, Fragen. Wie lebt man damit, das Nutzloseste auf der Welt zu sein? Wozu bin ich da? Wer bin ich überhaupt? Warum bin ich so, wie ich bin? Wozu der hohe IQ, wenn ich nichts damit anfangen kann? Wer hat mir mich angetan? Gibt es mich wirklich? Träume ich mich? Oder wer sonst träumt mich?«

Ihr Herz schlug aufgeregt. So weit hatte sie sich noch nie vorgewagt. So etwas sagte man nur bekifft und nur zu engen Vertrauten wie Rena.

Yongdu lächelte. »Unser Geist erschafft unsere Welt. Wir erschaffen uns selbst. Das kann dir jeder fortgeschrittene Neurowissenschaftler bestätigen. Man könnte sagen, auch wir beide erschaffen einander. Jetzt, in diesem Augenblick. Und bitte, behaupte nicht, ich würde etwas Zweifelhaftes erschaffen. Ich für meinen Teil bin sehr zufrieden mit meinem Werk.«

Es gab diesen Augenblick, es gab ihn gewiss, in dem sie die Wahrheit spürte, durch alle Schichten bis ins Herz. Das war Yongdus Magie. Dass er sie überzeugte, ganz ohne schwergewichtige, ausladende Worte.

Vielleicht würde sie am nächsten Morgen in den Spiegel schauen und nicht wie immer denken: Ich schau scheiße aus. Vielleicht würde sie erkennen, dass es ihre Wahl war, von wem sie sich erschaffen ließ. Von einem Dämon oder von jemandem, der sie liebte. Und vielleicht, vielleicht, vielleicht würde sie eines Tages zum Fenster hinausschauen, in den Himmel hinein, und sich fallen lassen in den Urgrund ihres Ungeschaffenseins und sich einmal richtig, gründlich, grenzenlos ausruhen. Yongdus klarer, zärtlicher Blick versicherte ihr, dass es möglich war.

Als sie ging, legte sie die Hände zusammen und neigte den Kopf. »Danke, Lama-la.«

Das hatte sie nicht überlegt. Es war aus ihr herausgefallen, ohne Korrektur. Und sie schloss nicht aus, dass er gehört hatte, was sich dahinter verbarg: Yongdu, ich liebe dich.

Obwohl sie dies, so viel war sicher, nie und nimmermehr würde sagen können.

Dölma sitzt da wie ein Stein. Die glatten, schlicht geflochtenen Haare, die Seidenbluse, das Kleid aus goldgelbem Brokat, die elegante gestreifte Schürze, alles aus Stein. Sie zählt die Lotossamen ihrer Mala ab, murmelt das Tara-Mantra, wie immer. Sein Blick hält sich am Schwung ihrer Augenlider fest, an dem fein modellierten Nasenrücken, umkreist die kleine Spitze in der Mitte der Oberlippe, streicht an der vollkommenen Linie des Halses vom Kinn zu Schlüsselbein entlang. Seine Hände zucken.

Schweigend sitzt er ihr gegenüber, bestätigt sich den kostbaren Besitz Stück für Stück. Dass sie ihm gehört, ist Lust. Dass sie sich ihm unerschütterlich verweigert, fügt Zorn hinzu. Eine Mischung, die er genießt und die er verabscheut.

»Dölma, sprich mit mir«, sagt er schließlich. »Dein Vater ist ein schlechter Mensch. Er ist es, der deine Familie ins Unglück gestürzt hat, nicht ich.«

Dölma murmelt das Mantra. Sie antwortet nie.

»Ich konnte nicht mehr tun, als dich retten«, sagt er. »Wer hätte dich denn jetzt noch genommen?«

Eine Träne rinnt über Dölmas Wange. Ihre Hand fährt hoch, wischt sie weg, eine Geste voller Zorn.

Kann dieses hochnäsige Mädchen nur zornig sein? Immer schweigt sie, hat sich eingemauert in ihre finsteren Gedanken. Sie wird es sich überlegen, hatte er gedacht, doch sie ist härter, als er vermutete.

»Warum ist die Magd, die ich dir gab, weggelaufen? Sie war ein

gutes Mädchen. Du brauchst eine Magd. Wenn du willst, kannst du dir selbst eine aussuchen.«

Sie schweigt.

»Dölma, das Leben geht weiter«, sagt er. »Unser Leben. Ich bin nicht hässlich. Ich bin nicht alt. Ich bin nicht der Bedienstete, der ich im Haus deines Vaters war. Du weißt, dass das eine Verkleidung war. Ich komme, auch das weißt du, aus einer hochgestellten Familie, die dein Vater grausam zerstört hat. Daran muss ich dich nicht erinnern. Ich bin ein Vertrauter Seiner Gegenwart, des Kündün. Ich bin reich. Ich bin ein Mann, wie dein Vater ihn gewollt hätte.«

Sie regt sich nicht, murmelt nur ein bisschen lauter, trockenen Groll in der Stimme.

Irgendwann wird sie zusammenbrechen, dessen ist er sicher. Er wird sie nicht anrühren. Er will sie haben, doch sie soll sich ihm unterwerfen, freiwillig.

Auf der Treppe lungert der Tulpa. Alle Rituale haben nicht ausgereicht, um ihn aufzulösen. Es geschieht zu viel. Keine Ruhe, um sich zu konzentrieren. Der chinesische Amban macht Ärger, man muss seine Kuriere abfangen. Der Zweite Minister hat den Posten des Ersten eingenommen. Ob er sich gegen den Amban durchsetzen wird? Die Chinesen werden immer aufdringlicher.

Der Kündün erholt sich, doch er ist noch so jung. Er hat dem Parlament verboten, den Ersten und seine ebenfalls schuldigen Brüder, den Regenten und den Abt, zum Tode zu verurteilen. Es wäre besser gewesen, die Verschwörer zu töten, doch dieser junge Kündün hat eigenwillige Ideen. Man schmeckt seine schnell wachsende Stärke.

Der Tulpa schleicht vor ihm die steile Treppe hinab, spricht in seine Gedanken hinein, ohne sich umzusehen. He, Ngakpa, wir könnten zusammenarbeiten, wie beim Minister. Ich erschrecke das dumme Ding, ein böser Geist, der sie bedroht. Dann wird sie kommen und Hilfe suchen bei ihrem Zauberer, wird dich achten und fürchten und sich unterwerfen. Frauen mögen Macht.

Er will den Tulpa nicht mehr einsetzen, ihm nicht wieder Kraft

zuführen. Doch der Vorschlag ist verführerisch. Und seine Unge-
duld wächst täglich, wird schmerzhaft. Die Nächte sind mühselig.
Die junge, hübsche Frau des Zweiten wirft ihm einladende Blicke
zu. Oh nein! Es wäre unsinnig, sich dieser Frau auszuliefern. Und
natürlich verschwendet er seine Energie nicht mit billiger Erleich-
terung wie das gemeine Volk. Es ist kostbare Energie. Richtig ge-
lenkt bereichert sie seine Macht.

Er sollte doch nachdenken über den Vorschlag des Tulpa. Das
Haus seine Vaters, das ihm zurückgegeben wurde, ist groß und
kaum bewohnt. Der älteste Sohn des Ersten hat darin gelebt. Er
war kein Verschwörer, und der Kündün hält nichts von Sippen-
strafe, will dem Sohn sogar einen guten Posten geben. Früher hätte
man ihn samt dem schuldigen Vater und der schuldigen Mutter ver-
bannt, wenn auch ohne Schläge. Ha, der Erste hat gewinselt, konnte
nicht laufen nach der Prügelstrafe und litt gewiss Höllenqualen in
der Sänfte, wochenlang, bis zum Grenzland. Und sein böses Weib
stand am Pranger, sichtbar für die ganze Stadt. Gut so.

Längst hat er die Diener und Mägde aus seinem Haus gejagt, er
mag kein Gesinde um sich, nur die Pferdeknechte. Alle Pferde des
Ersten gehören ihm, schöne, starke Pferdchen, beste Zucht. Mehr
wollte er nicht annehmen als Wiedergutmachung aus dem Besitz
des Verräters. Nur Dölmas Kleider ließ er in sein Haus bringen,
dicke Ballen voller Chubas und Blusen und Tücher aus den feins-
ten Stoffen, und den kostbaren Schmuck, der Dölma und ihrer
Mutter gehörte, Türkise, Korallen, kunstvoll gearbeitetes Silber.

Er geht zu den Pferden, dort ist sein liebster Ort zum Nachden-
ken. Er legt seinem Pferd den Arm um den Hals, flüstert ihm zu:
»Dorje, mein Braver. Bist mein guter Junge. Wenn ich dich nicht
hätte.«

»Ätsii, Tscha-li-la!« Ani Lhamo rieb ihre Schulter an Charlies Arm, ihre Augen funkelten vor Freude. Sie hielt ihre
dick gewölbte tibetische Umhängetasche auf dem Schoß,

nicht bereit, sie aus der Hand zu geben. Jetzt war sie wieder die Naljorma, die Pilgerin, die sie so viele Jahre in Tibet gewesen war, für den Weg gerüstet mit Tsampa, Trockenfleisch, einem grünen Teeziegel und dem vom langen Gebrauch dunkel polierten Holznapf für alles und jedes.

Charlie schaute nach hinten. Yongdu hatte die Augen geschlossen und schaukelte entspannt mit dem schwankenden Bus. In jedem Herbst gehe er mit Ani-la auf eine kleine Pilgerreise, hatte er am Tag zuvor gesagt, und Ani-la habe den Wunsch geäußert, dass Charlie mitkomme. Gleich am nächsten Morgen würden sie losziehen, es sei ein besonders glückverheißender Tag, um eine Pilgerreise zu beginnen.

Ein Schleier von Trauer zog sich über Jakobs Blick, als er ihr Anorak, Schlafsack und Isomatte gab. »Vor zwei Jahren konnte ich noch mitgehen. Es wird dir gefallen.«

Sie wollte nicht an Jakob denken. Es war, als hätte sie ihm seinen Platz weggenommen.

Der zerbeulte Bus arbeitete sich eine weit geschwungene Schotterstaße bergauf. Eine dichte Böschung verbarg gnädig den Steilhang, der vom Straßenrand in die Tiefe abfiel. Nicht an die marode Straße denken. Nicht an die unzulänglichen Stoßdämpfer denken. Nicht an irgendetwas denken, das nicht gerade jetzt ist. Jetzt, das ist Ani Lhamo mit ihrem verzückten Lächeln. Jetzt, das ist Yongdu auf dem Sitz hinter ihr neben der hübschen Frau mit ihrem zarten Kindchen auf dem Schoß. Engelszart sieht es aus, bald wird es davonfliegen. Nur ein paar Sekunden lang hat sie das kleine Wesen gesehen und gewusst, dass es kein Leben vor sich hat. Arme Mutter. Ein Stück von ihr wird sterben mit dem Kind.

Ani Lhamos Stimme war ganz nah an ihrem Ohr. »Baby good, Tscha-li-la.« Die Nonne legte ihre Mala in den Schoß und zeichnete mit beiden Händen eine Linie vor Brust und Gesicht hinauf bis zum Scheitel und öffnete sie über dem

Kopf hinaus in einen grenzenlosen Raum. »Good«, wiederholte sie. Ihr brauner Finger fing eine Träne unter Charlies Wange auf, bevor sie auf den Kragen hinuntertropfte.

Es kamen keine Tränen nach. Ani Lhamo war sehr überzeugend. Wenn sie sagte, es sei gut, war es gut. Der Lebensbogen des Kindes war kurz, andere Lebensbögen waren länger. So war es eben. Man musste es nicht beurteilen.

Sie wandte noch einmal den Kopf. Yongdus Augen waren noch immer geschlossen, doch die Mala glitt durch seine Finger, Perle um Perle, Mantra um Mantra. Der Kopf des Kindes lehnte am Hals der Mutter, die offenen Augen blickten in eine andere Welt. Die Frau sprach mit jemandem im Gang, redete, um die Wahrheit nicht fühlen zu müssen.

Die Rhododendronbäume und ineinanderverfilzten Büsche glitten vorbei, gaben manchmal den Blick frei auf weitere sattgrüne Hänge und Bergfalten. Überall dichter Hochdschungel voller Affen, Leoparden und Wildschweine. Am Abend würden sie das Ende der Ausbaustrecke erreichen. Endlich nicht mehr das Geschüttel im Bus. Aber dann mussten sie viel laufen, drei Tage hin, drei Tage zurück. Für Ani Lhamo war das nicht weit. Sie war quer durch Tibet gelaufen, wochenlang, monatelang, jahrelang. Sie hatte gebettelt, in Schuppen oder unter freiem Himmel geschlafen, in Höhlen meditiert. Frostbeulen an den Füßen, zu wenig gute Kleidung, zu wenig Essen, aber den unbändigen Drang nach Einsamkeit und Pilgerschaft von einem Heiligtum zum nächsten. Bestenfalls überwinterte sie in kleinen, kalten Klöstern, so hatte Yongdu erzählt. »Sie gehört zu einer aussterbenden Spezies«, hatte er gesagt. »Heutzutage können sich die Tibeter in ihrem Land nicht mehr frei bewegen. Die Chinesen haben Ani-la zweimal ins Gefängnis gesteckt, weil sie ohne Reisebewilligung in ihrer eigenen Heimat unterwegs war.«

Charlie machte mühevolle kleine Schritte. Die Füße wollten sich nicht mehr heben, die Knie zitterten. Zunächst war es recht gut gegangen in der Frische des Morgens unter einem wolkenlosen Himmel. »Glückverheißend«, erklärte Yongdu, »so ein klarer Himmel. Klar wie der reine Geist.«

Laufen, immer weiter laufen und Charlies wegen fast nach jeder Stunde eine kleine Rast. Am Tag zuvor hatte sie noch ohne Schwierigkeiten mithalten können, hatte die große, wuchtige Landschaft in sich aufgenommen und ehrfürchtig die dramatischen Gebirgsspitzen begrüßt, die sich gelegentlich zeigten. Keine bewaffneten Maoistenbanden seien in dieser Gegend, hatte Yongdu versprochen, die gebe es nur noch in den ferneren Distrikten. Und der Rest der Bagage war ja nun in Kathmandu beim Regieren.

Doch dieser Tag hatte sich langsam und stetig um sie zusammengezogen, als habe sie sich verlaufen, als habe sie sich ihr Leben lang verlaufen und es gerade erst bemerkt. Sie versuchte es mit Padmasambhavas Mantra, doch ihre Gedanken glitten ab, spien Worte aus wie »Sackgasse«, »abstürzen«, »zusammenbrechen«. Sie ging weiter, fast wütend, den Blick vor sich an Ani Lhamos ausgetretene Joggingschuhe geheftet, als gebe es keine Landschaft mehr. Trotziges, lautloses Plappern: Ihr wolltet mich ja mitschleppen, das habt ihr nun davon. Ich war schließlich krank. Das interessiert kein Schwein. Warum hab ich nur Ja gesagt. Ich könnte in meinem Zimmer sitzen und zum Fenster rausschauen. Ewig langweiliger Ausblick. Wenigstens nur Langeweile. Wenigstens nicht dieses Beißen der Erschöpfung.

Endlich näherten sie sich einem Dorf mit ein paar Häuschen an einem Berghang. Grüne Terrassen zogen sich ordentlich zum sprudelnden Flüsschen hinunter. Zum Schlafen gab es einen offenen Schuppen. Ani und Yongdu kochten Reis und Trockenfleisch bei einer ihnen bekannten Familie nebenan, ließen Charlie mit den Rucksäcken und Jacken vor dem Haus in der warmen Nachmittagssonne sitzen. Das ganze Dorf lief zusammen, Frauen in bunten Sarongs und Polyesterpullis, scheue Kinder. Nur freundliche Gesichter. Es waren arme Leute. »Inchi, Inchi«, sagten sie zueinander, lautverdreht für »english« und die allgemeine Bezeichnung für alle »Weißen«. Was mochten sie hinter ihrem breiten Lächeln über die wunderlich farblose Inchi denken?

Nach dem Essen wurde eine große Flasche selbstgebrauter Chang gebracht und in alle Becher verteilt. Säuerlich schmeckte er, scheinbar harmlos, doch alle wurden sehr fröhlich. Die Frauen riefen einander Grelles zu, Anzügliches offenbar, denn die Männer bogen sich vor Lachen. Ani Lhamo prustete fröhlich mit, und Yongdu spitzte belustigt die Lippen.

»Sie fordern die Männer auf«, übersetzte Yongdu, »nicht zu viel zu trinken, damit sie in der Nacht noch aktionsfähig sind.«

Plötzlich erklangen die rhythmischen Klänge eines einsaitigen Instruments und einer schrillen Flöte, und alle sangen lauthals dazu, hübsche, ein wenig monotone Melodien. Die Sonne fiel hinter einen entfernten Berg, tiefe Schatten schlichen zwischen die Häuser, und in die Abendkühle mischte sich eine leichte Schärfe.

Charlie zog ihren Schlafsack um die Schultern. »Ritt Guru Rinpoche wirklich auf einem Tiger?«, fragte sie.

Mit leisem Lachen antwortete Yongdu: »Du kannst es auch symbolisch nehmen, aber nicht zu symbolisch.«

»Jakob wollte mir Padmasambhavas Geschichte nicht erzählen, er könne das nicht. Er sagte, ich solle dich darum bitten.«

Ein paar Frauen und Mädchen standen auf und begannen mit ineinandergehakten Armen in einer geraden Linie zu tanzen. Einige Männer reihten sich gegenüber auf.

Yongdu schwieg. Hatte er zugehört?

»Jakob hatte recht«, sagte er schließlich. »Diese Geschichte ist eine reine Hagiographie. Man kann sie nicht wörtlich nehmen. Alles ist voller Anspielungen, die man nur auf der Basis innerer Entwicklung versteht.«

»Aber er hat doch schließlich gelebt, in Indien und dann in Tibet. Es muss doch seine historische Lebensgeschichte geben.«

Yongdu lachte. »Unser Volk hat nie viel von historischen Fakten gehalten. Die wurden von den Chinesen aufgezeichnet, nicht von uns. Die tibetische Wirklichkeit fand auf einer anderen Ebene statt. Guru Rinpoches Geschichte klingt wie Fanatasy pur mit jeder Menge Wunder: reiten auf dem Tiger, in den er seine Gefährtin Yeshe Tsogyal verwandelt hat, Dämonen besiegen und bekehren. Er war Mönch, Yogi, Magier, Held, Superman. Ein großer Meister hat einmal seinen Schülern die Geschichte Padmasambhavas als vollkommenen Ausdruck der sogenannten Verrückten Weisheit erklärt, das heißt, der vollkommenen Weisheit, die sich in einer Weise präsentiert, die der gewöhnliche, konditionierte Verstand als verrückt betrachtet. Manche westliche Leute versuchen, die Verrückte Weisheit nachzuahmen, aber das ist natürlich katastrophal. Wenn wir sie jedoch bei einem authentischen Meister erleben, gibt uns das die Chance, uns spontan aus der Umklammerung konventioneller Maßstäbe zu lösen und unsere Wahrnehmung zu öffnen.«

Die Frauen winkten Charlie zu sich heran, und Yongdu drückte ihr einen vollen Becher Chang in die Hand. »Trink!«, sagte er. »Tanz mit ihnen. Du machst ihnen damit eine Freude.«

Die Magie des Chang trug sie hinein in den einfachen Rhythmus des Tanzes. Sie hatte nie Lust am Tanzen gehabt, doch dieses Tanzen war anders, leicht, selbstverständlich.

Eingehakt wurde sie getragen vom Wiegen der singenden Frauen, war Teil ihrer Reihe. Schnell hatte sie die Schrittfolge erfasst, ein paar Schritte nach der einen Seite, eine paar Schritte nach der anderen Seite, die Männer gegenläufig. Niemand tat sich hervor, ein stabiles Miteinander, wie Gräser im Wind.

Ani Lhamo klatschte fröhlich in die Hände. »Ah la la ho, Tscha-li-la!« Die Freude einer Mutter über ihr Kind, wenn es das Leben erforscht.

Irgendwann stand Yongdu auf und nahm ein Windlicht mit zum Schuppen. Sie schlüpften in ihre Schlafsäcke auf dem aufgehäuften Laub.

»Dodscha, danke«, flüsterte Charlie ins Dunkel, während Yongdu und Ani als dunkle Schatten vor der offenen Seite des Schuppens saßen und leise die Worte ihrer Abendandacht sangen. Sie dachte an Guru Rinpoche, Meister kostbares Juwel. Auf dem Tiger reitend oder mit Adlerschwingen. Es spielte keine Rolle.

»Du hast ihn noch immer nicht aufgelöst?« Die Stimme des Meisters schneidet durch alle Erklärungsversuche. »Ich sagte doch, beseitige ihn sofort, nachdem er seinen Dienst getan hat. Du bist ein schlechter Schüler.«

Ho, das lässt er sich nicht sagen. Überall fürchtet man seine Macht. Ngakpa Chenpo nennt man ihn, den großen Ngakpa. Er ist ein bedeutender Mann. Auf der Reise eilte ihm sein Ruf voraus, und die Leute scharten sich zusammen, um ihn zu sehen. Er ist viel berühmter als der Meister. Wenn der Ngakpa spricht, schweigen alle.

»Ich habe alles so gemacht, wie Ihr es mich gelehrt habt, aber er kommt immer zurück.« Warum hat er das gesagt? Als müsse er sich rechtfertigen. Der Meister macht ihn zum Lehrjungen, nimmt ihm seine Würde. Er hätte ihm beibringen müssen, wie man den Tulpa richtig auflöst. Es ist des Meisters Schuld.

Zähne zusammenbeißen, Purba Dorje. Noch brauchst du den Meister, diesen kleinen, breiten Bönpa mit den großen Ohren und den schweren Händen, ein Unbekannter mit ein paar Schülern. Er kennt sich aus mit Magie, gewiss, weiß eine Menge über Tsa Lung, die magischen Ströme im Körper. Doch warum verkriecht er sich hier im Osten? Er könnte in die Hauptstadt gehen und Karriere machen, stattdessen lebt er hier im Hinterland über dem Ziegenstall mit seiner krummen Frau und dem taubstummen Sohn. Das Geschenk, den großen, kostbaren Stoffballen aus Nepal, hat er mit kurzem Nicken beiseitegelegt. Er weiß ihn nicht zu schätzen. Nur die feinen Leute in der Stadt tragen Chubas aus diesem edlen, weichen Stoff.

Mit einem beruhigenden Gefühl von Lust befingert er sein eigenes weißes Gewand. Aus Baumwolle sollte es sein, doch natürlich ist es stattdessen aus dem kostbaren Stoff, der weich ist, warm und leicht, zart und fest zugleich wie der Bauch eines jungen Mädchens.

Der Meister kichert. Warum kichert er? Ist er schon ein kindischer alter Mann? Nun gut, man soll die Alten achten. Niemand soll dem Ngakpa nachsagen können, dass er die Alten nicht achte. Und er war gut zu ihm, der Meister. Er hatte damals den verwaisten Sohn des verbannten Nobelmanns aus Lhasa aufgenommen, den jungen Finsterling, den keiner mochte. In dem Jungen stecken große Kräfte, sagte er zu seiner Frau. Das hat er gehört. Wenn man unten im Stall die Ziegen fütterte, konnte man durch die Dielen hören, was oben gesprochen wurde. So begann das Lauschen. Man lernt viel beim Lauschen.

Und er verdankt dem Meister seinen Aufstieg. Oder war er vielleicht nur das Werkzeug des Meisters, um den Kündün zu retten und dann wieder zurückgestoßen zu werden in die Vergessenheit?

»Du denkst zu viel, Purba Dorje«, sagt der Meister. Es ist kein Vorwurf, nur eine beiläufige, entwaffnende Feststellung. »Schau hinter dein Denken. Was findest du da? Du weißt eine Menge, Ngakpa, aus vielen Leben, aber du weißt nicht, was du weißt. Denn dazu müsstest du hinter dein Denken schauen.«

Du weißt viel. Das hat der Meister gesagt. Du weißt viel. Er leugnet es nicht, der alte Mann. Er leugnet nicht, dass er einen Wissenden vor sich hat, den berühmten Ngakpa Chenpo. Ha!

Wie soll er hinter sein Denken schauen?

Still brennen die Butterlampen auf dem Schrein, das Silber der Opferschalen und das Gold der Statuen funkeln. Die Vertrautheit des Raums lässt die Zeit in sich zusammenfallen. Die Vergangenheit ist gegenwärtig – die Härte der Übungen, der lodernde Ehrgeiz, die Sehnsucht, der Retter des Kündün zu sein. Was hast du erreicht, Ngakpa?

Der Tulpa ist nah, kaum sichtbar, und er spricht: Du brauchst mich, Purba. Ich bin dein Freund. Ohne mich hättest du nichts erreicht. Ich kann dir zu Diensten sein. Niemand kann dir so gut helfen wie ich. Und wir können reisen. In herrliche Deva-Welten, in die großartigen Welten der Halbgötter. Lass dir das nicht entgehen. Ich bin für dich da.

»Was soll ich tun, Meister?«

Der Meister schweigt und schaut ins Leere. Vielleicht in die Zukunft? Bei ihm weiß man nie. Wie sehr hat er den Meister verehrt. Was ist geschehen? Hat er sich im Meister getäuscht, oder täuscht er sich in sich selbst?

Wie soll er hinter sein Denken schauen?

Er wird sich erniedrigen, er wird bitten. Will der Meister das? Braucht er das? Ha! Purba Dorje ist groß genug, um sich beugen zu können. »Helft mir, Meister!«

Mit einer verneinenden, fast gleichgültigen Geste steht der Meister auf. »Lass los, Purba! Lass endlich los.«

Laufen, immer weiter laufen. Seit Sonnenaufgang waren sie schon unterwegs, endlos lang auf dem ungebahnten Weg, ohne jemandem zu begegnen. Charlie biss die Zähne zusammen, bis der Kiefer schmerzte. Ihre Knie taten weh, eine aufgebrochene Blase an der Ferse brannte zornig trotz des dicken Pflasters. Es sei nicht mehr weit zum Kloster, sagte Yongdu.

Eine graue Wolkendecke hatte sich über den Himmel geschoben, legte sich auf alle Farben. Sie lag auf Charlies Gedanken, schob sich zwischen sie und Ani Lhamo, zwischen sie und Yongdu. Sie war ganz allein, die Last des Versagens auf den Schultern.

Die Nonne ging voraus, eingehüllt in gemurmelte Mantras, Yongdu bildete die Nachhut. Man hatte sie in die Mitte genommen. Mama und Papa. Wenn sie nur ein wenig nachgab, würde sie sich wie ein Kind zwischen den Eltern fühlen, als gehöre sie dazu auf diese tiefe, verwurzelte Weise. Ani Lhamo und Yongdu waren ihre alte, alte Familie, ungeachtet der Rasse, der Kultur, der Sprache.

Arno hatte einmal gesagt: Du wirst nie eine von der Horde sein, Charlie. Ich meine nicht, weil du ein richtiges Zuhause hast und sie nicht, ich meine, weil du anders bist. Du bist wie ich. Nie ganz hier, nie ganz hier angekommen. Du kannst es nicht verstecken, nicht vor mir.

Es war das einzige Mal, dass Arno so zu ihr sprach. Doch von da an gab es diese stillschweigende, schmerzliche Verbindung zwischen ihnen, an die Charlie nie zu rühren wagte. Wir Aliens. Die Fragen hatten sich aufgetürmt über die Jahre: Was hätte ich tun sollen? Hätte ich ihm helfen können? Bis sie den Turm umstieß und nicht bemerkte, dass er Teile von ihr begrub. Hätten wir nur miteinander reden gelernt, dachte sie, aber niemand bringt einem das Reden bei. Hannah-Oma und Opa konnten mit Evi nicht reden. Evi konnte mit mir nicht reden. Und ich kann auch nicht reden. Nicht außen, nur innen.

Ani Lhamo hielt an und rief Yongdu ein paar Worte zu. Sie nahm Charlie an der Hand, führte sie zu einem großen Stein, auf dem man bequem sitzen konnte, und klopfte einladend darauf. Vor ihnen durchschnitt ein Flüsschen das schmale Tal, dahinter erhob sich ein steiler, felsiger Berg über einem kleinen Kloster. Flussaufwärts ragte eine weiße Gebirgsspitze machtvoll zwischen zwei Bergrücken empor. Alles war verwaschen vom Grau des Tages. Charlie seufzte. Das Kloster war mindestens noch eine Stunde entfernt, wenn nicht länger, und es war noch nicht das Ziel.

Mit sichtbarem und hörbarem Vergnügen aß Ani Lhamo ihren gefüllten Fladen. Dickes, scharf gewürztes Dal quoll zwischen den Hälften hervor. In ihren Holzbecher goss sie großzügig Chang aus der Zweiliterplastikflasche, die Yongdu vom Dorf mitgenommen hatte.

»Sie geben uns jedes Mal von ihrem kostbaren Chang mit«, sagte Yongdu. »So liebe Leute.«

»Dürfen tibetische Nonnen und Mönche Alkohol trinken?«, fragte Charlie. »Bei uns trinken sie Bier, aber ich dachte, bei euch …«

Yongdus Lachen tief in der Brust gab der Landschaft ihre Farben wieder. »Ani-la ist eine Yogini. Vielleicht die höchste unter uns allen im Kloster, abgesehen von der Jetsünma. Sie kann keine Gelübde brechen. Verstehst du, ihr Geist ist derart, dass keine Gelübde gebrochen werden, was auch immer sie tut. Sie ist so ein reiner Geist.«

Sie würden das Kloster erst auf dem Rückweg besuchen, erklärte Yongdu auf dem Weg zum Flüsschen. Ein Besuch auf Tibetisch sei eine ausgedehnte Angelegenheit und brauche Zeit, und sie hätten noch ein gutes Stück Kletterei vor sich.

Charlie klebte neue schützende Pflaster auf die offene Blase und gab sich Mühe, nicht zu seufzen. Ein langweiliger Klosterbesuch wäre ihr lieber gewesen, selbst mit zweifelhaft frischem Buttertee und steinhartem Gebäck. Doch Ani Lhamo stand bereits auf, klopfte Brösel von ihrem Gewand und steuerte auf das Flüsschen zu. Yongdu nahm wie selbstverständlich Charlies Rucksack an sich. Es gab keine Brücke, nur eine Reihe von Felsbrocken, zwischen denen sich das Wasser aufgeregt hindurchdrängte. Mit gerafften Röcken hüpfte Ani Lhamo hinüber, unbesorgt, wie Kinder es tun. Ani Lhamo schien nie zu zögern. War das ihre Magie, diese Unbekümmertheit? Zweimal war sie in eines der grauenhaften chinesischen Gefängnisse gesperrt worden, weil sie in Tibet ohne Reiseerlaubnis unterwegs gewesen war. Was hatte sie sich dabei gedacht? Gar nichts? Ein Geist, der sich nicht in Gedanken verfing? Charlie hüpfte ihr nach, bemüht, Ani Lhamos wundersamer Eigenart nachzuspüren. Und bevor das vertraute Zögern einsetzen konnte, hatte sie bereits das eiskalte, wilde Gewässer ebenso bedenkenlos überquert wie die Nonne.

»Gut gemacht!«, sagte Yongdu hinter ihr. »Ich hatte schon überlegt, ob ich dich hinübertragen sollte.« Er lachte und sagte im Weitergehen: »Da fällt mir eine hübsche Geschichte ein. Du musst wissen, es gibt eine reformierte buddhistische Tradition, die ist ziemlich streng. Die alten Traditionslinien, vor allem unsere Nyingma-Linie, die älteste, haben mehr Spielraum. Also, ein Nyingma-Mönch traf unterwegs so einen Reformierten, und sie wanderten zusammen weiter. Bei einem größeren Dorf kamen sie an einen Wasserlauf, den man wie hier auf Steinen überqueren musste. Aber es waren kleinere Steine, und es gab Hochwasser, darum waren sie ein bisschen überspült, und man bekam unweigerlich nasse Füße. Am Ufer stand ein hübsches junges Mädchen in seinem besten Kleid und netten Filzschühchen und hatte offenbar gar keine Lust, Schühchen und Kleid nass zu machen. Unser Mönch packte sie kurzerhand, trug sie ans andere Ufer und setzte sie dort ab. Da machte der gestrenge Reformierte große Augen, und er dachte so laut beim Weitergehen, dass der andere Mönch es fast hören konnte. Schließlich platzte er heraus: Wir sollen doch keine Frauen anfassen, und auf den Arm nehmen dürfen wir sie schon gar nicht. Unser Mönch lachte. Na, so was, sagte er, ich hab sie am Fluss gelassen. Trägst du sie immer noch?«

Das letzte Stück Weg war steil, mehr felsige Rinne als Pfad. Er war vom Monsunregen ausgewaschen und voller hinderlicher Gesteinsbrocken. Ani Lhamo stürmte erstaunlich behände voraus, und unter ihrem angehobenen Gewand blitzten helle, nie von der Sonne berührte Waden hervor.

Auf halber Höhe begannen Charlies Knie so stark zu zittern, dass sie nicht mehr weitergehen konnte. Sie setzte sich an den Wegrand und nahm ihre Schirmkappe von den schweißverklebten Haaren. Geduldig setzte sich Yongdu neben sie. Es sei nicht mehr weit, sagte er sanft. Doch was mochte das heißen? Sie liefen ja ständig herum, diese Tibeter. Sie hatten seit Jahrtausenden gezüchtete nomadische Gene und konnten nicht aufhören damit. Selbst als Asylanten in Nepal mussten sie ständig weiterpilgern.

»Warum machen wir das?«, fragte sie. »Warum soll Pilgern so gut sein?«

»Man denkt nicht so viel dabei«, erwiderte Yongdu heiter »Du musst auf deine Füße aufpassen, deine Kraft vernünftig einteilen, du genießt das Rasten und das Essen und Trinken, nimmst die Landschaft wahr und die Sonne und die Wolken, freust dich aufs Schlafen. Alles ist sehr einfach und direkt. Ohne Ballast, ohne alltägliche Pflichten. Und du wirst ständig mit neuen, unabgenützten Situationen konfrontiert. Das macht flexibel und ist gut für die geistige Gesundheit. Ganz direktes Leben.«

»Ich lauf immer auf dem Seil«, sagte sie nach einer Pause.

Ein unbedachter Ausspruch. Sie sprang auf, um ihn zu überdecken. Doch Yongdu war schnell, sein Blick hielt die vor ihrem Mund schwebenden Worte fest.

»Wirklich, Charlie? Ohne Netz?«

Während sie weiterging, nahm sie kaum die Felsen wahr,

über die sie kletterte, das Geröll, das unter ihren Sohlen weg-
rutschte. Sie wollte nur ankommen, sich fallen lassen, schlafen, nicht mehr denken, nichts mehr wissen. Sie hatte sich
selbst erschreckt mit ihrem Ausspruch, wusste nicht, warum
sie das gesagt hatte, ahnte es nur. Sie kletterte immer
schneller, als gehe es um etwas, vielleicht ihr Leben.

Am Ende der Rinne flachte der Aufstieg ab, erweiterte
sich zu einem kleinen Plateau mit einem mannshohen gemauerten Bauwerk, ähnlich der kleinen Stupa auf dem Berg
hinter ihrem Kloster. Unter einem ausladenden, wie vom
Beil eines Riesen in den Berg gekerbten Felsüberhang, saß
Ani Lhamo, die strahlenden Augen in die Weite gerichtet.
Eine unverhoffte späte Nachmittagssonne wob gleißende,
goldene Säume um die Wolkenbänke.

»Ist es das?«, fragte Charlie, sagte fast: Ist das alles? Ein
Stück Fels? Nichts sonst?

Yongdus Mundwinkel zuckten. »Nicht exotisch genug?«

Mit drei Niederwerfungen begrüßte er ein Stück freie
Felswand am Rand des Überhangs.

»Hier soll man manchmal die Umrisse von Guru Rinpoche sehen«, erklärte er auf Charlies fragenden Blick. »Vor
allem morgens, wenn die östliche Sonne darauf scheint.«

Sie strich mit der Hand über die Wand, fühlte nach Erhe-
bungen, doch da war keine Form.

Sie solle auf ihre Träume achten, sagte Yongdu, als sie sich
nach dem Abendessen aus Fladen und heißem Wasser zum
Schlafen in der tiefsten Einbuchtung des Überhangs nieder-
legten. Charlie verzog das Gesicht. Als ob sie jemals ihren
Träumen entkäme. Sie wünschte sich, schlafen zu können
wie ein Stein, den man ins Wasser wirft und am Morgen
wieder herausholt. Was nicht unbedingt wünschenswert war
vom tibetischen Standpunkt aus, wie sie von Jakob wusste.
Yogis und Yoginis übten Traum-Yoga und Tiefschlaf-Yoga,
Bewusstheit in Traum und Schlaf, Gewahrsein des reinen

Geistes, hatte Jakob gesagt. Aber darüber wisse er nicht viel, er begnüge sich mit ganz schlichter Erleuchtung. Ach, Jakob. Wie würde sie jemals ohne seine Sprüche leben können?

Ani Lhamo hatte sich Mantras murmelnd in ihren Schlafsack gewickelt. Dunkle Stille, hin und wieder vom Schrei eines Nachtvogels durchbrochen, legte sich über die Welt. Der Samthimmel war dicht gespickt mit Sternen.

Charlie rückte ein wenig näher an die schlafende Nonne heran, in den zarten Duft nach Buttertee und Räucherwerk, der sie umgab. Es tat gut, bei Ani Lhamo zu liegen, geborgen in ihrer furchtlosen Hingabe an den Schlaf. Durch Charlies Erinnerung zog der Geruch nach Kakao in einer Tasse mit einem Katzengesicht, warmer, sahnig dicker, süßer Kakao. Evi hielt sie in den Armen, wiegte sie neben der Lampe mit dem runden, blauen Sternchenschirm und den ausgeschnittenen Sternchen, durch die das Licht funkelte. Wie oft wurde sie von einem bösen Traum geweckt. So viele böse Träume. Dann war Evi da und summte ein Kinderlied und Charlie spürte Evis Mund in ihrem Haar. Sicherheit, Vertrauen. Ganz von Evi eingehüllt. Wie konnte sie das vergessen haben?

Auch all die vielen Male, als Evi sie gegen Hannah-Oma verteidigt hatte. Wenn sie sich in ihr Zimmer einschloss. Wenn sie sich weigerte, in die Schule zu gehen. Wenn sie Kleider trug, die Hannah-Oma Lumpen nannte. Charlie schickte Wölkchen von Dankbarkeit durch die Nacht zu Evi, ließ sie auf ihrem Kopf landen, auf den Händen, die ihre jugendliche Glätte verloren hatten, auf den immer ein wenig gebeugten Schultern, auf den Augen, die in Verwirrung schwammen angesichts der wortlosen Tochter, auf dem Mund, der immer schmaler und flacher wurde.

Es schmerzte, an damals zu denken, an den Morgen nach der ersten Nacht, in der sie bei Arno und Rena im Gartenhaus geblieben war. Sie wollte nicht nach Hause. Im Gartenhaus zu bleiben war Freiheit. Da war nicht mehr als ein flüchtiger Gedanke an Evi gewesen, dahinter, schnell weggedrängt, eine Ahnung von Schmerz. Verschlossenes Herz der Jugend.

Nun, den Schlafsack über den Kopf gezogen, musste sie weinen über die Verwirrung und das Herzweh aller Mütter und über ihr eigenes Leben, das eingesponnen war in nicht endende Traurigkeit. Sie weinte sich in einen sanften Schlaf, in einen Traum, in dem sie den Platz unter dem Felsüberhang mit einer Tigerin und ihrem Jungen teilte.

Inmitten der kühlen, lautlosen Dunkelheit der Nacht wachte sie auf, kramte leise ihr Ringheft aus dem Rucksack und schrieb im dünnen Schein der Taschenlampe:

Ihr Engel schaut ihr mir zu
Beim Balancieren auf dem Seil
Über den Abgrund
Manchmal sieht es aus, als sei ich ein Faultier
An seinem Ast
Doch was da hängt
Ist Verzweiflung
Manchmal hangle ich Hand über Hand
Um voranzukommen
Doch da ist so wenig Kraft
Und laufe ich auf dem Seil ist es ein Stottern
Aller Zellen
Doch wo sonst könnte ich gehen
Warum habt ihr mir nie gesagt
Dass da unten die Wirklichkeit ist
Und ich da oben
Auf dem Seil meiner Ängste
So fern von ihr

Wärme. Helligkeit. Erste Gedanken, noch zart und schwebend, erschufen die Welt ganz neu, eine strahlende Welt, von der soeben geborenen Sonne erfüllt.

»Guten Morgen«, sagte Yongdu, »der Tee ist fertig.«

Schleier von Dunst lagen über dem Tal. Das Klingeln der kleinen Glocke und die rhythmischen Schläge der Handtrommel verwoben sich damit, zauberisch, wie aus einer anderen Welt. Und Ani Lhamo bei der Morgen-Puja, irgendwo jenseits der Büsche.

Es sei dies ein Ort, an dem Guru Rinpoche auf seinem Weg nach Tibet einen wilden Dämon bezwang, erzählte Yongdu nach dem Frühstück aus Tsampa und salzigem Buttertee. Und hier sei auch ein Tor zu einem besonderen Bereich, in den man nicht mit dem Willen eindringen könne. Eher müsse man den Bereich in sich eindringen lassen.

Charlie verschwand hinter die Büsche. Yongdu begann heilige Texte zu rezitieren, und so beschloss sie, die Umgebung zu erforschen, und folgte dem weiten Schwung des mächtigen Berghangs, der sich steil und karg in eine dicht bewachsene Falte hineinzog. Die Bäume krallten sich in den felsigen Boden, an manchen Stellen wuchs das Gras in dichten, hohen Büscheln.

Es war schön, in der Morgenwärme zu klettern, hin und wieder an freien Ausblicken innezuhalten und über das Gewoge der kleineren Vorberge unter dem zartblauen Himmel zu schauen. Weite atmen, Raum fühlen, ein Hauch des »anderen Glücks«.

Ein Wildbach hatte sich in die Bergfalte gegraben. Kristallklar sammelte sich das Wasser in Felswannen, gurgelte um Geröll, sprudelte über Felskanten, spielte mit Sonnensprenkeln zwischen tapferen, gebeugten Bäumen. Eifrig stieg Charlie am kühlen, schattigen Bachrand bergauf, hangelte sich an dünnen Baumstämmen und Ästen hoch, kletterte um ausladende Felsbrocken. Sie genoss die Spannung in allen Muskeln, als habe sie sich nicht drei Tage lang klagend den Pilgerweg entlanggemüht. Zielstrebig stieg sie weiter, als würde sie erwartet.

Außer Atem hielt sie inne. Sie hatte die Zeit vergessen, hatte Yongdu und Ani Lhamo vergessen. Sie sollte umkehren.

Als sie aufschaute, sah sie ihn. Der Augenblick gefror, bannte sie in ihre gebückte Haltung. Reglos stand der Leopard auf einem Felsvorsprung. Mit ein paar Sprüngen könnte er sie erreichen.

Auf der Flutwelle der Panik wurde sie aus sich hinausgeschwemmt an einen Ort, an dem es keine Angst gab. Sie war Charlie, und sie war der Leopard. Sie war das fallende Wasser und die Steine und die kleinen, beharrlichen Bäume. Sie befand sich im Außen und Innen all dessen, was war. Die Fülle aller Augenblicke breitete sich um sie aus.

Der Leopard streckte sich, gähnte. Dann schritt er langsam in die Büsche, verschmolz mit ihnen. Seine Schönheit blieb und die strahlende Lebendigkeit in allen Dingen.

Ein tiefer Atemzug. Hatte sie in all dieser zeitlosen Zeit den Atem angehalten? Oder nur mit dem inneren Atem geatmet? Yogis konnten das.

Sie lachte. Ach, nun denke ich wieder, warum muss ich nur immer so viel denken? Aber kann ich ermessen, wenn ich nicht denke, wie herrlich es ist, nicht zu denken?

Sie kletterte das unwegsame Bachbett hinab, ganz leicht. Wie das unbekümmerte Wasser, wie ein Blatt, von einer sanften Brise getragen, wie eine Feder, eine Wolke, ein Ton. Auch die Gedanken hatten diese Leichtigkeit. Selbst die Steine schienen ihre Härte verloren zu haben. Sonnenstrahlen spielten mit zarten Düften von fernen Blumengärten, von Meer und Waldboden und Schnee.

Sie sprang, tanzte, wirbelte zurück zum Felsüberhang, ohne den Weg suchen zu müssen, ohne jeglichen Gedanken an einen Weg. Dieser teilte sich ihr mit in bestimmten

Büschen, Bäumen, Steinen, in Sonne und Wind und den Gerüchen der Erde und der Luft.

Die Felswand. Sie war substanzlos geworden, diese unscheinbare Wand, gab den Blick frei auf ihr Inneres. Auf den Dämonenbezwinger. Natürlich, so musste es sein. War dies doch das Pilgerziel, sein unsichtbares Heiligtum. Padmasambhava. Guru Rinpoche. So vollkommen und unerklärlich war er da. Reiter auf dem Tiger. Erzengel mit den Adlerschwingen. Die Ahnung von Form. Die Gegenwart von Macht. Nähe, so unerträglich, wunderbar nah.

Dann spürte sie Fels unter den Händen, an ihrer Wange, spürte sich an die Felswand gepresst stehen. Sie trat zurück, sank auf die Knie, stützte die Hände vor sich, berührte den Boden mit der Stirn. Diese Art der Umarmung blieb ihr, würde ihr bleiben, jeden Tag. So war es gut, fühlte sich richtig an. Drei Verbeugungen. Zahl des Ganzen.

»Es stimmt, er ist da, in der Felswand«, sagte sie zu Yongdu. Sie setzte sich zwischen ihn und Ani Lhamo, trank heißes Wasser aus der Thermoskanne. Der Geruch des Berges, das Rascheln der Blätter im leichten Wind, die Gegenwart der nahen Menschen, all dies war köstlich und reich.

»Da war ein Leopard am Wildbach«, sagte sie in die schweigende Aufmerksamkeit der beiden hinein. »Und er tat, als sei ich gar nicht da. Oder als gehöre ich dazu, wie die Felsen und das Wasser. Dann ging er weg. Ich hatte nicht einmal Zeit, mich zu fürchten.«

»Wildbach? Wo?«, fragte Yongdu überrascht.

Mit einer Geste wies sie um den Berghang. »Da hinten.«

»Erstaunlich«, erwiderte er, dachte nach und sagte ein paar Worte zu Ani Lhamo. Die Nonne hob verneinend die Hände.

»Bist du sicher?«

Charlie lachte. »Warum? Natürlich bin ich sicher. Eine Hauskatze war das nicht.«

»Ich meine den Wildbach«, sagte Yongdu. »Davon weiß ich nichts. Ani-la auch nicht. Ich dachte, wir kennen die Gegend.«

Charlie sprang auf. »Es ist wunderschön dort. Ich zeig es euch.«

Mit Selbstverständlichkeit fand sie den Weg, die richtigen Bäume, Büsche, Steine. Doch dann wurde die Vegetation sehr dicht, wurde zu undurchdringlichem Bergdschungel.

»Dort muss es sein, in dieser Kerbe im Berg«, sagte sie ratlos. »Aber alles sieht anders aus.«

Yongdu blieb stehen. »Charlie, es gibt hier keinen Wildbach. Wir hätten es gewusst.«

»Aber …« Sie erstarrte, fand keine Worte.

Ani Lhamo nahm ihre Hand und führte sie zurück zum Lagerplatz, hielt ihre Hand fest wie die eines Kindes beim Überqueren der Straße.

»Die Tür hat sich für dich geöffnet«, sagte Yongdu. »Das ist wunderbar. Aber man kann dort nicht bleiben, nicht ohne sehr viel Vorbereitung. Und das Zurückkommen tut weh. Jedes Mal.«

13

»Wie war der Ausflug?«

In Jakobs Lächeln lag eine ganz neue Ernsthaftigkeit. Jakob der Heitere, Jakob der Clown, Jakob mit den Sprüchen. So kannte sie ihn. Doch nun Jakob der Weise? Oder war er das längst schon gewesen? Sah sie mehr, seitdem sie durch das geheime Tor gegangen war? Die Linien um seinen Mund schienen tiefer geworden in den wenigen Tagen. Es hatte sie erschreckt, ihn so hilflos im Bett liegend vorzufinden. Die unberechenbare Krankheit griff nach ihm, schwächte ihn. Doch seine Augen leuchteten, als sammle sich alles Leben in ihnen.

»Das ist eine längere Geschichte.«

Wie sollte sie berichten, was geschehen war? Es war so wenig geschehen und so viel. Wie sollte sie Worte finden für das Viele zwischen dem Wenigen? »Aber sag mir zuerst, wie es dir geht. Was ist mit dir?«

Jakob hob die Hände, ließ sie wieder fallen. »Nichts Besonderes. Das kommt immer mal wieder. Harriet hat mir ein neues Medikament gebracht. Damit könnte es besser werden oder auch nicht, sagt sie. Ich liebe ihren Realismus.«

»Du siehst wirklich scheiße aus«, erklärte Charlie und hängte sich das Na-und-wenn-schon-Grinsen vors Gesicht, von dem sie wusste, dass Jakob es mochte. Das sich in nichts einklinkte, nicht in den Absturz in die Kraftlosigkeit, nicht in die Qual der Todesdrohung.

Jakobs Kichern klang rau. »Gut gesagt. Endlich redet mal wieder jemand vernünftig mit mir. Harriet ist blank polierte Sachlichkeit, Emily hat so total ihre scharfe Zunge verschluckt, dass es einem Angst macht. Und du glaubst es nicht, Samten ist dermaßen rinpochemäßig würdig, man kennt ihn nicht wieder.«

»Geht es dir so schlecht? Du wirst uns aber nicht verlassen! Untersteh dich!«

»Kein Drama«, sagte Jakob heiter. »Bis die Jetsünma und der Lama von ihrer Reise zurückkommen, kann ich ja erst mal krankfeiern.«

Dass die Jetsünma immer im späten Herbst mit Yongdu nach Malaysia und Taiwan reise, erklärte er Charlie, zu den großen Meditationszentren ihrer Anhänger. Vor allem von dort kämen die Spenden, von denen das Kloster lebe, von reichen Leuten, deren spirituelle Praxis vor allem die Tradition des Gebens sei.

Charlie hörte zu. Sie sah die Jetsünma im Niemandsland der Flughäfen, eine kleine Frau, still dahintreibend zwischen brodelnden Menschenmassen, schweigend auf herausgeputzten Thronen in den prächtigen Zentren Ostasiens. Stille, überwältigende Präsenz.

»Diese Reisen bedeuten eine große Anstrengung für die Jetsünma«, sagte Jakob. »Alle die vielen Einweihungsrituale. Sie lehrt nicht, alles läuft bei ihr über Energie, nicht über Worte.«

»Warum fürchte ich mich vor der Jetsünma?«, fragte Charlie. »Kannst du mir das sagen?«

Jakob antwortete mit einem leisen Lachen: »Vielleicht

aus demselben Grund, aus dem ich mich vor ihr fürchte. Das Ego fürchtet sich. Es ist wohl so: Unsere Ichbezogenheit graust sich vor dem spirituellen Weg. Nicht mehr am Habenwollen, Nichthabenwollen und Nichtwissenwollen zu kleben, nicht mehr an allen Kicks und Tricks, an Konzepten und Gewohnheitsmustern. Was bleibt denn dann noch übrig? Und die Jetsünma verkörpert das. Irgendwie sieht sie alles. Ich denke immer, sie sieht Dinge in mir, die ich selber nicht weiß, alle meine Schatten. Wir vergessen nur, dass sie nicht urteilt. Schwer vorstellbar, findest du nicht? Niemals ein Urteil. Wenn mir das klar wird, krieg ich ganz weiche Knie. Durch die Lehren kann ich es begreifen, aber durch die Jetsünma kann ich es fühlen. – Und jetzt erzähle, wie war der Ausflug?«

Jakob war ihr Freund. Vielleicht würde er, wie Yongdu und Ani Lhamo, sogar das verstehen, was sich nicht in Worte fassen ließ. Oder in Worte, denen nur folgen konnte, wer das Unerklärbare selbst erlebt hatte.

»Wenn ich das sagen könnte«, antwortete sie. »Auf jeden Fall anstrengend. Und seltsam, vor allem seltsam. Die Tür ging auf, wie Yongdu das nannte.«

Sie versuchte, sich an die Einzelheiten zu halten, doch es glitt alles ineinander. Der selbstvergessene Tanz der Frauen und das würdige Schreiten des Leoparden. Der Geist der Natur, der Himmel, in dem man sich unweigerlich verlieren musste. Die Gegenwart des Guru Rinpoche in der Tiefe des Felsens. All das war ein untrennbares Gewebe. Und dann dieses ständige Laufen und Laufen, das Anfang und Weg und Ziel und Rückkehr zur Einheit werden ließ, alles zusammen betrachtet so vollkommen richtig.

»Was glaubst du, warum die Tibeter diesen Pilgerfimmel haben«, sagte Jakob. »Pilgerschaft ist das Symbol des spirituellen Lebens.« Sein Blick verlor sich in dem kleinen Fenster des alten Trakts, in dem sein Zimmer lag. »Loslösung vom

Alten, die Härten der geistigen Disziplin, das Auftauchen aus der Illusion. Viele kleine Wege im großen Weg, aber immer dasselbe Ziel. Und dann verwandelt zurückkommen. Wie der Zen-Meister sagte, als er ein Sandwich bestellte: Eins mit allem.«

Charlie lächelte, seufzte. »Jakob, die bist wunderbar. Ich weiß nicht, was mir mehr gefällt, deine Sprüche oder wenn du in Druckbuchstaben redest. Und du hast ja so recht. Meine Reise nach Indien, die Zeit hier und manchmal die Augenblicke, wenn die Wolken aufreißen und ich ein bisschen Wahrheit erkenne, ja, so kann man es sehen, das alles ist meine Pilgerschaft. Das einzig Sinnvolle, was ich je tat.«

Es gab Minuten des Schweigens, wenn Jakob die Augen schloss, sie jedoch bat zu bleiben. Dann sammelte sie alle Kraft in die Macht des Wünschens. Sie wünschte Jakob den Blick durch die offene Tür, wünschte ihm jene Hingabe, die ihr selbst nicht gelingen wollte.

Der Abschied von Evi fiel ihr ein, am Flughafen vor der Passkontrolle. Mit Abstand voneinander standen sie da, eiligen Reisenden im Weg. Schon am Parkplatz hätte sie Evi verabschieden wollen, doch Evi kam mit, bestand darauf, sich bis zum letzten Augenblick an sie zu hängen. Charlie hasste Abschiede, das ganze Theater, die unvermeidlichen Umarmungen, das Plappern, das die aufklaffende Lücke füllen sollte, die Künstlichkeit der Gesten. Hoffentlich geht alles gut, sagte Evi. Hoffentlich hilft es dir, ich werde ganz fest an dich denken, sagte es mit der kleinen Kinderstimme, in die sie verfiel, wenn sie gefühlvoll wurde. Lass doch, wehrte Charlie ab, mach doch nicht so ein Ding daraus. Aber du bist doch mein Kind, flüsterte Evi.

Nichts wollte sie weniger sehen als Evis wässrige Augen. Und die Wahrheit der Wunde, mit der Evi, die Mutter, leben musste, der Wunde namens Charlie.

Vor Jakobs Fenster hatten sich Dohlen auf den Ästen

eines Baums niedergelassen. Kreischend flatterten sie auf, setzten sich wieder, vielleicht im Streit, oder vielleicht liebten sie dramatische Gesten, flügelschlagendes Lebensgefühl.

»Woran denkst du?«

Sie hatte Jakob vergessen, war ganz und gar herausgefallen aus der guten Absicht des Wünschens.

»An meine Mutter«, antwortete sie. »Mir ist gerade aufgefallen, dass ich meine Mutter liebe, aber ich kann nicht behaupten, dass ich sie sonderlich mag. Was ist nur los mit mir?«

Jakobs Mundwinkel zuckten. »Du bist ein schlechter Mensch, klar doch.«

»Wenigstens eines, das wir gemeinsam haben«, erwiderte Charlie und lachte, ließ sich tragen von einer augenblicklichen kleinen Welle des Glücks, des einfachen Glücks unkomplizierter Nähe. Und sie sah alle die Fäden, die dieses kleine Glück für einen Augenblick zusammenhielten: dass sie die Sprache teilten, die Kulturmuster, die Pfahlwurzeln der kollektiven Geschichte, die Art des Denkens.

Jakob kicherte in sich hinein. »Lama Yongdu sagte mal, wir müssten lernen, in gutem Einvernehmen mit unserer Ambivalenz zu leben. Ich vergesse solche Weisheiten übrigens immer dann, wenn ich sie besonders nötig brauche.«

Würde sie sich jemals auf das Sowohl-als-auch einlassen, sich gar damit wohlfühlen können? Doch was wäre die Weltliteratur ohne die Entweder-oder-Tragödien?

»Du wirst mir fehlen«, sagte Jakob. »Unsere Gespräche haben mir gutgetan, vor allem deine Fragen. Ich fürchte, ich war schon drauf und dran zu glauben, ich wisse Bescheid. Und es mag seine Vorteile haben, dass es mir jetzt schlecht geht, das weckt gründlich auf.«

»Meinst du das im Ernst?« Charlie versuchte zu lächeln.

Jakob machte sein Clowngesicht. »Du wirst dich wundern. Vielleicht erzähl ich dir sogar noch die Story von Padmasambhava. Wahnsinnsstory. So herrlich viele Fragezeichen, ein ganzer Wald davon.«

Die frühe Sonne scheint durch die kostbaren neuen Fenster zum Hof und wärmt das große Zimmer. Es ist ein stattlicher Raum, gut genug, diesen und jenen Minister und hohe Lamas zu empfangen. An allen Wänden hängen exquisite Thangkas und Wandteppiche aus chinesischer Seide mit feinsten Figuren und Ornamenten. Von diesem Haus spricht man in Lhasa. Vom berühmten Palast des Ngakpa. Er ist stolz darauf. Doch in der Stadt gefällt es ihm längst nicht mehr. Immer seltener kommt er aus dem Osten hierher, und lang wird er nicht bleiben. Er mag Dölma nicht um sich haben. Sie hat sich nie unterworfen, in all den Jahren nicht, hat sich ihm auf ihre leise, kalte Art widersetzt, ihm einen müden Respekt abgenötigt. Sie nennt ihn Lama-la, wie alle, doch mit einem Unterton beiläufiger Aufsässigkeit. Sie war nie seine Frau.

Dölma fürchtet nur eines, den Tulpa. Er ist zu einem Schatten geschrumpft, doch zu einem aufdringlichen, stets gegenwärtigen Schatten. Sie weiß nicht, dass der Ngakpa an der Auflösung des Tulpa gescheitert ist, ihn nur mit Mühe erträgt. Sein Stolz verbietet ihm, noch einmal zum Meister zu gehen, sich vor ihm niederzuwerfen und ihn um Hilfe zu bitten.

Die Schar seiner Begleiter hat sich im Hof versammelt, sein Pferd und die Mulis mit dem Gepäck stehen bereit. Dölma wartet auf der obersten Stufe der steilen Eingangstreppe auf die zeremonielle Verabschiedung. Abweisend schön ist sie in ihrer aufgerichteten, erbarmungslosen Haltung. Wird er sie je wiedersehen? Die Frage steigt auf und wird augenblicklich fallengelassen. Seine Laune ist finster genug.

Er reitet schnell aus der Stadt, allen anderen voran. Die Karawane ist bereits aufgebrochen, es würde genügen, sie vor Einbruch der Dunkelheit einzuholen. Doch er eilt weg vom Ort seines bitteren

Triumphs, weg von Dölma, die er sich mit falschen Hoffnungen ein-
gehandelt hat wie den Tulpa. Die Schüler, Diener, Gefährten bleiben
zurück. Sie lassen sich nur mäßig antreiben von seiner Ungeduld.
Da ist niemand, dem es wichtig wäre, an seiner Seite zu bleiben.
Doch noch immer hat er mehr Macht als sie alle. Sie wissen es. Das
muss ihm genügen. Er schlägt seinem Pferd die Fersen in die Seiten.

Der Kündün hat ihn diesmal nicht rufen lassen, während er in
der Stadt war. Unwillig hat er seinen Besuch in Lhasa ausgedehnt,
hat vorsichtig den Bruder des Dritten Ministers ausgefragt. Ein ge-
mütlicher, rundlicher Kerl, dieser Bruder, einer der höheren Beamten
der Regierung. Sie haben nächtelang Chang miteinander getrunken
und Sho gewürfelt, doch redselig machte dies den scheinbaren Toren
nicht.

Unnötig hetzt er sein Pferd am Fluss entlang. Er fühlt den Tulpa
hinter sich, den Diener, der zum Jäger wurde. Nein, er fürchtet ihn
nicht oder nur in einem tiefen Inneren, an das er nicht rühren mag.
Doch er ist ein Ärgernis, Ausgeburt seines Ehrgeizes, Schattenwurf
seiner selbst.

Was hetzt ihn? Was beunruhigt ihn? Er will es nicht wissen.
Zornig nimmt er die tiefen Wolken wahr, die plötzlich aufziehen,
das drohende Schäumen des Flusses, den beißenden Wind mit dem
Geruch nach Feuer.

Plötzlich ist sie vor ihm, über ihm, Palden Lhamo, die wilde Beschützerin mit dem glühenden Blick des dritten Auges, auf ihrem
roten Maultier. Riesig ist sie, übermächtig, feurig lodernd. Es gibt
kein Entrinnen. Sie ist überall.

»Halt inne, Ngakpa!«

Ist es Palden Lhamo, ist es die Erde, der Himmel, die Welt, deren
Schrei er hört?

Alle Gedanken stehen still, das Pferd erstarrt, eingefroren im
Aufbäumen. Palden Lhamo lacht, ihre langen Fangzähne blitzen.
Die Hufe ihres Maultiers wirbeln, das Lachen tost wie die Becken
des Mönchsorchesters, die Luft schlägt monströse Wellen, die Welt
ist von Hufen erfüllt.

Dann ein gewaltiger Schlag.

Himmel und Erde prallen zusammen. Es wäre seine Aufgabe gewesen, sie an ihrem Platz zu halten, doch er hat versagt.

Guru Rinpoche, verlass mich nicht! Das ist sein letzter Gedanke.

Langsam tauchte sie auf aus tiefer Dunkelheit. Etwas unfassbar Gewaltiges war geschehen. Die Gedanken daran lösten scharfe, reißende Schmerzen aus. Konnten Gedanken schmerzen? Sie musste aufwachen. Sie musste unbedingt aufwachen, an die Oberfläche kommen, die kreischenden, flügelschlagenden Gedanken hinter sich lassen.

Der Ngakpa war tot.

Sie lebte. Lebte sie?

War sie ihm, sich selbst, damit entkommen?

Es sind deine Träume, hatte die Jetsünma gesagt, und damit gehören sie zu dir.

Guru Rinpoche, verlass mich nicht! Wie sicher war sich Purba Dorje gewesen, nicht verlassen zu werden? Konnte es genügen, zu rufen, zu bitten?

Nein!

Sie hatte Jakob das Mittagessen gebracht, eine kräftige Hühnersuppe, das hatte die Jetsünma angeordnet. Den Nachmittag würde sie auf dem Berg verbringen, eine Entscheidung mit einem kleinen, schwarzen Tupfer von schlechtem Gewissen, weil sie Samten nicht mitnehmen wollte.

Sie war voller Jakob. Sie wollte nicht reden, nicht denken, nur hineinfühlen in das unaufhaltsame Ende des Freundes.

Auf ihre Frage nach der Beschützerin auf dem roten Maultier hatte Jakob geantwortet: Wow, eine wilde Maid, diese Palden Lhamo. Die Tibeter stehen auf sie. Warum sie so wild sei, so böse, hatte Charlie gefragt. Jakob hatte ein wenig nachgedacht und dann gesagt: Stell dir vor, du bist wahnsinnig frustriert, aber gleichzeitig weißt du, worum es geht, um Aufhören, um Loslassen. Wie sollst du es umsetzen? Du stößt dich ständig an dir selber, und du wirst immer frustrierter. Weil du aber weißt, worum es geht, wird die negative Energie zum Treibmittel. Du bleibst nicht im Frust hängen. Du willst unbedingt raus. Verstehst du? Zornige Einsicht, wütende Hingabe an das Leben. Deshalb diese wilden Erscheinungsformen der Beschützer. Palden Lhamo beschützt dich in deinem Frust. Sie nimmt ihn dir nicht ab, aber sie beschützt dich. Dann kannst du ihn verwandeln.«

Dies wollte sie mit auf den Berg nehmen: zornige Einsicht, wütende Hingabe an das Leben. Ach, Ngakpa, du wolltest zaubern, um alles so hinzudrehen, wie du es dir vorgestellt hattest. Doch die Macht ist sauer geworden. Hat Palden Lhamo, die Beschützerin, dich gerettet? Im letzten Augenblick? So muss es wohl sein. Wäre ich sonst hier in diesem Kloster?

Sie tanzte die Treppe hinab und stürmte in die Höhle. Sie wollte danken, ohne klare Gründe. Einfach danken, vielleicht für alles. Sie ließ sich nieder, auf die Knie, auf die Hände, streckte sich aus auf dem Boden, und plötzlich erschien ihr diese Haltung vollkommen richtig, so ganz und gar richtig in ihrer Dramatik und äußersten Freiwilligkeit. Meister Padmasambhava, Guru Rinpoche, ich ahne, ahne, ahne, warum ich hierher geschickt wurde. Grüße den Swami von mir! Der Swami kennt die wilde Big Mom Kali, die kennt die wilde Sister Palden Lhamo und die hat wiederum zarte Familienbande zu Big Dad Guru Rinpoche. Ist es nicht so?

Sie lachte leise, blieb liegen, spürte die Höhlenkälte durch den dünnen Teppich aufsteigen, bis ein kleines scharrendes Geräusch in die erschöpfte, zufriedene Gedankenleere einbrach.

»He, das tut man nicht!«, sagte sie zu der Ratte, die eifrig in einer mit Reis gefüllten Silberschale wühlte.

Noch einmal Guru Rinpoches Mantra, noch einmal, noch und noch und noch einmal. Es tat gut, war so einfach. Immer weiter, einhundertacht Mal, eine Mala lang, zwei Malas, drei, mehr. Seltsame Magie. Das Mantra bewegte sich von allein, kreiste, kreiste und das Universum mit ihm.

Plötzlich stieg Unruhe in ihr auf, schoss heftige kleine Signale in Füße und Hände. Sie erhob sich und ging hinaus in den schattig gewordenen Hof, zum Durchgang zwischen Fels und Mauer, nun vertraut, einfach nur Fels und Mauer. Zwei Gestalten im Vorhof ließen sie innehalten. Sie trugen schäbige Anzüge, Aktentaschen. Durch die scheinbar menschliche Verkleidung schimmerten die Reptilwesen mit starrem Blick und kalter Zielstrebigkeit. *Naraka* hatte Jakob sie genannt, Wesen der Dunkelheit aus den unteren Dimensionen der Existenz, machtgierig, techniksüchtig, manipulativ.

Charlie wartete, bis sie im Seitenflügel der Jetsünma verschwunden waren, und wandte sich dem Pfad zu, der hinter dem Kloster steil den Berg hinaufführte.

Die Jetsünma würde sich nicht aufregen. Ob Maoisten oder Hagel oder Stromausfall, alles war Teil des Lebens wie Tag und Nacht, unvermeidlich, Spiel, magischer Tanz. Keine Identifikation.

Die dunstigen Schleier am Himmel verdichteten sich während des Aufstiegs, legten ein flaches, milchiges Licht über das Land. Der Wald war still und sanft.

Es roch nach Abschied.

Sie würde das Kloster verlassen müssen, es war an der Zeit, nach Hause zurückzukehren. Zurück in die dumpfe, schmerzhafte Welt der Versagensängste, der Stigmatisierung durch das Anderssein, der allgegenwärtigen Gewalt in der Stadt, innen wie außen.

Sturzfluten der Erinnerung: Rena im Zimmer neben

dem ihren. Rena, die durch die Wände drang, berauscht von Kritiklust und Weltverbesserung. Die Charlie lieben musste für ihren Mut, dass sie vor Gericht zum Staatsanwalt sagte: Hier hat niemand das Recht, seine Füße an meinem Leben abzuputzen. Und die sie manchmal verabscheute für ihre Unberechenbarkeit und Vulgarität.

Evi, die wieder bei Hannah-Oma lebte, in unerträglicher Demut und dankbar für den Halbtagsjob in der Kanzlei im Haus nebenan. Insgeheim wütend auf alle Männer und doch bereit, mit Kerlen auszugehen, deren Horizont von Aktien und Autos besetzt war und von Urlauben in Thailand.

Und die Therapeutin, nicht anders als die vorigen, wenn auch vielleicht ein bisschen freundlicher als die Männer. Besserwissend, überlegen, respektlos, eingesponnen in ihre Professionalität. Warum würdigen Therapeuten nie die natürliche Überlegenheit des Leidens ihrer Patienten, das sie sich bestenfalls vorstellen, aber nicht selbst fühlen können? Sie würde nicht mehr hingehen.

Und, ach, die gelegentlichen Versuche des Liebens, zum Scheitern verdammt durch Hoffnung und Furcht. Selbst an Hajo zu denken war ein Wagnis, das sie sich verbot.

Zurück in die alte Welt, in die alte Charlie. Es gab keinen Ausweg. Oder gab es ihn doch? Sie fürchtete sich.

»Ich will mich nicht fürchten«, sagte sie im Rhythmus der Schritte. »Ich will mich nicht fürchten, ich will mich nicht fürchten.«

Schau, hatte Jakob gesagt, wir spielen ja dauernd Rollen. Ich meine, du bist hier eine Andere als in deiner Familie, und in deiner Familie bist du anders als mit deinen Freundinnen. Er zitierte Yongdu, der habe erklärt, wir könnten uns doch eine Rolle aussuchen, die wirklich etwas taugt. Zum Beispiel die Rolle des Buddha oder des Guru Rinpoche oder der Arya Tara, der Mutter aller Buddhas. Weisheit, Mitgefühl, Souveränität.

Sie hatte gelacht, doch später lang darüber nachgedacht. Warum nicht? Besaß nicht Jakob ein wenig von diesen Qualitäten? Oft waren ihr Menschen, von denen sie sich angezogen fühlte, am Anfang groß erschienen, doch dann nach und nach immer kleiner geworden. Jakob hingegen war nicht geschrumpft, er war größer geworden, jeden Tag ein kleines bisschen größer, zumal jetzt. Der Gedanke, Jakob zu verlassen, war schmerzhaft. Er würde nicht mehr sehr lange leben. Sie wusste es.

Sie würde zu Hause sein in ihrem Zimmer bei Rena und an Jakob denken, wenn es Jakob nicht mehr gab. Einen Augenblick lang hörte ihr Herz auf zu schlagen. Tot. Nicht mehr da. Alles nur noch Erinnerung. Die Augen, der Mund, die Hände, sein Name, sein Lachen, seine Sprüche, seine Weisheit, sein Herz. Nicht mehr da.

Sie blieb stehen, atemlos, legte die Hände an ihr Gesicht, als müsse sie es festhalten. So fragil, so vorübergehend war seine Festigkeit. Kein Lächeln mehr, kein Weinen mehr, keine Zornesfalten, kein Hinausschauen mehr in die Welt und das Gesicht dem Wind der Ereignisse entgegenhalten. Es ging nicht nur um die Lücke, die Jakob in ihre Realität reißen würde. Es ging um ihre eigene Lücke, sie selbst als Lücke, nicht mehr da. Das ließ sich nicht denken. Es war nicht auszuhalten, das zu denken.

Ein Fallen, Fallen ohne Ende. Wohin?

Auch Evi würde sterben, irgendwann. Hannah-Oma würde sterben, noch wahrscheinlich vor Evi. Man lebt und stirbt, so selbstverständlich, so entsetzlich. Immer ein Leben am Abgrund. Oder war das Sterben nur eine Illusion, vielleicht nur eine Art von Häuten wie bei den Schlangen? Und danach würde sich die Lücke wieder auffüllen wie im Traum, nachdem der Schlaf seine kleine Lücke gerissen hat, wieder und wieder?

Leben und Tod. Sowohl als auch.

Bis du dich aufgelöst hast in Alles, hatte Jakob einmal gesagt, jenseits von Sein und Nichtsein. Er hatte behauptet, er müsse nicht daran glauben, denn jede seiner Zellen wisse es, jedes einzelne Protein in seinem Leib wisse es. Sie spürte ihre Hände, die einander unwillkürlich umklammert hatten. Ihr wisst es nicht, flüsterte sie. Ihr wollt festhalten. So ist das.

Jakob würde auf seinem Bett liegen, still, so still wie das Ende aller Worte. Vielleicht würde sein Herzzentrum warm bleiben. Später würde Zeug aus Nase und Mund laufen, und man würde sein Kinn hochbinden. Warum hatte man Opas Sarg verschlossen, so dass sie ihn nicht mehr sehen konnte? Als wäre es etwas Unanständiges, was da im polierten Sarg lag. Sie hätte gern noch zu ihm gesagt: Schade, dass wir uns nie kennengelernt haben.

Und das, was Jakob wirklich war, wo würde das dann sein?

Seltsam, das Leben.

Seltsam, der Tod.

Und noch viel seltsamer das, was beide zusammen waren.

Langsam machte sie sich auf den Weg den Berg hinunter, erschöpft von der Wahrheit.

Die Küche! Eine unbestimmbare, beunruhigende Anziehung ging von der Küche aus. Warum? Es war Nachmittag, Ani Lhamo würde noch nicht kochen. Dennoch, sie fühlte Anwesenheiten in der Küche, eilte die Treppe hinauf einer aufgehäuften Dunkelheit entgegen.

Am Tisch saß Ani Lhamo, neben ihr Emily, ihre Arme um die kleine Nonne geschlungen, die Stirn an den dunklen Pelz auf Anis Kopf gelegt. Auch Ani Tashi war da, gebeugt, mit zerknitterten Zügen, und eine weitere Nonne, die Charlie nicht kannte, mit bäuerlichem Gesicht und roten Backen.

Ani Lhamo weinte. Still saß sie da, aufrecht, nur die

Tränen liefen über ihr Gesicht, als gebe es keinen Anfang und kein Ende für dieses Weinen.

Charlie schaute sich fragend um.

»Ani-las jüngere Schwester ist gestorben«, flüsterte Ani Tashi. »Sie war im Gefängnis, in Lhasa.«

Entsetzliche Erinnerungen, die nicht die ihren waren: Fäuste, Schläge, aufplatzende nackte Haut, Schreie, kalter Betonboden, Zittern, Wimmern. Ein Mädchen, das nichts anderes gelernt hatte als Beten, ausgeliefert den Händen chinesischer Alltagssadisten. Eisiger Horror.

Charlie krümmte sich, schlug die Hände vor den Mund, kniff die Augen zusammen, drängte das innere Bild weg. Ihr Herz raste. Nicht sehen! Nicht wissen! Fliehen!

Jemand ergriff ihre Handgelenke, löste behutsam ihre Hände.

»Tscha-li-la!« Ani Lhamo stand vor ihr, das runde, nasse Gesicht dunkel von Besorgnis. Das Grauen verblasste.

Ani Tashi übersetzte ihre Worte: »Ani-la entschuldigt sich, sie hat sich ihrem Schmerz überlassen und dich mit hineingezogen. Das ist nicht richtig, sagt sie. Nach dem Abendessen möchte sie mit dir die Meditation des Mitgefühls machen, wenn du willst.«

»Good? Good?«, fragte Ani Lhamo.

»Yepo-du, Ani-la«, antwortete Charlie. Der Versuch des Lächelns misslang.

Mit einer schnellen, fast ungeduldigen Geste wischte Ani Lhamo ihr Gesicht ab, stellte eine große Thermoskanne auf den Tisch, holte rasch Teeschalen aus dem Regal, häufte hartes tibetisches Schmalzgebäck auf einen Teller, schenkte dampfenden, milchigen Tee aus. Sanft zog Emily sie wieder auf den Hocker, eine ganz andere als die gewohnte Emily mit ihrer beiläufigen Liebenswürdigkeit. Eine Emily, die eine Mutter hätte sein können, so ganz und gar zugewandt. Leise zog Charlie sich aus der Küche zurück, ging die

Treppe hinunter, durch den Vorhof zu Yongdus Tür. Ohne nachzudenken.

Sie klopfte und wartete. Wie würde es sein, wenn sie niemanden mehr hatte, an den sie sich lehnen konnte?

In dem Augenblick, als Yongdu die Tür öffnete, sah sie ihn auf besondere Weise, als erkenne sie ihn zum ersten Mal hinter dem Bild, das sie sich von ihm gemacht hatte. Ihr Blick wurde nicht festgehalten vom roten Gewand, der Form des Mannes, den seiner Kultur so eigenen Gesten, all den fremden Äußerlichkeiten. Was ihr entgegentrat, war lichter Raum, in dem alles sein durfte. Und sie erkannte mit erfüllter Sehnsucht, dass er nicht zurückwich vor Nähe, dass er dies nie getan hatte. Vielleicht war es so, dass er Nähe in Raum verwandelte.

Nein, sie störe ihn nicht, sagte er, es sei eher eine angenehme Unterbrechung. Und er führte sie hinauf in sein Zimmer, ganz selbstverständlich, als habe er sie erwartet. Sein Laptop war offen und zeigte eine Seite mit tibetischer Schrift. Papiere und Bücher stapelten sich neben dem Drucker auf einem langen, niedrigen Tischchen. Eine Butterlampe flackerte auf dem Bord, das den Schrein auf halber Höhe umgab. Charlie ließ sich auf dem angebotenen Polster nieder, entspannte sich im stillen, trüben Dämmerlicht des späten Nachmittags. In einer Ecke waren Decken gestapelt, dazwischen schaute Bettzeug hervor. Das rührte sie, ebenso wie der leichte Schatten auf Yongdus Oberlippe, kleine, wohltuende Brüche in der Makellosigkeit. Wie hatte sie jemals zögern können, zu ihm zu kommen?

»Ich bin verwirrt«, sagte sie. »Ani Lhamo ist sehr unglücklich. Ihre Schwester ist gestorben. Auf grauenhafte Weise.«

Yongdu nickte. »Ich weiß.«

»Eines verstehe ich nicht. Ani Lhamo ist doch eine erfahrene Yogini. Sie hat so viel meditiert. Wie kann sie da noch leiden?«

»Meinst du, Meditation sei dazu da, Leiden zu vermeiden?«, fragte Yongdu scheinbar gleichmütig, doch sie hörte auch Schärfe in seiner Stimme.

Natürlich meinte sie das. Wozu saß sie sonst wochenlang am Fenster und beruhigte ihren Geist?

»Aber heißt es denn nicht, dass es darum geht, das Leiden zu beenden? Das hat der Buddha doch gesagt.«

Yongdu beugte sich vor. »Sag mir, warum ist Ani Lhamo unglücklich?«

Sie wollte es nicht mehr fühlen. Nicht noch einmal.

Yongdu schwieg.

Es geschah ständig. Die Gefängnisse in Tibet waren angefüllt mit Folteropfern. Doch dies war Ani Lhamos Schwester gewesen.

»Ich hab es gesehen«, flüsterte sie, »es war grauenvoll.«

Yongdu hob die Hand mit einer seiner kleinen, anmutigen Gesten. Eine Geste des Einverständnisses. »So ist es. Deshalb.«

»Also weint sie aus Mitgefühl? Aber das ist doch auch Leiden.« Und zudem macht es die Schwester nicht mehr lebendig, ist also völlig nutzlos, wollte sie hinzufügen. In diesem Augenblick erkannte sie, warum sie den Ruf erworben hatte, arrogant zu sein. Sie hatte sich selbst das schlimmste Leiden zugefügt – das Leiden, das vom Leidenvermeiden kam.

Ani Lhamo vermied das Leiden nicht. Sie ging mitten hindurch. Vermied gar nichts.

Ani Lhamos kleine Schwester, berichtete Yongdu, war Nonne in einem Kloster in der Nähe von Lhasa gewesen. Sie hatte sich der »politischen Erziehung« der chinesischen Politbeamten verweigert, hatte gesagt, der Dalai Lama sei ein erleuchteter Lehrer des Friedens und habe nicht umsonst den Friedensnobelpreis bekommen. Zwei Jahre saß sie dafür im Gefängnis und wurde »umerzogen«, dann schickte man sie nach Hause zum Sterben. Zu viel Mut. Zu viele Schläge.

Charlie kniff die Lippen zusammen.

»Nicht abwehren«, sagte Yongdu und ergriff ihre Hand. »Lass es zu. Der Raum deines Herzens hat keine Grenzen.«

Sie ließ zu, dass sie Ani Lhamos brennende Trauer fühlte und den mageren Körper der Schwester in der dünnen Gefängnisbekleidung, gekrümmt unter den überlegten, gezielten Schlägen der Wärter. Wie sie durch den Flur gezerrt, in die Zelle geworfen wurde, wimmernd, wie die Frauen in der Zelle sie auf die Pritsche hoben. Sie können nicht mehr um sie weinen, diese Frauen, haben keine Tränen mehr übrig. Nenne doch die Namen, sagen sie, dann lassen sie dich in Ruhe. Aber die Nonne schweigt, presst bei den Befragungen die Lippen zusammen. Es ist ein Ritual, denn ihre Peiniger wissen die Namen. Es geht nur darum, sie zu zerbrechen. Also schweigt sie, immer wieder von Neuem. Das ist ihre spirituelle Praxis, Schweigen unter den Schlägen und Tritten und im Inneren das Mantra des Mitgefühls wiederholen. Mitgefühl für alle Wesen. Alle.

Der Schmerz kam, ein gewaltiger Strom, heiß, rücksichtslos, schüttelte sie, ließ ihr Herz bersten.

»Nicht festhalten«, sagte Yongdu. »Kein Widerstand! Atme!«

Plötzlich verstand sie es. Sie konnte nachgeben, wurde weich, war offen, lief über in einem stillen Schwall von Tränen, bis sich schließlich aller Schmerz in den unendlichen Raum, der sie selbst war, ergoss und auflöste.

»Siehst du den Unterschied?«

Sie nickte vorsichtig. »Ich glaube schon. Berühren lassen und gehen lassen, anstatt leiden. Ist es das?«

Yongdu lächelte und füllte ihre Teeschale.

Von unten kam ein Klopfen, die Tür wurde geöffnet. »Hello, Lama-la?« Unverkennbar Emilys kultivierte, wohltemperierte Stimme.

Nein! Nicht jetzt! Charlie hakte die Finger ineinander

und rollte die Zehen ein. Sie hörte Jakob sagen: Die wahre Rakete zu den höheren Bereichen ist die Großzügigkeit. Du glaubst es nicht. Raum für alles haben, sich nicht querstellen, verstehst du? Offenes Herz, Großzügigkeit, dann ist die Welt in Ordnung. Und sie hörte Jakobs glucksendes Kichern, während Yongdu aufstand und Emily entgegenging.

Emily nickte ihr zu, und sie nickte zurück. Ihre Zehen rollten sich auf. Emilys Anblick tat nicht mehr weh. Sie empfand keinen Widerstand, kein Misstrauen, kein inneres Zurückweichen. Playmind, hatte Yongdu einmal gesagt, nicht ernst, nicht frivol, ohne Hoffnung, ohne Furcht. Vielleicht war dies ein bisschen Playmind, hier zu sitzen, in Yongdus Zimmer, und sich wohlzufühlen, ganz unbelastet von Emilys Anwesenheit.

Yongdu übergab Emily ein paar Papiere, und im Gehen winkte Emily ihr kurz zu, mit einer kleinen, eleganten Geste, die Charlie unwillkürlich mit einem Lächeln beantwortete.

Yongdu setzte sich wieder zu ihr, erwartete offenbar nicht, dass sie ging. Sie kannte seine verhaltene Art der Aufforderung, indem er seine Teeschale von sich wegschob, doch jetzt rührte er die Teeschale nicht an.

»Übrigens«, sagte sie, »der Ngakpa ist tot. Er war ein Machtfreak, aber ich glaube, am Ende hat er sich doch unterworfen.«

Aufmerksam hörte Yongdu zu, als sie den letzten Traum erzählte, und schwieg dann, als lausche er der Geschichte nach, ihrem Echo, ihrer Bedeutung.

»Es ist seltsam«, sagte sie, »aber irgendwie könnte ich mir vorstellen, dass ich der Ngakpa war. Vielleicht bin ich insgeheim der Welt böse, dass sie mich nicht mehr so sieht, wie ich es einmal gewöhnt war, als mächtig, als Sieger. Ich bin machtlos und eine Verliererin. Als Kind wäre ich viel lieber ein Junge gewesen und später dann ein Mann. Weiblich zu sein empfand ich als Demütigung. Jetzt sehe ich es anders. Ich darf so sein, ich bin kein Missgriff der Natur. Immer dachte ich, es sei ein Makel, ich zu sein. Doch ich glaube nicht mehr, dass ich so sein muss, wie die anderen es erwarten.«

»Wie möchtest du sein?«, fragte er.

Ohne nachzudenken, antwortete sie: »Wie du.« Sie spürte, wie sie errötete, doch wog die Befriedigung über ihren Mut die Peinlichkeit auf.

Yongdu bedankte sich mit einer kleinen Verbeugung.

»Ah, Charlie, halte nicht zu viel von mir«, sagte er. »Ich bin sehr unvollkommen, und vergleichen hilft nicht weiter. Du könntest vielleicht versucht sein, mich nachzuahmen. Ein großer Meister sagte einmal, wenn man vergleicht, zerstört man beides.«

Als die kurze Dämmerung ihre tiefen Schatten in den Raum legte, geleitete Yongdu sie die Treppe hinunter zur Haustür. Die Umarmung war selbstverständlich, hüllte sie ein, gab ihr die Gewissheit, endlich richtig zu sein. Niemand außer Yongdu hatte ihr je zuvor diese Gewissheit gegeben. Sie konnte sich der Umarmung überlassen, ohne sich klein zu fühlen.

Plötzlich war sein Gesicht sehr nah, seine Lippen berührten die ihren wie zufällig. Verharrten jedoch, ganz still, die Zeit dehnte sich ins Endlose, ließ die Welt den Atem anhalten, einen magischen, weit aufklaffenden Augenblick lang. Dann öffnete er die Tür.

Den Weg durch den Vorhof und im Treppenhaus hinauf in ihr Zimmer nahm sie kaum wahr. Selbst als sie am Knopf der desolaten kleinen Tischlampe herumdrückte, um einen Kontakt zustande zu bringen, hielt die Verzauberung noch an. Vorsichtig zog sie den Stecker aus der zerbrochenen Buchse, öffnete den Schraubenzieher an ihrem Taschenmesser und schraubte den Deckel unter dem Fuß der Lampe ab, geduldig im Reichtum der Zeitlosigkeit. Sie fügte den gelösten Kontakt wieder in seine Halterung und schraubte ihn fest, sah ihren Händen zu, wie geschickt sie waren.

All dies geschah wie losgelöst von ihr, weit weg vom Epizentrum der glückseligen Erschütterung, die sie im Bann hielt, den ganzen Abend lang, während des kurzen Besuchs in der Küche, des Abendessens in ihrem Zimmer und unter der warmen, wattierten Decke, die Ani Tashi auf ihr Bett gelegt hatte, bis in die lichten Räume des Schlafs hinein.

14

Wolken zogen sich zusammen, an ihren Rändern loderte feurig die späte Sonne. Ein heftiger Wind fuhr über die kleine Dachterrasse, ließ Charlies Haare flattern und bauschte Samtens großen Schal wie ein Segel.

»Ich habe nur wenig Zeit«, sagte Samten, »der alte Tutor hat von meinen Ausflügen auf den Berg erfahren und bewacht mich jetzt wie ein Drache. Aber ich möchte dir etwas zum Abschied geben.« Er zog ein gefaltetes Blatt aus der Tasche seines Rocks und reichte es ihr. »Es ist ein kleines Gedicht, das sehr wichtig für mich geworden ist, von Chögyam Trungpa, einem ganz besonderen Rinpoche. Er war noch jung, als er es schrieb, da war er schon im Westen, und er schrieb es in seinem ganz persönlichen Englisch. Vielleicht ist es deswegen so direkt.«

Charlie öffnete das Blatt und las laut:

Freiheit,
Freiheit von Einschränkungen,
Freiheit vom Ordentlichen,
(exakten Mustern, ganz sorgfältig ausgearbeitet)

Freiheit von mathematischer Psychologie
Und Logik.
Das Banner von Wahrheit und Freiheit
Weht in der Luft des Mittleren Weges.
Es ist irgendwie heilsam,
Gesund wie der energievolle Tiger
Oder Löwe.
Brülle,
BRÜLLE ...
Wunderschöne spitze Zähne
Demonstrieren Unbesiegbarkeit.
Ich, Chögyam, betrachte all dies
Von der Krone einer Pinie,
Die sich biegt im Wind –
Ganz heiter und gelassen.

»Das ist ein erstaunliches Gedicht«, sagte sie. »Ich glaube, darüber werde ich einige Zeit nachdenken müssen.«

Samten nickte. »Ich denke noch immer darüber nach. Und ich glaube, ich werde nicht aufhören, darüber nachzudenken, solange ich im Kloster bin.«

Charlie las das Gedicht noch einmal.

»Aber Samten, lebst denn nicht gerade du mit jeder Menge Einschränkungen? Das Klosterleben, die Tradition, alle diese Regeln.«

»Nein, nein«, antwortete Samten eifrig, »so sehe ich das nicht. Ich habe diese Situation selbst gewählt. Es geht doch darum, dass ich die innere Freiheit habe, mich zu entscheiden. Dieses Gedicht hat mich sicherer gemacht, es hat mir den Mut gegeben, ganz offen mit Lama Yongdu zu sprechen. Er sagt mir nicht, was ich tun soll, aber er zeigt mir, wie ich echte geistige Freiheit entwickeln kann. Er sagt: Kleine Kinder und junge Menschen brauchen eine geschützte Situation, damit sie sich nicht verletzen und nicht verletzt werden. Das leuchtet mir ein. Deswegen bin ich hier, aber eben mit dem Banner von wahr und frei im Geist.«

»Und du bist sicher, dass die Tradition dich schützt, nicht unterdrückt?«

»Das liegt ja nicht zuletzt an mir«, antwortete Samten. »Solange ich mir ihrer Relativität bewusst bin, schützt sie mich.«

Charlie kicherte. »Wenn das nicht nach Lama Yongdu klingt.«

Sie dachte daran, dass sie bis zu diesem Augenblick gezögert hatte und immer noch zögerte, Yongdu um den »Zufluchtsnamen« zu bitten.

»Wie hast du dich gefühlt«, fragte sie, »als man dir deinen tibetischen Namen und den Rinpoche-Titel gegeben hat?«

Samten lachte. »Total zufrieden. Ich dachte: Na endlich! Lama Yongdu hat mir erzählt, der Dalai Lama sei einmal gefragt worden, ob das denn immer ganz sicher sei mit dem Wiedererkennen. Da hat der Dalai Lama gelacht und gesagt: Fünfzig Prozent Treffer sind es bestimmt. Das hat mich ganz schön erschüttert. Aber dann dachte ich, so what, ich wollte ins Kloster und lernen, und da bin ich jetzt, und das ist es, worum es geht.«

»Und wenn du das mal nicht mehr willst?«

»Dann? Dann denke ich nach«, sagte er mit einem ebenso weisen wie vorwitzigen Grinsen. »Und da ich nicht so leicht etwas glaube, übrigens auch nicht mir selbst, werde ich eine ganze Weile nachdenken müssen, am besten im Dreijahresretreat. Drei Jahre, drei Monate, drei Wochen und drei Tage.«

In einem sekundenschnellen, strahlenden Bogen öffnete sich Samtens Zukunft in Charlies Geist. Ohne Hindernisse. Ein stilles, intensives, Funken sprühendes Leben.

»Wenn ich könnte, wenn es meine Bestimmung wäre, würde ich hier bleiben«, sagte Charlie.

Samten schüttelte den Kopf. »Bestimmung? Sag das nicht. Du entscheidest! Wenn du an deiner Entscheidungsfähigkeit zweifelst, ziehst du dir Energie ab. Denk lieber nach. Aber bitte mit Kopf und Herz und Bauch.«

Sie nahm die Worte mit in den Abend, sie kreisten in ihr: Nachdenken mit Kopf, Herz und Bauch. So wollte sie nachdenken über die Verwandlung, die so untergründig in ihr stattgefunden hatte, kaum spürbar und doch ständig am Werk, als habe sie sich langsam, langsam vollgesogen mit dem Geist des Ortes. Noch ein Tag im Kloster, danach würde alles nur noch Erinnerung sein, das Zimmer, die Höhle, die Menschen, die ihre Wahlfamilie geworden waren. Kein Widerstand, sagten die Engel der Verwandlung, öffne dein Herz und nimm alles hinein. Nichts geht verloren.

Es ist etwas. Es IST.

Die Sehnsucht ist unerträglich geworden, und endlich gibt es die Rückkehr, die Heimkehr in Materie und Zeit und Raum. Immer wieder ist es in sich zusammengefallen, das flüchtige Wesen, das einst ein Ngakpa war, dieses Etwas aus Gewohnheiten, unverlässlich, von Impulsen umhergetrieben, gebannt in den Kreisel von Werden und Vergehen im Zwischenreich. Doch nun, wieder angekommen in der Welt der Dinge, gibt es dieses Senkblei von IST. Feste Form, in der man sich einrichten kann, wieder sagen kann: Ich bin. Ein ordentlicher Bezugspunkt nach all dieser Flüchtigkeit, nach dem wachsenden, qualvoll-lustvollen Drang, sich auf Zeit festzulegen, auf Vergangenheit und Zukunft, so, wie es früher war. Denn die Erinnerung an Körper, an Geradlinigkeit, an Einschlafen und Aufwachen, an zielgerichtete Gedanken und Gefühle war nie ganz verloren vergangen. Stabile Elemente, Welt zum Anfassen, so sollte es sein.

Das Wachsen will nicht vorangehen in der wiedergewonnenen Umklammerung der Zeit. Es ist ärgerlich. Und zudem sind da fremde Gedanken und Gefühle. Sie toben durch die kleine Körperwelt wie Gewitter, Vulkanausbrüche, Flutwellen, Überschwemmungen. Wild schäumende Gedanken, die sagen: Ich will dich nicht! Aber auch: Ich will dich! Es sind über alle Maßen unordentliche, widerstreitende Gedanken. Und, oh, diese Machtlosigkeit. Man kann nichts tun, nur warten, wie Zelle um Zelle sich aufbaut. Ballungen von Proteinen, Strukturen, Nervenbahnen. Formen. Das beharrlich schlagende Herz. Der neue Körper.

Zunächst war da nur dieser gewaltige Wunsch: Körper! Zurück in ein festes, klares IST! Ein Sein mit Richtungen, Zielen, Entscheidungen, Erfüllungen. Zu vieles ist offen geblieben am Ende des vorigen Lebens. Zerbrochenes, das geheilt werden muss. Getrenntes, das verbunden werden will. Unfertiges, das auf Entwicklung wartet.

Je mehr Körper entsteht, desto einmaliger wird er. Gesichtszüge formen sich, Arme und Beine üben sich im Stoßen. Und er kann schlafen, dieser winzige Körper, kann es immer besser, zieht alle Gedanken in sich hinein, löscht sie aus und entflammt sie wieder in Träumen. Doch da sind auch die fremden Gefühle des Mutterkörpers, besetzen das Gehirn, steuern Prozesse, mischen sich mit dem alten Wissen.

Dann die große Erschütterung. Eine Welle nach der anderen. Die Wände drängen zusammen. Qualvolle, unerträgliche Enge. Kämpfen! Kämpfen! Es gibt nur noch einen einzigen Wunsch: Geboren werden! Leben!

Und schließlich die schreckliche Befreiung.

Im halben Erwachen sah sie sich als Neugeborenes in Evis Arm, ein altes, zerknittertes Gesicht mit tiefblauen Himmelsaugen, die Tür noch offen, das Wissen ganz bloßgelegt. Wie sollte sie festhalten, welch ein weiträumiges Sehen und

Wissen das war? Die Welt war Evi, und Evi war die Summe der Welt. Durch diese Form, dieses Gesicht vor ihr schien alles hindurch, was bis zu diesem Augenblick geführt hatte, die Ketten von Geburten und Toden, von Glück und Leiden, guten und schlechten Taten, auch all die Leben der Ahnen, in Genen gespeichert, das Zusammenspiel aller Bedingungen, der äußeren und inneren. Alles schmolz zusammen in diesem Wesen, der Mutter, die sich über ihr Kind beugte, es umfing, es schützte, ihm diente, bedingungslos.

Das wollte sie festhalten: dass Liebe in allem war. Keine Trennung

Der letzte Tag. Ein letztes Mal in Ani Lhamos Herzensruhe sitzen, ein letztes Mal den Berg umarmen, ein letztes Mal eintauchen in die machtvolle Präsenz in der Höhle. Alles trug den Stempel des Endes. Charlie ermahnte sich, auch mit dem Bauch zu denken. Der Bauch sträubte sich nicht gegen das Sowohl-als-auch, hatte Raum für das Gefühl des Neubeginns, konnte die beiden Enden verknüpfen zu einem zuversichtlichen Weiter.

Der Mittag ruhte unter einem strahlenden, glückverheißend wolkenlosen Himmel. Charlie tat jeden Schritt mit Aufmerksamkeit, nahm die kostbare Klosterwelt mit allen Sinnen in sich hinein. Jeder Augenblick war besonders, vergrößert, wie mit einem Echo versehen. Sie selbst war besonders und vergrößert, versöhnt mit ihrer natürlichen Besonderheit, ein Stück weit in ihre wirkliche Größe hineingewachsen. Obwohl sie ahnte, dass dies nicht so bleiben würde, dass es weiterem Auf und Ab unterworfen sein würde, war sie sich an diesem Tag sicher, dass es ihr eigen war und nicht verloren gehen konnte.

Im Treppenhaus begegnete ihr der alte Hüter des Papageis. Er blieb stehen, erwiderte ihr Lächeln, ergriff sacht ihren Arm und zog sie mit sich in sein Zimmer. Der traditionelle schrankartige Schrein beherrschte den kleinen Raum, auf dem Fensterbrett saß der Papagei in seinem Käfig. Der Alte nahm ein eingeschweißtes Bildchen mit einer Abbildung des Guru Rinpoche vom Schrein und drückte es Charlie in die Hand. Offenbar wusste das ganze Kloster, dass sie abreiste. Auch wenn sie die anderen nicht gesehen hatte – die anderen hatten sie gesehen.

Sie verbeugte sich, drückte gerührt das Bildchen an die Brust, wusste nicht, wohin mit ihrer Rührung. Der Alte nickte, tätschelte ihren Arm, zwinkerte mit einem Auge, und es lag so viel unverhohlene und vergnügte Anzüglichkeit in diesem Zwinkern, dass sie lauthals lachen musste. Der Alte kicherte, der Papagei krächzte sein heiseres »Tashi delek!« und Charlie stolperte zur Tür hinaus, ein wenig verwirrt und immer noch lachend. »Sowohl als auch«, sagte sie zum Treppenhaus, »man glaubt es nicht.«

Harriet war bei Jakob, mit ihr würde sie am nächsten Tag nach Kathmandu fahren. Es war nun an der Zeit, zu Yongdu zu gehen, den Abschied zu leisten, der mehr als alle anderen Abschiede von der Welt des Klosters die Tür der Wunder hinter ihr schließen würde. Seit ihrem letzten Besuch hatte sie ihn nur kurz gesehen, um ihr Flugticket, das er ihr besorgt hatte, in Empfang zu nehmen. Es waren unruhige Tage im Kloster gewesen. Fremde Besucher kamen zur Jetsünma, aus dem Lhakang schallten die Trommeln, Hörner, Becken und die Gesänge der Mönche, und Yongdu war häufig unterwegs, war mit den Vorbereitungen für seine und Jetsünmas Reise beschäftigt. Und so erschöpft war sie gewesen von dem zarten, köstlichen inneren Aufruhr, den die letzte Begegnung in ihr ausgelöst hatte, dass es ihr ganz recht war, ihn nicht zu sehen.

Befangenheit hielt ihre Worte fest, als sie ihm nun gegenübersaß. Er half ihr, sprach von der bevorstehenden Reise mit der Jetsünma, bis sie die Teetasse, an die sie sich geklammert hatte, loslassen konnte und zu reden begann. Sie berichtete vom Traum der Geburt, von den Überlegungen der vergangenen Tage, von ihren Gedanken über Religion.

»Ich glaube, ich habe einiges erkannt«, sagte sie. »Sicher nicht sehr tief greifend, aber … Als ich hier im Kloster ankam, war ich bereit, mich auf alles einzulassen. Irgendwie gefiel es mir hier. Aber dann wurde es kompliziert. Einerseits wollte ich brav sein und mitspielen, denn ich wollte dazugehören. Aber da war auch ein Widerstand. Ich war mir dessen nicht bewusst, doch jetzt weiß ich, dass ich befürchtete, ich müsse dankbar sein und Buddhistin werden. Nicht, dass da etwas war, das mir nicht gefiel. Aber ich bin mit der Vorstellung aufgewachsen, dass Religion etwas Klebriges ist, von dem man sich besser fernhält, etwas, das einen einfangen und indoktrinieren und kleinkriegen will. Erst jetzt ist mir deutlich geworden, dass hier nie irgendjemand irgendetwas von mir verlangt oder auch nur erwartet hat. Niemand hat mich zu den Pujas geschickt, niemand hat verlangt, dass ich meditiere oder studiere. Du hast mich akzeptiert, wie ich bin. Du hast überhaupt nichts gefordert. Die Jetsünma hat mich akzeptiert. Ani Lhamo hat mich akzeptiert. Niemand wollte mich ändern. Alles, was mir im Weg stand, war mein eigenes Misstrauen.«

»Nicht ganz unberechtigt«, sagte Yongdu. »Religion ist etwas Relatives und hat viele Fallen. Manche sehen nur die Fallen, andere sehen nur die guten Seiten, aber es gibt nun mal beide, und man sollte auf beide achten. Die beste Lösung wäre vielleicht Spiritualität ohne Religion, Spiritualität ohne Verpackung. Aber ich kann mir nicht recht vorstellen, wie das gehen soll.«

Charlie glaubte plötzlich zu verstehen, weshalb Yongdu am äußersten Rand des Klosters lebte, nicht ganz drinnen, aber auch nicht draußen. Und sie fragte sich, ob es ihn nicht einsam machte, so ungeschützt im Freien zu stehen. Doch vielleicht war es möglich, sich positiv einsam zu fühlen, anstatt auf die ihr vertraute, unglückliche Weise. Souverän einsam. Nicht getrennt.

»Man könnte Religion und Spiritualität mit Körper und Bewusstsein vergleichen«, fuhr er fort. »Wir haben zwei Begriffe für Körper: Der eine bedeutet der im Körper verwirklichte Geist, der andere der im Körper verlorene Geist. Der Körper mit seinen Sinnen ermöglicht uns Bewusstsein. Aber ob wir die Chance, die der Körper bietet, nützen oder vertun, liegt bei uns.«

»Und das«, erwiderte Charlie, »weiß jeder Buddhist? Dass man mit Religion so selbstverantwortlich umgehen soll?«

Mit einer kleinen Geste der Hilflosigkeit hob Yongdu die Hände. »Das wäre schön. Der Buddha hat es empfohlen. Aber nicht jeder Mensch macht Gebrauch von seiner Intelligenz oder wird darin unterstützt, von ihr Gebrauch zu machen.«

Sie konnte sich nicht mehr erinnern, wann sie aufgehört hatte, zu fragen. Es störe, hatte man ihr in der Schule gesagt. Für Diskussionen sei keine Zeit. Und so hatte sie gelernt, sich zusammenzuziehen und immer kleiner zu machen. Es genügte, zu wiederholen, was man vorgesetzt bekam. Das war einfach und langweilig, und manchmal hatte sie sich gewünscht, auch einfach und langweilig sein und sich damit im Leben einrichten zu können. Doch das würde sie sich nie wieder wünschen.

»Ich danke dem Buddha, dass er mir empfiehlt, nicht einfach zu glauben«, sagte sie. »Ich finde es wunderbar, dass ich selbst entscheiden soll. Aber es stellt sich die Frage: Wie soll ich mir trauen? Mit all dem konditionierten Denken, mit dem meine Kultur mich geimpft hat?«

Yongdu versicherte ihr, sie sei auf dem besten Weg, sich ihrer inneren Klarheit zu nähern.

Es war eine wundervolle Erfahrung, dies von Yongdu zu

hören. Es ging weniger um seine Worte als um die Wärme in seiner Stimme, um die Art, wie er sich vorbeugte, zu ihr hin, als lege er das Geschenk dieses Wissens mit zärtlichen Händen in ihr Herz hinein. Weil er sie wertschätzte, sie für würdig hielt, es anzunehmen.

»Die Klarheit ist immer in dir«, sagte er, »nur ist ihre Stimme so leise, dass dein Geist sehr ruhig sein muss, um sie zu hören. Das ist der Sinn und Zweck der Meditation.«

Charlie nickte, trank Tee, stellte langsam die Tasse ab und setzte zu jenem inneren Sprung an, für den sie seit Tagen allen Mut gesammelt hatte.

»Also, ich möchte Zuflucht nehmen.« Es war fast ein Flüstern, sie musste sich räuspern, fragte sich noch im letzten Augenblick, ob es richtig war, ihn zu bitten.

»So nennt man das doch«, fügte sie hinzu. Linkisch, dachte sie, die ewig linkische Charlie. Immer schon hatte sie ihr Linkischsein verborgen hinter Schweigsamkeit und Signalen der Abgrenzung. Wie sehr sie sich sehnte, diese Verpuppung zu verlassen! Der Prinz hatte die Kröte geküsst, aber die Kröte tat sich schwer, Prinzessin zu sein.

Doch nun hatte sie den Anfang gemacht und konnte nicht mehr zurück. »Wenn ich das richtig verstanden habe, bedeutet es, dass ich das tue, was der Buddha empfohlen hat: seine Lehren ausprobieren. So eine Art Vertrauensvorschuss. Und dann bekomme ich einen inneren Namen, hat Jakob gesagt. Wie ich das sehe, ist es ein Name ohne Ketten.«

Es lag ein Hauch von Belustigung in Yongdus Lächeln, da täuschte sie sich nicht. Mit einem kleinen Staunen stellte sie fest, dass sie es ertragen konnte, sich nicht kleingemacht fühlte. Yongdu war auf ihrer Seite. Er verstand sie.

»Keine Ketten«, sagte er, »eher ein roter Faden.«

Er stellte die Tassen zusammen und stand auf. »Dann komm mit zur Jetsünma. Sie soll dir deinen Namen geben.«

Meistens wurde Jakob das Essen von Ani Tashi gebracht, manchmal auch von Charlie, wenn sie rechtzeitig in der Küche war. An diesem Abend kam sie früh und belud, kaum dass das Essen fertig war, ein Tablett und trug es über den Vorhof an der Höhle vorbei und in den hinteren Hof, von dem aus man Jakobs Zimmer erreichte. Fast stolz schritt sie dahin, genoss die Selbstverständlichkeit, mit der sie sich im Kloster bewegte, als gehöre sie dazu.

Jakob saß auf seinem Bett, ein wenig blass noch, doch munter und bereit zu seinem verwegensten Grinsen im linken Mundwinkel. Ihr Kumpel Jakob, der vertraute Freund, den sie schon ihr Leben lang zu kennen schien. Vielleicht hatten ihm ihre Wünsche geholfen? Doch er hatte mächtigere Fürsprecher, die Jetsünma, Yongdu, Ani Lhamo, Emily – ja, natürlich auch Emily.

Sie wartete, bis sie die Tukpa gegessen hatten, bevor sie ihre Neuigkeit verkündete: »Hier, schau, ich habe meinen Namen bekommen.«

Yongdu hatte den Namen mit einem Pinsel in kalligraphischen tibetischen Buchstaben auf ein fein gefasertes Stück Reispapier geschrieben, darunter die phonetische Aussprache und die englische Übersetzung.

Charlie rollte das Blatt auf und legte es vor Jakob auf das Bett.

»Depa Shi Tso, ein schöner Name«, sagte Jakob und ließ die tibetischen Worte auf der Zunge zergehen. »Vertrauen, Friede, See. Starkes Potential. Wirklich glückverheißend.«

Charlie dachte an den langen, forschenden Blick der Jetsünma, bevor sie den Zufluchtsnamen aussprach. Was sah diese weise alte Yogini? Ihre eigene Gabe des *Sehens* erschien ihr flach und bedeutungslos angesichts dieses Blicks, der sie durchdrang und ergriff bis ins innerste Herz.

Charlie bat Jakob um eine Erklärung, doch er wehrte ab. Das sei nicht seine Sache, die Erklärung müsse sie in sich selbst finden. Sie solle sich fragen, was ihr dazu einfiele. Charlie dachte nach. Sie hatte sich danach gesehnt zu vertrauen, doch das Wagnis war ihr immer zu groß erschienen. Wer vertraut, kann verletzt werden. Die Welt war bedrohlich, das hatte sie von klein auf erlebt. Sie war misstrauisch, und das war ein bedeutender Teil ihres Charlieseins.

»Ich kann nicht sagen, dass ich diesen Namen verstehe«, sagte sie. »Ausgerechnet Vertrauen. Ich bin eine Meisterin des Misstrauens.«

»Du könntest es zunächst mal so sehen«, erwiderte Jakob. »Vertrauen ist die Rückseite des Misstrauens, die Seite, die du nicht siehst, aber die dich stützen wird, wenn du es wagst, dich dranzulehnen. Oder sagen wir so: Misstrauen ist intelligent, aber es braucht den Boden des Vertrauens unter den Füßen, sonst ist es paranoid. Und schließlich: Echtes Vertrauen ist jenseits von Vertrauen und Misstrauen. Es ist Weisheit, Klarheit, immer schon da.«

Sie kreisten weiter um die Aspekte ihres neuen Namens. Um den Frieden der weiblichen Weisheitsenergie, der undurchdringlich ist, nichts Negatives einlässt, und um die Qualitäten des See-Symbols, das für Fühlen und Intuition steht. Der flackernde Kerzenschein unterstützte dieses Tasten nach der Inspiration der Bedeutung, dachte Charlie. Hartes, künstliches Licht hätte eher zur Verfestigung verführt. Der Generator wurde früh abgeschaltet. Das Kloster machte sich schon bereit für die tiefe Ruhe, die es einhüllen würde, wenn die Jetsünma auf Reisen war.

Als Charlie aufstand, um zu gehen, blieb ihr Blick an einem Thangka an der Wand hängen. Sie hatte Jakobs Zimmer bei ihren Besuchen in den letzten Tagen kaum wahrgenommen, hatte nur Jakob gesehen in seiner Gefährdung. Doch dieses Bild ergriff sie plötzlich auf eine traumhafte Weise, als entdecke sie im stillen Wasser eines Sees eine verwunschene, magische Welt. Eine dunkelblaue männliche

Buddha-Figur hielt eine weiße weibliche Figur in den Armen, beide sitzend, nackt, stilisiert, von einem Strahlenkranz umgeben, umringt von weiteren Figuren, einzeln und in Paaren, sitzend, stehend, tanzend, friedlich, zornvoll, in reichen, klaren Farben.

»Was ist denn das?«, entfuhr es ihr.

Jakob zog die Brauen hoch. »Ur-Buddha. Yab-Yum. Hast du noch kein Yab-Yum-Bild gesehen? Im Lhakang gibt's doch viele.«

»Die sind so exotisch, ich hab nie genau hingeschaut.« Die reich bemalten Wände des Lhakang hatte sie nie in Verbindung mit den buddhistischen Lehren gebracht, über die sie mit Yongdu und Jakob sprach. Der gesamte Lhakang mit seinen ausufernden Wandgemälden, den Schwaden von Räucherwerk, den Gesängen und Rezitationen, den bunten Ritualen und der markerschütternden Sakralmusik war für sie uralte Kultur und Religion – magisch, mythisch und vollkommen fremd. Kein Objekt für ihre Neugier.

»Yab-Yum bedeutet Vater-Mutter-Buddha und ist das zentrale Symbol des tantrischen Buddhismus«, sagte Jakob. »Die Vereinigung der weiblichen und männlichen Weisheitsenergie. Ganzheit, vollkommene geistige Gesundheit, Transformation, Erleuchtung. Die innere Hochzeit sozusagen.«

»Aha. Esoterik hat mich nie interessiert«, erklärte sie zögernd. »Damit kenne ich mich nicht aus. Ich halte mich lieber an die Wissenschaften.«

Jakob schüttelte nachdrücklich den Kopf. »Nein, nein, nein, das hat nichts mit Esoterik zu tun. Es ist Psychologie und Philosophie und Metaphysik. Die Tibeter haben ihre gesamte kulturelle Energie mehr als tausend Jahre lang in die Wissenschaft vom Geist investiert. Verstehst du, das kannst du ein ganzes Leben lang studieren, und es wird dir nie langweilig. Im Gegenteil, es wird immer spannender.«

Jakobs Taschenlampe lag auf dem Kasten neben seinem Bett. Charlie ergriff sie und beleuchtete das seltsame Bild.

»Das sind also heilige Figuren«, sagte sie. »Wirklich? Bei uns liefe das eher unter Softporno. Stell dir mal dieses Bild in einer christlichen Kirche vor oder gar in einer Moschee.«

Jakob lachte. »Da müsstest du allerdings das Wissen dazu liefern, dass unser Bewusstsein unsere Wirklichkeit schafft. Und das zu begreifen ist ja nun mal ganz schön schwierig.«

Im matten Mondlicht ging sie durch die Höfe zurück, kämpfte noch immer mit dem Schmerz in der Brust und der plötzlichen Tränenflut beim Abschied. Entschuldige, hatte sie geflüstert, und Jakob hatte die Tränen mit dem Finger von ihren Wangen gewischt und gesagt: Aber warum denn, Honey, das ist doch rain of blessings, Segen-Regen.

Sie weiß, dass sie träumt. Und sie weiß, dass sie sich jenseits der Tür befindet, in der anderen Wirklichkeit. Die Höhle liegt hoch am Berg, sie erkennt sie wieder, doch die Landschaft ist wild und einsam. Es ist Seine Höhle, und das Strahlen, das den Eingang erfüllt, ist Sein Strahlen. Sie nähert sich schwebend, berührt kaum den steilen Ziegenpfad, der hinaufführt. Es ist Sehnsucht, die sie antreibt, Gewissheit, die sie trägt.

Er streckt ihr die Hände entgegen, sein goldener Glanz erinnert an die Statue, doch der Blick ist nicht zornvoll, eher glühend von leidenschaftlichem, mächtigem Gewahrsein. Ein Engel ist er, mit Flügeln aus Regenbogen, ein Kami in der Rüstung aus Abendwolken, und sein Strahlen ist ihr eigenes unbändiges Herz, nach außen gestülpt. Diese Umarmung ist nicht der Zeit unterworfen, sie geht in zwei Flammen auf, die zu einer Flamme werden, hoch auflodernd, aus sich selbst existierend, denn die Höhle ist der vollkommene Raum des Glücks.

Das Taxi holperte durch die enge Gasse zum Dorfrand. Zwei Nonnen, die sie nicht kannte, drückten sich gegen eine Hauswand, lächelten, winkten. Charlie umklammerte das große Rollbild mit der Darstellung Guru Rinpoches, das Yongdu ihr geschenkt hatte, als müsse sie sich zusammenhalten im Ansturm des Verlusts. Wann würde sie jemals wieder den langen Weg zum Kloster hinaufgehen, durch den Vorhof, in Ani Lhamos Küche, die Treppe hinaufsteigen zu ihrem Zimmer?

Schau nicht zurück, das macht einen zur Salzsäule! Schau nach vorn! Lass nicht zu, dass die alte Wirklichkeit der neuen ihre Farbe aussaugt!

»Traurig?«, fragte Harriet.

»Aufgeregt«, antwortete Charlie. »Ich bin nicht mehr die alte Charlie, aber noch nicht Depa Shi Tso, und die Welt ist auch ein bisschen neu, aber ich könnte nicht sagen, dass ich mich nicht mehr fürchte.«

Harriet nickte. »Du hast dich verändert.«

Mit einem kleinen Lachen erwiderte Charlie: »Na ja, mir geht's wie dem Irren, der zum Psychiater sagt: Ich weiß ja jetzt, dass ich keine Maus bin, aber ob die Katzen es auch wissen?«

Als lege sie für Charlie eine Brücke aus, erzählte Harriet von ihrem ersten Besuch zu Hause in England nach einem Jahr in Kathmandu. Wie fremd sie sich gefühlt hatte, die neue Harriet aus dem Weltall des Geistes, enttäuscht von der Familie und den Freunden, die erwarteten, dass sie dieselbe sei wie ein Jahr zuvor. »Ich fühlte mich wie eine heimgekehrte Astronautin und wollte so viel erzählen, aber das langweilte sie bald. In ihrem Leben ging es um andere Dinge, nicht um meinen inneren Weltraum. Ich hatte mir vorgenommen, ihnen zu helfen, ich dachte, als eine richtig gute Buddhistin müsste ich ihnen sagen, wie sie ihr Glück finden könnten. Aber ich ging ihnen nur auf die Nerven.

Es dauerte eine Weile, bis ich verstand, dass man nie Antworten geben sollte, wenn man nicht gefragt wird. Gut, dass ich Peter erst später kennenlernte, als ich mich beruhigt hatte.«

Und sie erzählte, wie sie einander begegnet waren im Empfangszimmer ihres Rinpoche, damals vor zwölf Jahren. Und dass sie nun endlich wagten, in eine gemeinsame Wohnung zu ziehen. Charlie wollte warnen, wollte sagen, tut das nicht, eure Beziehung wird zerbrechen. Doch würde es helfen? Wenn es Zeit zum Zerbrechen war, würde ihre Warnung wertlos sein. Zumal Harriet nicht gefragt hatte.

»Das Mo-Orakel«, sagte Harriet, »hat von Hindernissen gesprochen, aber wir haben abgemacht, die Situation als Arbeitsmaterial zu verwenden. Wie soll man lernen ohne Hindernisse?«

Er wird sich in eine Jüngere verlieben, wusste Charlie und sprach es nicht aus. Nichts auf Dauer, aber wirst du das durchstehen können, tapfere Harriet? Es wird Verletzungen geben, und möglicherweise wirst du ihn danach gar nicht mehr haben wollen. Doch wie sicher konnte sie sein? Peter würde diese Begegnung haben, aber was geschah dann?

»Und wenn es trotzdem nicht gut geht?«, fragte sie.

Harriet hob die Hände. »Dann werde ich todunglücklich sein und er wohl auch, und wir werden beide viel gelernt haben. Bisher hatten wir einfach nur Angst davor, uns so weit einzulassen. Grund genug, uns mit unseren Ängsten endlich auseinanderzusetzen.«

Charlie dachte an die E-Mail-Nachricht von Hajo, die Harriet ihr mitgebracht hatte. Hallo Elfenprinzessin, schrieb er, die Gerüchtepost lässt mich wissen, dass du heimkehrst. Hier freut sich jemand!!! Ich bin in kürzester Zeit erwachsen geworden, ein würdiger Haushälter. Meinem Vater geht es nicht gut, ich glaube, er wartet darauf, dass sein Körper ihn endlich freigibt. Ich würde mein schönstes Tattoo und alle Ohrringe dafür hergeben, dass es ihm besser geht. Bitte ruf an, wenn du zu Hause bist.

»Ich fürchte, meine Angst reicht für mehrere Leben«, sagte sie. »Obwohl ich meine Hoffnung an den Ausspruch hänge: Einige der schlimmsten Dinge in meinem Leben sind nie passiert.«

Und nach ein paar Herzschlägen fügte sie hinzu: »Ich frage mich, ob Jakob Angst hat.«

Harriet zuckte mit den Schultern. »Ich habe gute Medikamente für ihn, aber das ist keine Gewähr.«

Und nach einem kleinen Schweigen sagte sie leise: »Ausgerechnet Jakob. Von allen ausgerechnet Jakob.«

Das Taxi quälte sich durch einen unbefestigten Straßenabschnitt voller tiefer Schlaglöcher und wütend aufwirbelndem Staub. So sei die Straße schon im letzten Jahr gewesen, erklärte Harriet, und so würde sie auch weiterhin bleiben. »Wenn ich hin und wieder in England bei meinen Eltern bin, lache ich über die Leute, die dort über ihre Regierung schimpfen, und sage, seid froh, dass eure Regierung regiert, in Nepal tut sie nur so, und das ist wirklich zum Heulen.«

»Und was sagen die Lamas dazu?«, fragte Charlie.

Harriet schüttelte den Kopf. »Wenig. Ich hörte, ein hoher Lama habe neulich gesagt: Richtig schlimm wird es erst in hundertfünfzig Jahren. Ich ziehe es vor, mir das nicht vorzustellen.«

Chaos. Es lag unter der oberflächlichen Ordnung, immer und überall. Charlie seufzte. Die tiefe, verborgene Angst, dass das Chaos stärker werden und durch die Oberfläche brechen könnte, würde sie wieder begleiten. Hätte sie doch das kleine Zimmer im Kloster nicht verlassen müssen! Im letzten Augenblick, als sie mit dem Rucksack in der Tür stand, dachte sie: Ich nehme dich mit, Zimmer. Vielleicht würde ihr das gelingen. Und sie würde zurückkommen, sie hatte es allen versprochen.

»Ich habe so viel gelernt in der kurzen Zeit«, sagte sie. »Vor allem über Grenzen. Immer stieß ich auf Grenzen und dachte, es gebe nichts Schlimmeres. Ich habe Leute beneidet, denen es nicht so geht, die sich innerhalb ihrer Grenzen einrichten können und sind damit zufrieden. Ich konnte mich nie einrichten. Aber jetzt ist mir etwas klar geworden: Ich denke die Grenzen. Gedanken können nicht anders, das ist ihre Natur. Und dann war es plötzlich so, dass ich es gar nicht mehr so schlecht fand, an Grenzen zu stoßen, weil das zugleich den Anstoß gab, über sie hinauszustreben.«

»Was für Grenzen meinst du?«, fragte Harriet.

Charlie spitzte nachdenklich die Lippen. »Na, sich fürchten. Und hoffen. Ich glaube, das war es, was ich von Guru Rinpoche lernen sollte: nicht mehr auf Gedanken der Furcht und Hoffnung reinzufallen. Klingt nicht aufregend, ist es aber.«

Harriet nickte lächelnd. »Gut, dass du mich daran erinnerst. Hoffnung und Furcht machen dumm. Die reinste Rauschdroge. Dann sieht man nicht, was wirklich ist. Oh ja, Charlie, ich werde dran denken.«

Das Taxi schob sich durch den Nachmittagsverkehr, der sich wie dicker Brei durch die Stadt wälzte, zwängte sich in kleine Gassen, in deren Gewirr Panik lauerte, und hielt schließlich vor Knuts Haus.

Atmen, dachte Charlie, nicht denken, atmen. Es half. Die Grenzen waren heute nicht zu nahe gerückt.

Erst abends, als sie sich ins Gästezimmer zurückgezogen hatte, erinnerte sie sich an den in Brokat gewickelten Text, den Yongdu ihr am Morgen im Klosterhof übergeben hatte, feierlich, mit beiden Händen, wie eine Kostbarkeit. »Rezitiere diese alten Verse möglichst oft«, hatte er gesagt, »sie werden deine Stimmung heben. Rezitiere sie für dich selbst und für alle, denen es so geht wie dir.«

Sie setzte sich auf das Bett und wickelte den Text aus seiner schimmernden Hülle. Ein besonderer Augenblick. Sie würde diese Verse in die Wände des Hauses sprechen, in die Straßen dieser Stadt, in die Dörfer dieses Landes, für alle, die es brauchten. Es war das Einzige, das sie zum Abschied geben konnte.

»Herr des Reichtums,
aus tiefem Mitgefühl hast du gelobt,
allen Lebewesen zu helfen.
Lord des Lebensglücks mit deinem Gefolge und eifrigen
    Helfern,
Du hast Dein Versprechen gehalten.
Gib uns Wohlgefühl durch alles, was zum Leben nötig
    ist:
Wohlgefühl durch Pferde, Schafe, Ziegen,
Wohlgefühl durch Ochs und Kuh und Esel –
lass uns all dies als Wohlgefühl erleben.
Wohlgefühl durch schöne, feine Stoffe, durch Gold und
    Geld,
Wohlgefühl durch alle Arten Korn, durch Schmuck und
    Reichtum,
Wohlgefühl durch Essen und durch Trinken –
lass uns all dies als Wohlgefühl erleben!

Oben des Gottes Brahma Wohlgefühl,
in der Mitte der Götter, der Dämonen, der Hunger-
    geister Wohlgefühl,
unten der Nagas Wohlgefühl,
in den drei Welten der Menschen und der Götter
    Wohlgefühl – lass uns all dies als Wohlgefühl erleben!

Wohlgefühl durch schöne Formen auf dem Kontinent
    des dankenswerten Körpers,

Wohlgefühl durch den echten Dharma auf dem
  Rosenapfelkontinent,
Wohlgefühl durch Hab und Gut auf dem Kontinent der
  Wunsch erfüllenden Kuh,
Wohlgefühl durch langes Leben auf dem Kontinent der
  Dissonanzen
und alles Lebensglück der sterblichen Wesen auf den
  Haupt- und Nebenkontinenten –
lass uns all dies als Wohlgefühl erleben!

Der edlen Absichten hohes Wohlgefühl,
der Erde unter uns festes Wohlgefühl,
der Menschen Wohlgefühl durch Besitz, Bekleidung,
  gute Nahrung,
Wohlgefühl an lebhafter Erscheinung, glanzvoller
  Würde und Genuss der Sinne,
Wohlgefühl durch Mut, Geschicklichkeit und Wunder-
  kräfte,
Buddhas Worte bewahrend, Wohlgefühl durch den
  Willen zur Befreiung,
Wohlgefühl durch Töchter und durch Söhne,
Wohlgefühl durch der Frauen Würde,
Wohlgefühl durch Angetraute, durch einen Ehemann
  von guter Herkunft –
Lass uns all dies als Wohlgefühl erleben!«

Charlie lächelte und fügte hinzu:

»Und Wohlgefühl durch Evi und Hannah-Oma,
Wohlgefühl durch Freundin Rena und nette Leute.
Wohlgefühl durch die Bequemlichkeit des Fliegens
und durch mein Zimmer, das einen Schrein für den
  Buddha und Guru Rinpoche bekommen wird.
Wohlgefühl durch die schönen Erinnerungen.

Wohlgefühl durch neue Möglichkeiten,
und Wohlgefühl durch ...«

Sie hielt einen Augenblick lang inne und fügte dann mit
   fester Stimme hinzu:

»... durch Hajo.
Lass uns all dies als Wohlgefühl erleben!«

TASHI DELEK e.V.
Gesellschaft zur Förderung
der tibetisch-buddhistischen Kultur im Exil
www.tashi-delek.de
gegründet und geleitet von Ulli Olvedi

Pendo

Ulli Olvedi
Über den Rand der Welt

Roman. 288 Seiten. Gebunden

Kann man mit dem Ende des Lebens Freundschaft schließen?
Nora ist über sechzig, als der Krebs sie endgültig einholt.
Eine Reise nach Kathmandu bringt sie in einem tibetischen
Kloster in Verbindung mit der Tradition der Untrennbar-
keit von Leben und Tod. Dadurch verliert ihr nahendes Ende
nicht nur seinen Schrecken, sondern erweist sich als sinn-
gebender Höhepunkt ihres bewegten Lebens. Ein eindring-
licher spiritueller Roman, der Leben und Sterben auf eine
berührende und tröstliche Weise miteinander verknüpft.

»Die Autorin zeigt, dass sie nicht nur meisterlich zu erzählen
vermag, sondern auch souverän Lebensweisheit vermitteln
kann.«
ab 40

09/1021/02/L

Tsunetomo Yamamoto
Hagakure

Der Weg des Samurai. Herausgegeben und aus dem
Englischen übersetzt von Guido Keller. 335 Seiten. Pendo

Kultregisseur Jim Jarmusch stellte die Schlüsseltugenden des
»Hagakure« in den Mittelpunkt seines Films »Ghost
Dog«, zahlreiche Managementlehrer orientieren sich an den
300 Jahre alten Texten. In kurzen Kapiteln vermittelt das
Buch Weisheiten, die noch immer gültig sind: Es liest sich als
ein Leitfaden für strategisches Handeln und den Umgang
mit Macht und Karriere. Ähnlich wie Machiavellis »Der
Fürst« oder Sunzis »Die Kunst des Krieges« zeigt es den
Weg zu Entschlossenheit und Loyalität und schärft Verstand
und Vertrauen in die eigenen Fähigkeiten. Die Durchset-
zung bei Konflikten, die Gelassenheit bei privaten Entscheidungen und die Weisheit in der Lebensführung machen das
»Hagakure« zu einem besonderen Wegweiser in der heutigen
Zeit.

09/1038/01/R

PenDO

Harold Cobert
Ein Winter mit Baudelaire

Roman. Aus dem Französischen von Sabine Schwenk.
286 Seiten. Pendo

Es wird Herbst in Paris, als Philippe den Boden unter den
Füßen verliert. Nach der Trennung von seiner Frau zwingt
sie ihn, die gemeinsame Wohnung zu verlassen, und verwehrt
ihm den Kontakt zu seiner Tochter. Als wenig später sein
Arbeitsvertrag nicht verlängert wird, ist das der letzte Schritt,
der ihn in den Abgrund stürzen lässt. Das Leben auf der
Straße droht ihm den Rest seiner Würde zu nehmen. Doch
dann begegnet er Baudelaire, der ihn mit beständigem
Optimismus und treuem Hundeblick auf vier Pfoten zurück
ins Leben führt. Dank ihm und mithilfe des einfallsreichen
Kebabverkäufers Bébère und der weisen Toilettenfrau Sarah
findet Philippe den Mut für einen Neuanfang. Und auf
einmal scheint der Tag, an dem er seine Tochter wieder in die
Arme schließen kann, gar nicht mehr so fern.

09/1039/01/L

PENDO

Paola Mastrocola
Ich wär so gern ein Pinguin

Die Geschichte einer Ente, die lernte, sich selbst zu lieben.
Philosophisches Märchen. Aus dem Italienischen von
Christiane Burkhardt. 240 Seiten. Gebunden

Wäre ein Pinguin vielleicht die bessere Ente? Nachdem ihr
Mann, der Wolf, sie mit dem Vorschlag überrascht hat, für
sie das Brüten zu übernehmen, sieht auch die Ente ihre Chance
gekommen. Er, der Philosoph, möchte endlich mal etwas
Handfestes machen, etwas weniger Abstraktes, also brüten.
Eine einmalige Gelegenheit für seine Frau, die ja nur eine
Ente ist. Die werdende Mutter beschließt, in die Welt hinaus-
zuziehen und ihren Horizont zu erweitern. Jemand anderes
zu werden. Denn was kann eine Ente ihren Kindern schon bieten! Außer Brüten. Für die Ente wie für uns beginnt eine
Reise voller Entdeckungen mit unbekanntem Ziel: Wer bin
ich, und bin ich eigentlich wer? Was bin ich für die anderen, und was ist meine Aufgabe im Leben? Und bin ich es
eigentlich wert, geliebt zu werden?

09/1030/01/R

PIPER

Uli Franz
Gebrauchsanweisung für Tibet

208 Seiten. Gebunden

Kennen Sie Tenzin Gyatso? Nein? Er ist der XIV. Dalai Lama,
der prominenteste Tibeter und ebenso ein Mythos wie
seine Heimat, von der man sagt, sie sei dem Staub der Erde
entrückt und dem Himmel nahe. So wie der Buddhismus
viel mehr verkörpert als nur eine Religion, so dient Tibet, das
»Land des Schneelöwen«, traditionell als Zufluchtsort für
Reisende aus dem Westen. Zwischen der unnachgiebigen
Großmacht China im Norden und dem kleinen Königreich
Nepal im Süden liegt auf rund 4000 Metern, wo die höchste
Zugstrecke der Welt verläuft und die Luft spürbar dünn
wird, dieses Land der Ebenen bis zum Horizont und ewig
weißer Himalajagipfel, versteckter Mönchsklöster und er-
habener Kultur – mit Yakfleisch und fettigem Buttertee nicht
unbedingt Ziel für Feinschmecker, aber für Naturfreunde,
Bergsteiger und spirituelle Sinnsucher von überallher.

01/1811/01/L

PenDO

Ian Baker
Das Herz der Welt

Eine Reise zum letzten verborgenen Ort. Aus dem Englischen
von Hans-Ulrich Möhring. 620 Seiten. Gebunden

Jahrhundertelang folgten Tibeter mythischen Prophezeiungen
in das Labyrinth der Tsangpo-Schlucht – dreimal so tief
wie der Grand Canyon – auf der Suche nach der Pforte zu
einem verborgenen irdischen Paradies namens Shangri-La.
Auch westliche Entdecker suchten seit dem neunzehnten Jahrhundert verbissen nach dem geheimnisvollen, gigantischen
Wasserfall des Flusses Tsangpo, der diese Pforte bilden sollte.
Vergebens. Vor zwanzig Jahren machte sich der Buddhis-
mus-Experte und Weltklasse-Kletterer Ian Baker auf, nach der
Wahrheit hinter den tibetanischen Legenden zu suchen.
Von 1993 bis 1998 unternahm er acht entbehrungsreiche Ex-
peditionen in die unzugänglichen Schluchten des Tsangpo.
Naturgewalten zwangen ihn mehrmals zur Umkehr. Als Baker
weltweit Furore mit der Nachricht machte, den Wasserfall
gefunden zu haben meldete die National Geographic Society,
diese Entdeckung habe ein Rätsel gelöst, das »über hundert
Jahre lang die Quelle von Mythen und Spekulationen« gewesen sei.

09/1041/01/R